MISS SHARP DÉTECTIVE

MEURTRES EN *Cornouailles*

Du même auteur

Qui a tué Glenn ?
(NiL éditions, 2007 / 10/18 éditions, 2020)
Gray
NiL éditions, 2020 10/18 éditions, 2021)
Miss Sharp détective. Meurtre à Sunset Hall
(NiL éditions, 2022)

NiL

MISS SHARP DÉTECTIVE

MEURTRES EN Cornouailles

Leonie Swann

TRADUIT DE L'ALLEMAND PAR FRÉDÉRIC WEINMANN

ROMAN

Titre original : Miss Sharp macht Urlaub

Traduction française : NiL éditions, Paris, 2022

Création graphique de la couverture : © Manon Bucciarelli
ISBN 978-2-37891-100-3
Dépôt légal : novembre 2022
NiL éditions – 92, avenue de France 75013 Paris

DRAMATIS PERSONAE

Les habitants de Sunset Hall

Agnes	ancienne fonctionnaire de police, toujours soucieuse d'ordre et de justice aussi bien chez elle que dans la vie en général.
Edwina	ancienne employée des services secrets, folle de yoga, de bêtises et des animaux.
Charlie	chic, élégante, toujours partante pour un gin tonic.
Winston	colocataire en fauteuil roulant, pénétrant et flegmatique.
Bernadette	aveugle, directe et plutôt discrète sur son passé mouvementé.
Le maréchal	ancien militaire encore fringant, avec des moments d'absence et un petit faible pour Agnes.
Brexit	chien de Charlie, trop encombrant pour les accompagner.

Lilith	ancienne colocataire morte et conservée dans une boîte en métal, toujours de la partie.
Hettie	tortue hibernant dans le réfrigérateur.
Hettie II	tortue en plastique assez gonflée.

Dans l'hôtel

Mojo, le malotru	blanc-bec aux ongles verts, avec une cohorte de followers sur le Net.
Helen	directrice de l'hôtel, d'une grande efficacité.
Trudy	cliente en cure de détox ayant tout le temps faim.
La veuve blanche	femme louche, tout de blanc vêtue, ayant perdu son mari dans des circonstances mystérieuses.
Max	barman aux revenus annexes.
Lila	thérapeute manuelle.
Howard Hope	charmeur aux petites lunettes rouges.
Jack	inconnu émergeant du passé mouvementé de Bernadette.
Frank Ashwood	client en voyage de noces.

Dramatis personae

Eve Ashwood	épouse du client en voyage de noces et victime potentielle.
Oberon	serpent constricteur blanc, immigré clandestin.

- PRÉLUDE -
LE SERPENT AU PARADIS

Je n'avais encore jamais mis les pieds dans un club. Ce genre d'établissement ne s'adresse pas au commun des mortels. Pourtant, ce fut un jeu d'enfant d'entrer dans celui-ci.

De fait, leur soirée privée ne l'est guère pour qui connaît le monde des hôtels et des bars, leurs arrière-cours et les entrées réservées au personnel. Il m'a suffi d'emprunter une ruelle nauséabonde, d'ouvrir une porte en acier, de remonter un étroit couloir, de passer devant des caisses de champagne et d'écarter un rideau en velours.

D'ôter des pelures d'oignon pour découvrir un cœur en décomposition.

Comme il fallait s'y attendre, ce cœur est sombre. Je me faufile dans le noir, des points lumineux balaient le sol sans révéler ma présence. Je cherche une cachette bien que ce ne soit pas vraiment nécessaire puisque personne ici ne me voit. Personne ne *veut* me voir. Je pourrais être transparente que cela ne ferait aucune différence.

Tous les regards sont rivés sur la petite scène à l'autre bout de la salle.

Là où elle danse.

Eve – et son serpent.

Elle a de longues jambes, une sorte de minijupe en lamé or, les seins nus et un reptile sur les épaules.

Par un étrange paradoxe, cette tenue sans doute conçue pour attenter à la pudeur lui confère une innocence presque puérile. On dirait une image du paradis.

Bien entendu, je ne crois pas un instant à son innocence. Elle sait très bien ce qu'elle fait. Et quoique j'ignore quelles tâches incombent à une future mariée, j'imagine que se produire avec une telle obscénité ne figure pas dans la liste des obligations. Elle se sent si sûre de d'elle… Quelle erreur ! Je vais lui montrer à quel point elle se trompe.

Un bouchon de champagne saute, elle exulte. Elle bondit de la scène et s'assoit sur les genoux de l'homme qui vient d'ouvrir la bouteille. Il lui tend un verre, elle rit, la tête en arrière, les cheveux en cascade.

Tous rient.

En un sens, ils rient de moi.

Elle secoue sa chevelure blanche comme neige. Elle est si blonde, si pâle qu'on dirait un morceau de bois oublié au soleil. Je me prends à vouloir qu'elle ne soit pas aussi blonde. Se trouve-t-elle belle ? Les *autres* la trouvent-ils belle ? Je ne saurais le dire. Dans l'intimité, elle porte d'amples robes en soie couleur de brouillard et ses mouvements sont gracieux, mais ici, dans cette salle, sa voix évoque un bruit de verre cassé.

Tout à coup, j'ai envie de rire à mon tour.

Je la tiens, je vais l'enfermer à jamais dans une boule à neige. Elle pourra rire et boire autant de champagne qu'elle veut, elle ne m'échappera pas. Je saisis mon téléphone portable et prends deux ou trois photos, presque surprise d'une telle simplicité.

D'une telle clarté.

D'une telle froideur.

Je suis encore en train de la photographier quand le blême serpent se détache de ses épaules, s'étire dans ma direction en pendulant dans l'air et tend vers moi sa fine langue rosée.

Un sourire se dessine sur mon visage.

Je dois avouer que je me réjouis à l'avance de ce voyage de noces.

- 1 -
SONNÉE

Agnes Sharp ouvrit la porte du charlatan local et passa le nez à l'extérieur. Un vent froid lui cingla le visage, tira sur son écharpe et lui traversa le corps. Fichtre !

Pendant un moment, elle fut tentée de demander qu'on appelle un taxi. Elle se retourna pour jeter un coup d'œil dans la salle d'attente où un ramassis de petits-bourgeois à l'esprit étriqué semblaient aussi ravis de son départ qu'elle l'était de pouvoir les quitter. Ils avaient eu des mots et en étaient même venus aux mains à propos d'une revue toute froissée. Lorsqu'elle croisa son regard, la secrétaire médicale plissa le front d'un air soucieux. Plutôt mourir que revenir dans cette salle d'attente !

Donc, elle n'avait pas le choix.

Agnes attrapa sa canne dans le porte-parapluies et s'engagea sur le trottoir avec détermination. Ici au moins, l'air était frais – ce n'était pas comme dans la salle d'attente – et un peu d'exercice n'avait jamais fait de mal à personne.

Sauf à sa hanche peut-être.

Prenant appui sur sa canne, elle se mit en marche d'un pas raide.

Clac, clac, clac.

On aurait dit un étrange animal à trois pattes.

Deux maisons plus loin, elle prit soudain conscience de l'obscurité.

Il n'était pas encore cinq heures et il faisait déjà noir. Noir comme dans un four, pour être exact.

Quelle misère ! Une ou deux décennies plus tôt, son village avait franchi un petit pas vers la modernité en installant ici et là quelques réverbères, telles des balises dans une mer d'encre, mais il n'y en avait pas beaucoup.

Agnes distingua la lumière vive et prometteuse de l'arrêt d'autobus à l'autre bout de la rue. C'est là qu'elle devait aller ! Mais pour cela, il lui fallait d'abord passer devant l'église qui, entourée du cimetière, se dressait au milieu d'épaisses ténèbres.

Elle serra le pommeau dans sa main, terrorisée à l'idée de trébucher contre un obstacle invisible dans le noir, de choir et ne pas réussir à se relever, d'être alors découverte et sauvée par les guignols de la salle d'attente ou, pire encore, par l'impertinente secrétaire. Quelle honte ! Quelle ignominie ! Elle entendait déjà leurs stupides commentaires. Il fallait éviter cela à tout prix.

C'est pourquoi elle redoubla de prudence et se servit de sa canne pour repérer d'éventuelles entraves. Rien.

Brusquement, les cloches de l'église retentirent toutes en même temps, comme pour se moquer d'elle. Agnes tressaillit. Il n'y avait pas si longtemps encore, elle aurait à peine remarqué le vacarme, simple bruit de fond au milieu de tant d'autres, mais avec ses tout nouveaux appareils auditifs, chaque coup lui procurait une petite secousse. Une aussi bonne ouïe n'était pas de tout repos !

Elle poursuivit cependant son chemin avec vaillance.

Elle avait presque atteint l'arrêt d'autobus quand un détail l'arrêta. Il lui fallut un moment pour l'identifier. C'étaient les cloches.

Ou plutôt, *la* cloche.

Toutes les cloches s'étaient tues, sauf une qui tintait encore, qui tintait même de plus en plus vite. Au cours de sa vie, Agnes avait passé beaucoup de temps à proximité de ces cloches, mais elle n'avait encore jamais entendu pareil tintamarre. Un tintement nerveux, presque paniqué. Quelque chose clochait.

Elle tourna le regard vers l'église, toujours plongée dans l'obscurité, puis le ramena vers l'arrêt d'autobus, synonyme de sécurité.

Au bout de quelques instants, la curiosité eut raison d'elle.

Tandis que la cloche exécutait un final fébrile, Agnes fit demi-tour en soupirant et repartit sur ses trois pattes vers la maison de Dieu.

Lorsqu'elle atteignit le cimetière et s'engagea sur l'étroit chemin en gravier aux pâles reflets, la cloche s'était tue depuis longtemps.

Une fois à la porte de l'église, Agnes chercha la poignée à tâtons, la tourna et appuya sur le battant. Les gonds émirent un effroyable grincement, on aurait presque dit un cri.

Dans l'église, il faisait encore plus froid qu'à l'extérieur, en admettant que ce fût possible. Elle parcourut la nef du regard. La lueur d'un cierge vacillait au-dessus de l'autel, mais elle ne s'y intéressa pas. Son attention était retenue par une autre source de clarté, un fin bandeau de lumière qui se dessinait sous la porte du clocher.

C'était là qu'elle devait aller.

Avant de se mettre en branle, Agnes prit le temps de dresser l'oreille. Au-dehors, le vent hurlait à la mort. Cela faisait longtemps qu'elle n'avait plus vraiment entendu le vent, qu'elle n'avait plus vraiment entendu *tout court*. Or, à l'intérieur de l'église, elle n'entendait rien. Ou presque rien.

Grâce à ses aides auditives, elle perçut une espèce de discret frottement, comme si on traînait un objet mou sur de la pierre ou du bois. Agnes n'en était pas tout à fait sûre car elle ne se fiait pas encore complètement à ses appareils auditifs et ne se fiait plus du tout à ses oreilles.

Il n'y avait qu'un moyen de tirer les choses au clair. Elle se dirigea vers le bandeau de lumière, voulut ouvrir la porte, mais comme celle-ci était déjà entrebâillée, elle se retrouva soudain plongée dans une vive lumière jaune. Elle découvrit ainsi une pièce aux dimensions modestes et à la moquette quelconque, avec des bancs étroits et des tabourets rangés le long des murs – à l'exception d'un seul qui était renversé. Une affiche soulignait l'importance du lavage de mains, exactement comme dans la salle d'attente du médecin.

La particularité de cette pièce tenait à autre chose, à savoir les six grosses cordes qui descendaient du plafond ou, pour être plus précis, des cloches, tonnes de bronze chantant, vieilles de plusieurs siècles.

Cinq d'entre elles se terminaient par un nœud coulant enroulé avec soin sur le sol et se balançaient doucement.

Au bout de la sixième en revanche, c'était le sacristain qui se balançait.

Il n'était pas encore tout à fait mort. L'extrémité de ses doigts tressaillait toujours. Mais à en juger par l'angle inhabituel de sa nuque, Agnes arrivait quand même trop tard.

Fracture des cervicales.

Il n'y avait plus rien à faire.

Le condamné pendait dans une position étrange, à moitié agenouillé, la tête passée dans un nœud coulant qui n'était pas assez haut pour l'avoir étranglé. Il aurait suffi au pauvre homme de tendre les jambes pour se libérer. Bizarre…

Agnes s'approcha et tapota le corps du bout de sa canne. Le sacristain oscilla de droite à gauche avec une expression d'incommensurable surprise dans ses yeux fixes.

« Tu ne t'étais pas imaginé un tel vendredi soir, n'est-ce pas ? murmura-t-elle. Eh bien, moi non plus ! »

Agnes avait toujours entretenu un rapport assez serein avec les morts – en fin du compte, ils ne faisaient pas de remarques stupides et, même si leur hygiène laissait à désirer, ils se montraient discrets et polis.

Elle s'écroula sur un tabouret en soufflant bruyamment, un peu pour réfléchir et un peu aussi parce que sa hanche n'en pouvait vraiment plus.

Elle savait que le métier de carillonneur n'était pas sans danger. Une fois que les géantes de bronze s'étaient mises en mouvement au sommet de la tour, rien ni personne ne pouvait plus les arrêter. Elle avait entendu parler de cas où un imprudent sonneur avait passé un pied dans le nœud coulant et s'était vu emporté dans les airs avant d'atterrir sur le sol avec maintes fractures et blessures.

Se pouvait-il qu'on mette non pas un pied, mais sa tête dans le nœud coulant ?

Agnes examina le cadavre dont les phalanges avaient cessé de remuer et, remarquant qu'une jambe aussi formait un angle peu naturel, elle en conclut que c'était ce qui avait dû se passer.

Toutefois, comment pouvait-on glisser sa tête dans un nœud coulant une fois qu'on avait terminé de sonner les cloches et que toutes les autres cordes étaient déjà enroulées avec soin ? L'hypothèse d'un accident semblait peu probable, à moins que le sacristain, complètement ivre, eût traversé la pièce à quatre pattes.

Elle huma l'air, mais ne distingua aucun relent d'alcool.

Peut-être s'était-il donné la mort ?

Agnes ne connaissait pas le sacristain en personne, mais de loin, il lui avait toujours donné l'impression d'être plutôt réservé. Il ne semblait pas du genre à mettre en scène son suicide en laissant des tonnes de bronze lui briser la nuque. En outre, il avait l'air bien trop surpris.

Il ne restait donc qu'une hypothèse.

Un meurtre à Duck End.

Encore une fois !

Agnes poussa un soupir et se releva avec peine. Le criminel avait dû mettre la cloche en branle et, ensuite, passer la tête du sacristain dans le nœud coulant. Le malheureux avait alors été emporté dans les airs et la cloche lui avait aussitôt brisé les vertèbres cervicales. D'où sa mine stupéfaite.

Après cela, la cloche avait tinté de plus en plus vite jusqu'à ce qu'elle s'arrête pendant que le meurtrier… Tiens, au fait, c'est vrai, où était passé le meurtrier ?

Agnes n'était pas des plus rapide. Il se pouvait donc que l'assassin se fût éclipsé avant qu'elle arrive. Peut-être l'attendait-il à présent derrière une pierre tombale. Ou bien dans la nef.

Ou même…

Soudain, Agnes se sentit dépassée par les événements. Elle s'était refusé à porter des appareils auditifs pendant des années, mais à présent, elle en avait un dans chaque oreille et tout lui paraissait étourdissant.

Y compris le silence.

Surtout en présence d'un mort… Cela faisait trop pour une seule journée. Elle n'était qu'une vieille dame avec des trucs en plastique dans les oreilles. Qui son avis intéressait-il ? Que faisait-elle ici ? Et qu'espérait-elle ?

Elle se rendit compte qu'elle n'avait aucune envie de faire son devoir de citoyenne et d'appeler la police. On l'emmènerait au poste, on lui crierait dans les oreilles et elle pourrait dire adieu à sa soirée. De plus, les représentants de l'ordre n'étaient bons à rien dans ce village. C'était une pure perte de temps.

Agnes décida de repartir vers l'arrêt de bus. La vie était bien assez difficile comme ça, pas besoin de se mêler de la mort d'un sacristain. Une fois chez elle, elle pourrait éventuellement appeler la police, un appel anonyme bien entendu, et ensuite, ce serait à eux de se débrouiller avec le cadavre et la recherche de l'assassin. Elle n'aurait plus rien à voir avec cette affaire, elle était de toute façon trop vieille pour des histoires de ce genre. Elle se réjouissait déjà de pouvoir passer une soirée tranquille, devant un bon feu de cheminée, à boire une bonne tasse de thé en écoutant de la musique à la radio.

Ou d'aller au lit avec une bouillotte bien chaude et un bon livre – pas un roman policier, cela va sans dire.

Agnes Sharp atteignit cahin-caha l'abri inondé de lumière, attrapa son bus quasi par miracle et rentra chez elle.

À Sunset Hall.

Pendant que le véhicule se traînait avec nonchalance dans les rues du village et qu'Agnes tentait en vain de regarder par la fenêtre où, du fait de l'obscurité, elle ne discernait que son reflet – notamment son nez rougi par le froid – son effervescence se mua en malaise. Quelques années plus tôt, elle avait transformé sa maison de famille en colocation pour personnes âgées. La vie en commun présentait de nombreux avantages – quand on n'avait pas le moral, on trouvait en général quelqu'un sur qui se passer les nerfs –, mais aussi des inconvénients. Ainsi, presque rien n'échappait à ses petits camarades. Ce soir-là, ils l'attendaient sans doute avec impatience – n'ayant pas seulement réchauffé un modeste dîner, mais aussi préparé une foule de questions désagréables. Ils devaient brûler de tester ses nouveaux appareils auditifs.

Charlie, Bernadette, Winston, Brexit, le maréchal et naturellement Edwina. En principe, ils étaient tous très gentils, mais quand il se produisait un événement aussi excitant qu'une visite chez le médecin, ils pouvaient se métamorphoser en une véritable meute avide de savoir comment les choses s'étaient passées. Or cette fois, elles s'étaient mal passées, et Agnes était bien décidée à garder pour elle les détails gênants. Le plus pénible dans des aides auditives était en effet qu'on entendait des propos désagréables – les mots « hippies » ou « asocial » par exemple – si bien qu'il suffisait d'avoir une épaisse revue à portée de main pour… Du moins pourrait-elle faire diversion avec l'histoire du sacristain. Avec un peu de chance, sa mort occuperait les autres assez longtemps pour lui permettre de se réfugier dans son lit.

Avec un peu de chance… parce qu'un meurtre ne faisait plus franchement sensation dans le village.

L'autobus s'arrêta sur la place principale où, quelque temps plus tôt, on avait repêché le pharmacien dans la mare. Il passa ensuite devant le buisson dans lequel on avait découvert le cadavre du président de la société colombophile – sans la moindre égratignure certes, mais personne ne croyait de toute façon à une mort naturelle – et s'engagea enfin sur la route qui menait à Sunset Hall. Un radiateur propulsait de l'air chaud sous la jupe d'Agnes qui avait à présent les joues brûlantes et dont l'humeur ne cessait de s'assombrir.

Qu'était-il arrivé au village de son enfance ?

Autrefois, de tels drames ne se produisaient pas.

Autrefois, les villageois résolvaient leurs conflits de manière civilisée. Ils répandaient des rumeurs, rasaient des chats, plantaient des clous de cuivre dans les pommiers de leurs voisins et, à l'extrême limite, envoyaient des lettres anonymes au courrier des lecteurs de la gazette locale, mais les meurtres étaient bannis.

Jusqu'à présent.

Depuis quelque temps, on avait l'impression que les habitants de Duck End rattrapaient d'un seul coup tous les meurtres qu'ils s'étaient interdit de commettre pendant une vingtaine d'années. D'abord le pharmacien, puis le colombophile et maintenant le sacristain.

Sans parler, bien entendu, de la mort de Lillith et de Mildred, ses deux amies, qui avait ouvert les festivités à l'automne dernier. Grâce à Agnes, les deux affaires avaient été résolues, mais cela ne semblait pas empêcher les villageois de céder à leurs pulsions meurtrières.

Agnes désapprouvait une telle évolution.

Attendait-on qu'elle élucide tous les crimes ? Ils pouvaient toujours courir ! Elle était depuis si longtemps à la retraite qu'elle se rappelait à peine en quoi son travail à la police avait consisté. Elle se souvenait de piles de dossiers et de scones qu'un collègue apportait au bureau de temps à autre. Le reste demeurait flou.

Elle fixa le reflet de son visage de plus en plus rouge dans la vitre jusqu'à ce que l'autobus la dépose devant Sunset Hall.

Agnes remonta l'allée de jardin en boitillant. Même dans les mois les plus inhospitaliers de l'hiver, sa maison réussissait le tour de force de paraître douillette. Les fruits rouges des églantiers luisaient dans les buissons dépouillés, le lierre épousait la forme des murs telle une couverture vert foncé, une chaude lumière brillait aux fenêtres et au-dessus de la porte d'entrée, depuis peu couleur corail. On se serait cru dans un livre d'images. Agnes distingua alors ses colocataires, rassemblés dans le salon comme on pouvait s'y attendre. Même Brexit, le chien-loup, semblait aux aguets et impatient d'entendre son récit.

Elle inspira profondément, ouvrit la porte, accrocha sa canne au portemanteau et enleva son manteau.

Ensuite, elle entra dans le salon, prête au combat, l'histoire du sacristain mort sur le bout des lèvres.

« Vous n'imaginerez jamais ce qui m'est… »

Elle s'interrompit en constatant que personne ne s'intéressait à ce qui s'était passé, se passait ou se passerait dans le village, que ce soit hier, aujourd'hui, demain ou n'importe quand. Brexit remua la queue par politesse, mais les autres ne levèrent même pas les yeux d'un rectangle d'une innocente blancheur, posé sur la table basse.

« Qu'est-ce que c'est ? », demanda Agnes, soudain vexée par l'indifférence générale.

C'était pour leur faire plaisir qu'elle avait fini par accepter des aides auditives – et voilà que tout le monde s'en moquait.

« Une lettre, murmura Charlie, leur nouvelle colocataire qu'Agnes trouvait un peu trop affriolante, mais qui faisait des crêpes délicieuses.

— Je vois bien, répliqua la maîtresse de maison sans comprendre en quoi une lettre pouvait être plus intéressante que son histoire de sacristain.

— C'est une lettre pour Edwina ! », précisa Bernadette avec une voix d'outre-tombe.

Bernadette était aveugle, grosse et cynique. Derrière ses lunettes noires, elle pouvait fixer le vide d'un air plus ténébreux que quiconque.

À ces mots, Agnes ressentit le besoin de s'asseoir. Une lettre pour Edwina, évidemment, ça, c'était un événement !

Edwina était ce que certaines personnes auraient qualifié d'« un peu absente ». Ces personnes-là ignoraient à quel point Edwina pouvait s'avérer présente quand on vivait avec elle. Elle aimait le yoga, la danse, les jeux de société et les simagrées avec Hettie la tortue. En outre, elle faisait les biscuits les plus durs qu'on puisse imaginer. Des projectiles excellents. Aussi résistants qu'elle, pour ainsi dire.

En revanche, elle n'était pas à proprement parler une bonne correspondante. Agnes ne se souvenait pas de l'avoir jamais vue recevoir du courrier, pas même de la publicité. Il fallait un début à tout…

Elle regarda le rectangle blanc avec plus d'attention. On aurait dit une lettre officielle, avec une petite fenêtre plastifiée à travers laquelle on pouvait lire l'adresse. Elle chaussa ses lunettes et attrapa l'enveloppe du bout des doigts. Il n'y avait aucun doute : c'était le nom d'Edwina. Et l'adresse était bien : Sunset Hall.

Agnes soupira.

« Nous avons pensé qu'il valait mieux t'attendre pour l'ouvrir », expliqua le maréchal, un ancien militaire qui, en situation de crise, attendait toujours l'arrivée d'Agnes, que cela lui plaise ou non.

Apparemment, deux factions s'étaient déjà formées. La première, méfiante, se composait de Bernadette, Winston, le maréchal et Charlie. La deuxième se résumait à Edwina, immobile devant la table basse, dans la posture du guerrier. Ce n'était pas bon signe.

Winston approcha son fauteuil roulant d'Agnes.

« Nous avons même songé à la brûler », murmura-t-il.

Dans leur colocation, Winston était responsable de la paix et de la logique. Une idée aussi sujette à polémique ne lui ressemblait pas du tout.

« Hors de question ! C'est *ma* lettre ! », hurla Edwina qui avait encore de bonnes oreilles.

De bonnes oreilles, de bons yeux, de bons os, une bonne santé. Il n'y avait que la tête qui ne fonctionnait plus bien.

Edwina abandonna la posture du guerrier, arracha l'enveloppe des mains d'Agnes et fit mine de l'ouvrir.

« C'est peut-être une bombe », les prévint Charlie.

L'avertissement fit mouche. Edwina avait autrefois travaillé dans les services secrets, et à tout prendre, une lettre piégée paraissait presque plus vraisemblable qu'une simple lettre.

« N'importe quoi ! » riposta Edwina qui s'interrompit néanmoins dans son élan.

Par une manœuvre qui faillit bien lui faire perdre l'équilibre, Agnes parvint à récupérer l'enveloppe. Elle réfléchit un court instant, puis décréta :

« Nous allons regarder ce qu'elle contient. Il sera toujours temps de la brûler ensuite. »

Il lui fallut un certain temps pour l'ouvrir au moyen d'une aiguille à tricoter – elle ne croyait guère à l'hypothèse d'une lettre piégée, mais prudence est mère de sûreté.

La lettre se limitait à une feuille. Agnes la déplia et redressa ses lunettes.

« Chère Edwina Singh, lut-elle à haute voix.

— C'est moi ! » s'exclama Edwina, radieuse.

Le reste de la communauté était suspendu aux lèvres d'Agnes comme rarement.

« Je me réjouis de pouvoir vous annoncer que vous avez remporté notre grand concours, poursuivit la maîtresse de maison.

— Hourra ! » jubila la gagnante.

Une fois qu'ils furent remis de leur surprise, il leur fallut encore un bon moment pour concevoir comment Edwina avait bien pu participer à un concours et, mieux encore, le gagner. En principe, ils veillaient scrupuleusement à empêcher leur colocataire d'entrer en contact avec le monde extérieur. Cela valait mieux… surtout pour le monde extérieur.

À la réflexion, la faute en revenait au maréchal. Un mois plus tôt, il avait commis l'erreur de céder aux suppliques d'Edwina qui l'avait tanné pendant des heures pour qu'il la laisse surfer sur Internet et regarder des vidéos de tortues. Au bout d'un moment, il avait dû aller aux toilettes et il s'était un peu perdu en chemin. Durant le quart d'heure que dura son absence, Edwina n'avait pas seulement réussi à découvrir des vidéos de tortues en train de s'accoupler, commander une lampe à infrarouge pour reptiles et inscrire le maréchal sur un site de rencontres, mais elle avait aussi participé à un concours – qu'elle avait remporté.

Maintenant, ils étaient dans de beaux draps !

« Et qu'est-ce qu'elle a gagné ? s'enquit Charlie d'un ton prudent.

— Un… »

Agnes lut la suite en silence.

Elle la lut une deuxième fois.

Et par précaution, elle la relut une troisième fois.

C'était bien pire encore que ce qu'elle s'était imaginé.

- 2 -
HIBERNATION

Assise dans son lit, Agnes ne décolérait pas.

Elle avait sorti l'artillerie lourde : une bouillotte brûlante, une tasse de thé fumant, de la musique douce à la radio et un bon livre – pas un roman policier évidemment, mais une œuvre littéraire.

Pourtant, l'atmosphère douillette dont elle avait rêvé dans l'autobus refusait de s'installer. Le chauffage était une fois de plus en panne et la bouillotte ne suffisait pas contre la température arctique qui régnait dans sa chambre. Le thé avait vite refroidi. La radio répétait en boucle *Jingles Bells* et lui rappelait de manière désagréable la mort du sacristain.

Et puis il y avait surtout cette histoire de voyage.

Le malheur avait voulu qu'Edwina gagne un voyage. Un voyage *romantique* ! Pour *deux* personnes. Au bord de la mer. Dans un hôtel de luxe écologique superclasse ! Edwina ! Romantique ! Et au lieu de la dissuader, ses colocataires avaient entrepris de la flatter dans l'espoir de l'accompagner.

Tout cela était bien entendu hors de question. Aucun d'eux n'était capable de venir à bout d'Edwina seul. C'était d'autant plus exclu que dans un hôtel *romantique*, le moindre incident pouvait prendre des proportions effrayantes.

De plus, le qualificatif « écologique » inquiétait quelque peu Agnes. Des carottes pouvaient être écologiques, oui ; la plupart du temps, c'étaient des carottes toutes fripées. Mais un hôtel ? Cela n'avait aucun sens…

Elle remarqua que son livre avait beau être une œuvre littéraire, il la laissait de glace. Elle le jeta au pied du lit. À présent, le thé aussi était froid, la bouillotte faisait entendre des gloussements moqueurs et la radio diffusait une vieille version de *L'Enfant au tambour*.

Pampam pampampam.

Agnes appuya d'abord sur le bouton de la radio, puis sur celui de sa lampe de chevet.

Ensuite, elle s'allongea et rumina dans le noir.

Le lendemain matin, quand elle entra dans la cuisine – vêtue d'un triple gilet et pourtant transie –, le reste de la maisonnée prenait déjà le petit déjeuner. C'était tout à fait inhabituel. D'ordinaire, Agnes se levait toujours la première.

Winston était enveloppé dans une couverture en laine multicolore ; avec son crâne chauve, on aurait dit un énorme bébé. Le maréchal avait mis une écharpe et son képi pour se protéger du froid, Bernadette était tout bonnement descendue avec sa couette, Edwina portait une doudoune et le couvre-théière en guise de bonnet. Quant à Charlie, elle avait sur la tête une fabuleuse casquette en fourrure.

De la buée sortait de la gueule de Brexit.

Agnes renifla. Ça sentait bon. Le café et…

Charlie avait fait ses fameuses crêpes et Edwina en avait empilé quatre dans son assiette. Toujours les yeux plus grands que le ventre, et personne ne disait rien. Évidemment !

« Bonjour », bougonna Agnes.

Le maréchal se leva d'un bond et lui présenta une chaise. Ensuite, il lui servit un café tiède. Voilà au moins quelque chose qui fonctionnait encore.

Pour le reste, il ne fallait pas trop attendre de ses colocataires ce matin-là. Emmitouflés et coiffés comme ils l'étaient, ils regardaient Edwina en train de s'empiffrer.

Du moins aucun d'eux n'avait-il encore prononcé ce stupide terme de « voyage ».

Néanmoins, dès qu'Edwina eut terminé – laissant une crêpe entamée dans son assiette, comme Agnes l'avait craint –, Winston prit son courage à deux mains.

« Bien, Edwina, commença-t-il. Tu as réfléchi ? »

Agnes déglutit une bouchée de crêpe d'un air résolu et tenta une manœuvre de diversion.

« Il faut appeler un plombier, déclara-t-elle à voix haute. J'ai regardé la chaudière. C'est une grosse panne, elle est cassée. Une fois de plus ! »

En temps normal, cette nouvelle aurait déclenché un vent de panique, mais ce jour-là, tous firent de leur mieux pour ignorer la maîtresse de maison. C'était inouï !

« Réfléchi à quoi ? » demanda Edwina en piquant sa fourchette dans le reste de crêpe.

« Eh bien, susurra Charlie, à la personne que tu veux emmener…

— En voyage », précisa Bernadette comme s'il existait le moindre doute.

Le maréchal semblait brûler d'envie de monter sur le ring, mais il croisa le regard d'Agnes et garda le silence par loyauté.

« Oui, bien sûr », répondit Edwina avec un hochement de la tête.

Elle enroula le dernier morceau de crêpe et le mit devant son œil à la manière d'une longue-vue. Puis elle regarda ses colocataires à tour de rôle.

Charlie, le maréchal, Brexit, Bernadette, Winston, Agnes.

Agnes, Winston, Bernadette, Brexit, le maréchal, Charlie.

Charlie…

Agnes se trompait-elle ou les autres redressaient-ils effectivement le dos quand Edwina dirigeait vers eux sa longue-vue en crêpe ?

« Et alors ? demanda pour finir Bernadette. Qui est-ce ?

— Lillith ! » s'exclama Edwina avec un sourire radieux.

Bernadette soupira, Charlie roula des yeux, le maréchal porta la main à son front et Winston se tassa encore un peu plus sous sa couverture multicolore. Agnes fut prise d'un fou rire qu'elle parvint à contenir de justesse.

Edwina, qui semblait avoir remarqué la désapprobation générale, reposa sa longue-vue dans l'assiette.

« Lillith est ma meilleure amie, expliqua-t-elle. Et elle n'a plus beaucoup l'occasion de sortir.

— C'est exclu, décréta Agnes d'un ton catégorique avant de boire une gorgée de café. Tu ne peux pas aller à l'hôtel seule. Il faut quelqu'un pour te surveiller.

— Et il faut quelqu'un pour surveiller l'hôtel, précisa Bernadette.

— Lillith en est tout à fait capable ! » répliqua Edwina qui refusait de s'avouer vaincue.

Cette fois, c'en était trop.

« Lillith est morte, hurla Agnes. Morte et dans une boîte ! »

De fait, leur amie Lillith avait succombé à une balle quelques mois plus tôt et résidait depuis lors dans une boîte à café sur le rebord de la fenêtre à fleurs. Edwina leur préférait-elle vraiment une boîte en métal remplie de cendres humaines ? Voilà qui en disait long, une fois de plus !

À présent, même elle semblait se sentir un peu coupable.

« Je sais, j'aurais bien entendu préféré emmener Hettie, mais Charlie affirme qu'on ne doit pas rompre la chaîne du froid, se justifia-t-elle pour se montrer raisonnable.

— Et tu as pensé à Brexit ? » rétorqua Agnes sur un ton ironique.

En entendant son nom, le chien-loup renifla le reste de crêpe avec espoir.

Edwina secoua la tête d'un air grave. Il était clair qu'elle avait déjà réfléchi à cette éventualité.

« Brexit est trop grand, dit-elle. Il ne peut pas venir ! »

Pour se faire pardonner, elle lança le restant de crêpe au chien qui l'engloutit bruyamment.

Agnes retint son souffle. Edwina avait désormais pris en compte tous les candidats potentiels non humains. Le suspense montait d'un cran. Et elle était obligée d'admettre qu'elle commençait elle aussi à se sentir attirée par la perspective de ce voyage. Certes, l'heureux ou l'heureuse élue devrait endurer les fantaisies d'Edwina – ce qui ne serait pas une partie de plaisir –, mais dans les circonstances actuelles, un hôtel bien chauffé relevait déjà du luxe. De plus, il y aurait selon toute probabilité quantité de mets délicieux et un bon programme de divertissements. Sans parler du sacristain mort ! Vu l'incompétence ordinaire de la police, Agnes avait en effet le vague sentiment que cette histoire finirait tôt ou tard par lui retomber dessus. Alors que si elle pliait bagage…

Elle lutta contre un sentiment de joie anticipée et se leva.

« Je vais appeler le plombier ! » annonça-t-elle avant de sortir de la cuisine de son pas boitillant.

Lécher les bottes d'Edwina ? Et quoi encore ?

Quand Agnes revint dans la cuisine avec des nouvelles catastrophiques, l'atmosphère avait changé. Alors que précédemment ses colocataires courtisaient Edwina, tous avaient à présent les yeux rivés sur elle. Bizarre.

« Le plombier a disparu », déclara-t-elle d'un ton sinistre.

Au train où les choses allaient à Duck End, il avait sans doute été assassiné lui aussi. Ou bien il s'était enfui. À moins qu'il ne soit l'assassin ? Peut-être était-il tout simplement parti avec sa maîtresse ? Pour tout dire, Agnes s'en moquait. La seule certitude, c'était qu'il ne viendrait pas réparer la chaudière, et que le plombier de la petite ville voisine avait « une liste d'attente longue comme le bras », pour reprendre ses propres termes. Il ne pourrait pas venir avant trois semaines. Trois semaines sans chauffage ! Trois semaines à se cantonner dans le salon, la seule pièce où l'on pouvait allumer un feu de cheminée ! Si seulement elle ne s'était pas laissé convaincre d'installer le chauffage central dans les années quatre-vingt ! À l'heure qu'il était, elle ne serait pas en train de s'échauffer. Quoique si elle continuait ainsi, elle éviterait peut-être de prendre froid. Car au vu de la température, elle se demandait même s'ils ne feraient pas mieux d'entrer en hibernation comme Hettie la tortue.

Agnes jeta un regard consterné à la ronde. Il semblait qu'une partie de la nouvelle avait échappé à ses colocataires.

« Oh », dit le maréchal d'un air compatissant.

Toutefois, elle se rendit compte qu'il pensait à autre chose et croisa les bras sur la poitrine. Que se passait-il ? En ce qui concernait le chauffage au moins, ils devaient à tout prix rester solidaires.

Winston s'éclaircit la gorge.

« Charlie a eu une idée », se risqua-t-il à dire.

Avec sa casquette en fourrure, Charlie faisait un peu penser à Catherine de Russie, malgré une mine très malicieuse. Elle esquissa un timide sourire, puis écarta les bras dans un geste aussi élégant que théâtral. Les franges de sa robe de chambre oscillèrent.

« Pourquoi ne pas *tous* y aller ? »

Un peu plus tard dans la matinée, Agnes – assise aussi près du feu de cheminée qu'elle le pouvait sans brûler ses gilets – cogitait toujours.

Il existait un millier de bonnes raisons de ne pas partir en voyage tous en même temps.

L'argent, par exemple.

Ou plutôt le manque d'argent.

Elle ne savait pas précisément combien il y avait dans la cagnotte ni combien coûtait un tel voyage de groupe, mais elle avait le pressentiment que les deux sommes ne correspondaient pas.

En outre, il fallait sortir le chien.

Et quelqu'un devait rester sur place pour harceler le plombier dès son retour, sinon ils pourraient attendre jusqu'au printemps pour avoir de l'eau chaude.

Et puis…

« Alors, tu as réfléchi ? demanda avec prudence le maréchal assis à côté d'elle.

— C'est tout réfléchi ! »

Elle tenta de reculer son fauteuil, mais même enragée, elle n'avait aucune chance car, de l'autre côté, Bernadette, Charlie et Winston formaient un bloc si compact qu'on n'aurait pas pu y glisser une feuille de papier. À ses pieds, Brexit ronflait et sentait le chien mouillé tandis que, derrière elle, le froid tendait ses longs doigts avides vers son dos. Elle était prise au piège.

Agnes soupira et ferma les yeux. Ses colocataires s'étaient ligués contre elle et voulaient tous partir en voyage. Le pire était qu'ils présentaient des arguments tout à fait raisonnables.

Quel cauchemar !

Dans de tels moments, Agnes montait en général bouder seule dans sa chambre, mais ce jour-là, il faisait simplement trop froid pour se retirer dans ses appartements. Elle était coincée dans le salon et, au premier signe de faiblesse, les autres en profiteraient.

Edwina était la seule à ne pas se terrer près de la cheminée. Toujours vêtue de sa doudoune, elle avait déjà entrepris de faire ses valises.

Son tapis de yoga.

Un canif.

La lampe à infrarouge pour reptiles.

La boîte de Lillith.

La télécommande.

« Tu n'auras pas besoin d'une télécommande à l'hôtel ! » la rabroua Agnes.

Aussitôt, elle s'agaça encore plus parce qu'elle avait dit « à l'hôtel ». Le regard triomphal qu'échangèrent Charlie et Winston ne lui échappa point.

Elle avait pour ainsi dire reconnu sa défaite.

En général, Agnes était opposée aux changements qu'elle n'avait pas elle-même suggérés. Par principe. Or, un tel voyage représentait un énorme changement. D'un autre côté, il résoudrait le problème de chauffage, du moins à brève échéance. De plus, dans un hôtel chic, il ne se produirait pas, comme à Duck End, des crimes et des assassinats à tout bout de champ, et l'équilibre financier de leur communauté ne courrait aucun risque puisque, dans un geste magnanime, Charlie s'était proposé de les inviter. Jusque-là, Agnes ne soupçonnait pas à quel point leur nouvelle colocataire était fortunée.

En outre, Charlie avait promis de placer Brexit chez son petit-fils, le maréchal avait trouvé sur Internet un house-sitter pour s'occuper des plantes d'intérieur et promis de bombarder le plombier d'e-mails. Winston avait commandé pour l'occasion un fauteuil roulant tout neuf et ultracompact tandis que Bernadette énumérait déjà tout ce qu'elle allait manger pendant leur séjour – elle ne risquait pas de maigrir.

Agnes elle-même se mit à chantonner, quoique de façon très discrète. Elle était toujours opposée à cette folie, bien entendu, mais en son for intérieur, elle avait commencé à ressentir elle aussi une certaine excitation.

Cela faisait longtemps qu'elle n'avait plus vu la mer.

Un hôtel de cette catégorie possédait à coup sûr du personnel, un chauffage central, une bonne cuisine et devait pouvoir accueillir des clients d'un âge avancé.

Qu'y avait-il à craindre ?

Agnes jeta un coup d'œil à Edwina qui s'efforçait à cet instant précis de faire entrer un grand sécateur dans son sac de sport et elle soupira.

À midi, ils s'assirent près du four qui faisait de son mieux pour réchauffer une pizza surgelée et écoutèrent Charlie houspiller au téléphone l'employé de l'hôtel jusqu'à ce qu'il leur ait trouvé des chambres.

« Je me moque de savoir *comment*, s'écria-t-elle en roulant des yeux bien que son interlocuteur ne pût pas la voir. La question est de savoir *quand* ! »

De toute évidence, l'employé tenta de prendre la parole, mais Charlie l'interrompit aussitôt.

« Dès que possible, bien entendu ! s'exclama-t-elle. Quoi ? Jeudi ? À Newquay ? Pas de problème ! Nous prenons l'avion. Bien entendu que nous avons tous un passeport ! C'est fabuleux ! »

Les jours suivants passèrent à toute vitesse, principalement à cause de la recherche – aussi désespérée que chronophage – de leurs passeports. Quand ils ne les cherchaient pas, qu'ils ne faisaient pas leurs bagages ou qu'ils ne se disputaient pas au sujet du meilleur itinéraire pour aller à l'aéroport, ils se blottissaient devant le feu de cheminée, se passaient une gourde isotherme remplie de thé brûlant et fantasmaient sur le voyage à venir.

« Il y aura des canapés, dit Bernadette, heureuse. Des tas de canapés.

— Et du champagne ! ajouta Charlie. N'oublie pas le champagne !

— Ainsi que des gâteaux, des scones et des biscuits, poursuivit Bernadette.

— Et du gin tonic ! dit Charlie dans un soupir.

— Et des tortues ! intervint Edwina, perdue dans ses rêves. Des tortues exotiques qui n'hibernent jamais ! Pas pour les manger bien sûr, mais comme animal de compagnie. »

Personne n'eut le cœur de lui expliquer que même dans un hôtel de luxe écologique, elle avait peu de chances de trouver des tortues qui n'hibernent jamais.

« Il y aura sûrement des séances de yoga, reprit Charlie qui s'y connaissait en matière d'hôtel de luxe car un de ses anciens maris avait un jour touché le jackpot en Bourse. Sans parler des massages, du sauna et peut-être même d'un petit bal. »

Agnes ravala une remarque caustique et décida de s'associer à l'impatience générale.

« La chaudière fonctionnera sans doute à la perfection, dit-elle avec optimisme. Et l'atmosphère sera paisible, tellement paisible. Pas de meurtre, pas de crime ! »

L'espace d'un instant, elle songea au sacristain qu'elle avait vu pendu à l'une de ses cordes. Avait-elle prévenu la police en fin de compte ? Dans toute cette excitation, elle avait complètement oublié. Mais sans doute l'avaient-ils trouvé depuis et de toute façon, cette affaire ne la regardait pas.

Elle ressentit un soupçon de mauvaise conscience avant de repousser une fois pour toutes l'image du sacristain se balançant dans les airs. Elle avait bouclé sa valise, qui contenait les vêtements les plus raffinés qu'elle avait pu dénicher dans son armoire. En outre, elle était bien décidée à acheter un nouveau bâton de rouge à lèvres à l'aéroport et peut-être même à tester une séance de soins esthétiques à l'hôtel. On verrait bien si ces soins étaient aussi bons qu'on le disait…

« Nous allons enfin tous pouvoir nous détendre ! », déclara Winston.

Sur ce point, il se trompait sans doute car les habitants de Sunset Hall étaient très doués pour s'empêcher les uns les autres de se détendre. Mais qui sait ? Peut-être qu'à l'hôtel, grâce aux canapés et au champagne, une espèce d'harmonie réussirait à s'installer.

« Moi, je vais prendre le vent et regarder le large », annonça le maréchal.

Depuis qu'il avait appris que leur hôtel se situait sur la côte, il s'était mis à jouer le vieux loup de mer même si, pour autant que sût Agnes, il n'avait jamais été dans la marine au cours de sa carrière, mais plutôt dans le désert.

« Nous allons rencontrer des gens gentils, reprit Winston d'un air rayonnant. Des congénères. »

Il fallait espérer qu'il se trompât sur ce point également. Agnes tenta de s'imaginer à quoi ressemblaient leurs congénères et en eut le frisson.

« En plus, il y aura du soleil », se réjouit Bernadette comme si les Cornouailles se trouvaient dans les Caraïbes et non à quelques heures à peine de Duck End.

« Qu'est-ce que ce sera inspirant ! s'exclama Charlie avec une telle fougue que sa casquette en fourrure glissa sur sa tête.

— Et élégant, ajouta Edwina en esquissant une pirouette. D'une élégance extrême ! »

La veille du départ, alors que tous les colocataires de Sunset Hall étaient, contre toute habitude, allés se coucher de bonne heure en perspective d'un lever affreusement matinal, Edwina se releva et, malgré le froid, descendit pieds nus dans le salon. Il fallait à tout prix éviter que les autres l'entendent.

Arrivée au rez-de-chaussée, elle resta un moment immobile, sentit le carrelage glacial sous la plante de ses pieds et tendit l'oreille. Il régnait un silence insolite dans la maison. Le superbe petit-fils de Charlie était déjà venu chercher Brexit, la chaudière n'avait plus fait entendre le moindre son depuis plusieurs jours et Hettie dormait dans le bas du réfrigérateur d'un sommeil si profond que son cœur ne battait plus que de temps à autre, avec modération, comme en passant.

Toutefois, Edwina ne pouvait pas se permettre de songer plus longtemps au rythme cardiaque de la tortue. Dès qu'elle se fut convaincue que personne ne viendrait la surprendre, elle rouvrit ses bagages pour contrôler son attirail.

Un canif.

Un sécateur.

Un carnet et un stylo.
Un briquet.
Un tire-bouchon.
Une télécommande.
Une lampe à infrarouge.
Une perruque.
Des biscuits maison.
Une tortue gonflable pour la piscine.
Lilith.

Au milieu de tout cela, il y avait encore un maillot de bain, un peigne, quelques sous-vêtements, deux ou trois joggings et une robe bleue qu'Agnes l'avait obligée à emporter, mais cela importait peu.

Contrairement aux autres, Edwina n'avait pas cru une seconde à cette histoire de concours, cousue de fil blanc. Bien sûr que non. Ce voyage n'était pas un simple voyage.

C'était une *mission*.

Elle, Edwina, agent secret au service de Sa Majesté, avait enfin été sortie de sa trop longue hibernation pour partir sur le terrain. Elle sentait son cœur battre, non pas au ralenti comme celui d'Hettie, mais avec impatience et détermination.

Le fait qu'elle n'eût aucune idée de la nature de cette mission ne l'inquiétait pas outre mesure. Elle l'apprendrait bien assez tôt, peut-être par un mystérieux appel téléphonique, par un billet glissé discrètement dans la poche de son manteau et portant un numéro, voire par une carte cachée dans une boîte de pralinés qu'on monterait dans sa chambre. C'était la variante qu'elle préférait, sans se l'avouer.

Pour l'heure, il s'agissait d'être prête. Elle examina le contenu de sa valise d'un œil critique. Avait-elle assez de sous-vêtements ? Les biscuits suffiraient-ils ? Lillith était-elle bien calée ?

Elle était un peu embêtée de ne pas pouvoir emporter une véritable arme à cause de l'avion, mais au besoin, un sécateur ou un tire-bouchon pouvaient causer des dommages considérables. Il fallait surtout que personne ne soupçonne quoi que ce soit.

Edwina décida de sortir la tortue en plastique de sa valise et de la transporter dans son bagage à main. Elle se mit à la gonfler. Pendant que la tortue, à laquelle elle avait déjà donné le nom d'« Hettie II », prenait lentement forme, Edwina eut le sentiment que les cendres de Lillith la regardaient avec réprobation. Elle s'arrêta un instant de souffler.

« Ne te fais aucun souci, dit-elle à voix basse. Je vais faire attention. À moi. Aux autres. Et à toi de toute façon. »

Lillith semblait rassurée. Edwina, elle, se réjouissait d'avoir son amie à ses côtés. Les autres colocataires étaient certes sympathiques, mais ils n'avaient pas toujours le sens des réalités. Il n'y avait qu'avec Lillith qu'elle pouvait mener de vraies discussions, forger des plans, échanger des idées. Lillith ne faisait pas de propositions stupides ou n'essayait pas de la dissuader. Et en plus, elle savait la boucler – du moins quand on refermait bien le couvercle. On pouvait lui faire confiance.

« C'est une aventure », l'informa Edwina.

Lillith ne semblait pas moins d'accord avec elle qu'Hettie II, qui était assez gonflée.

- 3 -
AU-DESSUS DES NUAGES

Pourtant, le lendemain matin, quand les habitants de Sunset Hall s'extirpèrent du taxi avec des mines endormies et fripées, leur voyage semblait plus relever de la gageure que de l'aventure. Agnes, pour qui un trajet en autocar jusqu'à la ville voisine représentait déjà un défi, se sentait épuisée après une aussi longue course. Elle n'avait encore jamais vu autant de banlieues minables et de moutons trempés en un si bref laps de temps. Était-ce vraiment à cela que ressemblait le monde – son monde ? Dans son souvenir, il regorgeait de vertes prairies, de villes paisibles et de belles campagnes.

Où était donc passée toute cette campagne ?

Elle confia sa canne au chauffeur et tenta de prendre appui sur son sac de voyage. Le chapeau à plumes de Charlie, en sale état, n'avait plus rien de mondain. Les inévitables lunettes de soleil de Bernadette étaient posées de travers, le maréchal avait le regard vitreux et absent, Winston ne s'en sortait pas avec son nouveau fauteuil roulant super transportable et suait à grosses gouttes.

Edwina s'était procuré une tortue de mer gonflable par on ne savait trop quel moyen et la chevauchait comme un ballon en caoutchouc.

Le vent les tirait à hue et à dia comme pour les dissuader de continuer.

Stop ! Attendez ! Restez ici ! Ne partez pas !

Cependant, les habitants de Sunset Hall ne l'écoutaient pas.

Le chauffeur de taxi finit par s'en aller, les laissant seuls avec leurs bagages devant l'aéroport.

« C'est là ! »

Charlie, qui avait empilé toutes ses valises sur un chariot, se dirigea vers la porte à tambour de l'affreux bâtiment à toit plat l'air sûre d'elle.

Il apparut que l'aéroport se composait pour l'essentiel de trois choses : un sol gris qui s'étendait à perte de vue, des annonces sonores qu'Agnes ne comprenait pas, même avec ses aides auditives, et des gens. Une foule de gens. Agnes ne se souvenait pas avoir jamais vu autant de gens d'un seul coup. Certains étaient vêtus, de façon tout à fait inappropriée, de sandales, de shorts et de chapeaux de soleil. En son for intérieur, elle s'agaça de constater qu'avec son survêtement, ses pantoufles et sa tortue en plastique, Edwina se fondait dans la masse.

Charlie distribua à chacun un morceau de papier.

« Les billets ! C'est par là ! »

Agnes suivit à contrecœur ses colocataires qui se placèrent à la fin d'une queue et s'efforça d'ignorer toute cette histoire. De temps à autre, la file se déplaçait un peu et Edwina avançait d'un bond sur sa tortue. Les autres lui emboîtaient le pas.

Agnes profita de cette attente pour observer discrètement le reste des voyageurs.

En tout cas, ils n'étaient pas les plus vieux. Loin de là ! Juste à côté d'elle se tenaient trois antiques matrones vêtues de noir, et l'homme en fauteuil roulant qui les accompagnait en se déplaçant tant bien que mal dans le sens de la file donnait l'impression d'être déjà mort. Si ces espèces de ruines réussissaient à monter à bord, elle n'avait aucune raison de s'inquiéter.

Au bout d'un moment, ils finirent quand même par atteindre le comptoir, où ils durent présenter leurs passeports. Cela prit un certain temps parce que Edwina avait caché le sien dans son soutien-gorge, ce qui – d'un point de vue stratégique – n'était pas l'idéal. On colla un petit sticker multicolore sur leurs billets, puis ils virent leurs bagages, munis d'une étiquette en papier, s'éloigner sur un tapis roulant. Pour un peu, Agnes aurait tiré sa révérence en toute discrétion et laissé sa valise partir seule en voyage. Hélas, il était trop tard.

Elle soupira.

L'étape suivante consistait à passer une sorte de portillon au milieu de nombreux autres voyageurs impatients de partir.

« On embarque ! se réjouit Edwina en lançant en l'air sa tortue gonflable.

— Nous devons d'abord franchir le contrôle de sécurité », rectifia Charlie.

Agnes, qui avait quand même travaillé dans la police pendant de nombreuses années, s'était attendue à quelque chose dans le genre. Sans doute allait-on examiner le contenu de son bagage à main et procéder à une fouille à corps pour vérifier qu'elle ne transportait pas d'arme ou peut-être même de la drogue. De la drogue ! Agnes soupira à nouveau. Si seulement…

De l'autre côté du portillon, ils durent de nouveau patienter. Or en matière de file d'attente, Agnes avait, comme la plupart de ses compatriotes, certaines exigences. Elle choisit la queue qui lui parut la plus courte et s'y inséra avec détermination. Ce n'est qu'au bout d'un petit moment qu'elle s'aperçut qu'un sbire de l'aéroport avait dirigé ses colocataires vers une autre queue. Derrière elle se trouvait à présent un type en chemise hawaïenne qui ricanait bêtement. Elle jeta un regard nostalgique vers le chapeau à plumes, la couverture de hippie multicolore et la tortue gonflable qui dérivaient inexorablement, telles des épaves en haute mer.

Elle dut lutter contre un accès de panique. Il ne s'agissait au bout du compte que de passer le contrôle de sécurité. Ensuite, les autres l'attendraient, n'est-ce pas ? Au pire, ils se retrouveraient dans l'avion. Elle arriverait bien à monter à bord toute seule. Ce n'était pas la première fois qu'elle embarquait en fin de compte. En même temps, tout était différent autrefois. Il y avait plus de… service. Moins de queues.

Agnes serra son billet entre ses doigts.

C'était le moment où elle aurait dû se réjouir. On ne se réjouissait en effet jamais tant qu'à l'avance, et si elle ne commençait pas à ressentir dès maintenant une certaine excitation, il serait définitivement trop tard. À cette pensée, elle sentit son humeur chuter encore d'un cran.

Elle atteignit néanmoins le contrôle de sécurité plus vite qu'elle ne l'avait imaginé. Là, elle posa son sac à main dans un petit bac en plastique d'un air déterminé et s'avança vers un drôle de cadre métallique. Un sifflement strident retentit. Agnes poursuivit son chemin, mais fut arrêtée par une jeune femme équipée de gants en plastique et d'un objet qui ressemblait à un sèche-cheveux. Elle dut alors s'immobiliser, les bras tendus, pendant que l'employée passait sur l'ensemble de son corps l'objet qui n'était donc sans doute pas un sèche-cheveux. Un sifflement strident retentit de nouveau. Ou plutôt toute une série de sifflements stridents. Au niveau de son soutien-gorge, de son corset, de ses chaussures et même du bouton-pression de sa jupe.

Agnes regarda la jeune femme avec compassion. Pensait-elle vraiment qu'elle allait étrangler le capitaine avec son soutien-gorge ? D'après ce qu'elle savait sur les progrès de l'aviation, le capitaine ne servait de toute façon plus à grand-chose – au fond, on aurait même pu carrément se passer de ses services. Les mesures du contrôle de sécurité lui semblaient exagérées.

Malgré tout, la jeune femme au sèche-cheveux se montra satisfaite et libéra Agnes qui repartit de son pas boitillant. Ce cirque la fatiguait. Où était donc ce fichu avion ?

Dans sa lassitude, elle faillit oublier son sac à main, mais bien qu'elle avançât au radar, son bras la rappela à l'ordre. Il était trop léger.

Ah oui, exact ! Son sac à main ! Elle l'avait mis dans un bac en plastique et maintenant…

Agnes releva les yeux et aperçut son sac à main à quelques mètres d'elle, toujours dans la même cuvette, mais à présent soumis à un examen méticuleux par un agent de la sécurité.

C'était un sac à main extraordinaire qui lui rendait de précieux services depuis de longues années. Ainsi, elle savait par expérience qu'on pouvait y loger un copieux déjeuner, une chatte et ses chatons ou même une petite tente. Cette fois encore, Agnes avait exploité les capacités de son accessoire au maximum. Il contenait de l'argent, du rouge à lèvres, un bon livre, ses aiguilles à tricoter et une pelote de laine, ses lunettes de vue, tout l'attirail nécessaire à l'entretien d'un dentier, un paquet de médicaments dont elle avait besoin de même qu'un paquet d'autres médicaments dont elle espérait n'avoir pas besoin.

Et puis il y avait un slip. Comme ça. Par précaution. Il y avait très longtemps de cela, sa mère lui avait ressassé qu'une dame ne devait jamais partir en voyage sans culotte de rechange, et bien qu'Agnes eût derrière elle toute une vie remplie de culottes de rechange n'ayant jamais servi, elle respectait en général cette règle dont elle ne manquerait pas cependant d'expliquer l'absurdité à sa mère le jour où elle la retrouverait dans l'au-delà.

Pour l'heure, ledit slip était étalé à la vue de tous et examiné par l'agent de sécurité tel un artefact archéologique. Voilà qui suffisait ! Agnes s'empara de sa canne qui, par miracle, avait passé le contrôle sans dégât, et courut vers l'homme aux gants en plastique.

« C'est votre sac ? » demanda-t-il en la regardant d'un air critique par-dessus le bord de son slip.

Agnes ravala sa salive. Elle aurait volontiers nié le moindre rapport entre elle et cette culotte non seulement excessivement grande, mais aussi quelque peu indécente avec ses petites dentelles blanches. Cependant, il fallait bien qu'elle récupère son sac à main.

Donc elle hocha la tête de façon aussi digne que possible.

« Vous avez des liquides là-dedans ? » demanda l'agent en posant le slip avant de continuer sa fouille.

Agnes arrêta de hocher la tête. Des liquides ? Elle avait mal entendu ou quoi ? Bien sûr qu'elle avait des liquides – le nettoyant antibactérien pour son dentier, son shampoing pour cheveux extrafins, une bouteille de jus d'orange. Ce n'était quand même pas un crime !

Elle résolut d'ignorer la question et tendit le bras vers son sac, mais l'agent de sécurité fut plus rapide qu'elle. D'une main, il retint le sac, de l'autre, il continua de fouiller jusqu'à ce qu'il eût sorti le jus d'orange, puis le shampoing et enfin le produit de nettoyage pour prothèse dentaire.

Agnes croyait rêver. Elle inspira à fond. À l'extrême limite, elle était prête à renoncer au jus de fruit et au shampoing, mais pour le produit d'entretien de son râtelier, elle était prête à… montrer les crocs.

« Malheureusement, vous n'avez pas le droit d'emporter plus de cent millilitres de liquides », expliqua le fou aux gants en plastique.

Il fallait d'urgence le rappeler à la raison !

Agnes jeta un coup d'œil aux alentours pour obtenir de l'aide et découvrit dans une autre queue le maréchal à qui l'on était en train d'expliquer qu'il ne pouvait pas emporter son fidèle canif tandis qu'Edwina devait dégonfler sa tortue. Apparemment, on lui avait déjà confisqué son sécateur et une grande discussion était en cours. À la réflexion, Agnes n'était pas mécontente d'avoir atterri dans une autre file d'attente. Pas de jus de fruit et pas de shampoing, bon, d'accord. De toute façon, ses cheveux ne ressemblaient plus à rien, avec ou sans shampoing, et il devait bien y avoir moyen de se procurer du jus d'orange à bord de l'avion.

Le nettoyant antibactérien, en revanche, était indispensable. D'un geste énergique, elle désigna le flacon que l'homme mettait justement dans un sac en plastique transparent.

« Ça, j'en ai besoin.

— Je vous le rends dans un instant. Je le passe juste au scanner, d'accord ? »

Sur ces bonnes paroles, l'agent s'éloigna avec son produit de nettoyage et repartit vers le début de la queue.

Agnes soupira. Elle n'était pas d'accord, mais avait-elle le choix ? Elle voulait enfin monter dans cet avion ou du moins trouver un endroit où elle pourrait s'asseoir, mais il était hors de question qu'elle s'en aille sans son nettoyant antibactérien.

Fermement résolue à attendre, elle se planta à côté du bac en plastique. Sa hanche lui faisait mal. L'air était irrespirable. Elle avait un peu le vertige.

« Eh, grand-mère, c'est pour aujourd'hui ou pour demain ? »

Agnes sursauta et jeta un coup d'œil à la ronde. Grand-mère ? Quelle impertinence !

Quelqu'un se tenait à côté d'elle. Il avait dû franchir le contrôle de sécurité et s'efforçait à présent de passer à côté d'elle et de son sac à main.

« Repars dans ton Ehpad », marmonna-t-il.

Agnes se demanda à nouveau si elle avait mal entendu – ça n'aurait pas été la première fois. Mais ensuite, elle se souvint de ses aides auditives. Donc, elle avait bien entendu. Et le sourire narquois de l'impudent lui confirmait qu'elle avait bien compris.

Dans son Ehpad ! Incroyable ! Pour qui se prenait-il, cet imbécile ?

Elle leva les yeux pour le dévisager. C'était un « grand », mais pas vraiment un adulte. Maigre. Pâle. Un garçon ? Une fille ? Plutôt un garçon, supposa-t-elle, même si elle n'aurait su dire pourquoi. Il avait des épaules assez larges, un menton assez anguleux, mais des jambes maigres, moulées dans un collant noir, de longs cheveux noirs, des yeux aux longs cils soulignés par un trait d'eye-liner noir et des ongles couverts de vernis vert.

Il était jeune, voilà au moins qui était sûr. Jeune et malappris.

« Qu'est-ce qui y a, grand-mère ? lança-t-il en la regardant de haut. Ils t'ont confisqué ton Valium ? »

La pique était hélas assez proche de la vérité. Agnes aurait bien voulu trouver une réponse percutante et caustique, mais rien ne lui traversa l'esprit. Avant, elle avait de la repartie, mais à présent… Elle se contenta par conséquent, avec l'aide de sa canne, de prendre autant de place que possible pour barrer le passage au malotru.

« Tu me cherches, grand-mère ? » la menaça-t-il.

Oui, Agnes le cherchait, et elle avait bien l'intention de continuer.

S'acharner sur elle juste parce qu'elle était vieille et qu'elle ne voulait pas partir sans son nettoyant antibactérien… Elle ravala sa salive et s'efforça de garder son calme car il n'était pas bon de s'exciter – pas bon pour elle, pas bon pour son karma et peut-être même pour le jeune impertinent tout en noir. Il ne fallait pas oublier qu'elle était armée d'une canne.

« Ah, enfin ! »

Quelqu'un glissa son bras sous le sien. C'était Charlie.

Agnes sourit avec soulagement. Sa colocataire, elle, avait l'air passablement énervée.

« Tu viens, Agnes ? On a besoin de renfort de l'autre côté. »

Puis elle ajouta, en baissant la voix :

« Edwina a emporté Lillith, et maintenant, ils veulent la lui confisquer. »

Agnes soupira et jeta un coup d'œil deux queues plus loin : un agent de la sécurité reniflait le contenu d'une boîte en métal d'un air dubitatif tandis qu'Edwina, par une sorte de réflexe, avait adopté la posture du guerrier.

Ça sentait mauvais.

Le malotru profita de son inattention pour passer derrière elle et Charlie, non sans émettre un bruit de succion exprimant son mépris. Agnes se prit à espérer que son avion aurait du retard ou au moins qu'il rencontrerait des turbulences assez sérieuses pour que son visage devienne aussi vert que ses ongles.

L'agent de sécurité revint alors avec son produit à dentier. Il lui adressa un sourire gêné, comme s'il l'avait chicanée sans raison. Elle lui arracha le sachet des mains, le jeta dans son sac et attrapa l'anse, abandonnant son slip blanc dans le bac en plastique. Le fouineur n'avait qu'à en faire ce qui lui chanterait !

Ensuite, Charlie l'entraîna au pas de course vers Edwina qui observait avec un calme inquiétant l'agent en train d'examiner la boîte à café de Lillith.

« C'est de la rouille ? »

Il renifla de nouveau le contenu.

« En tout cas, ce n'est pas un liquide, n'est-ce pas ? lui lança Agnes.

— Non, concéda-t-il.

— Et ce n'est pas non plus une arme », ajouta-t-elle aussitôt.

Quand Edwina avait pris la posture du guerrier, il n'y avait pas de temps à perdre.

« Donc, cela ne vous regarde absolument pas. Remettez le couvercle et laissez-nous embarquer, vous voulez bien ? Nous ne sommes plus de prime jeunesse. »

L'agent de sécurité leva les yeux et regarda d'abord Agnes, qui s'appuyait sur sa canne comme prête à s'écrouler, puis les autres habitants de Sunset Hall qui s'efforçaient tous d'avoir l'air le plus sénile possible.

Il haussa les épaules, revissa le couvercle et referma le sac de sport d'Edwina.

« Vous avez raison, madame. Profitez bien du voyage ! »

Agnes souffla avec dédain. Profiter du voyage, il se moquait d'elle ou quoi ?

Le temps restant jusqu'à l'embarquement constitua pour Agnes l'interminable cauchemar d'un ballet mal chorégraphié, mêlant des troupeaux d'individus qui se bousculaient et se poussaient, des annonces sonores déroutantes, des panneaux minuscules qu'il fallait déchiffrer à toute vitesse avant qu'ils ne soient modifiés et une panique croissante face au constat qu'il n'y avait pas un seul avion en vue. Le tout était aggravé par les douleurs lancinantes dans sa hanche et les jérémiades continues d'Edwina, sans parler des boutiques et des restaurants. On leur proposa même de goûter une liqueur au jaune d'œuf.

Bernadette voulait se mettre quelque chose sous la dent, Edwina avait regonflé sa tortue et se plantait sans cesse au beau milieu du chemin, Charlie n'arrêtait pas de montrer ceci ou cela et insistait pour qu'on la suive. Agnes éprouvait une peur affreuse de rater l'avion, même si, en même temps, elle avait une envie folle de rentrer à la maison, que la chaudière soit réparée ou non.

Par une espèce de miracle, elle se retrouva enfin assise dans un avion, entre un homme d'affaires et une inconnue vêtue d'un manteau en fourrure synthétique, qui fixait son téléphone portable avec passion.

Où les autres étaient-ils passés ? Étaient-ils une fois de plus partis à la dérive ? Était-elle bien à bord du bon avion ? Elle tourna la tête tant bien que mal et découvrit quelques rangées derrière elle le maréchal qui regardait par le hublot avec un sérieux tout militaire et, à côté de lui, Bernadette qui, comme pour leur montrer l'exemple, s'était déjà endormie. Ce n'était pas une mauvaise idée.

Agnes essaya de l'imiter, mais le coude de l'homme d'affaires lui rentrait dans les côtes et elle avait à peine réussi à somnoler quelques secondes qu'un membre de l'équipage la réveilla pour lui demander d'attacher sa ceinture de sécurité. Agnes n'y parvenant pas, sa voisine au manteau en fourrure synthétique s'abaissa à l'aider.

Il faisait beaucoup trop chaud. L'hôtesse de l'air se tenait à présent au milieu de l'allée centrale et faisait le pitre avec un gilet de sauvetage. Agnes avait à la fois de la sueur qui perlait à son front et les pieds glacés. C'était l'enfer.

Pourquoi avaient-ils opté pour l'avion ? Pourquoi n'avaient-ils pas pris tout simplement la voiture pour se rendre en Cornouailles ?

Agnes savait très bien pourquoi. D'après Internet, le trajet durait sept heures. Mais ça, c'était valable pour des gens normaux. Pour les habitants de Sunset Hall, qui avaient constamment faim, qui devaient aller aux toilettes ou se dégourdir les jambes, ce voyage aurait duré une éternité, à supposer qu'ils soient jamais arrivés à destination. Dans ces conditions, il valait mieux en effet être coincé entre une femme en manteau de fourrure synthétique et un businessman. Au moins, ils ne seraient pas obligés de s'arrêter toutes les cinq minutes pour la simple raison que l'un d'eux éprouvait à nouveau un besoin urgent. Au bout d'une heure de torture, tout serait fini – ce qui, à bien y réfléchir, tenait finalement du miracle.

Et alors, ils seraient dans leur hôtel de luxe écologique. Elle essaya de se représenter une grande carotte un peu flétrie, en haut d'une falaise. À l'intérieur, une excellente nourriture, un lit douillet et un chauffage qui fonctionnait… Puis son imagination se tarit, ce qui n'avait guère d'importance puisqu'elle verrait bientôt l'endroit de ses propres yeux.

Ce vol vers l'inconnu s'avérait agréable. Elle se sentait… comment dire ? jeune eût été exagéré, mais en tout cas comme on se sent quand on redécouvre des sensations oubliées depuis longtemps. Une des choses qui la gênaient le plus dans le fait de vieillir était que peu à peu les nouveautés s'épuisaient. On avait déjà tout fait. Tout entendu. Tout vu.

Tout, sauf un hôtel de luxe écologique !

Agnes se surprit à sourire.

Ensuite, l'avion se mit à trembler, s'ébroua comme Brexit quand il avait le pelage mouillé et accéléra d'un seul coup. Toute trace de sourire s'effaça de son visage. De fines traînées de pluie obliques striaient le hublot sur sa droite. Puis le sol céda brusquement et Agnes se retrouva plaquée contre son siège. Par réflexe, elle s'agrippa à quelque chose, tomba par malchance sur la main du businessman et fut repoussée sans le moindre tact. De l'autre côté de la vitre, le monde ne cessait de rétrécir et finit par ressembler au paysage qui lui avait tant manqué pendant la course en taxi : on voyait des champs, des forêts, des rues avec des autos de la taille d'une fourmi, des lotissements qui n'étaient pas sans rappeler une grille de mots croisés. Intéressant ! Ils montèrent toujours plus haut, jusqu'à ce que le monde en dessous eût complètement disparu et qu'elle ne distinguât plus qu'un océan de barbe à papa baigné de soleil. C'étaient les nuages vus d'en haut. Elle n'en croyait pas ses yeux. Elle se pencha à plusieurs reprises vers le hublot si bien que l'homme d'affaires, qui avait à présent ouvert son ordinateur portable et se sentait manifestement oppressé, descendit un petit store gris.

Déçue, Agnès se cala dans son siège. Elle s'efforça à nouveau de dormir, mais était dérangée toutes les cinq minutes. Tout d'abord, ce fut une hôtesse de l'air qui voulait lui vendre des boissons, puis une autre tenta de lui refiler du parfum, après ce fut l'homme d'affaires qui devait aller aux toilettes, ensuite le personnel de vol ramassa les déchets, puis on leur distribua des jeux à gratter et le businessman revint dans la foulée. Agnes dut se lever pour le laisser regagner sa place et découvrit ainsi, à quelques rangées d'elle, la tortue d'Edwina et la chevelure de Charlie d'un blanc de cygne. À ce moment-là, elle éprouva un petit choc car la porte des toilettes à l'avant de l'avion s'ouvrit et un personnage qui ne lui était pas tout à fait inconnu en sortit – avec une tignasse noire, une veste en cuir et des ongles verts.

Le malotru ! Dans son avion ! Quelle coïncidence !

Elle se rassit et commença à échafauder des projets de vengeance. Elle dut néanmoins s'endormir en cours de route car tout à coup, elle se retrouva à parcourir d'un bon pas de longs couloirs sinueux. Le super hôtel de luxe écologique ! Elle sut aussitôt qu'il ne pouvait s'agir que de cet hôtel vu que les murs étaient couleur carotte, la température aussi agréable que par une soirée d'été surgie d'un lointain passé et qu'un petit nuage rose flottait ici et là de façon malicieuse. C'était exactement comme elle se l'était imaginé. Seul un détail ne coïncidait pas : les nuages roses s'épaississaient et elle avait beau s'efforcer de les chasser à coups de canne, elle finit par avancer à tâtons dans une épaisse masse nuageuse.

Au loin se dessinait une forme sombre.

Elle s'avança et reconnut le sacristain. Il était aussi mort que dans son souvenir et se balançait doucement dans le vide. Elle l'observa avec agacement. Qu'est-ce que cet homme venait faire dans cet hôtel et dans son rêve ? N'avait-elle pas tout fait pour refouler ce crime ?

Elle décida de s'en aller, mais à cet instant, le pendu tendit la main et l'attrapa par le bras.

Agnes écarquilla les yeux. Quelqu'un lui avait en effet touché le bras ! Par bonheur, ce n'était pas le sacristain mort, mais la femme au manteau en fourrure synthétique. Il lui fallut un moment pour prendre ses marques.

Elle était en avion. Ah oui, c'est vrai.

L'avion en question sursautait et vacillait de manière impressionnante.

Une voix annonça au micro qu'il traversait une zone de turbulences, le personnel de bord remonta l'allée centrale en hâte pour contrôler que tout le monde était bien attaché et Agnes éprouva une drôle de sensation dans l'estomac. Aussitôt, elle regretta d'avoir avalé deux petites bouteilles de liqueur au jaune d'œuf à l'aéroport. Et elle s'en voulut aussi d'avoir souhaité de terribles turbulences au malotru. Elle était maintenant dans de beaux draps ! Pour penser à autre chose, elle s'efforça de desserrer la main de la femme au manteau en fourrure synthétique, sans succès. Sa voisine s'agrippait à elle comme si elle était en train de se noyer et qu'Agnes était une énorme tortue gonflable.

L'avion perdit de l'altitude. Sa voisine gémit.

« Nous allons tous mourir !

— Certes, répliqua Agnes avec une certaine âcreté. Mais pas tout de suite. »

Elle aurait préféré être assise à côté d'une personne sensée, le maréchal par exemple ou même Edwina qui ne se laissait pas facilement impressionner. Au lieu de cela, elle était tombée sur cette femme emmitouflée dans un manteau en fourrure synthétique, trempée de sueur et verte de peur, qui la confondait de toute évidence avec une tortue en plastique.

« Si seulement je n'avais pas participé à ce stupide séminaire sur l'aviophobie, je ne serais pas ici à l'heure qu'il est. Je serais chez moi avec Caspar ! »

Agnes s'apprêtait à répondre que le malheureux Caspar avait sans doute bien mérité quelques jours de repos quand l'avion effectua un dernier bond impétueux avant de se poser sur le sol avec lourdeur. Et voilà !

La femme au manteau en fourrure synthétique couina avec un temps de retard et lâcha enfin le bras d'Agnes. Puis elle ralluma son portable et commença à écrire des SMS comme s'il ne s'était rien passé. Incroyable !

L'homme d'affaires, de l'autre côté, dormait depuis le début des turbulences. Une hôtesse vint le réveiller et lui demanda d'ouvrir le store. Agnes découvrit alors l'asphalte brillant de pluie, les arbres fouettés par le vent et, au loin, très loin, une tache instable d'un bleu sombre qui était peut-être, mais alors seulement peut-être, la mer.

Edwina et Hettie II descendirent de l'avion d'humeur joyeuse. Le vent leur soufflait un air froid et salé sur le visage, le ridicule contrôle de sécurité à l'aéroport n'avait trouvé que la moitié de l'arsenal improvisé d'Edwina et, à bord, elles avaient déjà repéré un premier contact en la personne d'un jeune homme aux cheveux en bataille et aux mauvaises manières. Comme Edwina, il avait selon toute vraisemblance choisi de se faire remarquer pour mieux passer inaperçu : il avait recouvert ses ongles de vernis vert et appliqué sur ses yeux un maquillage spectaculaire qu'elle lui enviait en secret.

Elle avait observé l'agent au moment où il remontait l'allée centrale – d'un pas si rapide qu'il avait failli renverser une hôtesse – et s'était ensuite attardé devant les toilettes avec un air faussement blasé. Puis elle avait remarqué comment ses yeux sombres au-dessous de ses cils fabuleusement longs s'étaient posés sur chacun des passagers et les avaient scrutés avec insistance. Cela ne faisait aucun doute, il était en mission.

Ensuite, son collègue s'était éclipsé pendant un bon moment aux toilettes, où il s'était à coup sûr livré à quelque activité relevant de l'espionnage. Et celle-ci, quelle qu'elle pût être, avait manifestement abouti car il avait rejoint son siège avec un sourire aux lèvres. Edwina avait alors résolu d'entrer en contact.

À l'instant même où l'agent secret passait devant elle, elle tendit la tortue avec une feinte maladresse pour lui barrer le passage.

Il s'arrêta sur place, regarda d'abord Hettie II, puis Edwina, et émit un ricanement.

« Attention avec les *sex toys*, mamie ! » s'exclama-t-il.

Elle comprit aussitôt. Il eût été beaucoup trop risqué d'entamer la conversation en public. C'est pourquoi elle lui adressa un clin d'œil complice et reposa Hettie II sur ses genoux. Le jeune homme avait continué son chemin et, alors qu'Edwina commençait à perdre espoir, s'était retourné dans sa direction pour lui rendre son salut de la main.

Elle brûlait d'impatience de sortir Lillith de son sac de sport pour discuter de tout cela.

- 4 -
FLÉTRIE

Agnes avait dû dormir pendant la majeure partie du trajet. Elle se souvenait de la descente d'avion, d'une petite pluie fine, d'un escalier dangereusement raide. Ensuite, il avait une nouvelle fois été question de bagages, puis de taxis. Edwina, étonnamment coopérative, avait dégonflé sa tortue pour la deuxième fois de la journée. Ils étaient néanmoins serrés comme des sardines. La dénomination « véhicule spacieux » était une belle plaisanterie. À gauche, les rondeurs de Bernadette lui moulaient le corps tandis qu'à droite, le coude pointu du maréchal lui rentrait dans les côtes. Charlie s'était attribué le siège passager et s'efforçait de nouer conversation avec le chauffeur.

À l'extérieur, deux essuie-glaces absolument débordés luttaient contre la pluie.

On n'avançait pas vite.

« Tout le monde a besoin de se reposer de temps à autre… dit Charlie. Et cet *Éden* me semble être un endroit merveilleux. Vous y êtes déjà allé ? »

Le chauffeur marmonna quelque chose comme « seuls des fanas de mange-graines trouvent la voie de l'*Éden* » et se mit à pester contre le mauvais temps. Charlie ne se laissa pas décourager si vite.

« C'est vraiment original, n'est-ce pas ? Un hôtel de luxe écologique. En tout cas, moi, je suis ravie. »

Ensuite, Agnes avait pour de bon sombré dans le sommeil. Elle ne revint à elle que lorsque Bernadette lui secoua l'épaule.

« Agnes ! Réveille-toi ! Je crois que nous sommes bientôt arrivés. »

Agnes ouvrit grand les yeux et scruta le paysage par la vitre. Elle vit la mer, lisse comme du velours gris, et le taxi qui longeait la côte, non sans mal, sur une route assez périlleuse. La pente était sacrément abrupte. Les mouettes planaient dans l'air avec un talent majestueux.

Et tout devant…

Elle avait dû bel et bien émettre un petit cri involontaire car Bernadette la secoua de nouveau.

« Alors ? Tu le vois ? »

Agnes hocha la tête jusqu'à ce qu'elle se rappelle que son amie, elle, ne pouvait pas le voir.

« Un peu, que je le vois !

— Et alors ? C'est beau ?

— Oui, confirma Agnes, très beau ! »

En son for intérieur, elle ressentait une certaine satisfaction parce que l'hôtel évoquait un peu une carotte, quoiqu'une carotte fine et douce au toucher dont la pointe surplombait audacieusement les falaises. Bref, tout sauf une carotte fripée. Agnes distinguait du bois terni par le soleil et une quantité phénoménale de verre. Elle tendit le cou.

« Bon, insista Bernadette avec impatience. Ça ressemble à quoi ? »

Agnes faillit évoquer sa métaphore de carotte, mais Charlie la devança.

« À un navire ! s'exclama-t-elle. Un navire qui prend la mer ! »

C'était naturellement une bien meilleure comparaison.

Une fois dans le hall, ils jetèrent autour d'eux des regards intimidés. Agnes, dont la dernière rencontre avec l'architecture moderne remontait aux années soixante-dix, n'en revenait pas.

Le mur devant elle se composait d'une immense vitre, allant du sol au plafond et donnant sur… les falaises. Agnes contempla les flots au-dessus desquels les mouettes semblaient à présent les épier d'un air quand même un peu envieux. Des nuages s'amassaient à l'horizon. Elle avait l'impression de vivre une aventure rien qu'en regardant par la fenêtre.

Derrière elle, la réception formait un élégant arc de cercle en bois sombre. La dame postée à cet endroit s'était absentée un instant pour s'occuper de leurs bagages (enfin quelqu'un qui s'occupait d'eux !). Agnes eut ainsi le loisir de poursuivre son examen.

Le hall était grand, mais pas non plus trop grand. Il était juste… parfait. On aurait dit une grotte aux proportions idéales. Pas trop lumineux. Pas trop sombre. Pas trop coloré. Pas trop terne. Doux et lisse. En repensant à sa carotte, elle fut obligée de reconnaître, avec un pincement au cœur, que les seules choses fripées en ce lieu, c'étaient eux.

Une merveilleuse odeur de cire et de foin flottait dans l'air. Même la température était idéale : il faisait chaud, bon, mais pas trop chaud. Le chauffage fonctionnait à la perfection.

L'ensemble était doux, rond et fluide, comme si l'hôtel n'avait pas été construit, mais délicatement moulé par un cours d'eau. De façon organique. Bien entendu, dans la réalité, les choses avaient dû se passer autrement.

Des soufflements intempestifs l'arrachèrent à sa rêverie. C'était Edwina qui gonflait son animal en plastique pour la troisième fois de la journée.

Puis elle entendit un raclement de gorge derrière elle.

« Agnes ? dit Charlie. Nous pourrions peut-être parler de la répartition des chambres, qu'en penses-tu ? »

Agnes s'arracha à contrecœur à la contemplation des falaises et du hall de l'hôtel et tourna vers ses colocataires un regard rempli d'incompréhension.

« Nous n'avons pas encore décidé qui loge avec qui », précisa Charlie.

Qui loge avec qui ?

« Winston et le maréchal partagent une chambre, c'est évident, mais le reste ? As-tu des souhaits particuliers ? »

Agnes éprouvait surtout le désir d'envoyer Charlie au diable. Partager une chambre ? Il ne manquait plus que cela ! Elle s'était vaguement doutée qu'une telle éventualité lui pendait au nez, mais à présent qu'il fallait l'affronter, l'affaire se compliquait.

« Je partage ma chambre avec Lillith ! s'exclama Edwina en tendant la tortue regonflée sous le nez de Charlie. Et avec Hettie II bien entendu ! »

Charlie soupira.

« Cela ne suffira pas, Edwina. »

Agnes prit alors une décision spontanée. Pour sa paix intérieure, il importait plus que tout de ne pas devoir partager sa chambre avec Edwina. Le reste était accessoire.

« Je suis avec Bernadette ! annonça-t-elle très vite. C'est convenu entre nous. »

L'espace d'un instant, Bernadette parut surprise, mais elle comprit vite.

« Oui, en effet, lança-t-elle. C'est ce dont nous sommes convenues. »

Charlie remit en ordre quelques plumes de son chapeau avec une mine contrariée.

« Ah, ah, je vois… Dans ce cas, je loge avec Edwina, c'est cela ? Et avec Lillith et Hettie naturellement ! ajouta-t-elle sans laisser le temps à Edwina de repartir à la charge. Bien, je crois que pour commencer, il me faut un cocktail ! »

Elle chercha un bar des yeux, mais avant qu'elle en eût trouvé un, la femme derrière le comptoir avait refait surface.

Agnes n'était pas sûre que ce fût la même que précédemment, mais celle-ci lui rappelait quelqu'un. Cette façon de sourire. De lever la main. Cela prit un petit moment, mais elle finit par tilter : c'était la reine. La femme en question était certes beaucoup plus jeune, elle avait des cheveux bruns et un visage lisse et déterminé. Cependant, elle dégageait la même dignité qu'Élisabeth II. Peut-être cette impression tenait-elle simplement au corgi assis à ses pieds, qui réussissait le tour de force de paraître à la fois lassé et méprisant. Un vrai snob.

La femme à l'attitude royale leva la main. Agnes s'apprêta mentalement à être élevée au rang de chevalier ou du moins à recevoir une longue poignée de main, mais au lieu de cela, la jeune femme leur adressa à chacun un sourire radieux et leur tendit à tour de rôle une petite carte en plastique qui donnait prétendument accès à tout dans l'hôtel.

« Bienvenue à l'*Éden* ! s'écria-t-elle d'un air également radieux tout en glissant une mèche de cheveux bruns et lisses derrière son oreille. Je suis Helen, la directrice, et, avec mon équipe, je ferai tout ce qui est en mon pouvoir pour que votre séjour se déroule de façon agréable et sans le moindre problème. »

Le chien à ses pieds ne semblait pas faire partie de l'équipe. Il jeta un regard condescendant aux habitants de Sunset Hall, renifla la tortue en plastique avec un air de désapprobation, traversa le hall en trottinant sur ses petites pattes et disparut dans le labyrinthe d'un confortable fauteuil.

Agnes, de son côté, fixa la directrice avec scepticisme. Sans problème ? Avec Edwina ?

« Écoutez ! Écoutez ! s'écria Winston.

— Hourra ! » jubila Edwina en lançant Hettie II dans les airs.

Seul le maréchal fixait son téléphone d'un air renfrogné, tendait l'appareil dans toutes les directions et paraissait mécontent.

« Il n'y a pas de réseau », se plaignit-il.

Agnes ressentit un flot de sympathie pour l'ancien militaire qui ne se laissait pas impressionner par la royale Helen ni par l'architecture raffinée de l'*Éden*.

La directrice n'en continua pas moins de sourire.

« Hélas, nous n'avons pas de réseau, en effet, mais nous avons décidé d'assumer très consciemment cette désintoxication numérique. En revanche, nous avons le Wi-Fi. En cas d'urgence.

— Il s'agit d'une urgence », dit brièvement le maréchal.

Helen lui tendit une autre petite carte. Elle semblait être habituée à ce que les clients accueillent mal son idée de désintoxication numérique.

« À propos de désintoxication, enchaîna Charlie, qu'en est-il ? J'ai entendu dire qu'il y avait du champagne. »

La réceptionniste regarda de nouveau l'assemblée avec un autre sourire radieux.

« Vos chambres ne sont malheureusement pas encore tout à fait prêtes, mais vous pouvez vous détendre soit ici, dans le hall, soit dans notre salle de jeux, dans la bibliothèque et même au spa. Il y a une merveilleuse méditation de groupe qui commence dans une demi-heure, je ne peux que vous la recommander. De plus, comme vous avez choisi la formule romantique, nous vous avons bien entendu préparé un thé romantique avec des petits fours et du champagne. Mais peut-être voulez-vous d'abord vous rafraîchir ?

« Non, d'abord le champagne, décréta Charlie. Avec le thé, quelle bonne idée ! »

Personne ne la contredit. Depuis des années déjà, ils avaient renoncé à se rafraîchir. À leur âge, de toute façon, on avait perdu toute fraîcheur. Un thé brûlant et deux ou trois bricoles à se mettre sous le dentier les aideraient sans doute à s'acclimater.

« Comme vous préférez ! »

Le sourire de la directrice se fit encore plus radieux. Elle montrait tant d'enthousiasme que la mèche de cheveux bruns et lisses se dégagea de derrière son oreille.

« Je vais vous faire apporter cela. Suivez-moi dans le jardin d'hiver, je vous prie. »

Agnes était à ce point hypnotisée par le bon goût environnant qu'elle ne se rendit compte de ce qu'elle avait entendu qu'une fois en chemin vers ledit jardin d'hiver. S'était-elle méprise ?

« La *formule romantique*, demanda-t-elle tout bas à Charlie. Pourquoi cela ?

— Pourquoi pas ? répondit Charlie d'une voix tout aussi basse. Elle comprend une bouteille de champagne dans la chambre, ce thé de bienvenue et je ne sais plus quoi encore. Je me suis dit qu'avec du champagne, on ne commettait jamais d'erreur. En outre, c'était la formule qu'Edwina avait gagnée. Il n'y a pas de raison !

— D'accord, mais *romantique* ? Tu imagines, Bernadette et moi ? »

En même temps…

« Il n'est jamais trop tard, ricana Charlie. Edwina n'est pas non plus une partenaire de rêve, mais en fin de compte, tout est permis de nos jours pas vrai ? Il faut vivre avec son temps ! »

Elle lui adressa un clin d'œil. Puis ils passèrent une porte et Charlie écarta les bras.

« C'est fabuleux ! »

Le thé au champagne était en effet fabuleux, même si au départ Agnes avait du mal à se concentrer parce que le « je ne sais plus quoi » inclus dans la formule retenue par Charlie l'inquiétait.

Les canapés, petits fours et gorgées de champagne aidant, elle parvint toutefois à se détendre. La nourriture, assez complexe, réclamait les explications d'un maître d'hôtel. Les ingrédients étaient biodynamiques, cueillis en pleine nature ou cultivés sur place par de petits producteurs, mais quoi qu'il en soit, on ne pouvait pas nier que tout était excellent. Même le thé était issu de plantations en Angleterre – et pourtant il était bon. Incroyable !

Il s'agissait au bout du compte de réduire autant que possible l'empreinte d'un certain Carbone. Agnes ne voyait pas trop ce que cela avait à voir avec le thé et les petits fours, mais pour une fois, elle ne voulait pas pinailler.

Les joues de Charlie s'étaient empourprées, les lunettes de soleil de Bernadette étaient posées sur son nez de manière espiègle, Winston était radieux, le maréchal jetait sur le monde un regard illuminé par le champagne et même Edwina se tenait tranquille. C'était un rare moment d'harmonie qu'Agnes n'avait aucune envie de gâcher avec des questions sur les empreintes de Carbone.

Ils trinquèrent. À leur voyage, à leur communauté, aux chauffages qui fonctionnaient et surtout à l'avenir qui s'annonçait plaisant, bien tempéré et arrosé de champagne. Pendant un instant, Agnes fut vraiment d'humeur festive, puis l'alcool commença à lui monter à la tête. Elle cligna des yeux. Elle avait l'impression d'avoir le crâne pour ainsi dire rembourré, rempli d'une substance agréable quoique inutile, de barbe à papa peut-être. Oui, c'est cela : de barbe à papa ! Elle cligna des yeux une seconde fois. Les mots qui se frayaient un chemin à travers la barbe à papa ne parvenaient pas jusqu'à sa langue. Elle garda par conséquent la bouche fermée, veillant plutôt à ne pas tomber de sa chaise. C'est qu'il n'était pas facile de rester assise !

Edwina avait sorti Lillith de son sac de sport et papotait avec la boîte en métal entrouverte.

Bernadette s'empiffrait de canapés.

Winston, enfin réconcilié avec son nouveau fauteuil roulant, se montrait à la fois détendu et digne.

Charlie essayait de flirter avec le serveur et de le convaincre d'ouvrir une nouvelle bouteille de champagne.

Le maréchal regardait Agnes avec un drôle d'air.

Elle s'appuya contre le dossier de son fauteuil et contempla d'abord ses colocataires, puis le beau jardin d'hiver qui, même en ce jour gris, était baigné de lumière. C'était à vrai dire plus un jardin qu'un salon. Des palmiers et des fougères poussaient avec complaisance au milieu des tables. De l'eau bruissait quelque part. Ça sentait… le vert.

Agnes soupira d'aise.

Il faisait si bon.

C'était si distingué.

On se sentait tellement en sécurité.

Exact, c'était là l'essentiel !

L'*Éden* respirait la sécurité. Tout ici était poli.

Il n'y avait pas de marches perfides ni de coins sombres. On pouvait voir si loin et, pourtant, on se sentait autant à l'abri que dans une grotte.

L'*Éden* faisait l'effet d'un endroit où il ne pouvait rien vous arriver de mal.

Du fait du champagne, elle avait dû s'endormir quelques instants car en ouvrant les yeux, elle aperçut tout d'abord un couteau pointé vers elle.

Prise de panique, elle tendit aussitôt la main vers sa canne, bien décidée à se défendre, mais ne palpa rien d'autre que l'accoudoir en velours.

Dès l'instant suivant, elle comprit qu'elle n'avait aucune raison de paniquer. Elle détacha son attention de la lame qui entreprenait justement de trancher une des tartelettes posées sur le plat à gâteaux en deux parts plus petites. À l'extrémité du manche se tenait une femme bronzée aux cheveux teint en blond, une jeunette qui devait avoir dans les quarante ans. Quand elle remarqua le regard d'Agnes rivé sur elle, elle porta l'index de sa main gauche à ses lèvres d'un air conspirateur.

« Hé ! » s'exclama Agnes qui n'avait pas l'intention de laisser une inconnue leur piquer une tartelette.

Que passait-il ici ? Où étaient les autres ? Pourquoi était-elle maintenant seule à table ?

« Vos amis sont déjà montés dans leurs chambres », dit la voleuse comme si elle pouvait lire dans ses pensées.

Elle saisit une moitié de tartelette et la fourra dans sa bouche, en une seule fois, comme un hamster.

Pendant qu'elle mâchait, Agnes découvrit un petit mot sur son assiette. Elle fouilla dans son sac à la recherche de ses lunettes.

Nous ne voulions pas te réveiller, avait rédigé le maréchal de son écriture anguleuse. *Nos chambres sont tellement loin. Nous ne savions pas si tu avais fini de manger.*

Agnes plissa les yeux. Le message était un peu confus, mais elle en déduisit que ses colocataires n'avaient pas réussi à la réveiller et qu'ils avaient décidé de l'abandonner à son sort – en compagnie d'une voleuse armée d'un couteau !

Dans l'intervalle, la voleuse en question avait cessé de mâcher. Elle tendit une main collante dans sa direction.

« Je m'appelle Trudy. Je leur ai promis de veiller sur vous jusqu'à ce que vous ayez recouvré vos esprits. »

Recouvrer ses esprits ! Agnes n'avait jamais perdu ses esprits ! On voyait que cette folle n'avait encore jamais discuté avec Edwina.

Elle fit semblant de ne pas remarquer la main tendue et tourna les yeux vers la moitié de tarte restante avec une mine lourde de reproche.

Trudy rougit et se passa la main dans les cheveux.

« Je… C'est-à-dire que… Au départ, je ne voulais pas, mais elles sont si appétissantes. »

Elle s'assit sur la chaise à côté d'Agnes et murmura sur le ton de la confidence :

« Je me suis inscrite à une semaine de détox. Nous commençons par courir sur la plage au petit matin. Ensuite, nous faisons du yoga. Puis nous marchons en haut des falaises. Et avec tout cela, nous n'avons droit qu'à des jus de fruits et des crudités !

— Vous auriez dû choisir la formule romantique, répliqua Agnes avec pragmatisme.

— Maintenant, c'est trop tard, constata Trudy en jetant des regards à la ronde. Si mon entraîneuse me surprend ici, elle va me tuer ! »

La tuer ? Pour une demi-tartelette ? Même à Duck End, c'était impensable, et pourtant, on y avait la gâchette facile depuis quelque temps. Agnes se rendit compte qu'elle n'avait plus faim et fit glisser la deuxième part dans la direction de Trudy.

« Dans ce cas, prenez au moins l'autre moitié ! »

Personne ne devait mourir à cause d'une petite pâtisserie.

La blonde ne se fit pas prier. Elle avala le reste de tartelette, un scone et un canapé au concombre.

Puis elle ferma les yeux et soupira d'aise.

Agnes profita de ce moment pour inspecter les alentours. Elles étaient seules dans la pièce, du moins si l'on faisait abstraction des palmiers et des fougères. Ah non, erreur ! Même si l'*Éden* était tout en courbes fluides, il y avait à l'autre bout du salon un coin arrondi et sombre qui n'était pas sans rappeler un angle et où se trouvait le corgi avec, à ses côtés, dans un fauteuil, une silhouette fixant la mer. Une silhouette tout de blanc vêtue. Était-elle déjà là à leur arrivée ?

Agnes ôta ses lunettes pour mieux voir.

C'était une femme.

Plus jeune qu'elle. Mais plus vieille que Trudy. Agnes avait toujours du mal à donner un âge aux jeunettes. Celle-ci avait des cheveux courts. Une coupe presque monacale. Et d'amples vêtements blancs.

La femme fixait la mer sans bouger. Pourtant, sa position ne traduisait pas le repos. Elle rappelait vaguement un chat posté devant un trou de souris.

Plein d'espoir.

Prêt à bondir.

Sauf qu'il n'y avait pas de souris, mais seulement la mer.

« La veuve blanche, murmura Trudy. Je ne voudrais pas me retrouver seule avec elle ! »

Agnes haussa les sourcils.

« Un nom singulier ! »

Trudy prit une profonde inspiration. Il ne faisait aucun doute qu'elle connaissait deux ou trois détails sur la femme assise à l'autre bout de la pièce et qu'elle brûlait de les lui confier.

« Pendant un séjour ici il y a trois ans, son mari est… »

Elle passa son index devant sa gorge dans un geste univoque.

« Depuis, elle revient tous les ans à la même date… Bizarre, n'est-ce pas ? Quand ce genre de malheur vous arrive, on aurait tendance à penser que vous ne reviendrez jamais… »

Puis elle baissa encore la voix.

« D'autant que la mort de son mari n'est pas tout à fait claire. »

Revoilà des commérages ! Comme à Duck End ! Et sur les mêmes sujets en plus. Agnes se pencha en avant, non qu'elle fît grand cas des commérages en général, mais parce qu'ici, dans l'univers inconnu de l'*Éden*, ces commérages lui faisaient l'effet d'une chose familière, presque d'un petit bout de terre natale.

Hélas, avant qu'Agnes eût l'occasion d'en apprendre plus sur la veuve blanche et son mari disparu dans des circonstances mystérieuses, elle vit surgir le maréchal, l'air gêné et le regard fébrile.

« Ah, tu es réveillée ! C'est bien ! Nous ne savions pas… »

Il s'interrompit et eut l'air encore plus embarrassé.

« Nous sommes prêts. Enfin, nos chambres sont prêtes. Elles sont réellement très belles. Veux-tu peut-être… ? »

Il lui tendit le bras dans un geste engageant.

Elle hocha la tête et entreprit le long processus de l'extraction du fauteuil.

« Je te présente Trudy, maréchal. Elle est en cure. »

La blonde sourit d'un air triste.

« Et là-bas au fond, il paraît que c'est la veuve blanche », poursuivit-elle dans l'espoir de relancer les commérages.

« Enchanté », dit le maréchal qui ne tourna même pas les yeux dans la direction indiquée.

Agnes soupira et se laissa porter. Par malheur, son ami n'avait aucun goût pour les ragots, sauf s'ils concernaient de vieilles armes remontant à la Seconde Guerre mondiale et qu'ils circulaient sur la toile.

Mais ce n'était pas grave. Trudy aimait manifestement bavarder et il n'était pas difficile de la corrompre avec de la nourriture. Agnes résolut de la cuisiner à la première occasion. La veuve blanche l'intéressait. Quelque chose dans l'attitude de cette femme, dans son regard, lui semblait… peu naturel. Elle avait la sensation de voir un corps congelé, un objet immobile alors qu'il n'aurait pas dû l'être, un pendule soudain arrêté et avide de recommencer à balancer, d'un côté et de l'autre, d'un extrême à l'autre.

Edwina s'ennuyait.

À sa grande déception, elle n'avait trouvé dans sa chambre ni boîte de pralinés conspiratrice, ni quoi que ce soit qui pût l'aider dans ses activités d'agent secret. Charlie s'était aussitôt allongée, elle ronflait à présent de manière fort peu distinguée. Hettie II et Lillith ne se montraient pas très bavardes non plus.

Par chance, il restait la mission.

Edwina résolut de laisser Charlie dormir sur ses deux oreilles et d'entreprendre ses premières investigations. C'était certes tout le contraire de ce qu'elle avait promis et juré à sa colocataire quelque cinq minutes plus tôt, mais Charlie ne pouvait pas se douter qu'elle était en opération, et pour peu qu'Edwina se montre habile, personne ne remarquerait qu'elle avait quitté sa chambre.

Elle mit rapidement Lillith au courant sous le regard impassible d'Hettie II qui la fixait de ses yeux peints. Edwina était un peu déçue par sa nouvelle tortue.

Elle contrôla une dernière fois que Charlie dormait toujours et, par précaution, glissa le tire-bouchon de l'hôtel dans sa poche de survêtement. Qu'il s'agisse d'ouvrir une bouteille ou de se défendre, avec un tire-bouchon, on était toujours bien armé.

Ensuite, elle sortit dans le couloir.

La lumière était agréablement tamisée. Edwina scruta les portes qui se succédaient. Le maréchal et Winston avaient refermé l'une d'elles derrière eux, Bernadette se cachait derrière une autre. Seule Agnes, à sa connaissance, se baladait encore – quoique « se balader » ne fût pas nécessairement l'expression la plus appropriée pour parler d'Agnes qui avait beaucoup mal à se déplacer. Il devait être possible de ne pas la croiser.

Edwina remonta d'abord le couloir sur sa droite, puis tourna à gauche et continua tout droit. Il y avait un ascenseur, mais elle préféra emprunter l'escalier. Il fallait descendre quelques marches, puis franchir un palier et ensuite remonter quelques marches. C'était assez troublant, mais elle avait un excellent sens de l'orientation et savait exactement où elle se trouvait, à savoir au-dessous du hall.

Le couloir était à présent plus large et plus lumineux. Sur la droite, on apercevait la mer à travers une série de hautes fenêtres étroites. Edwina aimait la mer. Elle était remplie d'animaux et de mystères, elle sentait bon et ne se mêlait pas des affaires des autres.

Elle se serait volontiers arrêtée pour contempler les flots en action, mais elle ne devait pas oublier sa mission et ce n'était pas en bayant aux mouettes qu'elle la remplirait.

Quelques mètres plus loin, elle découvrit une pancarte où il était écrit : SPA. Cela sentait la conspiration. Edwina décida de suivre la flèche. Elle contourna un angle et découvrit une porte en verre qui lui fit changer d'avis. Derrière cette porte, il y avait une pièce lumineuse avec des fenêtres donnant sur la mer. Quelques personnes étaient allongées sur le plancher sans bouger. Une seule était assise, une femme qui lui rappelait agréablement un hérisson.

Edwina colla son nez à la vitre. On aurait dit une sorte de culte. Elle devait être au bon endroit !

Avant qu'elle ait pu sortir son tire-bouchon, la femme hérisson l'avait déjà repérée et lui avait fait signe d'entrer d'un air aimable. Edwina laissa le tire-bouchon dans sa poche et pénétra dans la pièce. La femme lui indiqua un tapis de sol au dernier rang.

« Nous venons tout juste de commencer », susurra-t-elle.

Satisfaite, Edwina s'assit sur le tapis, puis s'allongea comme les autres. En moins de cinq minutes, elle s'était déjà infiltrée. Ils pouvaient toujours essayer de l'égaler !

Elle ferma les paupières, sentit le sol en dessous d'elle et écouta tout d'abord la femme hérisson.

« Tu sens le sol en dessous de toi », dit celle-ci.

Jusque-là, c'était correct.

« Mais si tu fais bien attention, tu remarqueras que le sol n'est pas du tout immobile. Tu sens qu'il tangue. Qu'il se balance doucement. Comme au gré des flots. Tu sens la chaleur du soleil sur ton visage, mais il y a aussi une légère brise, salée et fraîche. Si tu ouvrais les yeux, tu pourrais voir le ciel au-dessus de toi, lointain, bleu et infini. Et si tu t'asseyais, tu verrais la mer. »

Edwina soupira d'aise. La mer. Quelle beauté !

« Imagine-toi sur un magnifique bateau blanc. Un paquebot transocéanique. Le navire t'emmène vers une île exotique couverte de palmiers, mais pour l'heure, tu ressens une satisfaction parfaite d'être parti. En bateau. Tu te lèves et te diriges vers le bastingage. De chaque côté, tu vois la mer. Puis tu te retournes et tu quittes le pont, tu descends à l'intérieur du navire. Là, tout est tapissé de bois sombre. Ça sent les fleurs, le thé et un peu le tabac. Des officiers dans leurs uniformes blancs te saluent d'un geste de la tête. Tu les salues à ton tour avec amabilité. Tu es ici chez toi, tu es entièrement toi. »

Edwina était entièrement elle-même.

Comme d'habitude.

Elle ouvrit les yeux et aperçut tout en haut un plafond badigeonné de blanc.

Un navire ! Cela expliquait *tout* ! Elle ne séjournait pas dans un banal hôtel ! Elle était sur un bateau – et même sur un bateau sacrément bien camouflé ! Soudain, tout prenait sens. Les bateaux sortaient des eaux territoriales avec une liberté de mouette et constituaient par conséquent le lieu idéal pour conclure des marchés douteux, organiser des rendez-vous secrets et mener des opérations d'espionnage. Elle était au bon endroit.

Elle se leva et sortit, bien décidée à explorer le navire. Le camouflage était raffiné, il n'y avait aucun doute là-dessus, mais à bien y regarder, quelques détails le trahissaient : d'une part, on apercevait la mer pratiquement par toutes les fenêtres ; d'autre part, une légère brise soufflait en permanence à l'extérieur. Quand on se taisait, on pouvait même entendre le bruit des machines. La seule chose étrange était qu'elle n'avait pas encore vu de rats. Sur les bateaux – si luxueux soient-ils –, il y a toujours des rats.

Edwina avait déjà participé à une croisière, à titre purement privé cette fois-là. C'était pendant son voyage de noces, si elle ne se trompait pas. Elle ne se rappelait plus exactement qui elle avait épousé ; en revanche, elle se souvenait très bien s'être dit qu'un bateau se prêterait à merveille à des activités relevant de l'espionnage. Son hypothèse se voyait enfin confirmée !

Elle commença par inspecter une série de petites pièces à la lumière tamisée, avec une chaise longue et un lavabo pour tout ameublement. On ne pouvait pas trouver mieux pour séquestrer quelqu'un en cas de besoin.

Ensuite, elle découvrit deux ou trois cabines dans lesquelles il faisait si chaud et si moite que l'air était à peine respirable. Cela aussi pouvait à l'occasion s'avérer utile.

Elle mémorisa la localisation des cabines brûlantes et poursuivit son inspection. Cette partie du navire était complètement morte, peut-être parce que le soir tombait et que tout le monde se préparait à présent pour le dîner. Charlie, par exemple, avait sans doute enfin émergé – et bouillonnait sans doute de rage. Edwina ferait-elle sûrement mieux de…

C'est alors qu'elle découvrit la piscine.

Aussitôt, elle remarqua que plusieurs choses clochaient.

Tout d'abord, la température. Il faisait beaucoup trop froid pour nager, même pour quelqu'un d'endurci. Cela tenait au fait que la porte était grande ouverte et qu'un vent glacial balayait la salle.

La surface ondulait sous l'effet du courant d'air et c'est là que se trouvait la deuxième anomalie : quelqu'un flottait dans la piscine, le visage dans l'eau. Cela ne pouvait pas être bon pour la santé.

La troisième bizarrerie était la tenue tout à fait inadaptée de cette personne. Elle portait en effet une robe d'un rouge sang qui se gonflait de manière impressionnante aux endroits où le tissu retenait le vent. De longs cheveux platine flottaient dans l'eau, tel du fucus.

De toute évidence, elle avait perdu pied.

Edwina s'apprêtait à repêcher l'inconnue et voir s'il restait un espoir de la sauver quand un quatrième détail l'arrêta.

Au cours de sa longue carrière dans les services de renseignement, elle avait développé un sens aigu pour certaines choses, et ce sens aigu lui disait maintenant qu'elle n'était pas seule.

Il y avait quelqu'un d'autre dans la salle.

Quelqu'un qui l'observait.

- 5 -
SALON DE LA MER

Allongée dans son lit d'hôtel, Agnes s'efforçait de mettre de l'ordre dans ses idées. Bernadette s'était éclipsée dans la salle de bains pour se « faire belle », un projet ambitieux qui risquait de prendre un moment. Elle était bien décidée à profiter de cette paix céleste pour échafauder un plan. Il était toujours préférable d'avoir un plan – et les vacances n'étaient pas une raison de faire exception à cette règle.

Cependant, elle n'arrivait pas vraiment à se concentrer, ce qui était surtout de la faute du lit. Il la distrayait. Ce lit était aussi doux et frais, aussi lisse, aussi parfumé, aussi soyeux que de la barbe à papa. Par chance, il ne collait pas autant. Ce lit était tout simplement parfait. Elle ferma les yeux. Même si elle passait tout son séjour dans ce lit, leur voyage était d'ores et déjà une réussite.

Quel était son plan déjà ? Rester au lit ?

Ce n'était pas une mauvaise idée au fond. Une idée simple, mais prometteuse.

Agnes ferma les paupières et se laissa sombrer dans le sommeil.

Au bout de quelques minutes, elle dut pourtant constater qu'elle ne sombrait pas du tout. Au contraire, elle flottait dans les airs, la tête remplie de pensées, l'esprit en éveil.

Peut-être était-ce un peu aussi la faute de Bernadette, qui devait être sous la douche et chantait une vieille chanson de variété.

« *Somewhere beyond the sea…* »

Ah ! si seulement…

Agnes ôta ses aides auditives et se coucha sur le côté, sur la meilleure de ses deux oreilles défaillantes. Sans grand résultat hélas. D'habitude, elle piquait du nez dans les lieux les plus improbables, mais là, dans un lit de rêve, pas moyen de trouver le sommeil ! C'était ça, le problème avec la vieillesse – plus rien ne fonctionnait comme avant, même une chose aussi simple que s'endormir.

En tout cas, plus la peine de songer à passer ses vacances au lit.

Par comparaison avec la chambre semblable à un cocon douillet, avec le hall aux formes arrondies et le couloir aux lumières tamisées qui sentait bon le foin, Agnes se faisait l'effet d'un corps étranger dans cet hôtel en parfait état, respirant le calme.

Un corps étranger nerveux et fripé.

Elle soupira et se remit sur le dos.

Il était temps de regarder la réalité en face : l'harmonie et la détente n'étaient pas son fort.

Elle avait besoin d'une certaine effervescence. Elle aimait se frotter à son entourage et l'*Éden*, tellement lisse, ne présentait aucun angle d'attaque.

Elle s'arracha au lit, qui offrit une certaine résistance, et résolut de partir à la recherche d'un peu de drame. La mer peut-être ? Question drame, on pouvait souvent compter sur la mer.

Elle s'empara de sa canne, jeta un coup d'œil dans le miroir pour contrôler sa coiffure (inexistante comme d'habitude) et sortit de la chambre – pile au bon moment pour assister au premier meurtre de ses vacances.

Agnes déambulait dans l'hôtel depuis déjà pas mal de temps, mais elle n'avait toujours pas trouvé la mer. On aurait pu penser que c'était un jeu d'enfant d'aller au bord de la mer quand on logeait dans un hôtel sur la côte. La mer était là, tout près, prometteuse quand on la voyait scintiller à travers des fenêtres panoramiques, mais pour y accéder… c'était une autre paire de manches.

Des pancartes avec des flèches indiquaient à peu près tout ce dont on pouvait rêver : PETIT DÉJEUNER, SALLE DE REPOS, SAUNA, RESTAURANT, PISCINE, MASSAGE, SALLE DE CONFÉRENCES et même CHROMOTHÉRAPIE. Il ne manquait que la mer. Peu à peu, Agnes perdit toute notion du temps.

C'est alors qu'elle vit l'écriteau : SALON DE LA MER.

Voilà qui lui redonnait espoir. Elle suivit la flèche d'un pas aussi ferme que possible. De fait, quelques virages plus loin, elle découvrit un salon aux sièges bas couverts de velours sur lesquels étaient assis plusieurs clients à l'air détendu. Dans le fond, des portes vitrées laissaient entrevoir la mer.

Agnes fut sur le point de pousser un cri de joie, mais elle se ressaisit d'extrême justesse et afficha une mine pleine de dignité pour saluer l'individu derrière le bar.

Une fois à l'intérieur elle se rendit compte que la réalité dépassait encore ses espérances : les portes du salon donnaient sur la terrasse élancée formant la pointe de la carotte. Elle déclina l'offre du barman qui voulait sans plus tarder lui apporter des cacahouètes bios avec un whisky local et fonça droit devant elle.

Direction la sortie.

Dehors, le vent lui coupa le souffle. Il ne s'agissait pas d'un vent de terre civilisé, mais d'un vent sauvage, salé et glacé. Un baiser de l'océan.

Et surtout il y avait la mer, si grande, si plate, si vide qu'on avait du mal à le croire. Agnes inspira profondément et regarda son foulard qui volait au vent.

Oui !

Là !

La mer !

Cela ressemblait déjà un peu plus à ce qu'elle entendait par voyage.

À savoir un sentiment.

La liberté. L'espace. La vie !

Agnes se pencha par-dessus la rambarde et regarda vers le bas. Tout au fond, la mer écumante attaquait les stoïques falaises – dans une surprenante symphonie de couleurs. Au large, un gris de plomb, un blanc laiteux et une tonalité sale qui rappelait l'abricot s'affrontaient pour savoir qui l'emporterait. La lumière battait en retraite à l'horizon tandis que le ciel sombre refusait de s'en mêler.

Au bout de quelques bouffées, Agnes, qui n'avait revêtu qu'un léger cardigan, eut un peu froid. C'était l'hiver, même si elle avait failli l'oublier depuis son arrivée à l'*Éden* où le chauffage fonctionnait à la perfection.

Elle décida de regagner la douce température du Salon de la mer et remarqua au même moment deux silhouettes s'éloignant de l'hôtel sur un étroit sentier au bord des falaises. Contrairement à Agnes, elles étaient toutes les deux enveloppées dans un anorak à capuche. L'un orange, l'autre jaune.

Ils sont soûls, pensa-t-elle tout d'abord. Puis elle fut prise d'un doute. Quelque chose n'allait pas. Leur façon de se serrer l'un contre l'autre. Leur démarche titubante. Quelle idée de gesticuler ainsi au bord de la falaise ! Ils se trémoussaient comme dans une danse. Un bras se dressa en l'air. On aurait dit une tentative d'étreinte maladroite. Cela pouvait durer longtemps !

Agnes résolut d'abandonner le couple romantique à son sort – pour autant qu'il s'agît d'un couple romantique – et se dirigea à nouveau vers les chaudes lumières du Salon de la mer.

Alors, elle entendit un bruit. Elle n'aurait pas su dire s'il s'agissait d'un appel emporté par le vent, d'un cri de surprise ou simplement d'une mouette particulièrement audacieuse, mais quoi qu'il en soit, ce bruit l'incita à se retourner une dernière fois vers le couple romantique au bord de la falaise.

Sauf qu'il n'y avait plus de couple. L'anorak jaune avait disparu tandis que l'anorak orange se tenait là, les bras ballants, l'air soudain parfaitement dégrisé.

C'était quand même bizarre.

Agnes eut beau tendre le cou, elle n'apercevait nulle part d'anorak jaune sur le sentier en haut des falaises. Ses dents claquaient de froid. Ce n'était pas bon pour son râtelier.

« *Shit* ! » dit quelqu'un à proximité.

Agnes fit volte-face et distingua, dans un coin que la lumière du Salon de la mer n'atteignait pas, une silhouette penchée au-dessus de la rambarde.

La silhouette tourna la tête dans sa direction et Agnes, blême comme un fantôme, fit soudain une drôle de figure. Des cheveux noirs volaient dans le vent. Des yeux maquillés qui transpiraient la peur fixaient un point quelconque derrière elle.

C'était le malotru de l'aéroport !

Qu'est-ce qu'il faisait ici, celui-là ?

Il y en avait marre à la fin !

Elle n'avait pas l'intention de se laisser insulter une fois de plus ni de continuer à geler sur place. Elle tourna les talons, se réfugia en hâte à l'intérieur et accepta pour finir un verre de whisky.

Et même deux.

Peu à peu, la chaleur se fraya un chemin dans son corps. Pour commencer, elle sentit de nouveau l'extrémité de ses doigts, puis ses orteils et, enfin, ses joues rouges et brûlantes. Elle s'étonna de la rapidité du phénomène. Certes, l'alcool devait aider. Elle but une nouvelle gorgée et dut reconnaître que la vie dans le confortable hôtel présentait de nombreux avantages.

Dehors, le ciel était à présent tout à fait noir. Le vent secouait tellement les chaises longues qu'il finit par en renverser une. Agnes ignorait si le malotru était encore à l'extérieur, mais elle préférait penser à lui aussi peu que possible.

Pourtant, elle brûlait de savoir comment s'était terminée la scène entre les amoureux en anorak. C'est pourquoi elle ne quittait pas des yeux la terrasse de l'autre côté des vitres. De là où elle se trouvait, elle distinguait l'extrémité du chemin qu'il fallait nécessairement emprunter pour rentrer à l'hôtel. Jusqu'à présent, elle n'avait pas encore vu le moindre anorak. Les deux amoureux prenaient vraiment leur temps !

Elle but une nouvelle gorgée de whisky et se demanda comment dramatiser la scène à laquelle elle venait d'assister pour impressionner ses colocataires. Pendant qu'ils se prélassaient dans leurs lits douillets, elle avait déjà vécu des choses inouïes !

En relevant les yeux, elle distingua quelqu'un sur le sentier au bord de la falaise. Un anorak orange reflétait la lumière du Salon de la mer et faisait penser à un galet de charbon incandescent. Le reste de la silhouette était caché dans l'obscurité. Cependant, compte tenu de son attitude générale, Agnes en déduisit que le mystérieux inconnu regardait droit dans sa direction.

Le premier détail qui éveilla sa méfiance était l'immobilité de l'anorak à capuche. En principe, par un froid pareil, on ne s'arrête pas en pleine tempête pour admirer l'architecture. De plus, la posture de la silhouette donnait l'impression qu'elle était à l'affût, qu'elle l'observait froidement. Agnes, mal à l'aise, se tortilla dans son fauteuil en velours car elle se doutait que l'inquiétante apparition devait la voir parfaitement dans l'élégante lumière du Salon de la mer. Bien qu'elle ne pût distinguer son visage, elle devinait une espèce de contact visuel. Elle baissa le regard et examina ses cacahouètes bios avec une fascination feinte. Quand elle jeta ensuite un bref coup d'œil à l'extérieur, elle ne distingua plus rien qu'un noir d'encre.

Alors, elle resta encore assise un petit moment à boire son whisky et analyser ce qu'elle venait de voir. En vérité, elle n'avait pratiquement rien vu – ou, plus exactement, elle avait vu de nombreuses facettes de « pratiquement rien » qui ne collaient pas les unes avec les autres. Cela lui déplut. Soudain, elle repensa au sacristain se balançant au bout de sa corde et fut prise d'une sorte de pressentiment. Avait-elle été témoin d'un crime ? Ici, à l'*Éden* ? Le whisky n'était sans doute pas étranger à cette supposition…

Trois tables plus loin, un homme vêtu d'une audacieuse veste saumon se leva et se dirigea vers la sortie d'un pas ferme.

Hormis une grosse dame plongée dans son livre, Agnes était la dernière. L'heure du dîner approchait.

Le barman consulta sa montre d'un geste discret.

Elle avala d'un trait le reste de son whisky et se prépara mentalement au pénible et incertain chemin du retour.

Le dîner avait déjà donné lieu à de nombreuses spéculations, elle n'aurait voulu le manquer sous aucun prétexte. Que leur servirait-on ? Et en quelle quantité ? Quoi qu'il en soit, on pouvait supposer que le dîner à l'*Éden* trancherait avec les habituelles soupes, potées, saucisses et autres spécialités qu'ils mangeaient chez eux. Sans doute ferait-elle bien de se changer, de s'asperger de parfum et de recommander une nouvelle fois à ses colocataires de bien se tenir.

Elle fit signe au barman et le laissa introduire sa carte en plastique dans un appareil.

« Quel temps aujourd'hui, n'est-ce pas ? Il paraît que ça va sacrément souffler cette nuit », dit le jeune homme en souriant comme s'il y était pour quelque chose.

Agnes était surprise par son âge. Avec ses cheveux rebelles se dressant dans toutes les directions et son bronzage naturel, il faisait plus penser à un moniteur de surf qu'à un employé travaillant dans la restauration. Elle hocha la tête.

« Dites-moi, le sentier là dehors, où mène-t-il ?

— C'est notre sentier panoramique. Il va de l'hôtel à un belvédère un peu plus loin. Cela fait une petite trotte, mais… »

Il s'interrompit en voyant la canne posée à côté d'elle. Agnes fit semblant de ne rien remarquer.

« Et ensuite ? Où mène-t-il après le belvédère ? »

Il fronça les sourcils.

« Nulle part ! Le sentier s'arrête là. Cependant, je vous déconseille fortement de l'emprunter. Il n'est pas sans danger. À cause de l'érosion. Il y a déjà eu des accidents.

— Ah oui ? demanda Agnes en pensant au mari de la veuve blanche. Vous voulez parler de ce qui s'est passé il y a trois ans ? »

Il eut l'air gêné.

« Je ne travaillais pas encore ici il y a trois ans. »

Elle sentait qu'il mentait.

Il lui rendit sa carte en plastique.

« Je vous souhaite une bonne soirée, madame Sharp. »

Elle leva les yeux, surprise. Comment savait-il son nom ? Avant qu'elle eût pu lui poser la question, il avait déjà tourné les talons et entrepris de se débarrasser de la lectrice en la fixant du regard. Bonne chance ! La femme semblait tellement absorbée par son ouvrage qu'il aurait sans doute fallu un tremblement de terre d'intensité modérée pour l'en arracher. Que pouvait-elle bien lire ? Agnes plissa les yeux, mais ne parvint pas à déchiffrer le titre. En revanche, elle remarqua à cette occasion qu'elle portait une chaîne massive. Des papillons en métal reliés les uns aux autres. Quel kitsch !

Agnes jouit de ce rare instant de supériorité en matière de mode, puis saisit sa canne et s'employa à regagner sa chambre par des voies tortueuses, plus guidée par la chance que par l'entendement.

Là, Bernadette l'attendait, fraîche, de bonne humeur et dans une tenue aussi colorée qu'un… enfin, très colorée. Une jupe rouge vif en tissu brillant jurait avec un chemisier noisette et des chaussures vertes. Le mélange était difficilement supportable.

« Tu es sûre que tu veux sortir comme ça ? » s'enquit Agnes.

Sa camarade de chambrée ricana en lui montrant comme la ceinture de sa jupe était élastique.

« Oui, sûre et certaine. Pourquoi ? Quelque chose te dérange ? »

Agnes soupira. Bernadette n'avait qu'une vague idée des couleurs et refusait par ailleurs de se plier aux diktats de la mode. Il faudrait donc faire avec.

Elle ôta son cardigan et entreprit de fouiller dans sa valise. Elle n'avait plus le temps de se changer de pied en cap, mais elle pouvait peut-être mettre un beau chemisier. Elle en trouva un dans les tons verts avec un soupçon de dentelle sur le col, ce qui lui sembla impeccable pour leur première soirée dans une carotte high-tech.

Puis, comme prévu, elle vaporisa un peu de parfum sur ses poignets et, à l'aide d'un peigne humide, tenta de dompter ses cheveux raides comme des plumes. Il ne restait plus que le rouge à lèvres. Mais étant donné que Bernadette tournait comme un lion en cage, avec une mine de plus en plus maussade, Agnes y renonça, attrapa son sac à main et entraîna sa colocataire dans le couloir.

Là, elles rencontrèrent Winston et le maréchal qui semblaient eux aussi attendre beaucoup de ce dîner. Celui-ci avait revêtu un uniforme de gala particulièrement pimpant tandis que celui-là avait troqué son bonnet en laine et sa couverture de hippie contre un smoking et un nœud papillon, si bien qu'elle faillit ne pas le reconnaître.

Ils se postèrent tous les quatre devant la chambre de Charlie et d'Edwina et frappèrent à la porte.

Au premier coup, personne n'ouvrit.

Au deuxième, la porte resta toujours close, mais on entendit clairement des bruits à l'intérieur. Des pas précipités, un grincement de portes d'armoire, des meubles déplacés.

Bernadette frappa contre la porte à l'aide de sa canne blanche – quand il était question de nourriture, elle ne rigolait pas.

« Charlie ? Edwina ? Où en êtes-vous ? »

La porte s'ouvrit enfin et Charlie passa la tête dans l'entrebâillement.

« Je n'en ai plus que pour quelques secondes. »

Elle s'apprêtait à la refermer quand Bernadette et sa canne forcèrent le passage.

Dès qu'ils furent entrés, ils comprirent qu'il y avait un problème. Les portes de l'armoire étaient grandes ouvertes, les chaises au mauvais endroit, et même le lit, malgré son poids, semblait de travers.

« Toi, tu cherches quelque chose… déclara Agnes sur un ton méfiant tout en balayant la pièce du regard. Tu cherches Edwina !

— Elle est… expliqua Charlie dont le visage déjà rouge rougit encore plus. Elle était… Euh, il y a encore un instant, elle était… »

Agnes soupira.

« Je me suis assoupie un court moment, cinq minutes, pas plus, et elle m'avait juré ses grands dieux que… »

Charlie semblait très nerveuse.

« Elle ne peut pas être bien loin. »

Sur ce point, elle avait sans doute raison. L'*Éden* se trouvait au bout du monde et même Edwina était assez raisonnable pour ne pas aller se promener en haut des falaises à la nuit tombée. Du moins pouvait-on l'espérer !

« En tout cas, elle n'est pas ici, constata Bernadette avec pragmatisme. Nous ferions mieux de la chercher ailleurs. Je suggère de commencer par le restaurant ! »

Les autres accueillirent sa proposition avec enthousiasme. L'idée paraissait excellente, d'autant qu'Edwina avait une étonnante horloge dans le ventre et surgissait en général pile au moment où le repas était prêt.

Ils incitèrent donc Charlie à enfiler sa robe à paillettes sans plus tarder et se mirent en chemin pour la salle de restaurant.

Une fois sur place, ils découvrirent non seulement une table recouverte d'une nappe blanche et de bougies pointues ainsi qu'un personnel attentionné, mais aussi une chaise vide : celle d'Edwina.

Cette chaise vide plomba un peu l'ambiance.

Agnes, qui s'était promis de profiter de leur premier dîner pour observer les autres clients et chercher discrètement un potentiel couple d'anoraks, ne parvenait pas à se concentrer. Elle tournait sans cesse la tête vers la porte, au point qu'elle finit par en avoir un torticolis. Où était donc passée Edwina ?

En outre, le repas demandait un effort. Agnes ne connaissait presque aucun des plats qu'on leur servait, et quoiqu'ils fussent excellents, ils exigeaient une importante mastication. Son dentier avait du mal à suivre.

Quand on apporta le dessert, elle commença vraiment à s'inquiéter car leur amie n'avait toujours pas refait surface. Or elle n'était pas du genre à renoncer de plein gré à un dessert.

Agnes reposa sa petite cuillère et regarda ses commensaux les uns après les autres.

« Ça ne me plaît pas du tout, murmura-t-elle.

— Moi, je trouve cela très bon, dit le maréchal sur un ton qui se voulait apaisant.

— Je ne parle pas du repas, répliqua-t-elle. Je parle d'Edwina.

— Que veux-tu qu'il lui soit arrivé ? demanda Winston avec un optimisme forcé. Dans le pire des cas, elle se sera égarée. »

Personne ne croyait vraiment à cette hypothèse. Edwina se livrait à un paquet de sottises, mais elle ne se perdait jamais. Elle savait toujours très exactement où elle se trouvait.

« Hum… dit Agnes sans expliquer tout de suite à quoi elle pensait. Je crois qu'il y a ici quelqu'un qui pousse les gens du haut des falaises. »

La petite cuillère de Charlie résonna contre le sol. Agnes remarqua que tous la fixaient d'un air horrifié, sauf Bernadette qui émit un gloussement moqueur.

À vrai dire, Agnes avait seulement voulu inciter ses colocataires à entreprendre des recherches, mais à la réflexion, ses craintes ne lui paraissaient pas si infondées. Elles fournissaient du moins une explication plausible à la soudaine disparition de l'anorak jaune.

Elle s'attaqua de nouveau à son dessert, un mélange de prunes, de cardamome et d'une sorte de pudding à base de lait. C'était trop bon pour s'en priver, même si un meurtre avait peut-être eu lieu. Entre deux cuillerées, elle raconta ce qu'elle avait vu ou plutôt ce qu'elle n'avait *pas* vu : à savoir une personne vêtue d'un anorak orange à capuche, rentrant seule à l'hôtel.

Bernadette émit un rire sceptique.

« *Un meurtre* ? Pourquoi pas une série de meurtres tant que tu y es ?

— Pourquoi pas, en effet ! répliqua Agnes sur un ton cinglant.

— Je n'imagine pas qu'on puisse pousser Edwina du haut d'une falaise », murmura le maréchal pour calmer les esprits.

De fait, personne n'y arrivait. Leur amie avait beau ressembler à un hibou en jogging, elle était aussi coriace que du vieux cuir. Quelqu'un qui s'approcherait trop d'elle avec de mauvaises intentions risquait fort d'être surpris. Pas moins d'ailleurs que quelqu'un qui s'approcherait trop d'elle avec de bonnes intentions. C'était bien là tout le problème.

Charlie vida son verre de vin et se lamenta.

« Quel cauchemar ! On n'aspire à rien d'autre que cinq minutes de répit et une fois qu'elle est partie, c'est encore pire ! Savez-vous pendant combien de temps elle fait du yoga ? Pendant des heures ! Vous m'avouerez que ce n'est pas normal ! Et quand elle fait ses exercices de respiration, on dirait que quelqu'un essaie de l'étouffer. J'ai bien cru que j'allais avoir un infarctus. »

Charlie montra combien elle avait été proche de l'infarctus – il s'en était fallu de peu en effet –, mais derrière ses jérémiades, on devinait une réelle inquiétude. Un repas sans Edwina manquait de piquant. Il n'y avait personne pour jouer avec les fleurettes de brocolis, pour simuler une conversation entre deux pommes de terre cuites ou pour poser des questions idiotes.

« Sans celle, ce ne sont pas vraiment des vacances », remarqua Winston.

Tout se turent un instant. Le constat ne manquait pas d'être surprenant.

« Avec elle non plus, finit par rappeler Charlie en se levant de table. Bon, eh bien, nous allons la chercher. Par où commençons-nous ? »

Ils vérifièrent si par hasard Edwina n'était pas revenue dans sa chambre, puis Agnes répartit les tâches.

Bernadette devait retourner dans la salle de restaurant pour le cas où elle viendrait quand même dîner. Agnes arpenterait les couloirs parfumés de l'hôtel. Le maréchal, qui avait les meilleures articulations, s'occuperait du sous-sol, Charlie des étages supérieurs et Winston monterait la garde dans la chambre, par précaution.

C'était un plan imparable.

« Cela ne devrait pas être difficile à mettre en œuvre, déclara le maréchal pour motiver les troupes. Edwina se promène partout avec cette monstrueuse tortue. Combien pensez-vous qu'il y ait d'animaux de ce genre à l'*Éden* ? En cherchant la tortue, nous trouverons Edwina. »

L'idée semblait géniale. Ils se sentirent tout de suite mieux.

C'est alors qu'Agnes buta sans le vouloir contre quelque chose de mou. Elle pensa tout d'abord qu'il s'agissait d'un des vêtements que Charlie avait semés aux quatre vents, mais elle reconnut ensuite les couleurs caractéristiques d'Hettie II. L'arrivée à l'hôtel ne lui avait pas réussi : elle se traînait par terre, molle, à bout de souffle et plus flétrie que tous les habitants de Sunset Hall réunis.

Un silence de plomb s'abattit sur la chambre. Le maréchal se pencha sans rien dire et ramassa la carcasse vide. Une désagréable odeur de plastique se répandit.

« C'est impossible ! s'écria Charlie avec effroi. Elle a même pris sa douche avec cette bestiole ! Elle ne la laisserait jamais… »

Et pourtant, il fallait l'admettre : Hettie II était là, Edwina en revanche manquait à l'appel.

La situation était plus grave qu'ils ne l'avaient supposé jusque-là.

- 6 -
OBERON

Agnes grimpait les marches qui menaient dans le hall avec détermination quand elle entendit derrière elle un souffle lourd, accompagné de petits pas sourds et d'un frottement. Quelqu'un montait l'escalier, hors d'haleine. Ses nerfs étaient tellement à vif qu'elle serra aussitôt sa canne entre ses doigts, prête à se battre, mais ce n'était que le corgi, qui s'efforçait lui aussi de gravir les marches avec ses petites pattes. Il la rattrapa et s'arrêta à côté d'elle. Alors, les deux alliés échangèrent un regard empli d'une soudaine sympathie. Un ennemi commun les unissait malgré leurs différences : l'escalier. Ensuite, le chien reprit son ascension, la langue pendante, et Agnes l'imita en soupirant.

Une fois en haut, elle traversa le hall et s'engagea dans un couloir aux courbes fluides. Une douce lumière perlait du plafond, le sol en liège amortissait ses pas, des sculptures en pierre arrondie, disposées ici et là, étaient censées produire un effet apaisant. Hélas, pour le moment, il lui aurait fallu plus que de belles formes pour se détendre. Edwina avait disparu et un dangereux individu en anorak à capuche rôdait dans les parages.

Elle remarqua que ses jambes se dérobaient – peut-être sous l'effet du whisky, et du vin, et des marches d'escalier, et de toute cette excitation en supplément. Elle s'appuya contre le mur et reprit son souffle. Inspirer… Expirer…

Voilà !

Ce n'était pas si difficile.

Elle ne percevait déjà plus la merveilleuse odeur de foin qu'elle avait tant appréciée quelques heures auparavant. Comme on s'accoutumait vite aux bonnes choses dans la vie ! Pourquoi fallait-il si longtemps au contraire pour s'habituer aux mauvaises ? Ce n'était pas juste.

Jusque-là, Agnes n'avait encore rencontré personne, mais à cet instant, elle vit surgir un groupe de clients en survêtement, mené par une femme énergique dont la queue-de-cheval bondissait derrière elle. Il devait s'agir du groupe de détox. Agnes reconnut Trudy et lui adressa un signe de la main. Trudy, le visage rouge et brillant de sueur, lui répondit d'un geste.

Agnes attendit qu'ils eussent disparu pour crier à mi-voix : « Edwina ! »

Rien.

Elle n'était pas certaine de ne pas tourner en rond, elle poursuivit néanmoins ses recherches de manière scrupuleuse. Bizarrement, plus elle cherchait et moins elle éprouvait d'inquiétude. Le voyage prenait enfin la tournure qu'elle avait espérée en secret. Elle atteignit le bout du couloir où toute une série de portes devait donner accès à des chambres d'hôtel, mais ne trouva pas la moindre trace d'Edwina.

Cependant, la porte en face d'elle retint son attention car, à l'inverse des autres, elle ne présentait pas de numéro, mais un petit écriteau. Agnes fit un pas en arrière pour mieux lire et plissa les yeux. Elle déchiffra :

LOCAL DE SERVICE
ACCÈS RÉSERVÉ AU PERSONNEL

Ah !

C'était tout à fait le genre de porte derrière lequel on pouvait s'attendre à trouver Edwina. Agnes jeta un coup d'œil discret derrière elle. Il n'y avait personne. Alors, elle appuya sur la poignée. Et la porte s'ouvrit.

« Edwina ? »

Rien.

Agnes inspecta les lieux. C'était une petite pièce pleine à craquer de ces choses qui font le charme d'un hôtel de standing : des draps blancs et doux, des serviettes de toilette moelleuses, des savons parfumés fabriqués à la main et même des bonbons au chocolat enveloppés dans un papier comme ceux que Bernadette et elle avaient trouvés sur leurs oreillers à leur arrivée. Tout était bien rangé sur des étagères qui montaient jusqu'au plafond.

Elle prit un bonbon, non parce qu'elle avait faim, mais par principe, froissa le papier et le jeta dans un verre à dents qui restait en stock. Étrangement satisfaite d'avoir mis un peu de bazar, elle songea de nouveau à sa mission.

Edwina, en tout cas, n'était pas ici. C'eût été trop beau !

Malgré tout, Agnes trouvait le local intéressant. Toutes les choses qu'on n'avait pas chez soi se tenaient ici au garde-à-vous, prêtes à servir à tout moment. Si quoi que ce soit était perdu, cassé, mangé, on pouvait le remplacer sans peine.

Elle prit un deuxième bonbon, se retourna pour gagner la sortie – et se pétrifia sur place. Car là, au dos de la porte, un visage qui ne lui était pas tout à fait inconnu lui souriait.

Le maréchal avait éprouvé quelque dépit de se voir attribuer le sous-sol, où il n'y avait que des choses qui ne l'intéressaient pas le moins le monde : piscine, sauna, chromothérapie et, pour couronner le tout, un spa. En vérité, il ne s'était pas imaginé l'*Éden* sous ce jour ; il s'était attendu à un cadre un peu plus militaire, avec de petites aventures galantes pour impressionner Agnes – ou quelqu'un d'autre. Au lieu de cela, il se livrait ici à la même activité que celle qui occupait une part considérable de son temps à Sunset Hall, à savoir chercher Edwina.

En outre, il commençait à avoir vraiment chaud. À croire qu'ils étaient sous les tropiques. Cela avait sans doute été une erreur de sortir en uniforme pour le dîner.

Cependant, il fallait bien mettre la main sur Edwina, et il ne servait à rien de lambiner. Il ouvrit donc une porte avec bravoure et affronta une vapeur brûlante avant de la refermer. Edwina n'était pas là. Par bonheur ! Allez !

Le maréchal suait à grosses gouttes. Elle devait forcément…

« Excusez-moi ! » s'écria derrière lui une voix qui ne promettait rien de bon.

Il se garda bien de se retourner et, pour échapper à la voix, ouvrit la première porte venue. Par chance, il ne s'agissait pas d'un nouvel enfer brûlant, mais d'une grande pièce équipée de chaises longues et de fenêtres panoramiques derrière lesquelles on n'apercevait toutefois qu'un noir d'encre.

C'est là, tout près d'une fenêtre, dans la douce lumière d'une lampe d'atmosphère, qu'il aperçut le survêtement bleu ciel, unique en son genre.

Le maréchal s'approcha. Edwina, étonnamment immobile, était assise sur une chaise longue et ne regardait pas à l'extérieur, mais vers le bas. Dormait-elle ? À bien y réfléchir, il n'avait encore jamais vu Edwina dormir. Cette attitude n'était pas normale !

« Vos chaussures ! » vociféra la voix derrière lui.

Il n'y prêta aucune attention et courut vers sa colocataire.

« Edwina ! »

Aucune réaction.

À présent, le maréchal se faisait du souci pour de bon. Il s'apprêtait à secouer Edwina pour la sortir de sa torpeur quand une main ferme se posa sur son épaule.

« Excusez-moi ! Vous ne pouvez pas entrer comme ça… »

La main ne le lâchait pas. Il fut donc obligé de se retourner et découvrit ainsi une jeune femme à la poitrine saillante sous un chemisier bien coupé.

« Euh… dit le maréchal en tentant de se mettre au garde-à-vous, ce qui n'était pas commode par cette chaleur. Je voulais juste…

— C'est l'espace de repos ! » chuchota son vis-à-vis.

Il n'avait encore jamais entendu un chuchotement aussi fort. C'était un vrai murmure d'adjudant.

Des regards se tournèrent vers eux.

« Je dois…

— Vous devez enlever vos chaussures », expliqua la femme, la poitrine tremblant sous l'effet de l'indignation.

Le maréchal jeta un coup d'œil autour de lui. Deux femmes en peignoirs blancs le fixaient d'un air mauvais. Seule Edwina continuait de l'ignorer.

« Rien que mes chaussures ? demanda-t-il sur un ton incrédule.

— À vous de voir. Si vous souhaitez enlever votre uniforme, je ne peux pas vous en empêcher. Mais les chaussures sont interdites ! »

Le maréchal entreprit d'ôter ses chaussures. Il était prêt à tous les sacrifices pour se libérer de cet adjudant en chemisier. De fait, dès qu'il eut enlevé ses chaussures et ses chaussettes, découvrant avec une certaine gêne ses orteils blancs et osseux, la main lâcha son épaule.

« Bienvenue dans l'espace de repos ! » s'exclama la femme en lui tendant une serviette de bain avant de battre enfin en retraite.

Le maréchal ramassa ses chaussures. Qu'est-ce qu'il voulait déjà ? Ah, oui ! Edwina. Il s'avança pieds nus dans sa direction et prit place sur la chaise longue à côté de la sienne.

« Bonsoir, Edwina, dit-il d'une voix douce.

— Bonsoir, maréchal, répondit-elle, les yeux toujours baissés.

— Que se passe-t-il, Edwina ? »

Elle posa un doigt sur ses lèvres.

« Chut ! Il dort ! »

Il ?

« Il s'appelle Oberon, expliqua-t-elle. N'est-il pas magnifique ? »

Alors seulement, le maréchal regarda les cuisses d'Edwina, couvertes d'une serviette de bain sur laquelle était enroulé un grand serpent blanc. Le reptile ouvrit soudain deux yeux jaune citron d'une remarquable beauté, comme s'il avait senti le regard hébété du maréchal posé sur lui, et tendit son agile langue rose dans sa direction.

Sidérée, Agnes se concentra tout d'abord sur le visage d'Edwina qui affichait un large sourire au dos de la porte, puis sur le maréchal et sur la mine pleine de dignité de Winston. Au deuxième rang, il y avait Bernadette, Charlie et… ce n'était pas elle quand même, cette petite vieille aux cheveux raides et à l'air un peu pincé ? Il y avait encore un couple qu'elle ne connaissait pas et qui respirait la méchanceté (on voyait d'emblée qu'ils étaient mariés et se détestaient depuis des décennies).

Qu'est-ce que c'était que ça ? Une liste de gens à abattre ? Ces clichés lui rappelaient de façon désagréable les photos de suspects à l'époque où elle travaillait dans la police. Elle avait le sentiment de devoir agir, mais ne savait pas quoi faire.

À ce moment-là, elle perçut un bruit inquiétant dans le couloir, quelque chose comme le grattement d'un gigantesque cafard.

Il était grand temps de déguerpir !

Elle remit le deuxième bonbon au chocolat à sa place et s'apprêtait à sortir quand la poignée s'abaissa toute seule ! Quelqu'un voulait entrer ! Ou, plus exactement, quelqu'un était déjà là !

Agnes chercha une planque à toute vitesse, mais n'en vit aucune, d'autant que son chemisier vert jade tranchait sur le linge blanc. Elle n'avait pas le choix, elle allait devoir jouer à la petite vieille gâteuse, un numéro qu'elle maîtrisait désormais à la perfection.

La porte s'ouvrit et elle reconnut le barman. Aussitôt, elle jeta un coup d'œil sur son badge. Il s'appelait donc Max.

Lui, de son côté, était visiblement saisi de frayeur.

Ils se regardèrent en silence pendant quelques instants.

« Je… », dit-elle pour amorcer la conversation.

Elle attendit qu'il enchaînât, mais le jeune homme la fixait toujours d'un air abasourdi. Elle baissa les yeux.

« Ce n'est pas ma chambre, n'est-ce pas ? » murmura-t-elle sur un ton embarrassé.

Le barman saisit enfin qu'elle n'avait certes rien à faire là, mais qu'elle n'en était pas moins une cliente, et adopta aussitôt une attitude servile.

« Vous vous êtes perdue, madame Sharp ? Vous voulez que je vous ramène à votre chambre ?

— Ce serait gentil », susurra-t-elle bien qu'elle n'eût aucune envie de regagner sa chambre.

Elle devait trouver Edwina et comprendre ce que signifiaient ces photos accrochées à la porte.

Il remarqua son regard.

« C'est une belle photo de vous, n'est-ce pas ? »

Elle saisit l'occasion au vol.

« Oh, je ne sais pas... Qu'est-ce qu'elle fait là, cette photo ? Et les autres ? ajouta-t-elle avec un mouvement de la main.

— C'est pour que nous vous connaissions personnellement dès le premier jour. »

Max affichait un sourire radieux qui découvrait un nombre impressionnant de dents blanches.

Il lui fallut un moment pour digérer l'information. Agnes se souvenait vaguement qu'avant de partir, Charlie avait insisté pour prendre une photo de chacun d'eux avec son téléphone portable. Elle avait eu tort de ne pas lui demander pourquoi.

« Pour que vous puissiez me dire *Bonjour, madame Sharp* quand vous me croisez dans le couloir, c'est cela ?

— Oui, en quelque sorte. »

Max souriait toujours de toutes ses dents, mais il semblait crispé.

« Vous trouvez que c'est… »

Elle chercha ses mots. Cette affaire se révélait finalement moins grave qu'elle ne l'avait craint, mais le procédé lui semblait quand même assez importun.

Max se rappela alors qu'il ne l'avait pas croisée dans le couloir, mais dans le local de service et lui tendit le bras d'un air résolu.

« Venez, madame Sharp, je vais vous ramener à votre chambre ! »

Elle lui prit le bras avec la ferme intention de revenir ici à la première occasion afin d'intervertir les étiquettes et de mettre un peu de fantaisie dans l'*Éden*.

Mais au moment de franchir le seuil, elle s'arrêta, le souffle coupé. Dans le coin près de la porte, un anorak à capuche orange pendait à une patère.

Quoique en dépit de ses habitudes, il se promenât en bras de chemise, le maréchal suait. Sa veste recouvrait à présent Oberon car, pour des raisons mystérieuses, le maréchal avait accepté d'aider Edwina à sortir le serpent de l'espace de repos.

« En tout cas, nous ne pouvons pas le laisser ici », avait fait valoir Edwina à plusieurs reprises.

Et comme le maréchal n'aurait pas souhaité à son pire ennemi d'être enfermé dans cette pièce, il avait fini par céder.

L'entreprise s'était toutefois avérée plus complexe que prévu. Il fallait en effet déposer à la sortie la serviette de bain dissimulant le reptile et Edwina avait supputé, à juste titre sans doute, que la présence d'un grand serpent blanc ne laisserait pas les porteuses de peignoirs indifférentes.

Elle craignait une crise de jalousie.

Il craignait plutôt une vague de panique.

Il avait donc posé le serpent endormi sur son avant-bras et l'avait recouvert de sa veste. Oberon, sacrément lourd, lui chatouillait le coude du bout de sa langue. Le maréchal avait hâte de confier de nouveau à Edwina et la bestiole et la responsabilité qui allait avec.

Ensuite, ils devaient passer devant l'adjudant-chef qui montait la garde à l'entrée du spa. Edwina avait promis de faire diversion. En temps normal, le maréchal aurait hésité à la charger d'une telle opération, mais compte tenu de la chaleur, il avait accepté. Il attendait avec patience dans un renfoncement pendant qu'Oberon, encore léthargique quelques instants plus tôt, entreprenait le repérage de son avant-bras. Le maréchal observait avec quelque inquiétude les vibrations de sa veste pleine de vie.

Un braillement sauvage s'éleva derrière lui. La femme à la forte poitrine accourut dans sa direction et le doubla sans lui accorder le moindre regard. Aussitôt après, Edwina surgit du néant, complètement trempée, et le tira par le bras.

« Viens, maréchal ! Il faut y aller ! »

Il la suivit sans protester. Une porte vitrée s'ouvrit sans bruit. La température chuta d'un coup. Il avait de nouveau les idées claires. Edwina et lui se baladaient dans un hôtel de luxe écologique avec un reptile d'un poids surprenant qu'ils emmenaient Dieu savait où. Ce n'était pas une situation ordinaire, même pour des habitants de Sunset Hall.

« Où allons-nous ? » demanda-t-il.

Elle roula des yeux.

« Dans ma chambre, bien sûr ! Oberon doit se détendre. Il a traversé des moments difficiles. C'est un clandestin, tu vois ?

— Hum… »

Faute d'une meilleure idée, le maréchal lui emboîta le pas avec résignation. Ils remontèrent les couloirs, passèrent devant la réception et empruntèrent l'escalier. Edwina faisait preuve d'une redoutable connaissance des lieux.

« Oberon vient d'Amérique du Sud, expliqua-t-elle d'un ton joyeux tout en essorant sa veste de survêtement. Mais il a tellement entendu parler de l'Angleterre qu'il voulait à tout prix la voir de ses propres yeux. C'est pourquoi il s'est introduit en douce sur un bateau. »

Le maréchal, qui suivait l'actualité de près, avait du mal à croire qu'on puisse encore rêver de venir en Angleterre, mais ce n'était pas le seul détail qui le troublait dans le récit d'Edwina. Cette histoire de bateau était absurde.

Il soupira et renonça à la contredire. Quand Edwina s'était mis quelque chose en tête, il n'y avait plus moyen de faire machine arrière – même en bateau.

Le maréchal préféra se concentrer sur l'escalier et inspira profondément. Il fallait d'abord se débarrasser de la bestiole, on verrait le reste après. Du moins n'était-ce pas un serpent venimeux. Il s'agissait, sauf erreur, d'un boa. Un jeune boa qui avait à tout prix voulu se rendre en Angleterre… Il risquait d'être déçu.

Une fois dans la chambre d'Edwina, il se laissa tomber dans un fauteuil, épuisé. Que faire maintenant ? La situation semblait sans issue. Parfois, le maréchal regrettait l'armée active, où l'on avait le droit de tirer un coup de feu pour se sortir d'une impasse, ou même cette sensation de vide, de brouillard, qu'il connaissait de temps à autre. Il oubliait alors ses soucis, ne pensait plus à rien et ne ressentait qu'une douce absence, presque agréable. Là au contraire, il était tout à fait conscient du rôle équivoque, et douteux d'un point de vue moral, qu'il avait joué dans l'enlèvement du reptile. Les autres diraient sans doute… Par chance, Charlie n'était pas encore revenue. Cela lui laissait un peu de temps pour…

À cet instant précis, la porte s'ouvrit brusquement et Charlie apparut, la robe certes un peu dérangée, mais avec plus d'allure que jamais.

« Maréchal ! Comment allez-vous ? Je vous ai cherché… »

Lorsqu'elle aperçut Edwina, qui avait recouvert Oberon d'une écharpe et s'était assise sur son lit malgré son pantalon trempé, elle s'interrompit.

« J'ai une bonne et une mauvaise nouvelle », annonça le maréchal.

Puis après avoir jeté un coup d'œil penaud sur Edwina, il se corrigea :

« En fait, j'ai deux mauvaises nouvelles. »

Dire qu'elle était vraiment tout près de sa chambre, à deux pas pour ainsi dire, et qu'elle n'en avait absolument pas la moindre idée. Quelle honte ! Max, qui avait guidé la vieille dame jusqu'à sa porte, avait souri d'un air obligeant avant de rebrousser chemin, manifestement soulagé de l'avoir sortie du local de service.

Ce détail intriguait Agnes. Qu'est-ce que le barman était venu chercher dans la pièce de stockage ? L'anorak orange peut-être ? En même temps, il était l'une des rares personnes à l'hôtel hors de soupçon puisqu'il lui avait servi du whisky au moment même où l'anorak orange se promenait sur le sentier au sommet des falaises. Peut-être savait-il quelque chose ? Ou bien il avait des complices ? N'aurait-elle pas dû le cuisiner ?

En fait, la question était pour le moment de savoir si oui ou non il s'était passé quelque chose.

Crime ou pas crime, telle était la question !

C'était étrange quand même : bien que la mort du sacristain constituât un crime manifeste, elle avait décidé de l'ignorer. Maintenant, elle devait en payer le prix. La conscience de s'être laissé distraire par le chauffage, le concours d'Edwina et les préparatifs du voyage commençait à poindre dans son esprit. Elle n'aurait jamais dû négliger cette affaire ! Un meurtre n'était pas un simple désagrément, c'était une fissure dans l'ordre du monde, une fissure par laquelle l'obscurité s'introduisait dans la vie. Un crime concernait tout un chacun. On devait s'en soucier, même vieille et décrépite.

Or, si elle en croyait son instinct, le destin lui offrait ici une occasion de se rattraper. Quelque chose clochait à l'*Éden* et elle avait bien l'intention de savoir quoi ! Quand le jour serait levé, elle enverrait le maréchal se promener sur le sentier en haut des falaises afin qu'il puisse repérer l'endroit. Pour le moment, elle devait prendre son mal en patience.

À moins que…

Agnes réfléchit. La galerie de portraits dans le local de service lui avait donné une idée. Elle prit le prospectus abandonné sur la petite table devant le canapé et commença à étudier le plan de l'hôtel. Peut-être que vu de loin, le bâtiment ressemblait à une carotte, mais vu d'en haut, il faisait plutôt penser à une pieuvre, plate, avec des tentacules de tous les côtés.

Un tentacule pour le restaurant.

Un autre pour la bibliothèque, le jardin d'hiver et la mystérieuse salle de jeux.

Un autre pour la terrasse et le Salon de la mer.

Et quatre tentacules pour les chambres. Quatre bras courts – l'*Éden* était trop écologique et trop chic pour être vraiment grand –, ce qui supposait quatre couloirs se terminant par un local de service.

Or si quelqu'un avait bel et bien dégringolé du haut de la falaise, il ne pouvait s'agir, compte tenu de la situation de l'hôtel, que d'un client ou d'un membre du personnel. La disparition d'un ou d'une employée ne tarderait pas à être remarquée : Agnes irait se renseigner sur ce point à la réception. Mais pour le moment, elle allait s'occuper de l'autre hypothèse : si la victime était en vacances, il devait y avoir une photo de lui, ou d'elle, dans un des cagibis. Avec un peu de chance…

Certes, il faisait très noir la veille au soir et elle n'avait vu les deux anoraks que de loin. Cependant, la mémoire était une étrange faculté. Elle laissait filer des informations décisives à la manière d'une passoire tandis qu'il lui arrivait de retenir des détails insignifiants, encombrants, inutiles, inoubliables. Et il suffisait parfois d'un simple coup de pouce – une mèche de cheveux, une silhouette, un geste – pour la réactiver.

En tout cas, cela valait la peine d'essayer !

Agnes vérifia que Max avait bien débarrassé le plancher et se remit alors en route. Elle s'égara, perdit un instant le fil de ses pensées, mais finit quand même par découvrir un local de service et y jeta un coup d'œil.

Les visages de gens cossus qui la fixaient au dos de la porte ne lui disaient rien. Il y avait un homme aux traits de cochon. Une femme avec de grosses lunettes en écailles. Un homme à l'allure de pingouin. Et un couple d'une grande beauté : l'homme avait des pommettes hautes, une ride intéressante sur le front et une coiffure d'homme d'État aux reflets argentés, la femme était incroyablement blonde, pâle et jeune.

Agnes attendit que sa mémoire se manifeste, mais sans succès.

Au bout d'un moment, elle enragea de nouveau. Au diable ces stupides photos, ces stupides visages ! Ce plan stupide, ce stupide hôtel de luxe ! Elle se rappela qu'elle s'était promis d'intervertir les portraits pour mettre un peu de désordre dans le service. Sans réfléchir plus longtemps, elle sortit quelques photos de leur cadre.

Puis elle redéfinit les rôles. Elle donna pour mari à la belle blonde la face de cochon, l'homme aux cheveux argentés atterrit près de la femme aux lunettes en écailles. Longue vie aux nouveaux couples ! N'étaient-ils pas en fin de compte dans un hôtel romantique ? Elle admira son œuvre avec une certaine satisfaction sans se douter qu'elle venait d'apporter une modeste, mais subtile contribution au déroulement des crimes à venir.

Les visages affichés derrière la porte du local de service suivant respiraient un peu moins le luxe. Les membres du groupe de détox fixaient Agnes d'un regard dur, telle une horde de loups affamés aux cheveux brillants, aux épaules osseuses et au bronzage permanent. Dans la rangée inférieure, elle découvrit Trudy qui n'avait pas l'air aussi convaincue que les autres et semblait au contraire plus affamée que jamais, pour autant que ce fût possible. À vrai dire, elle donnait l'impression de se demander ce qu'elle faisait là.

Agnes exauça son vœu et accrocha sa photo à côté de celle d'une femme au regard nostalgique et au décolleté hardi qui n'avait rien à voir avec le groupe de détox. Voilà ! Il fallait espérer que Trudy apprécierait !

Ensuite, elle passa en revue les autres visages et fouilla dans ses souvenirs comme dans un énorme sac à main. Quel dommage qu'on ne puisse pas retourner sa mémoire pour trier sur la table les objets qu'elle contenait ! Il était tellement difficile de s'y retrouver. Pas moyen d'en sortir quelque chose de sensé. Agnes, de plus en plus de mauvaise humeur, capitula et poursuivit son chemin malgré une forte douleur à la hanche.

Dans le troisième local de service, elle aperçut enfin des visages connus. La veuve blanche par exemple. Elle s'appelait Marie de Gurney – un vrai nom de veuve blanche ! Et puis, il y avait le malotru, M. Fleck, avec son eye-liner et ses cheveux noirs et plats. En le voyant, Agnes se dit qu'elle ferait bien de l'interroger aussi, celui-là, car il était en quelque sorte un témoin direct, mais elle n'avait aucune envie de se laisser à nouveau insulter et résolut par conséquent de ne l'aborder qu'après avoir épuisé tous les autres moyens d'avancer dans son enquête.

Ensuite, elle s'intéressa à un homme portant une cravate à fleurs et une veste dans les tons pastel. Il s'appelait Walter Ross. Un souvenir se manifesta. Un vent sauvage, une eau couleur d'abricot, une musique de fond au piano, une lueur de chandelles. Il devait y avoir un rapport avec le Salon de la mer. Mais lequel ? Ah oui, bien sûr ! C'était l'homme à la veste saumon, ce qui signifiait par voie de conséquence que ce n'était ni la victime ni le meurtrier. Agnes, dont l'instinct de prédation s'était réveillé, soupira de déception.

Tout à coup, la porte du local de service s'ouvrit tellement vite qu'elle en poussa un cri de frayeur. L'autre poussa cependant un cri encore plus fort. C'était Max. Encore ? N'avait-il donc rien d'autre à faire que de la traquer ?

Aux battements de paupières incontrôlés du barman, elle devina qu'il se posait à peu près la même question à son sujet. D'un geste rapide, elle saisit une poignée de bonbons de chocolat.

« J'ai faim ! » s'exclama-t-elle sans lui laisser le temps de parler.

L'excuse était assez grossière vu que le séjour dans un hôtel de luxe était conçu de telle sorte que personne ne pouvait avoir faim (sauf bien entendu le groupe de détox qui avait pratiquement payé pour cela), mais Max sembla ne rien remarquer.

« Vous n'avez pas besoin d'aller chercher les bonbons vous-même, madame Sharp, dit-il après un soupir. Il suffit d'appeler et on vous en apportera. Autant que vous voulez ! De plus, il y a le service en chambre. Vingt-quatre heures sur vingt-quatre. Vous avez lu notre carte ? »

Il ouvrit une armoire et en sortit un anorak orange. Agnes recouvra tout à coup ses esprits.

« Quel bel anorak ! dit-elle. C'est à vous ? »

Max haussa les épaules.

« Pas vraiment. Nous nous en servons quand nous devons sortir pour le travail. Ce sont des vêtements professionnels en quelque sorte. Là, je dois vraiment… »

Des ?

« Vous voulez dire qu'il y en a plusieurs ?

— Oui, en principe il y en a un dans chaque local de service. »

Le barman la regarda d'un air sévère.

« Vous ne pouvez pas vous servir, madame Sharp. Ces anoraks sont réservés aux employés.

— Bien sûr ! » répondit-elle d'un air offusqué.

En attendant, elle cogitait dur. Quelqu'un s'était donc emparé d'un anorak dans un local de service. C'était un jeu d'enfant. Il suffisait d'avoir assez d'énergie criminelle pour passer outre l'« Accès réservé au personnel ». Le premier client venu pouvait se procurer un de ces anoraks pour commettre un crime en toute impunité et le remettre ensuite à sa place. L'anorak à capuche orange était un déguisement parfait !

- 7 -
FLATTEUR

Quand Max l'eut ramenée dans sa chambre pour la deuxième fois de la soirée, Agnes s'assit sur son lit, à la fois frustrée et fatiguée. Elle s'était laissé distraire et Edwina n'avait toujours pas refait surface.

Elle s'allongea pour poser la tête sur les oreillers doux et chauds. N'avait-elle pas envisagé de rester au lit pendant tout le séjour ? La chambre était vraiment très confortable. Elle aurait pu s'y reposer – si seulement un terrible vacarme ne s'était pas fait entendre dans la chambre d'à côté. Quelqu'un hurlait. D'autres voix criaient. Une porte claqua.

Tout à coup, Agnes se rappela qu'il s'agissait de la chambre de Charlie et Edwina. Elle se releva à contrecœur, attrapa sa canne et se mit en route pour aller voir ce qui se passait.

Ce fut un maréchal manifestement stressé qui lui ouvrit.

« Je… », dit-il avant de renoncer à de plus amples explications et lui faire signe d'entrer.

Dans la pièce, Charlie, dans sa robe de soirée, gonflait la tortue en plastique d'un air furieux tandis qu'Edwina se séchait les cheveux. Edwina ! Elle était de retour ? Dieu merci ! Mais pourquoi était-elle trempée ? Et pourquoi Charlie s'énervait-elle à ce point ?

« Tiens ! hurla Charlie. La voilà ! Hettie II. Qu'est-ce que tu dis de cela ? »

Edwina la regarda avec mépris.

« Elle est trop gonflée.

— Cela ne te gênait pas tout à l'heure ! répliqua Charlie.

— Tout à l'heure, c'était tout à l'heure, poursuivit Edwina d'une voix calme. Et maintenant, c'est maintenant. »

Sa camarade de chambre résolut de changer de tactique.

« Je crois que j'ai quand même le droit de décider qui loge avec moi ! »

Edwina hocha la tête d'un mouvement grave.

« Oui, tu as le droit. Mais nous vivons en démocratie. C'est la majorité qui décide. Je suis pour. Oberon est pour. Et Lillith aussi ! »

Qui était cet Oberon, pour l'amour du Ciel ?

« Oberon n'a pas le droit de vote. Et Lillith est d'accord uniquement parce qu'elle est déjà morte, s'exclama Charlie qui s'arrachait ses beaux cheveux. Moi au contraire, j'aimerais bien rester encore un peu en vie si ce n'est pas trop demander, je n'ai pas l'intention de mourir en vacances, empoisonnée par un serpent ! »

Elle posa les mains sur ses hanches. Ses cheveux blancs se dressaient dans tous les sens.

« Oberon n'est pas venimeux, intervint le maréchal pour tenter de calmer le jeu. C'est un serpent constricteur. Originaire d'Amérique du Sud. J'ai vérifié sur Internet.

— Oh ! dit Charlie sur un ton glacial. Un serpent constricteur, ça change tout ! »

Edwina, qui ne comprenait guère l'ironie, sourit d'un air béat.

Il fallut un petit moment au maréchal pour mettre Agnes au courant des derniers événements. La situation semblait désespérée. Edwina avait réussi à adopter un boa constricteur dans un hôtel de luxe. Charlie, de son côté, ne voulait pas entendre parler d'un serpent dans sa chambre. Toutes les deux campaient sur leurs positions. Agnes se réjouit en secret d'avoir choisi Bernadette comme camarade de chambre.

« Il n'est pas obligé de dormir dans un lit, expliqua Edwina, conciliante. Nous pouvons le mettre dans la salle de bains et ne le laisser sortir que sous surveillance. Qu'en penses-tu ? »

À ses yeux, il s'agissait d'une proposition on ne peut plus rationnelle. Pour Charlie, en revanche, elle était inacceptable.

« Tu veux que je meure de peur chaque fois que je dois me lever la nuit ? Hors de question ! »

Alors, Edwina eut une nouvelle idée. Elle souleva une écharpe pour leur montrer comme son serpent était mignon. Agnes accorda un bref coup d'œil au nœud de peau de serpent lisse et pâle qui n'était pas sans rappeler une brioche tressée.

À cet instant, on frappa à la porte. Sans doute quelqu'un qui venait se plaindre du bruit, supposa Agnes. Mais ce n'était que Winston qui rapporta, le visage écarlate, que leur colocataire restait introuvable.

Se pouvait-il qu'une heure plus tôt, tous se soient vraiment lancés à la recherche d'Edwina ? Avaient-ils vraiment pensé que son absence était un problème ?

« Elle est de retour », expliqua le maréchal d'un ton résigné pendant qu'Edwina prenait le serpent à deux mains et le leur présentait, les yeux brillants.

De guerre lasse, Charlie avait fini par se coucher, non sans vérifier au préalable que la porte de la salle de bains était vraiment bien fermée. Oberon logeait à présent dans la baignoire où, profitant de la lampe à infrarouge d'Edwina, il sortait la langue et était très beau.

Tout allait donc pour le mieux. Pourtant, Edwina était trop excitée pour trouver le sommeil. Ses vacances se révélaient encore plus belles qu'elle ne l'avait espéré dans ses rêves les plus fous et la mission… eh bien, cela ne faisait plus de doute, la mission consistait à protéger Oberon contre toute forme de danger. Une mission telle qu' elle les aimait !

Edwina écoutait le souffle régulier de Charlie tout en élaborant des projets pour le lendemain. Dorénavant, elle devait être armée en permanence, c'était limpide, et elle ne devait plus quitter Oberon des yeux. La salle de bains était-elle réellement un lieu sûr ? Peut-être ferait-elle mieux de le prendre avec elle dans son lit ? Certes, elle avait juré haut et fort à Charlie qu'elle ne… Mais quoi ! De toute évidence, bien qu'elle eût répété un nombre incroyable de fois qu'elle ne pourrait pas fermer l'œil de la nuit avec un serpent dans sa chambre, Charlie dormait à poings fermés. Ses deux paupières étaient closes, sa bouche était au contraire grande ouverte, elle ronflait paisiblement.

Edwina sortit donc de son lit. La chambre baignait dans la lumière de la demi-lune qui brillait au dehors, au-dessus de la mer déchaînée. Quelle tempête ! Fascinée, Edwina s'approcha de la porte-fenêtre.

Et soudain, quelqu'un tomba du ciel, ou du moins de quelque part, atterrit avec maladresse sur le balcon et regarda très vite dans toutes les directions.

La silhouette était vêtue de noir. Et comme le double vitrage était excellent, Edwina n'entendait pas plus le bruit de ses pas que le vent qui gonflait la capuche de son sweat-shirt.

L'inconnu courut à gauche, puis à droite, pour regarder la mer à ses pieds. Puis il fit mine d'enjamber la balustrade, mais changea finalement d'idée.

C'est un *killer*, pensa-t-elle aussi. Il veut tuer Oberon !

Elle ne pouvait le laisser faire sans réagir.

Aussitôt, elle ouvrit l'armoire et chercha de quoi se défendre. Un tire-bouchon ? Elle n'était pas certaine que cela suffise face à un tueur entraîné. La lime à ongles de Charlie ? De nouveau, elle enragea qu'on lui ait confisqué son sécateur à l'aéroport. Faute de mieux, elle se contenta donc du tire-bouchon et s'approcha de la porte-fenêtre.

L'inconnu se tenait en face d'elle, il avait posé les mains sur la vitre et regardait à l'intérieur.

Edwina posa sa main libre contre la vitre et le regarda en retour.

Pendant un moment, ils demeurèrent ainsi nez à nez – ou presque puisque le *killer*, grand et mince, la dépassait d'une tête, ce qui ne l'inquiétait pas outre mesure vu que ce n'est pas toujours la taille qui compte.

Ensuite, l'intrus l'aperçut derrière la vitre et, pris d'épouvante, bondit en arrière. Pouvait-on d'ailleurs parler d'un intrus alors qu'il n'y avait pas encore eu d'intrusion ? Oui, sans doute, car ses intentions étaient claires.

Le tueur regarda vers le haut, avec une certaine angoisse semblait-il, et se mit à cogner contre la vitre de toutes ses forces.

Edwina perçut un bruit sourd, pénétrant et de plus en plus rapide.

Là, elle se fâcha.

S'introduire dans leur chambre était une chose, réveiller Charlie en était une autre ! Elle savait comment les choses se passaient d'ordinaire dans leur petite communauté. Même si elle n'avait rien à voir avec cet individu sur le balcon, Charlie, Agnes et les autres ne manqueraient pas de lui faire porter le chapeau. Quand il s'agissait de s'en prendre à elle, tous les prétextes étaient bons. Et alors, elle risquait de perdre la bataille au sujet d'Oberon. Sa mission était en péril juste parce que ce clown se révélait être un incapable.

Elle lui fit signe d'arrêter de frapper à la fenêtre et posa l'index sur ses lèvres pour qu'il se taise. Le tueur s'arrêta de cogner, sembla comprendre et montra avec force gesticulations le côté de la porte-fenêtre où elle aperçut deux boutons à la hauteur de ses yeux.

Ouvrir.

Fermer.

Charlie se tourna dans son sommeil et arrêta dans l'instant de ronfler.

Edwina réfléchit. L'inconnu voulait entrer, c'était évident. Elle avait accepté l'idée qu'elle devait l'affronter, le démasquer et, dans l'idéal, le mettre hors d'état de nuire. La question subsidiaire était de savoir comment s'y prendre sans réveiller Charlie.

Elle posa de nouveau son index sur ses lèvres. La silhouette sur le balcon hocha la tête. Il baissa la main et entoura son buste de ses deux bras, l'air transi.

Pile à cet instant, la tempête réussit enfin à défaire sa capuche noire.

Edwina lâcha son tire-bouchon.

Ce n'était pas un *killer* ! C'était son contact aux yeux maquillés – même si des larmes avaient maintenant dilué son eye-liner et que, pour le reste aussi, le jeune homme avait plutôt mauvaise mine.

Edwina tendit le pouce pour montrer qu'elle avait compris et appuya sur le bouton pour ouvrir.

Agnes éprouvait une attirance pour le paysage baigné par les rayons de la lune de l'autre côté de la vitre. Après l'énervement causé par Charlie, Edwina et le serpent, inutile de songer à dormir. Elle appuyait son visage contre le verre frais et fixait la nuit au-dehors. La tempête avait chassé tous les nuages. Elle maltraitait à présent les buissons de genêts qui poussaient sur les falaises, les petits pins rabougris et l'herbe haute. Agnes ne pouvait pas entendre le vent à cause du double vitrage, mais elle imaginait un hurlement sauvage, libre et sans âme.

Elle fut alors prise d'un léger vertige.

Elle traînait ses guêtres dans ce monde depuis déjà un bon moment, mais à cet instant, elle se sentait comme neuve, tout juste éclose, innocente. Face aux forces mystérieuses qui s'affrontaient depuis des temps immémoriaux, elle se demandait quel pouvait être son rôle à elle. Qu'elle tienne ses colocataires en respect, qu'elle prenne ses médicaments ou qu'elle appréhende tel ou tel meurtrier changeait-il quoi que ce soit au cours des événements ?

Et si ça ne changeait rien…

Cette pensée se révélait étonnamment libératrice.

Pendant que Bernadette, dans son lit, continuait de scier toute une forêt de bûches – ce qui contrevenait certainement à l'éthique écologique de l'*Éden* –, Agnes s'assit dans un fauteuil et se mit à rêver qu'elle sortait pour s'abandonner aux éléments, s'agiter en une danse sauvage, ployer comme un brin d'herbe, s'envoler comme une feuille, tomber comme une pierre…

Elle ne pouvait pas savoir qu'à l'intérieur de l'hôtel aussi, il régnait en secret une activité fébrile dans cette nuit battue par le vent. Edwina venait de prendre le malotru par la main et le menait vers l'armoire où il pourrait se cacher entre Lillith et Hettie II.

À l'étage supérieur, une personne vêtue d'un anorak à capuche orange tenait un couteau et bouillait d'une rage aveugle.

Et devant la porte de sa chambre, un tueur attendait depuis déjà un petit moment. Il avait suivi Bernadette quand elle avait quitté la salle de restaurant, sans bruit, de manière très professionnelle, et il était maintenant planté dans le couloir, absorbé dans ses pensées, aussi immobile qu'une montagne.

« N'est-il pas ravissant ? demanda Edwina tout en décapitant un œuf à la coque d'un geste habile.

— Il est déjà assez imposant, répondit Agnes sur un ton neutre. Va-t-il encore grandir ?

— Les boas grandissent toute leur vie, lui apprit le maréchal qui avait manifestement potassé le sujet sur Internet.

— Magnifique ! » dit-elle dans un soupir.

Quelques heures plus tôt, elle s'était réveillée dans un fauteuil, courbaturée et transie, et même avec la meilleure volonté du monde, elle était incapable de dire ce qu'il lui avait pris de sortir de ce lit merveilleux au beau milieu de la nuit.

À présent, elle était assise à la table du petit déjeuner, de mauvaise humeur, morte de fatigue, avec un affreux mal de tête, et parlait à nouveau de ce fichu serpent alors qu'elle aurait mille fois préféré aborder des questions plus édifiantes, par exemple le meurtre – l'éventualité d'un meurtre plus exactement – ou encore la veuve blanche qui, assise seule à l'autre bout de la salle, était en train de gaver le corgi de petits morceaux de fromage, buvait un jus d'orange et avait ce matin-là un air particulièrement louche.

Au lieu de cela, la conversation tournait bien entendu autour d'Oberon, le problématique serpent. Edwina l'avait glissé dans son sac de sport, recouvert d'un foulard et déposé au pied de sa chaise. De temps à autre, elle soulevait le foulard de façon discrète et adressait à son sac un sourire ravi.

Agnes leva les yeux au ciel.

La veille, ils avaient clos la séance pour cause d'épuisement général, mais grâce à des toasts, des œufs bio et une salade de fruits, ils étaient à présent en mesure de relancer le débat.

« Je n'ai pas fermé l'œil, affirma Charlie en s'emparant d'un bol de muesli d'un geste combatif. Ce serpent n'a rien à faire ici ! »

Edwina planta sa petite cuillère dans son jaune d'œuf d'un air menaçant.

Le reste de la communauté se gardait de prendre parti. Winston découpait un croissant avec une précision exagérée, le maréchal contemplait d'un air fasciné les formations nuageuses qui se déplaçaient avec légèreté dans le ciel matinal d'un bleu radieux, Bernadette dévorait avec ardeur des œufs brouillés. Tous attendaient qu'Agnes résolve les problèmes et rétablisse la paix.

Agnes réfléchit. Oberon était en effet un séduisant serpent aux yeux jaune citron et au corps pâle et brillant. Il était très décoratif. De plus, il laissait Edwina le promener dans l'hôtel sans se plaindre – ce qui n'était pas évident. Le boa semblait avoir l'habitude des cinglés. Au fond, Agnes n'avait aucune envie de s'en mêler. C'était le problème de Charlie après tout. Elle avait à tout prix voulu partir en voyage, cela n'allait pas sans risques. Les serpents par exemple.

Charlie, qui avait à présent fini son muesli, repartit à l'attaque.

« Tu ne sais même pas ce qu'il mange, dit-elle par provocation.

— Des rats ! s'exclama Edwina d'un air radieux. Il mange des rats. Mais pas souvent ! Un rat suffit pour plusieurs semaines. »

Agnes soupira. Ce n'était pas un régime alimentaire strict à base de rats qui rendrait le serpent plus sympathique aux yeux de Charlie. Elle avala la dernière bouchée de son délicieux croissant à la farine complète, idéal pour son dentier, et prit une décision héroïque.

« Nous allons inverser ! annonça-t-elle. Charlie, tu logeras avec Bernadette, et moi, je vais avec Edwina et Oberon.

— Et Lillith ! précisa Edwina.

— Et Lillith », confirma Agnes.

Lillith était la seule dans sa nouvelle chambrée qui ne risquait pas de poser problème.

Agnes observa les autres d'un œil étincelant en attendant qu'ils aient digéré l'information.

Le maréchal comprit aussitôt et la regarda d'un air admiratif.

Winston semblait soulagé à l'extrême.

Bernadette, elle, paraissait un peu fâchée qu'Agnes lui préfère finalement un boa.

Edwina se concentrait sur une gaufre, elle avait sans doute déjà à moitié oublié de quoi il retournait.

Et Charlie avait les larmes aux yeux. Elle se pencha au-dessus de la table et lui serra la main.

« Oh, merci, Agnes ! Tu es vraiment une amie merveilleuse ! J'ai vraiment du mal avec les serpents. Mon deuxième mari… »

Elle s'interrompit, refusant de consacrer davantage de mots à son ancien mari ou à Oberon.

Agnes rougit, un peu gênée. Certes, elle avait résolu le problème du serpent, mais Charlie ne soupçonnait pas combien les ronflements de Bernadette étaient bruyants. En même temps, elle ne pouvait pas non plus porter toute la misère du monde.

Elle goûta une compote de fruits rouges et savoura pendant quelques instants l'inhabituelle admiration de ses colocataires avant d'orienter la conversation de manière discrète, mais ferme, sur le crime.

Le possible crime.

Agnes avait comme le sentiment que…

Alors que le mouvement d'approbation commençait à décliner autour de la table et qu'elle s'apprêtait à évoquer le mystérieux anorak orange, un détail la frappa dans la salle du petit déjeuner.

Sans doute ne l'aurait-elle pas remarqué tout de suite si sa tasse à café n'avait pas été vide. Elle s'était en effet retournée pour attirer l'attention des serveurs. En général, une jeune personne serviable accourait sur-le-champ et la resservait – elle avait déjà testé la technique à trois reprises et jusqu'à présent, elle avait fonctionné à la perfection.

Or cette fois, elle regarda en vain autour d'elle.

Elle constata par la même occasion que les clients aux autres tables attendaient également. Il n'y avait plus personne pour leur resservir du café ou des œufs brouillés.

La petite armée de jeunes gens s'était volatilisée.

Agnes laissa son regard errer dans la pièce et, pour finir, les aperçut derrière la porte en verre qui marquait l'entrée de la salle du petit déjeuner.

Ils s'étaient agglutinés et s'entretenaient avec animation. Ils fronçaient les sourcils, remuaient les bras avec nervosité. Une jeune femme porta les mains à ses tempes d'un air horrifié.

Même à cette distance, Agnes percevait leur excitation.

Mais pourquoi une telle excitation ?

Était-ce l'excitation de gens qui venaient d'apprendre qu'on avait retrouvé un des clients en bouillie au bas des falaises ?

Ou bien l'excitation que peut provoquer un boa de plusieurs kilos ayant pour ainsi dire… pris pied à l'hôtel ?

Ou s'agissait-il de tout autre chose ? Agnes tendait le cou avec curiosité. Le tumulte lui semblait quelque peu exagéré pour un serpent en liberté – et même, en fin de compte, pour un client en bouillie. Bien sûr, quand quelqu'un tombait du haut des falaises, ce n'était pas beau à voir – et ça ne devait pas non plus être très bon pour le commerce –, mais les visages des jeunes gens n'exprimaient pas seulement la consternation, ils semblaient véritablement choqués.

Il s'était passé quelque chose. Quelque chose de grave.

Malgré la fatigue et un trop grand nombre de croissants à la farine complète, Agnes se leva et se dirigea aussi vite qu'elle le put vers la porte en verre. Les serveurs ne tarderaient pas à se séparer et à afficher de nouveau leurs sourires professionnels, mais en se pressant, elle avait peut-être une chance d'attraper au vol une parole ou deux. Elle ouvrit la porte avec un tel élan qu'elle faillit tomber en arrière et passa la tête à l'extérieur.

Les jeunes gens parlaient à voix basse et tous en même temps si bien que malgré ses appareils auditifs extrêmement performants, Agnes avait du mal à distinguer les mots. Elle ne percevait qu'un bourdonnement confus. Elle essaya toutefois de se concentrer.

Elle entendit « police » à différentes reprises, « plusieurs jours » et – était-ce possible ? – « hélicoptère ».

Puis sans cesse le mot « coupé ».

Il ne s'agissait pas d'un serpent, voilà au moins une certitude.

Le caquetage se tassa peu à peu. Une voix dominait à présent le volume général. C'était Helen, la directrice de l'hôtel. Elle parlait de manière posée et sobre.

Agnes ne comprit pas tout, mais il était question de « garder son calme » et de « professionnalisme ».

Les autres employés firent de leur mieux pour lui obéir et se reprirent. Elle hocha la tête d'un air approbateur.

« Nous allons continuer comme si de rien n'était. La priorité, c'est le service. La plupart d'entre eux ne se rendront sans doute compte de rien ! »

C'est alors qu'elle aperçut Agnes à la porte. Son sourire courageux s'estompa.

« Bonjour, madame Sharp ! Vous vous êtes régalée ? Pouvons-nous encore…

— Je cherche… »

Agnes cherchait surtout un bon prétexte. Pourquoi ne trouve-t-on jamais de prétextes quand on en a le plus besoin ?

«… les toilettes », finit-elle par balbutier.

Helen indiqua sans commentaire une porte à quelques pas d'elle, sur laquelle on pouvait lire « W.-C. ».

Agnes enragea.

Elle n'avait maintenant plus d'autre choix que d'entrer dans les toilettes sous les regards du personnel au lieu de retrouver sans tarder ses colocataires et leur apprendre les dernières nouvelles. Elle avait donc raison ! Quelqu'un était mort ! Peut-être devait-on remonter le cadavre à l'aide d'un hélicoptère ? En tout cas, « coupé » suggérait clairement un meurtre ! Qu'avait-on coupé ? Un doigt ? Un bras ? La tête ? Sur ce point, toutes les hypothèses étaient permises. Le meurtrier avait-il emporté un trophée ? Ou s'agissait-il d'empêcher l'identification de la victime ? Ce scénario ne correspondait pas tout à fait à ce qu'elle avait vu la veille en haut des falaises, mais elle savait par expérience que toutes les pièces d'un puzzle ne s'emboîtaient pas d'emblée – c'était justement ce qui faisait l'intérêt des affaires criminelles. En tout cas, elle allait dans la bonne direction.

Même les toilettes avaient un charme particulier à l'*Éden*. Une pierre naturelle aux formes douces servait de lavabo presque par hasard, des essuie-mains blancs s'empilaient avec grâce et ça sentait bon. Ce n'était pas du tout une odeur de toilettes, mais une odeur d'herbe et de feuilles vertes très convaincante. Des haut-parleurs mêlaient un bruit de vagues et de gouttes de pluie à une discrète musique d'ambiance.

Agnes se regarda dans un des nombreux miroirs. Elle n'avait vraiment pas l'air reposé. Son gilet était mal boutonné et son rouge à lèvres mal appliqué, comme si quelqu'un avait voulu lui coller une bouche sur le visage et s'était trompé d'endroit.

Tu parles de vacances !

Un peu plus tard dans la matinée, elle emmena le maréchal à l'extrémité de la carotte pour examiner le sentier panoramique en contrebas. Il serpentait le long des falaises, large, brillant, guilleret. Dans la lumière du soleil, il paraissait tout à fait inoffensif.

« C'est là, dit-elle. Tu vas suivre ce sentier jusqu'au belvédère. Tu vois, là où il y a le drapeau ? Je voudrais savoir s'il est éventuellement possible de quitter le chemin et d'aller plus loin, ailleurs. Ou de cacher quelque chose, quelque chose ou quelqu'un. Bref, je veux savoir si quoi que ce soit te frappe. »

Elle regarda son ami, pleine d'espoir.

Aucun des autres n'avait accepté de modifier son programme de vacances pour traquer un assassin. Edwina et Oberon avaient disparu avec une étonnante rapidité dès la fin du petit déjeuner, Charlie avait réservé un soin du corps, Bernadette s'accordait une petite sieste en vue du déjeuner, Winston écoutait une émission de radio sur l'écosystème des côtes rocheuses.

Le maréchal était donc le seul sur qui elle pouvait compter.

Elle le regarda s'éloigner dans son anorak de camouflage et le suivit des yeux, captivée, tandis qu'il s'engageait sur le sentier panoramique. La mer étincelait. Tout ici semblait si gai, si frais, si coloré, si propre qu'elle commença à douter de la scène sinistre à laquelle elle pensait avoir assisté la veille. Peut-être la mort du sacristain l'avait-elle mise sur la mauvaise voie. Peut-être le crime potentiel ne s'était-il produit que dans son esprit. Pour se détendre, Edwina s'imaginait faire une croisière, et elle, elle s'imaginait un crime… Voilà qui en disait long !

Elle soupira. Si le maréchal revenait de sa promenade sans rien avoir noté de suspect, elle laisserait tomber cette affaire et se détendrait enfin pour de bon. En attendant…

Elle était tellement plongée dans ses pensées qu'il lui fallut un moment pour s'aviser que non loin d'elle, quelqu'un se raclait la gorge avec obstination. Elle tourna la tête et aperçut un homme appuyé à la balustrade, pas trop loin, mais pas non plus trop près. Il avait sur la tête une volumineuse crinière blanche et sur le nez des lunettes rondes de couleur rouge, qui lui donnaient un air d'intello. Derrière les verres, deux yeux gris la fixaient avec un éclat conspirateur.

« Votre mari aime la promenade, semble-t-il, dit l'homme à lunettes. Pour ma part, je ne comprends pas – comment peut-on laisser seule une femme aussi séduisante pendant ses vacances ? »

Il secoua la tête dans un mouvement à la fois étonné et triste tandis qu'Agnes se retournait pour chercher des yeux la femme séduisante et abandonnée jusqu'à ce qu'elle comprenne que l'homme à la crinière blanche voulait parler d'elle.

Alors là…

Agnes remarqua qu'elle rougissait, elle devait être encore plus rouge que les lunettes de son interlocuteur. Au même moment, elle fut prise d'un hoquet, un mélange qui ne devait pas être bien séduisant, mais qui n'empêcha pas l'inconnu de lui offrir le bras.

« Il fait un peu frais dehors, vous ne trouvez pas ? Venez ! Pourquoi ne pas boire une belle tasse de café en attendant le retour de votre mari ? »

Agnes se sentait plutôt brûlante, mais lui prit toutefois le bras, ne serait-ce que pour éviter de perdre l'équilibre dans cette situation gênante. Elle ne se rappelait pas quand on lui avait dit pour la dernière fois qu'elle était séduisante, et elle ne savait pas du tout comment réagir à ce compliment. Devait-elle se montrer choquée ? Flattée ? Embarrassée ? En outre, elle venait de récolter en l'espace de quatre-vingt-dix secondes non seulement un admirateur, mais aussi un époux. Il lui fallait le temps de s'en remettre.

Avant même avoir pu échafauder un plan, elle se retrouva assise dans le hall avec une énième tasse de café. Ce n'était pas bon pour ses nerfs.

L'inconnu avait pris place en face d'elle. Ses cheveux blancs foisonnaient avec aplomb derrière ses oreilles.

Il s'appelait Howard.

Howard Hope.

Il venait ici tous les ans. Ce lieu coupé du monde était merveilleux, à la fois isolé et d'un confort extrême. Sans parler de l'aspect écologique. Il était si important de penser à l'environnement, surtout aujourd'hui.

Agnes hocha la tête. Sur ce point, ils étaient d'accord.

Sans lui laisser le temps d'en dire davantage, il la bombarda de nouveaux compliments. Comme son gilet (mal boutonné) était élégant ! Comme son rouge à lèvres (mal appliqué) mettait sa bouche en valeur ! Comme ses yeux bleus étaient beaux ! Bon d'accord, le compliment sur ses yeux n'était peut-être pas complètement faux.

Elle tournait sa petite cuillère dans sa tasse, mal à l'aise. La caféine lui donnait des bourdonnements d'oreille et elle n'avait aucune idée de ce qu'elle devait répondre. Par bonheur, Howard maîtrisait l'art de la conversation à la perfection et manœuvrait avec habileté entre la carte du restaurant, le programme des manifestations et la qualité du service. Elle devait juste hocher la tête à intervalles réguliers en esquissant un sourire.

« Je ne suis pas surpris que les couples adorent cet hôtel, poursuivit-il. Pourtant, vous savez ce qui me frappe ? »

Il se pencha vers elle pour lui faire une confidence et, par réflexe, elle s'avança elle aussi dans sa direction. Une odeur boisée lui flatta les narines, il devait s'agir d'un after-shave hors de prix.

« J'ai le sentiment qu'un grand nombre de clients ne célèbrent pas vraiment leur lune de miel, si vous voyez ce que je veux dire. »

Il soupira tandis qu'Agnes, qui ne comprenait rien ce qu'il voulait dire, levait ses maigres sourcils d'un air interrogateur.

« J'ai le sentiment, reprit-il, que de nombreux couples viennent ici parce que – comment m'exprimer ? – ils traversent une crise. Ils cherchent quelque chose. Un remède peut-être. »

Il la fixa avec un regard empli d'espoir.

C'était une idée intéressante. Agnes avait bien entendu remarqué que la plupart des clients voyageaient en couple et que, de fait, la plupart des couples ne semblaient pas de prime jeunesse. Qui sait ? L'*Éden* était peut-être le lieu rêvé pour aller au bout des choses. L'endroit était tellement reculé. En pleine dispute, on pouvait à tout moment commander une soupe, et si on s'énervait trop, on pouvait profiter de la salle de yoga ou du groupe de méditation.

Elle se demanda si la scène qu'elle avait surprise en haut des falaises résultait d'une telle crise de couple. Le yoga ne suffisait peut-être pas toujours… Parfois, il fallait peut-être *couper* les ponts pour se sentir mieux.

Toute à ses pensées, elle avait un court instant oublié son admirateur, ce qui se révéla être une terrible erreur. Lorsqu'elle revint dans l'instant présent, Howard tenait sa main dans la sienne et avait les yeux plongés dans les siens. Elle jeta un regard désespéré autour d'elle.

« Je vois que j'ai touché un point sensible. Je suis désolé, je ne voulais bien sûr pas… Seulement, il est difficile parfois de rester là sans rien dire – surtout quand il s'agit d'une femme aussi merveilleuse que vous, Agnes ! Je peux vous appeler Agnes, n'est-ce pas ? Je *dois* vous appeler Agnes ! »

Agnes réussit à dégager sa main au moment où Howard se levait avec souplesse. Il devait avoir quelques années de moins qu'elle.

« Voilà que je vous ai attristée ! » s'exclama-t-il d'une voix beaucoup trop forte à son goût.

Les gens à la table voisine leur jetèrent un regard curieux.

« Pourtant, je voulais juste… Oh, pardonnez-moi, Agnes ! »

Howard quitta le hall en trombe, les cheveux au vent, laissant derrière lui une femme passablement troublée. Qu'est-ce que c'était que cette histoire ? Agnes avait l'impression d'avoir passé ces dernières minutes dans un roman assez bizarre. Du genre *Le Dentier ou Fierté et préjugés*. C'était ridicule ! Sans doute Howard s'entendrait-il à merveille avec Charlie. Agnes dut cependant admettre qu'elle n'avait aucune envie qu'il fasse la connaissance de Charlie, qu'il plonge ses yeux dans les siens et qu'il l'invite à boire un café.

Non, elle ne voulait cela sous aucun prétexte !

Alors, elle aperçut le maréchal qui était revenu du belvédère et détonnait un peu avec son anorak dans le hall.

Pendant qu'il la cherchait des yeux, elle se demanda ce qu'il dirait quand il apprendrait que le fameux Howard l'avait pris pour son époux et qu'il n'avait pas seulement imaginé qu'ils étaient mariés, mais aussi que leur couple traversait une crise. Ils allaient sûrement en rire de bon cœur, puis l'affaire serait réglée.

Pourtant quand il l'eut enfin localisée et qu'il s'approcha d'elle les yeux brillants, elle se rendit compte qu'elle n'avait aucune envie de lui parler d'Howard et que, pour être honnête, elle n'était pas sûre non plus qu'il aurait trouvé cette histoire si drôle que cela.

Elle écarta la tasse de son admirateur, afficha un grand sourire et adressa au maréchal un signe de la main.

« Alors ? Tu as vu quelque chose ? » demanda-t-elle en tapotant sur le fauteuil encore chaud qu'Howard occupait quelques instants auparavant.

« Alors là, tu l'as dit ! » s'exclama le maréchal en ôtant son anorak de camouflage sous lequel il portait une chemise avec le même motif.

Elle tendit l'oreille.

« Un anorak jaune peut-être ? s'enquit-elle, remplie d'espoir. Des traces dans l'herbe ? Du sang ? »

Le maréchal remua la tête.

« Non, rien de tout cela. Pour commencer, tu avais raison : il est pratiquement impossible de sortir du sentier panoramique. Il mène au belvédère et c'est tout. D'un côté, il y a la falaise, de l'autre, il y a des buissons de genêts épineux. Personne ne peut les traverser, surtout en pleine nuit. »

Elle approuva d'un air satisfait.

« Donc, conclut-elle, si quelqu'un n'est pas revenu et qu'il ne se cache pas là non plus, il est forcément… »

Le maréchal fit un geste synonyme de chute.

« Et là, en bas… tu as aperçu… la police ? »

Il remua de nouveau la tête.

« En bas, il n'y a rien du tout. Personne. Il y a la mer, une petite plage, quelques mouettes. C'est tout.

— Pourtant, je croyais… »

Agnes s'était attendue à un cadavre. Un membre coupé, quelque chose de suffisamment affreux pour mettre le personnel de l'hôtel en émoi.

À ce moment-là, ils furent interrompus par un couple qui débarquait dans le hall avec ses valises et semblait d'une humeur affreuse.

« C'est quand même… » s'exclama le mari, le visage écarlate.

On avait la nette impression que si elle avait pu, sa femme se serait cachée derrière sa monstrueuse valise.

« Voilà ! poursuivit l'homme en tendant un doigt accusateur vers sa femme qui se fit alors encore plus petite. Mon épouse a une crise de nerfs. Nous devons rentrer à Londres ! »

Agnes ne put s'empêcher de songer à Howard. Peut-être n'avait-il pas entièrement tort après tout. En tout cas, ce couple-là semblait à mille lieues de l'harmonie conjugale.

La directrice de l'hôtel surgit, armée comme d'habitude de son sourire professionnel, et s'arrêta si près d'eux que cela faisait l'effet d'une menace. Après quelques murmures et quelques chuintements déplaisants de la part de l'homme en colère, le couple quitta le hall pendant qu'Helen veillait à ce qu'on s'occupe de leurs valises.

Elle est sacrément douée pour amener les gens à faire ce qu'elle veut, pensa Agnes.

« Que signifie ce numéro ? » demanda-t-elle tout bas au maréchal.

Il la regarda d'un air triomphant.

« Ça, c'est la deuxième nouvelle ! »

Il approcha son fauteuil du sien et lui raconta ce qu'il avait découvert pendant sa promenade au bord des falaises. Et soudain, les mots « coupé », « plusieurs jours » et « hélicoptère » prirent tout leur sens.

- 8 -
COUPÉ

« Partie ? répéta Winston, incrédule.

— Partie, confirma le maréchal.

— Mais elle ne peut pas être partie ! s'écria Charlie dont l'humeur était maintenant aussi terne que son teint était rose et frais à l'issue du soin de beauté.

— Une partie est partie ! Une partie est partie ! » chantonna Edwina tout en balançant en rythme le serpent qui tirait la langue d'un air stoïque.

Les autres semblaient accueillir la nouvelle avec moins d'enthousiasme.

Descendre dans un hôtel romantique au bout du monde pour inhaler un peu d'air iodé, d'accord, mais séjourner dans un hôtel coupé du monde pour de bon, ce n'était pas pareil. Or voilà ce que venait de leur apprendre le maréchal ! Pendant la nuit, une bonne partie des falaises s'était éboulée et était partie dans la mer, emportant avec elle une partie de la route.

À présent, ils étaient donc *coupés* du monde, on ne pouvait venir qu'en *hélicoptère*, et il faudrait sans doute *plusieurs jours* avant que la *police* puisse leur prêter main-forte.

Jusque-là, ils n'étaient plus en Cornouailles, mais bel et bien au bout du monde.

Après le compte rendu du maréchal, Agnes avait insisté pour qu'ils se concertent sans tarder avec leurs colocataires. C'était la grande force de leur communauté : ils pouvaient discuter de tout jusqu'à épuisement du sujet. La plupart du temps, il s'agissait de banalités, mais cette fois, ils étaient confrontés à une véritable crise et il ne fallait pas laisser passer une telle occasion.

Elle était allée chercher Charlie au spa et avait tiré Bernadette de son lit, puis ils s'étaient regroupés dans la bibliothèque, vide en cette fin de matinée. Le soleil brillait, le thé fumait, ça sentait bon les vieux livres. Si la température n'avait pas été aussi agréable et les biscuits si délicieux, ils auraient presque pu se croire à Sunset Hall.

Agnes soupira avec nostalgie.

Coupés du monde…

Soudain, elle éprouva le mal du pays.

« Et maintenant, demanda Charlie, comment allons-nous partir d'ici ?

— Dans un premier temps, nous n'allons pas partir du tout, répondit le maréchal. Je suis sûr qu'ils vont trouver une solution, mais cela risque de prendre un certain temps.

— Pff… fit entendre Charlie en soufflant. Alors, que faire ?

— Des vacances », suggéra Agnes.

Elle attrapa une des boules à la noisette qu'on leur avait servies avec le thé. Elles étaient excellentes, même si ce n'était pas l'idéal pour son dentier. Les éclats de noisette se coinçaient dans tous les interstices. Il fallait mâcher.

Puis elle jeta un coup d'œil par la fenêtre panoramique et sursauta sous le coup d'une énorme frayeur. L'anorak orange était de retour ! Elle avala de travers le reste de la boule aux noisettes et se mit à tousser. Aussitôt, le maréchal bondit et lui tapa dans le dos de façon prévenante, quoique un peu trop brutale. À travers ses larmes, Agnes se rendit compte qu'il devait cette fois s'agir d'un employé. En effet, la silhouette ne la fixait pas d'un air menaçant, mais s'éloignait, une chaîne dans une main et un panneau dans l'autre, pour condamner l'accès au sentier panoramique. Elle fit signe au maréchal qu'il pouvait arrêter et tenta de se concentrer. Il paraissait peu probable que cet employé fût la mystérieuse créature de la veille. En revanche, l'anorak était le même. C'était un vêtement professionnel trouvé dans un local de service.

Elle but une gorgée de thé pour se rincer le gosier.

« Il ne faut pas te mettre dans des états pareils », dit Winston en lui tapotant la main pour la consoler.

Même Charlie se ressaisit. Elle lui donna une petite bourrade qui se voulait encourageante.

« À bien y réfléchir, Agnes, nous avons l'habitude d'être coupés du monde. Fais le bilan ! Nous pouvons rester des semaines à Sunset Hall sans mettre un pied dehors, et je ne parle pas du village ! Au départ, j'ai pensé que le ciel me tombait sur la tête. Mais en fin de compte, le ciel est toujours là !

— En plus, on nous sert les repas, ajouta Bernadette. Il y a un bar et le chauffage fonctionne.

— Sans parler des soins ! renchérit Charlie.

— Ni de l'eau chaude à volonté ! », dit le maréchal qui aimait les longues douches et se faisait régulièrement rabrouer à Sunset Hall parce qu'il avait une fois de plus vidé le ballon d'eau chaude.

— Ni de la société, précisa encore Winston.

— Des gens qui vous resservent du thé, s'écria Bernadette.

— De la mer, renchérit le maréchal.

— Et d'Oberon ! »

Edwina tendit le serpent sous le nez d'Agnes pour lui remonter le moral.

Touchée, Agnes caressa le dos lisse du boa. Ou peut-être son côté. Ou bien était-ce déjà la queue ?

Ses colocataires avaient raison. La situation n'était pas si dramatique. Enfin, pas encore. Les jours suivants se dérouleraient comme prévu : ils feraient des soins de beauté, ils mangeraient et ils se querelleraient. De plus, elle était curieuse de voir comment les autres clients réagiraient à l'annonce de l'éboulement. Car la direction avait beau s'efforcer de garder la chose secrète, la nouvelle finirait par s'ébruiter.

Alors, Agnes tourna de nouveau ses pensées vers l'anorak orange. La mystérieuse silhouette s'était tenue à peu près à l'endroit où le panneau, orange lui aussi, interdisait à présent l'accès au sentier panoramique.

Sa bonne humeur s'évanouit d'un seul coup.

Si l'anorak orange de la veille dissimulait bel et bien un assassin, ce dernier était lui aussi prisonnier de l'*Éden*.

Et pouvait-on imaginer un danger plus grand qu'un assassin prisonnier ?

Edwina ne comprenait pas vraiment pourquoi les autres s'étonnaient tant de l'absence de route. Ils étaient sur un bateau, après tout ! Il ne pouvait donc pas y avoir de route. Même une personne aussi rêveuse qu'Agnes devait quand même en avoir conscience !

L'*Éden* avait mis le cap au large, était parti à l'aventure, et Edwina ne pouvait pas se permettre de perdre plus de temps avec des discussions oiseuses. Elle devait d'urgence s'occuper de son contact. Elle se leva et glissa le serpent dans son sac de sport. Le jeune homme allait mal, mais elle espérait qu'Oberon, Lillith et elle parviendraient à le requinquer.

Bien qu'elle ne pût guère profiter de la principale attraction de la pièce, à savoir le panorama, l'espace de repos était devenu en quelque sorte l'endroit préféré de Bernadette. De fait, elle adorait s'installer sur une des chaises longues pour se reposer et écouter les discussions plus ou moins distrayantes autour d'elle. On la laissait en paix. La température était agréable. Ça sentait l'air frais de la mer. Et – cerise sur le gâteau – elle passait inaperçue. Une fois qu'elle avait glissé sa canne blanche sous le siège, elle était simplement une cliente comme les autres, avec de grandes lunettes de soleil, et non plus une espèce de taupe qui inspirait la pitié et qu'on devait guider.

Elle s'allongea confortablement et se laissa bercer par les conversations insignifiantes comme par un filet d'eau. Voilà la grande différence entre Agnes et moi, pensa-t-elle. Agnes veut sans cesse en savoir plus, elle au contraire voulait juste que les autres en sachent le moins possible. Le reste lui importait peu.

Alors qu'elle venait à peine de clore cette réflexion et se préparait mentalement à un nouveau petit somme, une main grande et lourde se posa avec douceur sur son épaule. Bernadette reprit aussitôt tous ses esprits et chercha sa canne à tâtons, sans succès.

« Sam ! Samantha ! s'exclama une voix derrière elle. Si seulement j'avais… »

Cette voix sortait tout droit de son passé. N'eût été la solide chaise longue sur laquelle elle était installée, Bernadette en serait tombée par terre. Au lieu de cela, elle se figea, médusée. La main lâcha son épaule, des pas contournèrent son siège. Une chaise longue fut traînée sur le sol et grinça sous le poids d'une masse imposante. Bernadette prit congé de l'existence sans tarder et sans en être affectée. La seule chose qu'elle regrettait, c'était de ne pas avoir goûté le porridge à la cannelle, aux pruneaux et au beurre au petit déjeuner. Voilà qui était rageant. Elle s'était dit : « Demain est un autre jour. » Erreur !

« Mon Dieu, c'est vraiment toi ! »

La voix juste à côté d'elle était si basse qu'elle l'entendait à peine, mais il n'y avait pas le moindre doute. C'était Jack !

« Je n'étais pas entièrement sûr, mais maintenant... Tu veux ta canne ? Ta canne couteau ? Tu veux vraiment me transpercer en public sans nous laisser le temps de prendre un café ?

— Je crois qu'il me faut quelque chose de plus fort ! » grommela Bernadette.

Le problème était le suivant : tandis que tout le monde, à partir d'un certain âge, a quelque chose comme un passé, Bernadette, elle, avait un PASSÉ, quelque chose de grand, de fort, d'éblouissant. C'était le genre de passé qu'on ne raconte ni à ses proches ni à ses meilleurs amis. Le genre de passé qui fait que de temps en temps, alors qu'on est tranquillement installé chez soi, on arrête soudain de grignoter des pralinés et on tend l'oreille pour repérer des pas silencieux, un souffle retenu, le sifflement d'une lame dans l'air.

Or voilà que ce passé venait de la rattraper au bout de quelques décennies, qu'il était assis au bar à côté d'elle et qu'il commandait deux autres cafés à l'eau-de-vie.

Agrippée au bois chaud, lisse et rassurant du comptoir, Bernadette essayait de penser – sans résultat jusqu'à présent. Pourquoi ici ? Pourquoi maintenant ? Que faire ?

« Tu as bien grossi, remarqua la voix à côté d'elle. Je sais, ça me va bien de dire ça, mais quand même... Qui l'eût cru ? »

Elle réprima un soupir. Il y avait encore un instant, elle s'imaginait avoir touché le fond, hélas... Le fait qu'il l'avait retrouvée après tant d'années était en soi une catastrophe, mais le fait qu'en plus il la trouvait grosse, c'était... insupportable ! Pouvait-on souhaiter être à cent pieds sous terre en haut de falaises friables ? Bernadette s'apprêtait à le vérifier.

Elle n'était pas sans savoir, bien sûr, qu'elle n'avait pas maigri – c'était la faute des pralinés, et parce que courir avec une canne blanche n'était pas commode –, mais jusque-là, elle s'en était toujours moquée. Mieux, ce poids l'avait stabilisée, il lui procurait un sentiment de sécurité, comme si rien ne pouvait la renverser. De toute façon, elle ne se voyait pas et elle n'avait rien à faire de sa santé. C'était presque un miracle qu'elle fût encore en vie, et si ce miracle devait prendre fin – oui, bon, il fallait s'y attendre –, ce n'était pas une raison pour renoncer à un bon repas ni même une tartelette au beau milieu de la journée.

D'ailleurs, l'infarctus et les autres dangers similaires semblaient soudain s'être éloignés. À cet instant précis, un couteau dans les côtes, pile au bon endroit, silencieux comme une pensée, paraissait une cause de décès beaucoup plus probable. Elle ne le remarquerait sans doute même pas. D'ailleurs, cela s'était peut-être déjà produit.

Elle se tâta les côtes, aussi discrètement que possible.

« Surtout, ne le prends pas mal, poursuivit la voix à côté d'elle. Cela te va très bien ! »

« Vous cherchez quelque chose, madame Sharp ? Puis-je vous aider de quelque manière ? »

Agnes, qui avait espéré s'approcher de la réception sans se faire remarquer, tressaillit. Elle regarda à droite et à gauche, comme prise sur le fait, et aperçut une coupe remplie de pommes.

« Je voulais juste une pomme », affirma-t-elle.

Elle se servit et se retrouva alors bien embêtée. Croquer dans une pomme était quasi impossible avec un dentier. Il fallait une assiette, un couteau, beaucoup de patience et tout autant de détermination.

Elle glissa donc le fruit dans la poche de son gilet et se dirigea vers le comptoir derrière lequel se tenait Helen, la directrice qui les avait accueillis la veille avec de grands sourires. Aujourd'hui, elle semblait moins détendue. Elle feuilletait son registre d'un air désespéré tandis que le corgi à ses pieds fixait à nouveau Agnes avec un regard blasé et méprisant. Agnes, qui en principe aimait les chiens, lui rendit la pareille.

« Je me demandais… » dit-elle pour amorcer la conversation.

Elle voulait savoir s'il manquait quelqu'un dans le personnel, mais devait s'y prendre avec habileté.

Helen leva les yeux à contrecœur et la regarda avec méfiance.

« Oui, madame Sharp ?

— … si quelqu'un manquait, poursuivit-elle tout de go. Dans l'hôtel, je veux dire. Personne n'a disparu ? »

La question ne correspondait guère à l'approche diplomatique qu'elle avait envisagée. Elle se mordit la langue, mais il était trop tard. En même temps, elle constata que des taches rouges se formaient sur la peau immaculée de la directrice.

« Non, tout le monde est là ! s'exclama-t-elle sur un ton presque colérique. Absolument tout le monde. »

Et elle baissa aussitôt les yeux vers le registre, comme si elle était vraiment très occupée.

Le corgi poussa un profond soupir tout en continuant de fixer Agnes de ses yeux couleur d'ambre.

« Hum, dit celle-ci. Dans ce cas, tout va bien. »

Elle repartit, la pomme dans sa poche. De toute évidence, elle avait frappé là où cela faisait mal. Helen était-elle stressée simplement parce qu'elle se retrouvait coincée dans l'hôtel avec l'ensemble des clients ou quelqu'un manquait-il vraiment ? Difficile à dire.

Quoi qu'il en soit, Agnes avait maintenant fait son devoir et bien mérité quelque repos. Il ne fallait pas trop tirer sur la corde. À cette pensée, l'image du sacristain pendouillant au bout d'une corde lui revint à l'esprit sans prévenir et lui rappela que le moment était peut-être mal choisi pour se détendre. Les meurtriers ne se démasquaient pas tout seuls.

Néanmoins, elle avait quand même droit à un en-cas. D'ailleurs, il était déjà midi. Agnes prit le chemin de la salle de restaurant.

Là, elle trouva Edwina, Charlie, Winston et le maréchal plongés dans la dégustation d'une soupe d'épeautre aux betteraves rouges.

Quand elle l'aperçut, Charlie lui fit signe avec une baguette de farine complète à la forme légèrement indécente.

« Ouh ouh ! Agnes ! Nous sommes là ! »

Agnes s'assit à la table de ses colocataires, bien décidée à s'amuser enfin.

La soupe dégageait une odeur prometteuse, le maréchal lui servit un verre de vin blanc, un pianiste à l'autre bout de la salle entama une version particulièrement rythmée de *Dust in the Wind*. Eh bien, voilà !

« Nous vous aurions bien attendues, s'excusa le maréchal. Mais pas moyen de savoir où vous vous cachiez. Nous avons pensé que nous vous trouverions ici de toute façon. »

Vous ?

Oh !

Où était donc passée Bernadette ?

Agnes jeta un regard inquiet dans toutes les directions dans l'espoir de trouver une grosse femme à lunettes de soleil, habillée comme un perroquet. Personne.

C'était pour le moins étonnant. Quand il s'agissait de manger, Bernadette était en général encore plus fiable qu'Edwina. Agnes remarqua qu'elle recommençait déjà à se faire du souci. Voilà pourquoi elle n'arrivait pas à se détendre ici ! Dès qu'un de ses colocataires s'absentait cinq minutes, elle flairait le crime.

Winston ne manqua pas de remarquer ses regards et lui tapota la main pour la rassurer.

« Ne te tracasse pas, Agnes. Personne n'a poussé Bernadette dans la mer. Comment veux-tu que ce soit possible ? »

Sur ce point, il n'avait pas tort. Pour jeter Bernadette du haut de la terrasse, il aurait fallu être culturiste.

Elle éprouvait une sensation de légèreté, une certaine ivresse, un certain vertige.

Bernadette s'appuya contre le mur, un signe de faiblesse qu'elle ne se serait jamais autorisé en d'autres circonstances. En ce moment, elle était prête à accepter n'importe quel soutien. Il faisait si chaud ! Elle frissonna. Jack avait-il mis un produit dans son café ? Ce n'était pas son style, mais d'un autre côté, le temps qui passe pouvait changer un homme non moins que ses méthodes.

Elle inspira une bouffée d'air. Le sol vacillait sous ses pieds comme si elle se trouvait sur un bateau.

La canne lui tomba des mains et retentit contre le plancher.

C'était mauvais. Très mauvais.

D'autant plus qu'elle avait maintenant une foule de questions à lui poser. Comment l'avait-il retrouvée ? Lui en voulait-il encore ? Et qu'avait-il ressenti en ce dimanche matin, quand il l'avait attendue sur un banc, plein d'espoir mais en vain, pendant que la police arrêtait son chef et sa bande dans un entrepôt puant sur le port ?

Cela ne se voyait peut-être pas, mais dans le fond, Bernadette était une espèce de chauve-souris : toujours à l'écoute. Rien ne lui échappait, pas le moindre son. C'est pourquoi elle ne connaissait pas vraiment le repos. Il y avait toujours quelque chose qui bougeait dans son univers.

Sauf là.

Elle s'écroula et un grand silence l'envahit, telle une vague.

- 9 -
LE PARADIS

Au fond de la baignoire, Oberon le serpent rêvait du paradis. Au paradis, il y avait du sable, des pierres qui permettaient de se cacher, des branches auxquelles on pouvait se frotter et, au besoin, se débarrasser de son ancienne peau, une coupe profonde remplie d'eau fraîche.

Et surtout, il y avait… elle. Sa peau était encore plus pâle que la sienne, ses cheveux formaient une claire forêt où l'on pouvait enfouir sa tête, sa voix rappelait le vent. Elle dansait volontiers avec lui posé sur ses épaules, et ses doigts étaient pareils à des feuilles d'automne.

Parfois, ils dansaient ensemble.

Hélas, les choses avaient mal tourné au paradis.

Un être grossier, rustre, insensible, avait surgi. Il n'avait rien compris à l'équilibre délicat du monde et s'était approprié sa peau, ses mains, ses pensées et ses cheveux.

Oberon avait alors été privé de ses épaules. Un ruban avait emprisonné la forêt de cheveux clairs. Les mains l'avaient de plus en plus souvent déposé dans une caisse inconfortable.

Puis ils avaient entrepris un voyage, un voyage dans l'obscurité.

Il n'avait pas pu voir le changement s'opérer, mais il l'avait flairé, perçu, senti ; un changement lent, mais inexorable. Et soudain, l'air s'était chargé de sel : de grosses larmes saturées de sel étaient tombées sur sa tête et avaient brûlé sa peau.

À partir de là, ce fut la chute – au sens propre du terme.

Oberon avait mordu la poussière, à même le sol ou plus précisément dans la moquette. Il n'avait plus souvent eu droit au poste d'observation sur ses épaules, et le reste aussi s'était révélé assez décevant. Elle passait le plus clair de son temps au lit, prostrée et bonne à rien. Ses mains, faites pour caresser sa peau, demeuraient inertes et stupides, ou alors elles s'affrontaient, se frappaient l'une l'autre. Parfois, des tempêtes intérieures secouaient son corps tendre, ou bien elle avalait des petites choses rondes et restait sans bouger pendant des heures.

Oberon le serpent ne comptait plus.

Puis un changement encore plus dramatique s'était produit. Il avait pourtant repris espoir car elle s'était ressaisie et lui avait rendu la place qui lui revenait, sur ses épaules. En réalité, la catastrophe était déjà là. Les nuages s'amassaient à l'horizon, la tempête se préparait, une tempête qui se réduisait pourtant à un murmure.

Quelqu'un lui avait chuchoté quelque chose à l'oreille.

Oberon détestait les secrets, surtout ceux qu'il ne partageait pas. Il avait craché, sorti la langue, sifflé pour la protéger. Mais il était déjà trop tard. Il avait senti ses muscles se contracter sous sa peau claire. Puis elle s'était levée d'un geste brusque et s'était éloignée. Pourtant, au lieu de triompher sur ses épaules, Oberon s'était inquiété.

Il ne la reconnaissait plus.

Elle était partie sans penser à lui un seul instant.

Comme si elle l'avait déjà oublié – lui, mais aussi le monde et peut-être même sa propre existence.

Oberon, au contraire, ne l'avait pas oubliée, même dans cette baignoire, dans cette chaude lumière. C'était mieux que la caisse, mais ce n'était pas le paradis.

Tôt ou tard, il essayerait de retourner au paradis, c'était sûr.

Même si ce n'était pas pour tout de suite.

Une semaine plus tôt, il avait mangé un délicieux lapin, avec la peau et les poils. Voilà pourquoi il se sentait repu.

Il devait d'abord digérer, une ou deux semaines peut-être, et ensuite on pourrait voir.

Il n'y avait pas d'urgence.

Le paradis pouvait bien attendre.

Edwina entrouvrit la porte pour prendre la température. Certes, d'un point de vue matériel, il faisait toujours chaud à l'*Éden*. C'était un paquebot luxueux. Mais il valait mieux se méfier. Elle passa la tête dans le couloir et aperçut deux femmes en blouse bleue, occupées à pousser un chariot recouvert de serviettes de toilette et de linge de lit. En revanche, il n'y avait aucune trace ni de son ancienne camarade de chambre ni de la nouvelle. Edwina ferma la porte. Elle ne savait trop que penser de la permutation. Charlie était nerveuse, elle s'agaçait pour des broutilles et trouvait même à redire sur Oberon, le serpent le plus parfait du monde. Mais Agnes, elle, n'était pas née de la dernière pluie. Il ne serait pas facile de lui cacher que son armoire n'abritait pas seulement Lillith et Hettie II, mais aussi un jeune homme pâle et un peu hystérique.

D'ailleurs, quand elle ouvrit l'armoire, celui-ci sursauta.

« Bonjour, jeune homme ! dit-elle pour le rassurer. Bonjour, Lillith ! »

Dans sa boîte, sa vieille amie se montrait stoïque comme toujours, mais le jeune homme, en revanche, avait encore plus mauvaise mine que dans son souvenir. Il avait les yeux gonflés, un soupçon de barbe bleuté enlaidissait son menton, ses cheveux noirs se dressaient de manière anarchique. De plus, il sentait mauvais. S'agissait-il réellement de son contact ? Où les services secrets recrutaient-ils leurs agents, à présent ?

Elle soupira.

« Nous devons discuter, jeune homme !

— Mojo, murmura l'intrus. Je m'appelle Mojo. Et je dois vraiment aller aux toilettes. »

Elle hocha la tête.

« Vas-y ! Moi, je fais le guet. Et je suggère que tu te débarbouilles quand tu auras fini. »

Ce n'est pas parce qu'elle se baladait en survêtement qu'elle n'avait pas certaines exigences.

Le blanc-bec s'extirpa avec peine de l'armoire et se dirigea vers la salle de bains d'un pas chancelant.

« Je te préviens, si tu effraies Oberon, tu auras affaire à moi ! »

Le hurlement derrière la porte suggéra que c'était plutôt l'inverse qui s'était produit. Le jeune homme ne s'attarda pas. Quand il revint, quelques instants plus tard, toute trace de maquillage avait disparu. Il faisait plus jeune et moins haut en couleur.

« Bon allez, bouge ! le houspilla-t-elle. Agnes peut revenir à tout moment. Et je te préviens : elle a un avis sur tout. Sur les tortues, sur les serpents, sur les télécommandes, sur les desserts. Elle a sûrement un avis sur toi aussi. Le mieux est qu'elle ne te croise pas. »

À sa grande surprise, Mojo ne sortit pas dans le couloir, comme elle s'y attendait, mais regagna tant bien que mal son armoire. Elle n'avait encore jamais rencontré personne aimant vivre dans une armoire. Par chance, il s'agissait ici d'un exemplaire spacieux et, de plus, presque vide.

« C'est bon ? » demanda le jeune homme quand il se fut de nouveau confortablement installé.

Elle hocha la tête d'un air dubitatif. S'il avait envie de passer ses vacances dans une armoire, pourquoi pas ? C'était un peu comme une chambre d'enfant ou une boîte à café.

« Au fait, je te présente Mojo, dit-elle après avoir tapé sur la boîte en métal. Il va partager l'armoire avec toi pendant un petit moment. Et je te présente Lillith, poursuivit-elle en se tournant vers le jeune homme.

Par malheur, elle est morte, mais cela reste une très bonne amie. Je suis sûre que vous allez bien vous entendre ! »

Voilà ! Maintenant que les présentations étaient faites, ils pouvaient passer aux choses sérieuses, c'est-à-dire se parler ouvertement, d'agent à agent.

Après le déjeuner, Agnes s'efforça d'inciter ses colocataires à partir à la recherche de Bernadette, mais elle se heurta à un mur. Les habitants de Sunset Hall n'avaient pas l'intention de passer toutes leurs vacances à chercher quelque chose ou quelqu'un. D'abord, il y avait eu Edwina, ensuite l'assassin et maintenant, pour couronner le tout, Bernadette. Ce n'était pas Pâques quand même ! De plus, l'*Éden* offrait déjà suffisamment de distractions. Charlie s'était inscrite à une dégustation de vin biologique, le maréchal et Winston voulaient prendre part à une visite intitulée « Dans les coulisses » afin de jeter un coup d'œil sur la chaudière de l'hôtel. Quant à Edwina et Oberon, ils avaient disparu.

Seule Agnes était incapable de se détendre.

« Pourquoi ne nous accompagnes-tu pas dans les coulisses ? lui demanda le maréchal pour l'apaiser. Bernadette n'a besoin de personne ! »

Elle le regarda d'un air offensé.

« Tu as bien vu qu'elle n'est pas venue manger. Bernadette est toujours là pour manger !

— C'est sans doute assez inhabituel, concéda Charlie, mais ce n'est pas non plus extraordinaire. Nous sommes toujours les uns sur les autres. Bernadette avait peut-être simplement envie d'un peu d'espace, de liberté. Tu sais, Agnes, les vacances, c'est aussi fait pour lâcher prise et expérimenter de nouvelles choses. Regarde le groupe de détox, par exemple ! »

Agnes tourna les yeux vers le groupe en question, en train de manger avec appétit des crudités quelques tables plus loin. Elle essaya d'imaginer Bernadette parmi eux. En vain. Non, Bernadette, grande, cynique et habillée comme l'as de pique, n'était pas du genre à expérimenter quoi que ce soit. Il avait dû lui arriver quelque chose. Elle se leva avec fougue.

« Je préfère m'en assurer ! »

Elle avait négligé le sacristain, mais ne commettrait pas deux fois la même erreur. L'indifférence, c'était le plus grand piège de la vieillesse ! L'indifférence !

Les autres la regardèrent avec pitié.

Ce n'est qu'une fois dans le couloir qu'elle se rendit compte qu'elle n'avait nulle envie de se traîner dans l'hôtel comme un poulet boiteux. Elle allait donc commencer par chercher un fauteuil moelleux d'où elle pourrait regarder la mer. Et si, par la même occasion, elle trouvait Bernadette, tant mieux !

L'*Éden* regorgeait de petites niches, de sièges confortables et de fenêtres grandioses, si bien qu'elle eut du mal à se décider. Pour finir, elle choisit un endroit entre le hall et le Salon de la mer, à moitié dissimulé par un arrangement stylé de branches sèches. De là, elle ne voyait pas simplement les falaises, mais elle pouvait aussi suivre ce qui se passait à l'intérieur de l'hôtel.

Voilà !

Enfin assise !

Sa hanche se réjouit.

En ce début d'après-midi, le calme régnait à l'*Éden*. Il n'y avait personne à la réception – ce qui était assez logique au bout du compte puisque personne ne pouvait ni arriver ni repartir pour le moment. Au départ, Agnes vérifiait consciencieusement qu'elle n'apercevait pas Bernadette, mais comme il ne se passait rien, elle laissa son regard errer de plus en plus souvent sur le spectacle que lui offrait la nature. Il n'était pas encore trois heures, et pourtant, la lumière commençait déjà à décliner. Le ciel avait des reflets rouges, jaunes, orange, pourpres et… oui, bien sûr, bleu ciel. La mer sombre battait sans relâche le bas des falaises noires.

Quelle profondeur !

Tout à coup, Agnes prit vraiment conscience qu'elle était en voyage.

Voyager signifiait plus que changer de lieu.

Un voyage était à la fois extérieur et intérieur.

Les voyages changeaient tout.

Elle regarda les flots au pied de la falaise et s'effraya presque du mouvement qui l'avait saisie, elle ainsi que les autres clients. Edwina n'avait pas tort au fond : l'*Éden* était une sorte de navire. De même qu'un transatlantique fendait les flots, il fendait le temps de sa proue en forme de carotte. Il progressait de manière inexorable, impitoyable, vers une destination inconnue.

« Il paraît que dans une heure, on nous sert un buffet de glaces ! s'exclama soudain une voix à côté d'elle. Un buffet de glaces ! Du jamais-vu ! »

Agnes tourna la tête et découvrit la veuve blanche, absolument invisible dans son fauteuil en tissu blanc encore mieux dissimulé que le sien. Sur ses cuisses, le corgi la fixait d'un air plus arrogant que jamais, comme s'ils n'avaient pas vaincu ensemble un escalier.

« Oh ! » dit-elle, surprise.

Elle s'en voulut aussitôt d'avoir poussé ce petit cri de dilettante alors qu'elle aurait tant voulu faire bonne impression.

« C'est peut-être de la glace bio ? » suggéra-t-elle sur un ton timide.

Ce n'était pas non plus une remarque très spirituelle.

« Bien entendu que c'est de la glace bio ! Là n'est pas la question ! »

La veuve blanche gratta le chien derrière les oreilles de façon relativement agressive. Avec cette boule de poils sur les cuisses, elle faisait penser à une méchante dans un James Bond.

« Quel est le problème alors ? » se risqua à demander Agnes en se tournant dans son fauteuil autant que ses hanches et sa nuque le lui permettaient pour regarder la veuve droit dans les yeux.

Bleus.

Dans ses yeux bleus.

Dans ses yeux vifs et, d'une certaine manière, perçants.

« Le problème est que c'est nouveau ! déclara la veuve. Une grave erreur ! Les gens viennent ici pour faire le plein d'énergie, pour vivre sainement. Pas pour se bourrer de glaces ! On n'a jamais rien vu de pareil ! »

Il y avait donc plusieurs théories sur les raisons d'un séjour à l'*Éden*. Howard pensait que les couples voulaient se raccommoder. La veuve blanche croyait qu'ils voulaient se ressourcer. Agnes se demanda pourquoi le meurtrier était venu. Juste pour tuer ? Ou avait-il à l'origine nourri une autre intention ?

« Et pourquoi êtes-vous ici ? demanda-t-elle avec curiosité.

— Pour me souvenir, répondit la veuve blanche en regardant la mer avec un air nostalgique. Et vous ?

— Parce que notre chauffage est cassé. »

L'argument sembla plaire à la veuve blanche qui rit tout bas et tendit dans sa direction une main étonnamment grande et ferme.

« Je m'appelle Marie », dit-elle.

Agnes n'en revenait pas.

« Agnes, finit-elle par dire en lui serrant la main. Agnes Sharp. »

Elles se donnèrent la main beaucoup trop longtemps à son goût.

La veuve poussa le corgi avec douceur et se leva. Agnes l'examina. Sweat-shirt blanc, pantalon de jogging blanc, sneakers blancs. Elle était grande, et dans un sens, tout ce blanc lui donnait l'air encore plus grand, surtout à côté du chien avec ses petites pattes.

« Je m'en vais avant que ce stupide buffet de glaces gâche complètement mon humeur, expliqua-t-elle. À votre place, je ferais attention !

— Attention ? »

Le cœur d'Agnes battit soudain la chamade. La veuve ricana.

« Oui, pas trop de glace. Ce n'est pas bon pour la santé ! »

Sur ce, elle s'éloigna d'un pas énergique, un sneaker devant l'autre. Elle paraissait plus jeune quand elle marchait – et malgré la couleur générale, elle évoquait une panthère.

Agnes la suivit des yeux, le cœur battant. Cette femme venait-elle de la menacer ? La remarque ne lui plaisait pas. Tout à coup, elle se sentit tout sauf en sécurité dans son fauteuil à l'abri des regards au fond du hall désert. Elle se leva à son tour avec bien du mal dans l'intention de prendre le large. Peut-être Bernadette était-elle revenue dans sa chambre ? Et sinon, un buffet de glaces semblait le lieu idéal où la chercher.

Il s'avéra qu'on avait retrouvé Bernadette depuis un bon moment. Elle était à présent dans son lit, un peu pâle selon Agnes, entourée de Charlie, d'Edwina et d'Oberon qui s'efforçaient tous autant qu'ils étaient de l'entraîner vers le buffet de glaces.

La situation était extrêmement inhabituelle.

« Tu es malade ? voulut savoir Agnes.

— Tout à l'heure, j'avais un peu le vertige, expliqua Bernadette. Mais rien de grave.

— C'est parce que tu n'as rien mangé ce midi ! expliqua Edwina en agitant l'index dans un geste de réprobation bien que son amie ne pût la voir. Après le buffet de glaces, tu iras sûrement mieux. Tout le monde y va ! Ils ont même déplacé l'horaire de ma méditation de groupe !

— Et de ma dégustation de vin ! » précisa Charlie.

D'un mouvement brusque, Bernadette s'assit dans son lit.

« Tout le monde, dis-tu ?

— Certainement, répondit Charlie à la place d'Edwina. Ils en font tout un plat ! »

Oberon agita la langue comme si le buffet le retardait lui aussi dans son programme.

« Dans ce cas, je viens ! »

Bernadette était déjà sortie de sous sa couverture. Elle vacilla un instant, attrapa sa canne blanche et se dirigea vers la porte d'un pas rapide, comme si elle craignait que les glaces n'aient fondu avant son arrivée.

Mais, arrivée au milieu de la chambre, elle s'arrêta d'un coup.

« Comment je suis ? »

Agnes, Charlie et Edwina échangèrent en silence un regard surpris. Bernadette qui se demandait à quoi elle ressemblait, c'était inouï !

Edwina fut la première à se remettre de ses émotions.

« Tu es toi ! » annonça-t-elle.

Cette analyse ne sembla guère satisfaire Bernadette.

« Et comment est ma tenue ? »

Elle esquissa un geste vers le bas.

« C'est une belle jupe », estima Agnes d'une voix neutre.

Elle préférait passer sous silence le fait qu'on aurait dit un éléphant de cirque.

« Décris-la ! » exigea son amie.

« Elle est… bleue, reprit Agnes à présent déconcertée. Et elle t'arrive aux chevilles. Bref, c'est une jupe. Le tissu brille un peu… »

Elle s'interrompit en se demandant quel sens cela pouvait avoir de décrire des couleurs et des reflets à Bernadette. Qu'est-ce que leur colocataire attendait d'elles au juste ?

« Comme la mer ! s'exclama Edwina pleine de bonne volonté. Exactement comme la mer !

— Comme la mer ! soupira Bernadette, l'air soulagé. C'est bien, ça, non ?

— Très bien ! confirma Agnes.

Alors, Bernadette tâta le terrain avec sa canne et gagna la sortie. Elle avait presque atteint le seuil quand elle se retourna :

« Et elle me grossit ? »

Là, Charlie faillit s'étouffer et se mit à tousser bruyamment.

Agnes, elle, explosa. Bernadette les torturait depuis des années avec les pull-overs les plus hirsutes et les combinaisons de couleurs les plus perverses, et tout à coup, elle voulait ressembler à quelque chose ! Elle voulait paraître mince – avec tous les pralinés qu'elle engloutissait à longueur de journée !

« Elle ne te grossit pas, expliqua-t-elle d'un ton caustique. Tu *es* grosse !

— Ah, je vois, oui… répondit Bernadette, déçue. Bon, eh bien, là, on ne peut rien y faire, n'est-ce pas ? »

Elle poussa un profond soupir avant de quitter la pièce.

Charlie, Edwina, Agnes et Oberon se regardèrent.

« *Est-ce qu'elle me grossit ?* s'emporta Agnes. Mais je rêve ! Qu'est-ce qui lui prend ? »

Edwina haussa les épaules.

« Elle est amoureuse ! »

Il fallait reconnaître que quand par hasard Edwina comprenait quelque chose, elle comprenait vraiment très bien. Amoureuse, bien sûr ! C'était la seule explication possible.

« Amoureuse… répéta Agnes, obligée de s'asseoir. Amoureuse de qui ? »

Aussitôt, elle sentit un nœud se former dans son ventre. Pas de Howard quand même ? Il n'y avait aucune raison concrète que ce soit précisément lui, mais une fois que l'idée avait germé, il était difficile de la chasser de son esprit.

Edwina caressa de l'index la tête triangulaire du boa.

« D'un homme, sans doute. »

Puis elle réfléchit un instant.

« À moins que ce ne soit d'une femme. »

Puis elle se tut, satisfaite d'avoir résumé la situation avec une telle rigueur.

Agnes s'extirpa de son fauteuil en soufflant et se passa la main dans les cheveux devant le miroir. C'était sans espoir. En revanche, elle pouvait quand même boutonner son gilet de manière correcte. Elle songea à mettre du rouge à lèvres, mais repoussa l'idée par manque de temps et se hâta de gagner la sortie.

« Où cours-tu ? s'enquit Edwina.

— Voir ce fichu buffet ! » expliqua-t-elle.

La recherche de l'assassin de l'*Éden* était tout à coup passée au second plan. Elle avait à présent une énigme beaucoup plus importante à résoudre.

« Je dois savoir qui c'est ! »

Le buffet avait en effet attiré pas mal de monde. Agnes n'avait encore jamais vu autant de clients d'un seul coup depuis leur arrivée. Le personnel, au contraire, était peu nombreux, si bien que chacun tentait de s'imposer à l'aide de sa cuillère et de sa coupe. L'atmosphère était tendue, presque fébrile.

S'agissait-il d'une réaction normale quand on bombarde soudain de calories une masse de gens condamnés depuis des jours à une nourriture saine ou bien cette excitation cachait-elle quelque chose ? La plupart des clients de l'hôtel devaient à présent avoir découvert qu'ils étaient prisonniers. Comment avaient-ils pris la nouvelle ? Se faisaient-ils du souci ? Étaient-ils en colère ? Que se passait-il dans les têtes toutes plus ou moins bien coiffées qui se bousculaient devant le buffet de glaces ?

Agnes, qui avait repéré une glace au chocolat et un sorbet aux prunes, entreprit deux timides tentatives pour atteindre le premier rang, mais capitula après un coup de coude dans les côtes, une frappe dans le dos et la pointe d'un talon planté dans un de ses pieds. Elle avait passé l'âge de se disputer avec des inconnus pour une boule de glace et, pour être tout à fait honnête, elle n'avait pas faim.

Elle alla donc s'asseoir à une table encore libre et passa les visages en revue. Elle reconnut tout de suite l'homme aux costumes pastel en train de déguster une coupe de glace assortie à ses vêtements. Puis elle aperçut le groupe de détox aux yeux brillants de convoitise. En manque de sucre.

Il y avait aussi Bernadette, qu'on ne pouvait pas rater dans sa jupe de sirène boursouflée. Elle aussi avait renoncé au buffet, elle était assise à une table et avait l'air de tendre l'oreille avec une étrange impatience.

Soudain, un homme se retrouva près d'elle. Agnes ne l'avait pas vu venir, et même Bernadette parut un instant surprise. Il tenait une coupe de glace dans chaque main et faisait un peu penser à un énorme pingouin, maladroit mais sympathique, avec des cheveux gris gominés en arrière.

Elle redoubla d'attention.

L'homme posa une coupe devant Bernadette, puis se pencha et lui murmura quelques mots à l'oreille.

Agnes n'en croyait pas ses yeux. Bernadette ne laisserait jamais personne s'approcher de son oreille, surtout un étranger, et surtout de côté ! Elle s'attendait à ce qu'elle remît le pingouin à sa place, de préférence d'un coup de canne blanche bien ciblé. Mais pas du tout, la canne resta négligemment posée contre le mur tandis que Bernadette rougissait. Soudain, elle cessa de lui rappeler un éléphant de cirque. Elle lui semblait plutôt jolie, même si c'était une beauté opulente.

Le pingouin était son soupirant, cela ne faisait aucun doute ! Comment avait-il réussi à séduire Bernadette aussi vite ? Et comment s'y était-il pris ?

À cet instant, il se produisit un fait étrange. L'homme s'était assis à côté de Bernadette et avait commencé à manger sa glace. Bernadette dit quelque chose. Le pingouin rit tout bas. Cependant, il ne la regardait pas. Ses yeux sombres balayaient la pièce avec une fausse indifférence.

Alors, il aperçut Agnes ou, plus exactement, il s'aperçut qu'Agnes l'observait. Toute amabilité disparut aussitôt de ses yeux qui semblèrent d'un seul coup aussi durs que des billes de verre noir. Il n'évoquait plus un pingouin, mais un requin, lisse, solitaire et dangereux. Cette impression ne dura qu'un instant. Très vite, l'homme se tourna de nouveau vers Bernadette et émit un rire vraiment très sympathique.

Agnes cligna des yeux. Avait-elle rêvé ?

« On se croirait à Noël, non ? »

Elle tressaillit. Trudy, qui avait délaissé son groupe de détox, se laissa tomber sur une chaise à côté d'elle et attaqua une généreuse coupe de glace, les joues luisantes.

« Bon appétit ! » lui souhaita-t-elle poliment.

Trudy ricana.

« Je ne suis pas inquiète ! Je n'ai mangé que des crudités depuis plusieurs jours. Pour ne rien vous cacher, je n'aurais plus tenu très longtemps ! »

Elle se pencha vers Agnes et murmura :

« Je commençais déjà à avoir des visions…

— Des visions ? demanda Agnès, intéressée.

— Oh, de nourriture le plus souvent. Je pense voir une tablette de chocolat sur la table de chevet et quand je mords dedans, il s'agit de la télécommande. Ou bien je vois des beignets là où il n'y en a pas. »

Elle soupira.

« Mais l'histoire d'hier, c'était un vrai signal d'alarme !

— Vous avez vu de la brioche ? » demanda Agnes avec compassion.

Trudy secoua la tête.

« J'ai vu un homme ! Je me suis rendue dans la salle de fitness tard dans la soirée pour voir si, par hasard, quelqu'un n'aurait pas oublié une barre énergétique. Je sais, je sais… Je n'en suis pas fière, mais je me sentais tellement faible… Et alors… »

Elle s'interrompit et avala quelques cuillerées de glace pour reprendre des forces.

Agnes hocha la tête pour l'encourager.

« Donc, je suis entrée dans la salle de fitness sans allumer parce que je n'avais pas envie qu'on me surprenne, en particulier notre coach… »

Trudy frissonna.

« Il y a une fenêtre qui donne sur le couloir, vous savez ? Pour que tout le monde voie comme on s'entraîne dur. Et là, soudain, je l'ai aperçu. C'était comme à la télévision. C'est sans doute pour cela que je n'ai pas eu peur. On aurait dit un écran de télévision.

— Portait-il une veste ? » l'interrogea Agnes.

L'autre la regarda d'un air bizarre. Ce n'était pas la réaction à laquelle elle s'était attendue.

« Il portait une femme, dit-elle. Une femme trempée. Aux épaules nues. Avec de longs cheveux blancs comme de la neige. Et une robe rouge sang… Il la portait avec précaution, comme pour éviter de la réveiller. »

Trudy marqua une pause et avala la gaufrette qui ornait sa coupe de glace.

« Sa tête reposait sur son épaule, elle avait mouillé son pull. Ce détail m'a troublé. Je n'imagine pas ce genre de scène en général. Et puis, alors qu'ils avaient presque atteint l'extrémité de la fenêtre, une mèche de cheveux a glissé de son front et j'ai aperçu ses yeux. Ils étaient ouverts. Et fixes. Comme deux… boules de glace. »

Elle s'interrompit à nouveau pour prendre une nouvelle cuillerée.

« Ce n'était pas une vision agréable. Je préfère voir des *donuts* ! conclut-elle avec un rire cassant.

— Vous avez dû être terrifiée, dit Agnes qui n'aurait pas voulu être à sa place.

— Non, j'ai tout de suite su que c'était une hallucination, la rassura Trudy. Comment voulez-vous que ce soit possible, ici, dans cet hôtel ? C'est après que j'ai pris peur. En sortant de la salle de fitness. Parce que… j'ai vu… de l'eau. Des petites taches d'eau. Comme si quelqu'un venait de transporter une femme ruisselante. Mais sans doute avait-on nettoyé le couloir un peu plus tôt.

— Oui, sans doute », confirma Agnes.

Trudy eut l'air ragaillardie. Elle termina sa glace avec voracité et dit :

« Voilà, j'ai enfin quelque chose dans le ventre. Je ne suis pas près d'avoir à nouveau des visions ! »

Elle lui adressa un clin d'œil et se hâta de regagner le buffet, sûrement pour se ravitailler et chasser une fois pour toutes les images de *donuts* et de femmes trempées.

Agnes, elle, s'abandonna à ses pensées. Bien entendu, Trudy n'avait pas rêvé. Personne ne s'imaginait sans raison un homme traversant un spa avec une morte ruisselante dans les bras. Non, ce n'était pas une vision, même si les faits s'accordaient mal avec la scène qu'elle avait elle-même observée sur le sentier panoramique. Se pouvait-il que l'anorak orange n'ait pas poussé un être vivant dans la mer ? Qu'il se soit simplement débarrassé d'un cadavre ?

Elle essaya de se remémorer la danse des deux anoraks en haut de la falaise. Peut-être ne s'était-il pas agi d'une étreinte ? Peut-être que l'anorak orange avait porté l'anorak jaune ? Cela supposait une grande force physique, mais elle ne pouvait pas l'exclure.

« Vous n'avez pas envie de glace, Agnes ? »

La voix derrière elle la tira brusquement de ses pensées. Elle tourna la tête et découvrit les yeux ingénus d'Howard. Depuis combien de temps se tenait-il dans son dos ? Et à quoi ressemblait sa coiffure de derrière ? Ses cheveux devaient être sacrément plats.

« Howard ! » s'exclama-t-elle.

Elle sentit qu'elle rougissait, ce qui l'irrita. Qu'est-ce qui la gênait ?

« Quel bonheur de vous retrouver ici ! dit-il avec un sourire radieux. J'ai pensé que je pouvais vous apporter de la glace. Les mœurs sont assez brutales devant le buffet ! »

De fait, il tenait une coupe à la main. Ce n'était pas prune chocolat, comme elle l'avait espéré, mais chocolat vanille, une combinaison de parfums classique. Elle tendit le bras d'un air reconnaissant, et il lui donna la coupe. Leurs doigts s'effleurèrent. Ceux d'Agnes étaient chauds et secs, les siens étaient frais et un peu collants, sûrement à cause de la glace.

Juste à cet instant, le maréchal pénétra dans la pièce, le regard anxieux. Lorsqu'il les aperçut, leurs deux mains autour de la même coupe de glace, il s'immobilisa, comme foudroyé.

Agnes posa la coupe sur la table d'un geste rapide et mit les mains sur ses cuisses. Elle avait l'impression d'avoir été prise sur le fait bien qu'elle ne sût pas trop pourquoi. Elle avait quand même le droit de manger une glace avec qui elle voulait !

Howard se pencha vers elle et murmura : « À tout à l'heure… » tandis que le maréchal traversait la salle tel un navire de guerre. Quand il s'arrêta devant elle, Howard avait disparu depuis longtemps.

« Je te cherchais, dit le maréchal.

— Je vois », répliqua-t-elle avec humeur.

Pourquoi fallait-il que le maréchal débarque chaque fois qu'elle s'entretenait avec Howard ? Et pourquoi avait-il l'air si pressé ? N'étaient-ils pas en vacances ?

« Euh… murmura-t-il en jetant à nouveau des regards anxieux à la ronde. Tu peux venir deux minutes… ?

— Non, répondit-elle sèchement. Je suis bien assise et je m'apprêtais à manger une glace. »

Elle jeta un rapide coup d'œil sur la coupe. Il faisait trop chaud, la glace avait déjà commencé à se métamorphoser en une soupe brunâtre peu appétissante. Une goutte de chocolat avait même atterri sur la nappe blanche.

C'est alors qu'elle remarqua que le maréchal lui aussi avait dû se salir avec de la glace. Il avait des taches au niveau de la manche et du poignet. Puis elle comprit très vite qu'aucune glace n'était aussi rouge, pas même un sorbet aux prunes.

Son cœur s'arrêta un instant, puis il se mit à battre à toute vitesse, par à-coups.

Le maréchal avait du sang sur la manche ! Et il la regardait d'un air implorant !

- 10 -
COLLANT

De retour dans sa chambre, Agnes eut à digérer non pas de la glace, mais une nouvelle nettement plus glaçante.

En fait, il y avait deux nouvelles : une bonne et une mauvaise.

La bonne était que le sang sur la manche du maréchal n'était pas le sien.

La mauvaise était qu'il n'y avait pas du sang que sur sa manche.

Il y en avait toute une mare.

Un petit étang rouge foncé.

Et dans cette mare…

Pourtant, tout avait bien commencé.

Le maréchal et Winston s'étaient rendus au point de rendez-vous à l'heure convenue pour la visite « Dans les coulisses ». Personne en dehors d'eux ne semblait s'intéresser à ce qui se cachait derrière le décor de rêve, de sorte qu'ils furent les seuls à suivre le jeune employé qui les attendait.

Il les entraîna vers une porte grise assez peu spectaculaire, l'ouvrit et déclara avec un large sourire :

« Bienvenue au cœur de l'*Éden* ! »

Effectivement, cette partie du bâtiment était constituée, comme le cœur d'un être vivant, de chambres répondant à des fonctions essentielles. Il y avait les pompes à eau qui fournissaient la chaleur grâce à une bonne part de magie, les chambres froides et les séchoirs, les espaces de rangement, un fumoir à poisson et de gigantesques cuisines.

Ils se promenaient depuis un certain moment déjà quand le talkie-walkie accroché à la ceinture de leur guide se mit à grésiller. Le jeune homme, qui venait d'ouvrir la porte donnant sur le local technique où l'eau de la piscine était filtrée sans le moindre chlore, avait porté l'appareil à son oreille et grésillé à son tour. Winston et le maréchal avaient noté qu'il perdait soudain tout enthousiasme. Il blêmit, répéta deux fois « mon Dieu ! et trois fois « j'arrive ». Puis il avait affiché un sourire professionnel peu convaincant et annoncé, le souffle court :

« Voilà, c'est tout pour aujourd'hui ! Je dois malheureusement vous quitter… Attendez ici, je vous prie. Je vais envoyer quelqu'un vous chercher. »

Ensuite, il s'était retourné et avait remonté le couloir si vite qu'il avait failli en perdre une chaussure.

Le maréchal et Winston avaient échangé un regard complice. Dans son trouble, le jeune employé avait oublié de refermer la porte à clé. Ils étaient curieux de voir à quoi ressemblait le système de filtrage.

« Et c'est là qu'on l'a trouvé, dit le maréchal.

— Sur le sol, précisa Winston.

— Il y avait du sang partout, reprit le maréchal avec un regard furieux sur les taches sombres qui salissaient sa manche.

— Il était mort ? demanda alors Agnes.

— Je pense bien qu'il était mort ! s'exclama Winston.

— Sans un souffle de vie, confirma le maréchal.

— On ne peut plus mort, ajouta encore Winston par précaution.

— Il a fait une chute ? voulut savoir Charlie.

— On l'a frappé, expliqua le maréchal sur un ton d'absolue conviction.

— Avec ça ! » s'exclama Winston en extirpant des profondeurs de son fauteuil roulant un plastique transparent qui contenait une masse informe et rouge.

Il fallut un moment à Agnes pour reconnaître un haltère.

« Vous avez emporté l'arme du crime ? »

Quelques heures plus tôt, seul le maréchal avait accepté de s'intéresser à son enquête. Maintenant, ses colocataires prenaient des initiatives !

« Mais qu'est-ce qui vous a traversé l'esprit ? demanda-t-elle.

— Nous voulions éviter que l'assassin ne la fasse disparaître, se justifia le maréchal.

— N'oublie pas qu'il a forcément un passe-partout, murmura Winston.

— Mais de quoi cela aura-t-il l'air, soupira Charlie en se tordant les mains, quand la police arrivera sur les lieux ?

— Ça, c'est une autre histoire, reprit Winston. La police ne viendra pas selon nous. En tout cas, pas tout de suite. »

Le maréchal expliqua alors qu'ils avaient inspecté les lieux et pris des photos. Ensuite, ils étaient sortis du local technique et avaient attendu qu'on vienne les chercher comme promis. Cependant, au bout d'un moment, ils avaient perdu patience et décidé de rentrer par leurs propres moyens. Ils s'étaient complètement perdus, mais avaient quand même fini par revenir dans l'espace clientèle au niveau de la réception. Là, Helen, entourée d'un groupe d'employés, tenait son oreille collée contre le téléphone et répétait : « Coupée ! Coupée ! Coupée ! »

Cette fois, elle ne parlait pas de la route.

Elle parlait de la ligne téléphonique.

Apparemment, la tempête ou autre chose avait interrompu les communications avec l'extérieur.

Toute cette excitation déplaisait à Edwina. Elle avait réussi de justesse à cacher Mojo dans l'armoire avant qu'Agnes ne débarque en compagnie de Charlie, du maréchal et de Winston. Et elle imaginait son contact en train de coller un de ses grands yeux de biche remplis d'effroi contre l'étroite fente de la porte d'armoire et de pâlir comme une lune au fil de la conversation. Cette histoire de meurtre et de câbles téléphoniques coupés allait sans doute l'achever.

En son for intérieur, elle devait reconnaître que, chez lui, plusieurs choses la troublaient. Par exemple, il lui arrivait de parler, de rire, de sangloter et de trembler tout en même temps. On aurait dit quelqu'un qui… Pour tout avouer, elle avait entendu parler de gens qui n'avaient plus la lumière à tous les étages, qui avaient une araignée au plafond en quelque sorte, et plus elle connaissait Mojo, plus elle était convaincue qu'il était un peu… comment dire ?… dérangé. En tout cas, il s'énervait de manière inutile pour un tas de choses et refusait désormais de quitter son armoire.

Au cours de leur discussion approfondie, d'agent à agent, elle avait identifié trois problèmes majeurs.

Le premier était qu'il n'avait pas de matos, et c'était la faute de sa grand-mère, cette vieille sorcière. Edwina lui avait proposé son tire-bouchon, puis la télécommande, en vain. De toute évidence, ce n'était pas le genre de matos dont il avait besoin. Et d'après lui, il n'y avait de toute façon aucun espoir de trouver du matos dans ce trou à rats.

Le deuxième problème tenait à la disparition d'Internet. Au petit matin, Internet avait soudain lâché le petit téléphone mobile de Mojo et il lui manquait terriblement. Edwina n'avait rien contre Internet. Il permettait de regarder des reportages sur les tortues, de commander des marchandises ou de gagner des concours. Mais elle ne comprenait pas pourquoi sa disparition le perturbait tant. D'après ses explications, son contact était en relation avec une foule de gens qui le suivaient et qui allaient complètement *flipper* s'il ne leur donnait pas de ses nouvelles à intervalles réguliers. Au bout d'un moment, elle avait saisi que ces gens ne l'avaient pas suivi jusqu'ici, mais qu'ils étaient très loin, et elle se demandait toujours à quoi il servait d'avoir des gens qui vous suivaient s'ils ne vous suivaient pas vraiment.

Le troisième problème, le plus grave, était la raison qui l'avait conduit d'abord sur son balcon, puis dans son armoire. Mojo était persuadé que quelque chose d'affreux s'était passé ou avait failli se passer la nuit précédente, et que ce n'était peut-être pas fini. Voilà pourquoi il devait se cacher. Il ne faisait aucun doute qu'il souffrait d'hallucinations, et l'histoire de meurtre que Winston et le maréchal avaient relatée donnerait à coup sûr des ailes à son imagination déjà bien assez exaltée sans cela.

Edwina soupira. Comment voulaient-ils qu'elle se concentre sur sa mission dans ces conditions ?

« Du moins savons-nous maintenant avec certitude qu'il y a bien un assassin à l'*Éden.* »

Agnes ne pouvait s'empêcher d'éprouver un certain contentement.

« Hourra ! s'exclama Charlie d'un ton sec.

— Et une victime ! rappela Winston. Sans doute y en a-t-il même plusieurs. Que savons-nous exactement sur cette victime ? »

Agnes chaussa ses lunettes et pria le maréchal de lui montrer les photos du lieu du crime. Ce n'était pas beau à voir. Quelqu'un avait joliment frappé le mort, le visage était… Agnes ne s'y connaissait pas beaucoup en art plastique, mais le terme « abstrait » lui semblait approprié. Le corps, en revanche, était intact et d'une extrême pâleur. Il s'agissait d'un homme plutôt sportif et d'âge moyen. Il portait un tricot de corps et un pantalon de survêtement. Ses sandales de piscine l'avaient abandonné à son sort et avaient atterri à quelque distance, comme si elles avaient en vain cherché à se sauver. On ne pouvait pas leur en vouloir.

« Ça peut être à peu près n'importe qui, conclut-elle. Un client qui voulait faire du fitness ou un employé en dehors de son temps de travail qui s'était juste changé. Difficile d'en dire plus. »

Charlie, qui venait de trouver à son tour sa paire de lunettes, jeta un coup d'œil sur l'écran et poussa un soupir horrifié.

« Oh, mon Dieu ! C'est vraiment… Le pauvre ! Je veux dire : pourquoi cela ? Et qui commet des actes pareils ? »

Elle regarda autour d'elle d'un air désarçonné, à la recherche d'un minibar.

Agnes hocha la tête. Toutes ces questions étaient justifiées. En principe, il y avait deux sortes de crime. Les uns étaient censés résoudre des problèmes, les autres relevaient disons du… plaisir.

Du temps libre.

Du loisir.

Par conséquent, soit le meurtrier de l'*Éden* était particulièrement stressé par une foule de problèmes, soit il avait entrepris de se détendre à fond. À moins qu'il ne joigne l'utile à l'agréable, qu'il ne fasse en quelque sorte d'une pierre deux coups.

Jusque-là, elle avait supposé que le meurtrier appartenait à la catégorie des criminels à la pensée rationnelle. Pousser quelqu'un du haut d'une falaise était une technique discrète, propre et sans grand risque. Quelle était la devise de l'hôtel déjà ? Ah oui ! Réduire l'empreinte autant que possible.

L'épisode de la piscine, au contraire, avait laissé une empreinte monstrueuse, et sanglante par-dessus le marché. C'était tout sauf discret. Le lieu du crime révélait que le meurtrier s'était lâché, qu'il avait frappé fort, sans trop se soucier des conséquences. Peut-être s'agissait-il même de deux criminels différents : un assassin à la nature pragmatique et un fou assoiffé de sang. L'hypothèse lui paraissait toutefois improbable dans un aussi petit établissement. Improbable, mais pas impossible…

« Quand est-ce que le crime a pu avoir lieu ? » demanda-t-elle.

Agnes et le maréchal se penchèrent sur l'écran du téléphone portable, Winston se prit le menton dans la main, Charlie se dirigea vers l'armoire tandis qu'Edwina adoptait la posture du guerrier.

« Difficile à dire, murmura le maréchal. Ça me paraît frais.

— Ça remonte à une ou deux heures, estima Winston. Trois tout au plus. »

Il haussa les épaules. Ils n'étaient pas des experts, après tout.

« Ah ! » s'exclama Charlie d'une voix aiguë et triomphale.

Agnes se retourna : Charlie venait seulement de localiser le minibar. D'un geste professionnel, elle se servit un gin tonic et s'affala dans un des confortables fauteuils de l'hôtel.

« Voilà ! Je me sens déjà mieux. Quelqu'un d'autre en veut ? »

Après la terrible image, Agnes se sentait un peu nauséeuse et accepta le verre de whisky que le maréchal lui proposait.

Ils trinquèrent, même s'ils ne savaient pas trop à quoi – peut-être juste au fait que ce n'était pas eux les victimes, mais l'homme en tricot de corps.

À bien y réfléchir, c'était une raison suffisante.

« Mettez-vous à l'aise ! Et ensuite, installez-vous confortablement ! »

La jeune femme dodue sourit en montrant avec enthousiasme une espèce de table d'opération. Agnes la regarda d'un air hébété.

« Je me sens parfaitement à l'aise ! »

Cette histoire de massage était encore plus ésotérique qu'elle ne l'avait craint.

« Je parle de votre corps. »

La thérapeute manuelle ne lâchait pas l'affaire. Son sourire était aimable, chaleureux et sympathique, mais également intransigeant.

« Si vous ne vous mettez pas à l'aise, je ne pourrai pas travailler. Ne vous inquiétez pas, tout se passe dans la plus grande discrétion. Je vais vous laisser seule un moment, comme cela vous pourrez… Et quand vous serez allongée, recouvrez-vous d'une serviette de bain. Je reviens tout de suite. »

Agnes comprit qu'elle ne rigolait pas.

Dès que la kiné eut quitté la pièce, elle ôta ses vêtements à une vitesse record et courut vers la table. Vite ! Elle s'était peut-être mise « à l'aise », mais ne sentait plus à l'aise du tout. Sans ses bas de contention et ses sous-vêtements, elle se faisait l'effet d'une tortue sans carapace. Vulnérable. Exposée. Agnes avait l'impression que ses habits l'avaient laissée tomber.

Pendant un bref moment de panique, elle craignit de ne pas réussir à monter sur la table toute seule, mais elle parvint quand même à y poser son derrière – d'extrême justesse.

À peine avait-elle étalé la serviette de bain sur son corps que la thérapeute réapparut.

« Bien, êtes-vous maintenant détendue, madame Sharp ? », demanda-t-elle d'une voix aiguë.

Agnes se concentra sur les battements de son cœur. Qu'était-elle venue faire dans cette galère ? C'était bien sûr une idée de Charlie. « Nous sommes en vacances, avait-elle dit. Il importe plus que jamais de profiter de la vie. J'imagine que le malheureux dans son local technique aurait été bien content de s'être accordé un petit massage hier soir ! » L'argument semblait imparable, si bien qu'Agnes, un peu grise et curieuse d'expérimenter le premier massage de son existence, avait accepté de la suivre au spa.

C'est ainsi qu'elle se retrouvait coincée, nue et enveloppée dans une serviette tel un nouveau-né. Une fois de plus, elle ne pouvait s'en prendre qu'à elle-même.

« Tout d'abord, je vais vous demander de sentir ! »

Après lui avoir ordonné de se mettre sur le ventre, la thérapeute continuait de la torturer.

« Je vais porter des huiles parfumées à votre nez et vous me direz laquelle vous plaît. »

La table présentait un trou par où Agnes pouvait voir le sol en marbre. On aurait dit une lunette de toilettes, mais pour le visage – une idée assez repoussante.

Un flacon surgit sous ses narines.

Elle renifla. Il faut dire qu'elle n'avait pas vraiment le choix.

« La première huile est un subtil mélange de rose et de romarin, dit la thérapeute, exaltée. Frais et dynamique. Un peu comme la mer ! »

Agnes sentit, tout d'abord la rose, puis effectivement quelque chose comme la mer, sauvage et écumeuse. Aussitôt, elle revit l'anorak à capuche orange qui la fixait d'un air menaçant.

« Non, pas ça ! s'exclama-t-elle.

— Comme vous voulez », répondit la masseuse.

Elle avait l'air légèrement vexée. Comment s'appelait-elle déjà ? Violette ? Blanche ? En tout cas un nom de couleur. Lila ? Oui, Agnes penchait pour Lila.

Un nouveau flacon vint remplacer le précédent.

« C'est un arôme boisé, précisa Lila. Idéal pour la méditation et la paix intérieure ! »

L'odeur de forêt n'était pas mal, en effet, d'autant qu'Agnes avait bien besoin d'un peu de paix intérieure. Mais avant qu'elle puisse se prononcer, la thérapeute présentait déjà un troisième flacon. Agnes inspira pour se faire une idée. À ce rythme, elle aurait bientôt autant de flair que Brexit, leur chien-loup.

Elle perçut une chaude note de résine et de cuir qui lui rappela des souvenirs agréables.

« Oui, celle-là ! s'écria-t-elle par le trou de la table.

— C'est notre création, un très bon choix ! la félicita la masseuse. Un parfum chaleureux et sensuel. Excellent pour l'âme. »

Excellent pour l'âme, ça ne pouvait pas faire de mal !

À présent, elle devait se contenter d'inspirer profondément et de penser à « quelque chose de beau » pendant que Lila s'occupait de ses pieds. La tâche ne semblait pas impossible.

Agnes pensa tout d'abord qu'elle avait eu raison – il était toujours agréable d'avoir raison, surtout quand on passait son temps avec Charlie, Edwina et le maréchal ! Personne n'avait pris ses observations au sérieux. Pourtant, elle n'avait pas rêvé cette histoire en haut des falaises. Un assassin rôdait bel et bien dans l'hôtel. Et il avait de nouveau frappé – au sens propre du terme ! Les seniors de Sunset Hall avaient désormais fort à faire.

Pour commencer, il fallait veiller à ne pas se faire tuer soi-même. Le meurtrier frappait-il au hasard ou suivait-il un plan ? Il devait avoir un plan, supposa-t-elle, mais un plan qu'il adapterait dès qu'il se rendrait compte que ses colocataires et elle-même étaient à ses trousses. Ils devaient faire preuve de la plus grande prudence !

Ensuite, il était souhaitable d'empêcher d'autres meurtres. Cette mission relevait en principe de la police. Cependant, vu l'absence de route et de téléphone, ils allaient sans doute devoir s'occuper de cela aussi. Le personnel de l'hôtel paraissait déjà débordé par un petit éboulis, cela laissait imaginer le chaos à venir quand les employés et les clients sauraient qu'un assassin se cachait parmi eux ! Ce serait comme un jeu de société, sauf que les pions étaient humains et la mise beaucoup plus élevée.

Agnes constata non sans une légère frayeur que malgré leurs insuffisances, ses colocataires et elle étaient selon toute vraisemblance les personnes les plus qualifiées dans l'hôtel d'un point de vue criminalistique. Ce constat ne manquait pas d'être inquiétant.

Une main lui frappa les fesses. Elle tressaillit avant de comprendre qu'il ne s'agissait que de Lila qui était maintenant arrivée au niveau de son bassin.

« Je sens une terrible tension, madame Sharp, commenta-t-elle sur un ton de reproche. Laissez-vous aller, laissez-vous tomber comme… comme… »

Comme une victime, pensa Agnes pendant que la thérapeute, à court d'idées, continuait de la masser en silence. Elle reprit le fil de ses pensées.

Troisièmement, ils devaient éviter d'éveiller les soupçons du personnel ou des autres clients par des questions trop étranges. Le fait qu'ils détiennent une arme couverte de sang ne parlait pas en leur faveur, et dès que tout le monde serait au courant…

« Madame Sharp ! la rabroua Lila. Vous ne vous détendez pas ! Laissez vos pensées planer librement ! »

Agnes se serait volontiers retournée pour expliquer à la masseuse que le problème résidait précisément dans le laisser-planer-ses-pensées, mais elle se rappela juste à temps qu'elle s'était mise « à l'aise » et resta par conséquent sur le ventre.

Il y avait pour finir un quatrième point à envisager. Plus elle y réfléchissait et plus elle avait la certitude que malgré les récentes complications, elle devait à tout prix profiter des vacances. La vie était trop courte, ils venaient à nouveau d'en avoir une preuve flagrante. C'est pourquoi elle était bien décidée à jouir au maximum de ce voyage. Elle se trouvait dans une carotte en verre enchantée et merveilleusement chaude à l'autre bout du monde. Elle n'avait pas l'intention de passer à côté de cette intéressante expérience de luxe écologiquc. Si c'était pour résoudre des meurtres, pas besoin de quitter Duck End !

Voilà ! Maintenant, elle était détendue.

Lila se promenait à présent sur son dos. Il était assez bizarre de se laisser caresser de la sorte – Agnes ne se rappelait plus quand on avait touché la peau de son dos pour la dernière fois –, mais ce n'était pas désagréable. Des nuages d'huiles essentielles l'enveloppaient et tout à coup, elle sut ce que le mélange lui rappelait : c'était Howard !

À partir de cet instant, se détendre fut un jeu d'enfant. Agnès laissa ses pensées planer en toute liberté et imagina de plaisantes saynètes où Howard finissait tôt ou tard par pointer le bout de son nez.

Dans l'une, il lui apportait un verre de jus d'orange et ils prenaient le petit déjeuner ensemble. Ses colocataires avaient disparu comme par magie, son gilet était pour une fois boutonné de façon correcte et elle était splendide.

Dans une autre, ils se rencontraient dans la bibliothèque et entamaient une conversation littéraire d'une grande profondeur. Howard se montrait intelligent et cultivé, ce qui ne l'empêchait pas de reconnaître finalement la supériorité de son interprétation.

Dans une troisième, ils se livraient à une partie d'échecs et Howard semblait impressionné par sa brillante stratégie. La scène lui paraissait quelque peu absurde puisqu'elle ne savait pas jouer aux échecs et encore moins brillamment, mais l'idée lui plut.

« Vous êtes merveilleusement détendue ! » la félicita cette fois la thérapeute avant de s'attaquer à ses épaules osseuses alors qu'Howard lui proposait une petite promenade sur le sentier panoramique.

Pourquoi pas ? se dit Agnes. Elle avait de bonnes jambes et était en pleine forme. Cette fois, elle portait un foulard en soie aux couleurs vives qui flottait dans le vent avec élégance et avait déjà reçu plusieurs compliments d'Howard.

Ils s'approchaient des falaises d'un bon pas. Galant, Howard l'aidait à franchir de modestes obstacles (de très modestes obstacles car, même en rêve, Agnes se rendait compte qu'il ne fallait pas abuser). Le soleil brillait de toute sa splendeur, elle se sentait si légère qu'elle aurait pu entonner une chanson, un tube de sa jeunesse. Elle était sûre que cela aussi aurait plu à Howard.

Au lieu de cela, elle dirigea ses regards vers l'hôtel. Quelqu'un ne les observait-il pas depuis la terrasse ? Le maréchal, sans doute ! N'avait-il donc rien de mieux à faire que de les espionner ?

Néanmoins, elle se rendit compte tout à coup que le sentier au bord des falaises sur lequel ils se promenaient un instant auparavant s'était envolé. Devant elle s'ouvrait un abîme plus profond que la mer, qui semblait mener droit en enfer.

Morte de peur, elle voulut saisir le bras d'Howard, sauf qu'en se retournant, elle découvrit un anorak à capuche orange.

- 11 -
DES PIEDS ET DES MAINS

« Alors, c'était comment ? voulut savoir Charlie en sortant deux tranches de concombre de son verre d'eau.

— Pas mal », répondit Agnes qui ne voulait pas avouer que le massage lui avait beaucoup plu par peur de ressembler, comme Charlie avec ses rondelles vertes sur les yeux, à une victime des soins corporels.

Elle se sentait chaude et molle, un peu comme si on l'avait étalée avec un rouleau à pâtisserie, mais de manière agréable. Elle avait l'impression d'être douce, malléable – sans os pour ainsi dire. Pour quelqu'un qui, d'ordinaire, avait tout le temps mal aux articulations, le résultat était impressionnant.

« Je m'en doutais », ricana Charlie avec ses yeux de dessin animé.

Après leur double massage, on les avait expédiées dans la salle de repos où, enveloppées dans du tissu-éponge blanc, telles des momies, elles étaient censées boire de l'eau et de la tisane pour rétablir leur équilibre hydrique. Les haut-parleurs diffusaient une musique classique, rythmée par le bruit des gouttes de pluie fonçant sur la vitre à la manière de kamikazes.

Agnes, qui se sentait étonnamment jeune et fraîche, mordit dans une tranche de concombre. Son dentier tenait en place. Parfait !

« Tu crois qu'ils l'ont déjà trouvé ? demanda-t-elle d'un ton joyeux.

— Quoi ? »

Charlie était très forte pour refouler les vérités désagréables. C'était la raison pour laquelle, à l'époque, elle avait succombé au mari numéro deux.

« Le cadavre ! » s'écria Agnes avec agacement.

Une des rondelles de concombre tomba du visage de Charlie, découvrant un œil mauvais.

« Non, vraiment, Agnes, tu as absolument besoin de tout gâcher ? Je viens juste de me détendre grâce à un bon massage. Ce n'est pas le moment de parler de ce cadavre !

— Ah oui, et ce sera quand, le moment ? répliqua Agnes, à présent fâchée. Pendant le dîner peut-être ? Ou après, quand nous aurons le ventre plein ? Ou cette nuit, quand il fera noir ? »

Charlie émit un son difficile à interpréter et perdit sa deuxième rondelle de concombre.

Agnes ne se laissa pas troubler.

« La vérité, c'est qu'il n'y a pas de bon moment pour parler d'un cadavre. Quand tout va bien, ce n'est pas le moment. Quand ça ne va pas, ce n'est pas non plus le bon moment. Pourtant, il faut bien agir. C'est comme... »

Elle chercha une comparaison convaincante.

« Se brosser les dents !

— Se brosser les dents ? répéta Charlie d'une voix incrédule.

— Réfléchis un peu ! La plupart des gens ici sont comme toi. Ils n'ont aucune envie de s'occuper de cadavres. Cela se comprend, surtout pendant les vacances. Mais quelqu'un a au contraire une terrible envie de s'occuper de cadavres : le meurtrier ! Et le moment viendra forcément où l'on ne pourra plus l'ignorer. Tu imagines ce qui va se passer alors ? Ce sera l'enfer. Tout le monde va soupçonner tout le monde, tout le monde va vouloir sauver sa peau. Sauf que, bien entendu, personne ne sera en sécurité tant que nous serons coupés du reste du monde. Nous ne pouvons pas nous permettre d'être à la traîne en cas de panique. Parce que la plupart des gens ici se traînent plus vite que nous ! C'est pourquoi nous devons… »

Agnes se tut un instant. Elle s'était quelque peu égarée.

« Nous ne devons pas traîner ! Il faut savoir ce qui se passe ! Tu comprends ?

— Euh, oui… marmonna Charlie. Si tu le dis. »

À l'aide d'une paille, elle tira de son verre un peu de cette boisson bonne pour la santé.

Agnes l'imita.

Toutes deux aspirèrent jusqu'à ce que leurs verres soient vides et que les pailles ne produisent plus que des gargouillements entre les dernières tranches de concombre.

« Tu ne crois pas que c'est fini ? demanda Charlie pour conclure.

— Ce n'est sûrement pas fini, dit Agnes. Tu peux me croire ! »

Oberon le serpent en avait assez de la baignoire. Il s'était gavé de chaleur sous la lampe à infrarouge et se faisait l'effet d'avoir gobé le soleil comme un œuf. Il débordait d'énergie. Il irradiait. Il était grand temps de visiter les lieux !

Sortir d'une baignoire était un jeu d'enfant quand on possédait un corps principalement constitué de muscles. Oberon se dressa et se balança d'avant en arrière jusqu'à ce qu'il eût attrapé le robinet et parvînt à s'élever grâce à cet appui.

Voilà ! Le spectacle hors de la baignoire était assez décevant. Il aperçut un petit rectangle en tissu et de stupides carrelages rectilignes. Pas de sable, pas de branches, rien où une proie aurait pu se cacher. Une proie ! Il remarqua qu'il avait commencé à s'intéresser de nouveau à ce sujet. Son dernier repas était certes encore récent, mais prendre ses précautions ne pouvait pas faire de mal.

Il descendit le long de la baignoire, puis se glissa dans une fente et arriva dans une pièce plus spacieuse. Là, il s'arrêta et sortit la langue. Toujours aucune branche en vue, mais Oberon sentit des vibrations, de légers tremblements, et il perçut un souffle dans l'air. Quelque chose ici bougeait ! Quelque chose de vivant !

Il s'avança sur la moquette avec détermination, pénétra dans la cavité sombre sous le lit et se dirigea vers l'endroit où il avait détecté des mouvements.

Sa déception fut grande quand il constata qu'il s'agissait de deux pieds se déplaçant de l'autre côté du lit.

Des pieds !

Le serpent n'aimait pas les pieds. Il les méprisait, pire encore, il méprisait leur nature pédestre. Même s'il n'avait en principe rien contre l'espèce humaine, il trouvait regrettable qu'elle se meuve en règle générale à l'aide de deux vulgaires pieds. En vérité, tout le bas de leur corps présentait peu d'intérêt. Seule la partie supérieure lui inspirait quelque respect : les bras possédaient presque l'élégance des serpents, les épaules permettaient de belles promenades, la tête offrait un bon poste d'observation – avec un peu de chance, elle était même recouverte d'une douce chevelure.

Les pieds, au contraire, passaient leur existence dans la poussière. Ils ne s'élevaient jamais et on ne pouvait pas non plus les dévorer. Ils étaient trop indigestes, anguleux, rustres.

Oberon agita sa langue avec colère. Les pieds constituaient sans aucun doute le moyen de locomotion le plus disgracieux qui soit. Ils s'avançaient à tour de rôle, sans aucun sens des nuances et des transitions. Pas étonnant que la tête des humains manque aussi de subtilité la plupart du temps.

Même celle qui représentait l'exception avait fini par succomber à la grossièreté de sa nature pédestre.

Oberon ne voulait pas entendre parler de pieds. Cependant, les deux exemplaires qui faisaient les cent pas devant le lit s'approchèrent de lui sans se douter de rien. Il s'enroula comme un cordage musculeux et tendit la langue vers les pieds indésirables.

L'instant d'après, un visage apparut. C'était déjà mieux ! Des mains allaient sans doute le prendre, l'arracher à la poussière et l'élever à des hauteurs vertigineuses. Oberon se dénoua, rempli d'espoir, mais alors le visage s'éloigna. Même les pieds reculèrent, ce qui était en soi plutôt une bonne nouvelle, et ensuite, ce fut l'ensemble du corps qui s'effondra comme un sac. Déçu, Oberon sortit de sa cachette. Plus la peine de rêver de hauteurs vertigineuses ! En revanche, l'individu qui venait de s'écrouler dégageait une chaleur agréable. C'était un homme ! Oberon ne faisait pas grand cas des mâles dans l'espèce humaine, ils avaient en général moins de cheveux, un menton rugueux et une odeur bizarre ; toutefois, il appréciait l'aire de repos qui se trouvait à peu près au milieu de leur corps.

Il grimpa donc sur celui-ci, enroula avec élégance son beau corps de serpent et agita la langue avec philosophie.

« Tiens ! s'exclama Agnes en tendant à Edwina un panonceau sur lequel il était écrit NE PAS DÉRANGER. À partir d'aujourd'hui, c'est ton meilleur ami.

— Non, mon meilleur ami, c'est Oberon ! protesta sa colocataire en croisant les bras.

— Oui, tu as raison, approuva Agnes. Mais si tu veux qu'il le reste, prends cela ! »

Elle était revenue du spa d'un pas léger, chaude, rose et bien hydratée, pour découvrir au pied de son lit un employé inconscient, un bonbon au chocolat fondu dans une main, et le serpent posé sur la poitrine. Par chance, Edwina était rentrée juste après. Elle avait ramené Oberon dans la salle de bains, non sans l'avoir au préalable grondé, puis avait jeté un verre à dents rempli d'eau sur le visage de l'employé.

Ensuite, elles s'étaient efforcées de le convaincre qu'il avait rêvé. Elles n'y étaient pas vraiment parvenues, mais leurs explications avaient du moins suffi à semer le doute dans son esprit et à l'intimider. À présent, il était sorti de la chambre et Agnes n'était plus détendue pour deux sous.

« Nous en avons déjà discuté cent fois ! poursuivit-elle. Tant que ce serpent est ici, la porte de la salle de bains reste fermée !

— Elle était fermée ! protesta Edwina sur un ton de défi.

— Alors, comment se fait-il qu'il soit arrivé dans la chambre ? rétorqua Agnes bien qu'elle sût qu'on ne pouvait pas toujours attendre d'Edwina des réponses logiques. C'est ce qu'il faut éviter à tout prix !

— Il n'avait qu'à pas se balader chez nous, marmonna Edwina. Bien fait pour lui !

— Il voulait juste déposer des bonbons sur nos oreillers. Ce sont des choses qui arrivent, dans un hôtel comme celui-ci ! Sauf si… »

Elle tendit de nouveau le panonceau dans sa direction.

Edwina lui jeta un regard rempli de pitié. Une fois de plus, on voyait bien qu'Agnes n'avait aucune idée de ce qu'était l'espionnage. Il faudrait un peu plus qu'un petit morceau de carton pour venir à bout des forces obscures qui en voulaient à la vie du serpent. D'un autre côté, cet employé ne semblait pas vraiment mauvais. Il était tombé dans les pommes sans demander son reste et avait servi de coussin à Oberon.

« À quoi ça sert, cette pancarte ? demanda-t-elle d'un ton méfiant.

— Cette pancarte veut dire pas de problèmes, expliqua Agnes. Pas de service en chambre, pas de bonbons au chocolat, pas de rencontre inopinée avec un serpent, pas de syncope. Que se passera-t-il, à ton avis, si cela se reproduit ? »

Edwina blêmit.

« Ils seront jaloux ! Ils vont me le prendre ! »

Agnes trouvait ce scénario d'un optimisme exagéré, mais dans l'ensemble, ce n'était pas faux.

« Exactement ! s'exclama-t-elle. Si un membre du personnel entre et découvre Oberon, ton serpent est fichu. C'est pourquoi il faut utiliser cette pancarte. Tout simplement.

— D'accord », admit Edwina.

Agnes en eut le souffle coupé. D'accord ? D'habitude, les négociations avec sa colocataire duraient plus longtemps. Mais tant mieux. Elle avait assez à faire avec les crimes, la veuve blanche, le soupirant de Bernadette et – oui, c'est vrai – Howard. Elle ne pouvait pas en plus s'occuper des altercations d'Edwina avec le personnel.

Sa colocataire courut à la porte pour accrocher le panonceau à la poignée tandis qu'elle entreprenait de choisir un chemisier pour le dîner. Charlie avait raison : la vie était trop courte, et en présence d'un meurtrier, elle l'était sans doute plus que jamais. Il fallait goûter chaque seconde. C'est pourquoi Agnes avait décidé de prendre un apéritif dans le Salon de la mer et, pour cela, de se mettre sur son trente-et-un.

Edwina attendit qu'elle ait eu mis du rouge à lèvres, se soit parfumée et ait quitté la pièce pour ouvrir la porte de l'armoire et regarder son contact d'un air mauvais.

« Désolé, il fallait que j'aille aux toilettes, dit-il avec un haussement d'épaules.

— Cela va à l'encontre de notre accord ! protesta-t-elle. Tu aurais au moins pu fermer la porte derrière toi ! Qui sait ce qui aurait pu lui arriver ! »

Les mots lui manquaient.

« Oui, mais c'était quand même drôle, ricana Mojo en sortant les jambes de l'armoire pour s'étirer. Tu aurais dû voir sa tête quand il a compris qu'il s'agissait d'un serpent ! »

Il fit une grimace et plaqua les mains contre ses joues.

Edwina connaissait un tableau représentant un long visage rempli d'effroi, mais il ne lui avait jamais plu.

« J'ai hâte de pouvoir publier ça ! se réjouit-il. Voyage dans une armoire – premier jour. Trop cool !

— C'est contraire à notre accord ! » répéta Edwina.

Mojo ne la connaissait pas depuis assez longtemps pour s'inquiéter de l'entendre parler à voix basse et de façon sensée.

« Du moins, cela m'a apporté un peu de distraction, poursuivit-il d'un ton insouciant. Internet ne fonctionne toujours pas et ta copine dans sa boîte ne cause pas beaucoup. »

Il agita ses pâles orteils.

Edwina constata ainsi qu'il avait retiré ses chaussettes. Elle fronça le nez.

Bon, ça commençait à bien faire !

Elle s'était efforcée de faire preuve de compréhension face à ses sautes d'humeur et son manque patent de professionnalisme, mais il y avait des limites.

Elle se dirigea vers la porte donnant sur le couloir et l'ouvrit. La pancarte NE PAS DÉRANGER était toujours là.

Alors, elle attrapa Mojo par les chevilles et le traîna sur le sol.

Surpris, le jeune homme ne se défendit pas tout de suite, mais à mi-chemin, il attrapa un pied de lit et s'y agrippa de toutes ses forces.

Elle tira encore plus fort.

« Lâche-moi ! hurla-t-il.

— Nous avons passé un accord, riposta-t-elle. Tu as droit de loger dans l'armoire si tu prends soin d'Oberon. Tu as pris soin d'Oberon ? »

C'était une question rhétorique. Elle tira encore plus fort.

Il essaya de remuer les jambes, mais ne pouvait rien contre la poigne d'Edwina. Soudain, des larmes coulèrent sur ses joues.

« Je suis désolé, murmura-t-il. Je ne recommencerai pas, promis ! Tu ne peux pas me mettre à la porte. Sinon, il va m'arriver des choses horribles. Horribles !

— Ici, il peut t'arriver des choses encore plus horribles, le menaça-t-elle. Surtout si tu contreviens à notre accord.

— Cela ne se reproduira pas, jura Mojo.

— Non, en effet, confirma-t-elle. Cela ne reproduira pas. »

Elle attendit qu'il eût relâché un peu sa prise et recommença à le traîner.

Au même moment, un couple maigre aux visages de hyènes passa devant leur porte. Lorsqu'ils aperçurent Edwina en train de tirer sur une paire de jambes grêles, ils s'arrêtèrent.

« Ne pas déranger ! » hurla-t-elle dans leur direction.

Puis elle lâcha les jambes et leur claqua la porte au nez.

Mojo profita de l'occasion pour s'enrouler comme un cloporte sans toutefois se désolidariser du pied de lit.

Elle croisa les bras.

« C'est ta dernière chance, déclara-t-elle.

— Oui, ma dernière chance ! » accepta-t-il.

Il fallut un moment avant qu'il osât lâcher le lit et regagner l'armoire.

« Quelles sont les choses horribles auxquelles tu penses ? » lui demanda-t-elle alors.

Mais il semblait ne pas l'avoir entendue. Il composa un numéro à toute vitesse sur son portable, pencha la tête en arrière et soupira.

« Pas d'Internet. Pas de téléphone ! Rien ! Qu'est-ce que c'est que cette boutique ?

— Un trou à rats écologique, expliqua-t-elle. En plus, nous sommes en pleine mer. Ce n'est pas évident question Internet. Pourtant, je n'ai toujours pas vu de rats. »

Le jeune homme l'observa soudain avec intérêt. Ses yeux, d'habitude perdus, grands comme des yeux de biche et au regard lointain, se plissèrent soudain, lui donnant aussitôt l'air plus vieux. Plus vieux et plus roué. Qui sait ? Peut-être serait-il un jour un agent valable ?

« Toi, tu es défoncée ! T'as du matos ! dit-il d'une voix excitée. D'où provient-il ? »

Edwina leva les yeux au ciel. Le voilà qui recommençait avec son matériel.

« Il y en a partout, soupira-t-elle d'un ton blasé.

— J'en veux ! couina-t-il. Où est-il ? Donne-m'en, vieille carcasse ! »

Il bondit hors de l'armoire, l'attrapa par les épaules et se mit à la secouer.

Edwina s'abandonna aux mouvements et attendit qu'il commît une erreur. Cela ne tarderait sûrement pas à se produire.

Cependant, avant même qu'elle ait eu le temps de passer à l'offensive, il l'avait lâchée pour jeter un coup d'œil sous la couverture, dans la valise d'Agnes, puis dans le tiroir de sa table de nuit. Enfin, son regard tomba sur la boîte en métal.

« C'est là-dedans ? J'aurai dû m'en douter d'emblée ! Des cendres ? N'importe quoi ! »

Il attrapa Lillith et ouvrit le couvercle.

« Non ! hurla Edwina. C'est privé ! Laisse Lillith en paix. »

Il ignora l'avertissement.

Alors, elle s'élança au moment même où il introduisait le nez dans la boîte, plein d'espoir. Elle le frappa de toutes ses forces à l'estomac.

Il poussa un râle et tomba en arrière, l'entraînant avec lui.

Ils s'affalèrent tous les deux par terre tandis que Lillith pleuvait au-dessus d'eux en un nuage de fines particules.

De plus en plus impatiente, Agnes attendait un moment de romantisme. Confortablement installée dans le Salon de la mer, elle en était à son troisième whisky et n'avait toujours pas vu venir le romantisme, ni pour elle, ni d'ailleurs pour personne d'autre. Le salon était plus fréquenté que la veille – le soir du crime –, pourtant l'ambiance générale ne lui paraissait pas sensuelle, mais plutôt nerveuse, voire surexcitée. Cela tenait peut-être à la surconsommation de sucre au buffet de glaces, ou au fait que l'*Éden* était à présent littéralement coupé du monde. Ce n'était pas seulement la route qui était partie, mais aussi le téléphone et Internet. Une telle situation tapait forcément sur les nerfs. Le maréchal, par exemple, passait sa vie en ligne et devenait vite irritable quand il ne pouvait pas discuter avec d'autres amoureux des armes à feu. Agnes supposait qu'il en allait de même pour un grand nombre de personnes. Beaucoup de clients autour d'elle avaient posé leurs téléphones sur la table devant eux, le soulevaient de temps à autre avec espoir et le reposaient ensuite d'un air déçu.

L'interruption des communications téléphoniques était-elle un hasard ?

Et si ce n'était pas un hasard, qu'était-ce ? Cela signifiait-il que le meurtrier s'apprêtait à commettre d'autres crimes ?

Agnes renonça à espérer plus longtemps l'arrivée d'Howard – qu'il aille au diable avec sa tignasse ! – et songea de nouveau à la chute de l'homme.

Car il s'agissait bien d'une chute.

Au moins pour l'une des victimes.

Stimulée par le whisky, elle passa mentalement en revue les photographies que le maréchal avait prises dans le local technique de la piscine. Ce qui l'inquiétait le plus, c'était la perte de contrôle qu'elles attestaient. Quelqu'un avait perdu la raison, s'était complètement moqué de laisser une preuve aussi flagrante de ses agissements. Même l'observateur le plus naïf ne pouvait croire ici à une mort accidentelle.

Au fait, le cadavre avait-il déjà été trouvé ? Officiellement trouvé, s'entend, et non trouvé en secret par Winston et le maréchal. À quelle fréquence vérifiait-on les filtres du local technique ? La direction de l'hôtel savait-elle à présent qu'un assassin séjournait parmi eux ? Avait-elle entrepris quoi que ce soit ? Ou bien allait-elle essayer de maquiller le crime ? Agnes se doutait que les responsables de l'*Éden* n'auraient aucune envie d'ébruiter l'affaire, mais d'un autre côté, ignorer la réalité n'était sans doute pas la meilleure solution.

À nouveau, elle ne put s'empêcher de penser au sacristain au bout de sa corde. Lui, on pouvait dire que sa mort avait fait du bruit ! Une mort aussi bruyante signifiait-elle quelque chose ? S'agissait-il d'un indice ? Et si oui, un indice de quoi ?

Elle se demanda alors si elle avait déjà le mal du pays.

Le pianiste, qui n'avait jusque-là pas ménagé ses efforts, capitula et s'avança vers le bar pour boire un verre. Pendant un moment, il régna dans la pièce un silence frappant, puis les conversations se firent plus bruyantes, plus agressives aussi, semblait-il. On aurait dit non plus un bourdonnement, mais un sifflement.

Agnes essaya de se concentrer. Elle pourrait toujours s'occuper du sacristain à son retour. Pour l'heure, il convenait de s'attaquer aux meurtres en Cornouailles, et même sans tarder si elle voulait profiter de quelques jours de vraies vacances !

Soudain, une idée lui traversa l'esprit. Ou, plus exactement, plusieurs idées d'un coup. Trop d'idées en fait. Il lui fallait d'urgence un carnet ! Si seulement elle avait emporté son sac à main… Hélas, elle avait laissé son précieux accessoire dans la chambre parce qu'il lui avait paru manquer d'élégance. Au diable l'élégance ! C'était d'un stylo et d'un papier dont elle avait maintenant besoin.

Elle se retourna vers le bar et fit signe au serveur, qu'elle ne connaissait pas. Max ne s'était pas encore montré ce soir-là. Sans doute traînaillait-il dans un local de service dans l'espoir de pouvoir l'effrayer à son tour.

Lorsque son collègue lui eut apporté un stylo, elle se mit à griffonner sur sa serviette en papier.

1. *Qui a participé à la visite « Derrière les coulisses » ces derniers jours ?*

2. *Qui a accroché un panonceau* Ne pas déranger *à la porte de sa chambre ?*

3. *Qui était le mort du local technique ? Quelqu'un attend-il son retour ?*

En outre, il importait de se faire une idée d'ensemble des derniers événements, ce qui relevait de la compétence de Winston. Agnes se leva sans vider son verre et partit à sa recherche.

- 12 -
DES PAPILLONS

Bernadette avait l'impression de vivre un rêve. Elle se sentait aussi légère qu'une montgolfière ou, plutôt, qu'un zeppelin. Elle planait. Sans la moindre résistance.

Un autre phénomène l'étonnait : elle n'avait pas faim. Pire, elle n'avait même plus d'appétit. Elle se sentait repue, rassasiée – pas de glace, mais d'une substance aérienne, volatile.

Des papillons ?

Les créatures ailées avaient pris possession de son ventre et s'apprêtaient à gagner sa tête et son cœur. Elle ne savait pas trop ce qu'elle devait en penser. D'un côté, c'était une belle sensation. La plus belle de toutes.

D'un autre, elle se faisait l'effet d'être un peu stupide. La facilité avec laquelle Samantha avait ressurgi en elle l'inquiétait. Samantha était une personne dont elle se souvenait à peine et qu'elle n'avait plus vraiment envie de côtoyer.

Sauf que lui ne connaissait que Samantha, il la connaissait même par cœur.

Ils avaient partagé une glace et joué à d'anciens jeux, comme si d'un seul coup, ils étaient revenus cinquante ans en arrière. Il lui avait susurré à l'oreille ce qu'il voyait. Des coiffures ridicules, des figures qui s'allongeaient, de petites prises de bec devant le buffet. Des regards envieux et d'autres concupiscents. La mer à l'extérieur, vaste et vide, comme nettoyée par un grand coup de balai, et des mouettes qui fendaient l'air comme des flèches.

Bernadette l'avait écouté et perçu autour d'elle un monde auquel elle n'avait d'habitude pas accès.

Ensuite, elle s'était penchée vers lui à son tour et lui avait murmuré à l'oreille des choses qu'on ne pouvait pas voir. Des remarques acerbes, des secrets chuchotés. Des effluves de parfum. Un ricanement nerveux qu'on réprimait. Des pas rapides au loin dans le couloir. Quelqu'un qui courait. Des voix étouffées qui trahissaient l'excitation, peut-être même des sanglots.

Rien n'avait changé. Ensemble, ils multipliaient le monde par deux. C'était un jeu merveilleux.

Pourtant, une question la préoccupait. Était-il dans son camp ou dans le camp adverse ? Elle ne se berçait pas d'illusions. L'acte dont elle s'était rendue coupable vis-à-vis de son chef et de sa bande était impardonnable. C'est d'ailleurs pourquoi la police lui avait procuré une nouvelle identité. C'est pourquoi elle était devenue Bernadette et avait obtenu un poste de secrétaire dans un service gouvernemental, quelque part dans l'anonymat de Londres.

Certes, elle l'avait sauvé, n'est-ce pas ? Elle espérait qu'il en avait conscience. Elle l'avait sauvé, mais elle l'avait aussi abandonné. Elle souffrait encore à cette pensée, tant d'années après.

Peut-être avait-on néanmoins droit à une seconde chance ? L'air autour d'elle semblait regorger de possibilités. Elle les sentait grésiller, attirantes, mais peut-être aussi trompeuses.

Leur rencontre à l'*Éden* relevait-elle du hasard ? Était-ce un signe du destin ? Et s'il s'agissait au contraire d'un piège, était-elle assez folle pour avancer à l'aveugle ?

En sortant du Salon de la mer, Agnes avait dû emprunter un mauvais chemin car sans savoir comment, elle s'était tout à coup retrouvée dans la bibliothèque. Plus tôt dans la journée, la pièce baignée de soleil lui avait paru confortable, presque douillette, mais à présent qu'elle était vide et uniquement éclairée par le halo de lumière des veilleuses, elle la trouvait lugubre. Dans un film ou même un roman, c'était là qu'on aurait découvert le cadavre suivant. Elle imaginait très bien deux longues jambes dépassant d'un fauteuil et, dans la pénombre, du sang imbibant peu à peu le magnifique tapis persan.

Un meurtre dans la bibliothèque, c'était pour ainsi dire un passage obligé.

Au lieu de cela, Winston et le maréchal avaient découvert un mort dans le local technique ! C'était moins pittoresque, beaucoup plus concret. De toute évidence, le meurtrier se moquait de l'ambiance comme d'une guigne.

Un rire malveillant retentit dans la pièce voisine, à savoir la salle de jeu qu'Agnes avait jusqu'à présent évitée. Elle ne voyait pas trop à quoi cela pouvait ressembler, une salle de jeu. Elle imaginait vaguement des boules de toutes les couleurs entre lesquelles circulaient des quinquagénaires nantis et des femmes bien coiffées. Dans un établissement tel que l'*Éden*, même une salle de jeu respirait sans doute la solidité et l'élégance.

Elle prit son courage à deux mains et entra.

Par bonheur, il n'y avait pas de boules – du moins si l'on faisait abstraction de quelques dames bien en chair qui disputaient une partie de cartes à voix haute et sur un ton quelque peu hargneux.

À sa plus grande joie, elle aperçut un peu plus loin Winston et Charlie. Ils disputaient une bataille navale. Agnes se rendit aussitôt compte que la guerre était déclarée. Chez eux, à Sunset Hall, ils ne jouaient guère à des jeux de société parce que cela se terminait toujours en pugilat. En l'occurrence, Charlie semblait furieuse de perdre et Winston – de manière plus subtile – furieux de gagner contre une aussi mauvaise perdante.

Habituée à telles situations, Agnes s'approcha et, avec une feinte maladresse, cogna la table pour déranger l'ordre de bataille. Aussitôt, les deux ennemis s'allièrent pour répondre à l'attaque surprise.

« Fais donc attention ! » s'exclama Charlie qui semblait avoir oublié sur-le-champ à quel point sa flotte était en péril.

Sans se troubler, Agnes posa sa serviette en papier et le stylo emprunté au bar sous le nez de Winston.

« Il nous faut un plan, déclara-t-elle. Un plan de bataille. Pour empêcher d'autres crimes. »

Charlie leva les yeux au ciel, mais Winston parut se réjouir de pouvoir abandonner la partie. Il s'empara du stylo.

« Jusqu'à présent, poursuivit Agnes, nous avons trois victimes potentielles.

— Trois ? s'étonna Charlie. Qui donc ?

— Tout d'abord, l'anorak jaune. Ensuite, l'homme dans les coulisses. Et pour finir… »

Elle marqua une pause théâtrale.

« Je ne suis pas tout à fait sûre que ce soit juste, mais je crois que nous devrions ajouter la femme trempée. »

Elle leur rapporta alors la vision de Trudy dans la salle de fitness.

Puis ils lurent tous les trois la liste de Winston.

L'anorak jaune.

L'homme dans les coulisses.

La femme trempée.

On aurait des titres de roman policier. Agnes ne put s'empêcher de se demander si le prochain meurtre serait aussi littéraire.

La réponse n'allait guère se faire attendre.

Alors que Winston et Charlie se rendaient au restaurant par le chemin le plus court, Agnes fit un détour par la réception dans l'espoir d'obtenir des informations sur les participants à la visite « Dans les coulisses ».

Si le meurtrier était un client, il pouvait très bien avoir découvert le local technique à cette occasion et avoir aussitôt identifié le potentiel d'un tel endroit pour y commettre un crime. S'il s'agissait au contraire d'un employé, elle voulait savoir qui était chargé de l'entretien ou qui manquait à l'appel.

Mais quand elle arriva dans le hall, elle fut bien obligée de constater qu'il était vide. En l'absence de toute présence humaine, la réception faisait plus que jamais penser à un tronc d'arbre repêché dans la mer, lissé par les vagues et orné de draperies raffinées. Agnes aussi se faisait l'effet d'une épave. Oubliée. À la dérive.

Elle attendit un moment.

Puis, alors qu'elle s'apprêtait à rejoindre le restaurant, elle perçut – grâce à ses nouvelles aides auditives – un bruit de fond.

Quelqu'un pleurait. Ou, plus exactement, quelqu'un pleurait à fendre l'âme.

Ces sanglots s'accordaient si peu avec l'endroit que tout d'abord, elle n'en crut pas ses appareils. Pourtant, elle finit par remarquer une légère fente dans le mur lisse derrière le comptoir.

Une porte secrète qu'elle n'avait encore jamais remarquée.

Derrière cette porte, quelqu'un pleurait à chaudes larmes.

Agnes fit le tour pour jeter prudemment un œil dans l'entrebâillement. Mais elle perdit l'équilibre au moment décisif et se rattrapa sans le vouloir à la porte qui s'ouvrit en grand. Elle découvrit ainsi une petite pièce bien ordonnée, remplie de classeurs, de dossiers et de matériel informatique. Elle n'était pas experte dans ce domaine, mais il lui sembla reconnaître une imprimante, à moins qu'il ne s'agît d'un fax.

Au milieu de la pièce, il y avait un grand bureau, et derrière ce bureau, le visage enfoui dans ses mains, la source des sanglots.

Celle-ci dut sentir une présence ou apercevoir une silhouette à travers ses doigts car, soudain, elle baissa les mains, regarda Agnes, l'air hébété, et s'efforça de se reprendre. Sans grand résultat.

« Je… Je… »

Elle cherchait ses mots tandis qu'un hoquet se mêlait à ses derniers sanglots.

Agnes n'en revenait pas. Était-ce vraiment Helen, la directrice de l'hôtel ? Avec ses yeux gonflés, ses rougeurs sur les joues et ses cheveux en désordre, elle était méconnaissable. Par bonheur, le badge sur sa poitrine balaya ses derniers doutes.

« Je suis désolée, dit-elle. Je ne voulais pas vous déranger. Mais parfois, je ne tiens pas bien sur mes jambes… »

Elle plongea la main dans la poche de sa jupe, en sortit un paquet de mouchoirs en papier et en tendit un à la directrice.

Helen se moucha bruyamment.

« Oh, mon Dieu, soupira-t-elle ensuite. Quel manque de professionnalisme ! Vous êtes la cliente. C'est moi qui devrais vous donner des mouchoirs, pas l'inverse. Que puis-je faire pour vous ? »

Agnes aperçut une deuxième chaise et l'approcha du bureau.

« Sauf erreur de ma part, répondit-elle, c'est plutôt moi qui vous devrais vous poser la question. La situation ne peut pas être si terrible que cela !

— Non, gémit alors Helen en se mouchant de nouveau. C'est encore pire ! »

En règle générale, Agnes se servait de mouchoirs en papier pour sécher les larmes dans ses yeux quand le vent était froid, pour essuyer Edwina quand elle s'était tachée ou pour effacer les traces que Brexit laissait partout avec sa truffe.

Cette fois, elle s'en servit pour soutirer des informations. À chacun des mouchoirs qu'elle tendait à Helen, elle posait une question à laquelle la directrice répondait en essuyant ses larmes avant de le jeter en boule sur le bureau.

Au bout du compte, le problème était simple : un employé avait découvert un cadavre.

Agnes hocha la tête. Il fallait s'y attendre, mais toujours est-il qu'une terrible panique régnait dans le personnel.

« En temps normal, j'aurais aussitôt appelé la police, expliqua Helen entre deux sanglots. Mais la ligne téléphonique est coupée, et la route est impraticable. Personne ne peut venir. Le personnel attend de moi que j'agisse et je ne sais vraiment pas quoi faire…

— Cela arrive souvent que le téléphone ne fonctionne pas ? » voulut savoir Agnes.

La directrice de l'hôtel secoua la tête et parut blêmir un peu plus encore entre ses éruptions cutanées.

« Cela ne s'est jamais produit ! Vous ne croyez tout de même pas que… ? Vous croyez que… ? »

Agnes haussa les épaules.

« Ce serait en tout cas une coïncidence étonnante. Il serait bon de vérifier.

— Oui, vous avez raison ! s'exclama Helen en hochant la tête avec véhémence. Je devrais chercher d'où cela vient, poser des questions, je ne sais même pas si… Mais comment me comporter face aux clients ? C'est là toute la question ! Ce n'est pas bien de leur cacher la vérité, d'un autre côté… ils veulent se sentir bien. Se détendre. S'ils apprennent qu'ils sont enfermés ici avec un meurtrier, il n'y aura plus moyen de les détendre. Et ils ne reviendront plus jamais ! Si cette histoire s'ébruite, nous pouvons mettre la clé sous la porte ! Et puis je me fais du souci pour eux. Pas seulement à cause de l'assassin, mais parce que… S'ils ont vent de cette affaire, certains tenteront à coup sûr de partir par leurs propres moyens, à pied, au bord de la falaise, ce qui est très dangereux. Je ne peux pas assumer cette responsabilité. Pourtant, un mensonge pur et simple… »

Elle s'interrompit, se moucha de nouveau bruyamment et jeta un regard implorant à Agnes.

« Ce n'est pas un mensonge, la rassura celle-ci. Tout au plus une petite omission. Je ne crois pas utile d'alerter les clients.

— C'est vrai ? »

Helen laissa tomber le mouchoir en papier sur son bureau et parut soulagée jusqu'à ce qu'une expression d'effroi se dessine sur son visage.

« Mais vous êtes une cliente ! s'écria-t-elle. Et je vous ai tout raconté ! Comment ai-je pu me montrer aussi…

— Oh, je ne dirai rien ! » promit Agnes en s'efforçant d'avoir l'air non d'une vieille sénile, mais d'une grand-mère sage et digne de confiance.

Le stratagème parut fonctionner. Helen ramassa les mouchoirs en papier qui jonchaient le bureau, les jeta dans la corbeille et poussa un profond soupir.

« J'ai envoyé Max au village, à pied. Ce n'est pas une randonnée pour débutant, mais en trois ou quatre heures, il devrait y arriver. Ensuite, j'espère que la police viendra avec un fichu hélicoptère pour arrêter ce monstre ! Jusque-là, je dois tenir le coup ! »

Agnes approuva d'un mouvement de la tête, bien qu'elle sût qu'en général, il ne fallait pas trop attendre des forces de l'ordre, même en hélicoptère.

« L'*Éden* doit être une expérience inoubliable, poursuivit la directrice, mais au sens positif ! Je dois convaincre les clients que tout va bien. En même temps, à chaque fois que je parle à l'un d'eux, je me demande s'il s'agit de l'assassin et je n'arrive plus à sourire. Je devrais leur donner le sentiment qu'ils sont ici chez eux, mais je n'ai qu'une envie : les mettre à la porte. Tous autant qu'ils sont ! Je n'ai envie de voir personne, du moins tant que la police n'aura pas éclairci cette histoire. Ça peut être n'importe qui, absolument n'importe qui ! »

Elle fixa Agnes de ses yeux brillants de larmes.

« Ce n'était pas moi ! » protesta Agnes.

Helen partit d'un rire hystérique.

« Non, bien entendu, je ne pensais pas à vous... même si le meurtrier prétendrait sans doute la même chose.

— Je suis pour ainsi dire l'inverse d'un meurtrier », décréta Agnes avec une grande confiance en elle.

Elle avait une idée. Une femme aussi désespérée qu'Helen s'accrocherait sans doute à la première bouée venue et, en s'y prenant bien, Agnes pouvait être cette bouée.

Elle lui expliqua que, bien qu'à la retraite (elle se garda par prudence de préciser depuis combien de temps), elle était elle-même une sorte de policière. Et le hasard avait voulu qu'elle fût ici avec une bande d'amis qui, eux aussi, avaient travaillé dans les forces de l'ordre. Ils formaient une équipe d'enquêteurs expérimentés, certes un peu rouillés, mais très compétents. Avec l'aval et le soutien de la directrice, ils entreprendraient sur-le-champ des investigations et, avec un peu de chance, identifieraient l'assassin avant qu'il eût le temps de commettre d'autres crimes.

« Seulement, il me faut des informations, conclut-elle. La liste des clients. Le planning. Bref, ce genre de choses. »

Helen hocha vivement la tête. Le fait qu'elle accepte son offre de service sans discuter révélait l'immensité de son désespoir.

« Commençons par la victime, dit Agnes sans lui laisser le temps de remettre en cause ses aptitudes. Avez-vous déjà établi de qui il s'agit ? »

Cette fois, la directrice hocha la tête d'un air désolé.

« C'est l'une de nos clientes les plus fidèles, hélas ! Voulez-vous vous faire une idée par vous-même ? Nous… nous l'avons déposée dans la chambre froide. »

Agnes fut prise de frissons et de vertiges. Heureusement qu'elle était assise !

Une de nos clientes ?

Qui que le personnel ait retrouvé, ce n'était pas l'homme du local technique !

Les habitants de Sunset Hall n'en étaient qu'à leur deuxième dîner à l'*Éden* et pourtant, leur discipline s'était déjà beaucoup relâchée.

Le maréchal avait enfilé son gilet à l'envers, ce que personne ne lui avait fait remarquer.

Winston avait mis le désordre dans la disposition rigoureuse de ses couverts et entamé l'entrée avec une cuillère à dessert.

Bernadette picorait une fantastique salade aux noix et au fromage de chèvre qui aurait dû en principe retenir toute son attention au lieu de l'ennuyer.

Edwina était arrivée en retard et en survêtement. Elle portait son sac de sport sur l'épaule et avait des taches suspectes dans le cou et derrière les oreilles. Elle s'était de toute évidence lavé le visage, mais avait oublié le reste.

« Que t'est-il arrivé ? demanda Charlie sur un ton de reproche, bien qu'en fait elle s'en moquât.

— C'est de la chromothérapie, répondit Edwina.

— De la chromothérapie avec du noir ? »

Charlie, outrée, décida de boycotter la chromothérapie de cet hôtel.

Edwina avait l'air si mauvais que les autres s'abstinrent de la questionner plus avant.

« Je suis repue », soupira Bernadette en repoussant son assiette encore à moitié pleine.

La situation était extrêmement bizarre.

Agnes aurait sans doute voulu en savoir plus.

Sauf qu'Agnes n'était pas là.

« Voilà, dit Helen en expirant un nuage de vapeur blanche. N'est-ce pas affreux ? »

La chambre froide de l'hôtel était plus grande et sans doute aussi encore plus glaciale que la buanderie de Sunset Hall. Les étagères étaient toutes vides – Agnes commençait à envisager la dégustation de sorbets sous un autre jour – et le cadavre, allongé sur le sol telle une baleine échouée, prenait beaucoup de place.

Agnes s'était attendu à trouver la *femme trempée*, mais avait constaté son erreur au premier coup d'œil.

D'une part, la victime n'était pas vêtue d'une robe du soir rouge.

D'autre part, il était évident que personne n'avait pu porter cette femme dans les couloirs de l'hôtel. Elle était trop lourde. Aux dires d'Helen, il n'avait pas fallu moins de cinq employés pour la déplacer de la bibliothèque jusqu'à la chambre froide pendant le buffet de glaces.

De la bibliothèque ! L'assassin avait donc bien retenu ce cadre pittoresque pour se livrer à ses activités criminelles ! Mais les employés avaient découvert le cadavre trop tôt, condamné ladite bibliothèque et organisé la dégustation de sorbets pour faire diversion.

Le meurtrier avait-il été déçu ? Un mort dans la bibliothèque faisait toujours de l'effet. Peut-être l'assassin avait-il espéré avoir du public ? Commençait-il à mettre en scène ses crimes ? Ou la victime s'était-elle juste trouvée au mauvais endroit au mauvais moment ?

En tout cas, le procédé utilisé semblait clair. Alors que la grosse dame était plongée dans son livre, le meurtrier s'était approché d'elle par-derrière et l'avait étranglée avec sa grosse chaîne de papillons en métal.

« Pauvre Mme Meyer-Brinks ! gémit Helen. Une personne si douce ! Jamais une plainte ! Jamais le moindre problème ! Tout ce qu'elle demandait, c'était une belle vue et un endroit tranquille pour lire ! »

Agnes frissonna, moins à cause du crime que de la température qui régnait dans la chambre froide. Mme Meyer-Brinks avait-elle été choisie au hasard ou l'assassin l'avait-il éliminée à dessein ? Et si oui, pourquoi ?

Elle remarqua le livre posé sur sa poitrine – sans doute en marque de respect. Sa dernière lecture… Agnes se pencha avec curiosité. Naturellement, c'était un roman policier ! *Le major parlait trop* d'Agatha Christie… Cette brave Mme Meyer-Brinks ne s'était sans doute pas doutée qu'elle jouerait bientôt elle aussi un rôle majeur dans une affaire criminelle.

« A-t-elle des proches ici ? » demanda Agnes en claquant du dentier.

Il était grand temps de sortir de ce congélateur géant.

« Non, soupira Helen. Heureusement ! Heureusement pour nous, je veux dire. Pour Mme Meyer-Brinks, c'était sûrement un grand malheur. Elle venait souvent, mais toujours seule. »

Agnes hocha la tête et tourna les yeux vers la porte.

« Je pense que j'en ai assez vu. J'aimerais juste savoir où on l'a trouvée exactement et quand on l'a vue en vie pour la dernière fois. Si possible, je souhaiterais m'entretenir avec l'employé qui a découvert le corps. »

Helen acquiesça en silence et lui tint la porte avec respect.

Agnes éprouvait une sensation de nœud ou peut-être de creux à l'estomac. Cela tenait sans doute à l'excitation provoquée par cette première enquête quasi officielle depuis de nombreuses années. Au bout d'un petit moment, elle prit néanmoins conscience de la justesse de la seconde sensation. Elle avait faim ! Il était plus que temps de dîner ! Elle était même en retard ! Où était le restaurant, déjà ?

Elle jeta un ultime coup d'œil dans la chambre froide qui constituait provisoirement la dernière demeure de la pauvre Mme Meyer-Brinks et se demanda combien de cadavres on pourrait encore y stocker.

Pour tout dire, elle aurait dû évoquer l'homme du local technique. Mais elle hésitait. Mme Meyer-Brinks n'était assurément pas belle à voir, avec ses yeux exorbités et injectés de sang, mais ce n'était rien comparé à l'homme sans visage découvert par Winston et le maréchal. Si Helen était déjà au bord la crise de nerfs après cela, comment réagirait-elle à la vue de cette nouvelle victime ? On pouvait craindre le pire ! Agnes avait besoin de nouveaux mouchoirs en papier et d'un peu de temps pour lui apprendre la nouvelle avec ménagements.

Du moins savait-elle à présent où mettre le cadavre.

Malgré le volume de Mme Meyer-Brinks, la chambre froide avait toujours une grosse contenance.

- 13 -
IVRESSE

La petite bande de Sunset Hall avait déjà terminé l'entrée, le premier plat intermédiaire et la soupe quand Agnes rejoignit ses colocataires d'un pas étonnamment léger. Ils dégustèrent alors le plat principal, un ragoût de champignons braisés accompagné de sa purée de panais et de ses petits légumes verts d'une fantastique fraîcheur, le tout dans une concorde et un silence inhabituels. En dehors d'Edwina, qui caressait en secret Oberon caché dans son sac de sport, ils semblaient tous plongés dans leurs pensées.

Lorsqu'un serveur eut débarrassé les assiettes, Agnes pria Winston de lui passer la serviette pense-bête et ajouta à la liste la dernière victime en date, ce qui donnait à présent :

L'anorak jaune.

L'homme dans les coulisses.

La femme trempée.

La lectrice.

L'ordre était juste, n'est-ce pas ?

Pour l'avoir constaté en personne, Agnes savait que la mort de l'anorak jaune remontait à la veille. Pour ce qui était du crime dans la bibliothèque, elle avait appris de la bouche d'Helen l'heure à laquelle le corps avait été retrouvé. Le reste était plus difficile à évaluer. Quoique…

« À quelle heure ferme la salle de fitness ? demanda-t-elle à brûle-pourpoint.

— J'ignorais que tu t'intéressais au fitness, répliqua le maréchal sur un ton méfiant. Tu as encore une très belle silhouette…

— Je ne m'intéresse pas au fitness, soupira-t-elle. Je m'intéresse aux horaires ! »

Elle fit signe d'approcher à l'un des garçons de salle, qui étaient beaucoup moins souriants que la veille, et lui posa la question.

« À cinq heures », dit-il, apathique.

Agnes le remercia, retourna la serviette et entreprit de dresser une nouvelle liste.

1. *La femme trempée.*
2. *L'anorak jaune.*
3. *L'homme dans les coulisses.*
4. *La lectrice.*

Même si l'heure du crime demeurait floue en ce qui concernait Mme Meyer-Brinks et l'homme abattu dans le local technique, cet ordre avait des chances d'être correct.

De fait, Agnes avait assisté au drame qui s'était déroulé la veille en haut des falaises, autour de dix-huit heures. À ce moment-là, la salle de fitness était déjà fermée. Donc, Trudy devait avoir aperçu la femme trempée en fin d'après-midi. Sauf à penser que l'anorak jaune *était* la femme trempée, comme Agnes l'avait envisagé un instant, celle-ci avait donc été tuée en premier, ce qui ne manquait pas d'être surprenant car la chute de l'anorak jaune était le plus discret des quatre meurtres commis jusqu'ici. Un meurtre sans violence, sans drame, juste une petite bourrade dans la bonne direction. Un meurtre de débutant, en somme. Or, selon toute apparence, l'assassin qu'elle avait observé depuis la terrasse n'en était pas à son coup d'essai. Ce qui signifiait…

Avant qu'elle eût pu réfléchir à ce que cela signifiait, on apporta le dessert. Par chance, il ne s'agissait pas de sorbets ! Mme Meyer-Brinks l'avait dégoûtée pour un moment des desserts glacés. C'était une salade de fruits de toutes les couleurs sur un carré feuilleté au sucre croquant. Un délice ! Agnes glissa la serviette pense-bête dans la poche de sa jupe, identifia parmi les couverts restants une fourchette à dessert et remit ses réflexions à plus tard. Ses dernières avancées en matière d'investigation lui avaient donné un tel appétit qu'il lui fallut un moment pour s'apercevoir que ses colocataires avaient cessé de manger et regardaient tous dans la même direction d'un air intéressé.

Quelqu'un frappa sur son verre, les voix dans le restaurant se turent les unes après les autres.

Une jeune femme coquette s'était avancée au centre de la salle. Elle sourit et s'éclaircit la gorge. À ses pieds, le corgi affichait son habituelle arrogance.

« Chers clients ! Je sais que l'un ou l'autre d'entre vous a remarqué aujourd'hui un certain nombre de dysfonctionnements et la direction tient à s'excuser du fond du cœur pour ces désagréments. Je me permets d'interrompre votre repas ce soir pour vous informer de la situation actuelle, vous expliquer la nature des problèmes et préciser les mesures envisagées pour que tout reprenne son cours normal le plus vite possible ! »

Agnes plissa les yeux. Cette jeune femme sûre d'elle était-elle vraiment la même que la personne au visage marqué de rougeurs et aux mouvements saccadés qui, un peu plus tôt dans la soirée, avait déploré la disparition de Mme Meyer-Brinks d'une voix étranglée par l'émotion ?

Helen semblait s'être ressaisie et calmée. Elle s'était recoiffée, avait mis du rouge à lèvres, s'était maquillé les yeux et parlait d'une voix ferme. Les rougeurs avaient disparu. Elle avait sans doute utilisé du fond de teint, mais Agnes soupçonnait que ce n'était pas tout. Il s'était passé autre chose. Quelqu'un – elle sans doute, avec ses vagues promesses de compétences criminalistiques – avait provoqué chez elle un changement d'humeur radical.

Ou alors, elle jouait la comédie à la perfection !

Helen sourit d'un air navré.

« Il ne vous aura pas échappé que nous n'avons plus Internet et plus de téléphone. En effet, la ligne est hors service et je crains qu'il ne nous faille un petit moment pour rétablir les communications, d'autant qu'après la tempête d'hier soir, la route est impraticable. »

Un murmure d'inquiétude se répandit dans la salle. L'absence de route et de ligne téléphonique semait le trouble, mais Helen ne se démonta pas.

« Ce sont des circonstances tout à fait exceptionnelles. Néanmoins, je peux vous assurer que vous êtes ici, à l'*Éden*, dans un havre de paix et que rien ne peut vous arriver. Nous nous efforçons comme d'habitude de rendre votre séjour aussi agréable que possible et travaillons avec ardeur pour que tout soit rétabli très vite ! »

Sauf pour Mme Meyer-Brinks, songea Agnes. Et pour la femme trempée, pour l'homme dans les coulisses et pour l'anorak jaune… Helen ne manquait pas de toupet de faire de telles promesses, mais de toute évidence, elle avait mis dans le mille.

Le calme revint dans la salle, chacun semblait respirer de nouveau, comme s'il avait retenu son souffle pendant un long moment. Un murmure de soulagement se fit entendre dans le restaurant.

C'est alors qu'Agnes entendit un grondement à ses pieds. Le corgi avait quitté son poste et reniflait d'un air méfiant le sac de sport d'Edwina d'où provenait un sifflement.

« Va-t'en ! », chuchota Edwina.

Le chien n'avait aucune envie de se détourner du sac à l'odeur suspecte. Cela n'était d'ailleurs pas surprenant. En dehors du fait qu'ils étaient en général mignons et câlins, Agnes ignorait à peu près tout des corgis, mais elle savait du moins qu'ils étaient de redoutables chasseurs de rats. Sans doute celui-ci avait-il flairé la présence d'un concurrent, et s'ils n'intervenaient pas d'urgence, il allait trahir d'un instant à l'autre l'existence d'Oberon. Agnes n'avait aucune envie de perdre la confiance d'Helen, si chèrement acquise, pour détention illégale de serpent. Elle essaya de repousser du pied le chien qui n'en grogna que plus fort.

Le cœur lourd, elle découpa alors un gros morceau de son carré feuilleté et le glissa dans la gueule du corgi. Les dessous-de-table, cela fonctionnait toujours. Il cessa de grogner et dévora la pâtisserie à une vitesse record. Puis il leva vers elle ses yeux globuleux en faisant une mine impérieuse.

Agnes sacrifia à regret le reste de son dessert et jeta un coup d'œil à la ronde.

Par chance, personne ne semblait avoir rien remarqué.

Helen, qui devait sentir que le public adhérait à ses propos, continuait avec une confiance grandissante.

« N'hésitez pas à vous adresser au personnel si vous avez des questions ou des souhaits. Nous ferons tout ce qui est en notre pouvoir, cela va sans dire, pour vous aider. Et en petite compensation pour la gêne occasionnée, toutes les consommations au bar ce soir sont pour la maison. »

Quelqu'un dans la salle applaudit, d'autres se joignirent à lui. Le bruit couvrit par chance les grognements du corgi qui reprenaient de plus belle. Un sifflement retentit, quelqu'un s'écria : « Fabuleux ! » Était-ce Charlie ? Oui, bien sûr. Quelle question !

Agnes regarda autour d'elle et nota avec un léger retard les yeux de la directrice posés sur elle. Helen lui adressa même un clin d'œil complice. Elle la fixa, impassible. La jeune femme avait-elle perdu la tête ?

La direction avait assurément intérêt à ce que les clients se rendent compte le moins possible des événements récents, mais l'alcool était-il recommandé ? L'assassin n'aurait aucun mal à s'en prendre à des clients ivres et sans aucune conscience du danger. Cela dit, il n'avait eu jusqu'à présent aucune difficulté à liquider ses victimes. Cette observation méritait d'ailleurs qu'on y prête attention : ni l'anorak jaune en haut des falaises, ni la lectrice dans la bibliothèque, ni l'inconnu dans le local technique ne semblaient s'être défendus. Ils s'étaient laissé approcher sans crainte. Le meurtrier devait être quelqu'un à qui ils faisaient confiance…

Charlie se leva d'un bond.

« Bien, les enfants, on y va ! Dans ce genre de cas, ce ne sont pas les derniers qui seront les premiers. Au contraire ! Allez, hop !

— On va où ? demanda Edwina, méfiante.

— Au Salon de la mer bien entendu ! s'exclama Charlie. Si nous ne nous mettons pas en route tout de suite, nous n'aurons plus de place assise ! »

Elle avait raison. Plusieurs clients avaient déjà quitté leur table et sortaient de la salle de restaurant.

Edwina fit une grimace.

« J'ai des choses à régler ! » annonça-t-elle avant d'attraper son sac de sport et de s'en aller à toutes jambes.

Le corgi la regarda s'éloigner, l'air déçu. Agnes se détendit. Le problème du chien, au moins, était provisoirement réglé.

« Où va-t-elle ? » demanda Charlie.

En d'autres circonstances, Agnes se serait elle aussi posé la question, mais cette fois elle devait s'occuper d'affaires plus importantes. D'une part, il fallait à tout prix éviter que son équipe d'« enquêteurs » ne s'associe à l'ivresse générale ; de l'autre, ils devaient d'urgence examiner les informations auxquelles ils avaient à présent accès grâce à Helen.

« Hors de question d'aller au bar ! décréta-t-elle d'une voix forte. Nous avons du pain sur la planche. Nous ne pouvons pas nous soûler alors qu'un assassin se promène ici en liberté !

— Tu n'es pas sérieuse ? protesta Charlie, outrée.

— Réfléchis un peu, répliqua-t-elle en croisant les bras sur la poitrine, prête à en découdre. C'est trop dangereux ! Tu te rappelles à quoi ressemblait la victime du local technique ? Et, tu peux me croire, Mme Meyer-Brinks n'était pas belle à voir, elle non plus.

— Justement ! reprit Charlie. C'est bien pour cela qu'un ou deux verres ne me feraient pas de mal.

— Et après ? Tu veux peut-être finir dans la chambre froide ? Il reste de la place ! »

Charlie fit la moue et Agnes dut reconnaître avec agacement que même quand elle boudait, elle gardait un séduisant air de jeune fille. Elle changea donc de technique.

« Helen compte sur nous, dit-elle. Or c'est la directrice. Tu imagines à quelle récompense nous aurons droit si nous démasquons l'assassin ? Mais il faut d'abord le démasquer.

— Écoutez, écoutez ! » s'écria Winston.

On voyait bien qu'il avait plus envie d'analyser des données que de s'enivrer. Charlie fit machine arrière.

« Bon, dit-elle sur un ton hésitant. D'accord, mais pour la peine, tu m'accompagnes à l'aquagym demain matin ! Je ne veux pas entendre d'excuses. »

Agnes soupira. Avant de partir, Charlie s'était acheté un maillot de bain rouge superchic qu'elle avait bien l'intention d'essayer. Le maillot de bain d'Agnes, noir et informe même sans être mouillé, semblait à l'inverse sorti tout droit d'un film d'horreur… Elle fut prise d'un frisson. Hélas, ce n'était pas un argument suffisant pour échapper à la gymnastique aquatique. Alcool ou piscine : Charlie ne tolérerait aucune alternative.

« Bon, d'accord », finit-elle par accepter.

Elle n'avait aucune envie de se ridiculiser dans l'eau devant une bande d'adeptes du fitness, mais cette perspective valait en tout cas mieux qu'un coma éthylique en début de soirée.

Elles se serrèrent la main, affaire conclue.

L'annonce de la mort de Mme Meyer-Brinks avait terni d'un coup l'humeur de Bernadette, qui n'était plus au septième ciel, mais tout au plus au deuxième. De là, elle jouissait d'une vue plongeante dans les bas-fonds, la fange sinistre et dangereuse dont elle était sortie par une espèce de miracle un demi-siècle plus tôt.

Elle n'avait pas oublié ce que Jack faisait autrefois pour le chef, non, elle l'avait carrément refoulé, par un réel effort. Pourtant, avec la mort de cette femme dans la bibliothèque, il devenait difficile d'ignorer l'évidence. Elle la rongeait de l'intérieur. Autrefois, Jack n'était pas un petit criminel, c'était un tueur professionnel. Un spécialiste. Un homme de confiance qui éliminait les personnes indésirables sans délai, avec courtoisie et en toute discrétion. À l'époque, elle n'avait eu aucun mal à accepter cette vérité car il agissait toujours avec respect et parfois même avec tact surtout par rapport aux pratiques courantes dans le milieu. Cependant, plusieurs décennies au service de l'État avaient modifié son point de vue et elle se sentait soudain dégrisée.

Qu'en était-il ? Travaillait-il encore ? À bien y réfléchir, elle supposait que oui. Un professionnel tel que Jack ne prenait pas sa retraite comme ça, à soixante-cinq ans.

Cette question en amena une autre : était-il ici pour le travail ?

Et de manière plus concrète : était-il responsable de la mort de Mme Meyer-Brinks ?

Agnes traversait de nouveau les couloirs de l'*Éden*, mais elle était cette fois si décidée que même sa hanche n'osait pas protester.

Elle avait envoyé ses colocataires dans la chambre des hommes. C'était la plus grande des trois, elle n'abritait pas de serpent et pourrait donc désormais servir de quartier général. Elle-même était repassée par le bureau de la directrice pour récupérer quelques éléments importants : le planning du personnel, la liste des clients, les plans de table. Elle allait à présent soumettre toutes ces informations à Winston dans l'espoir qu'il en tirerait quelques conclusions intéressantes.

Les classeurs pesaient plus lourd qu'elle ne s'y était attendue et le chemin n'en finissait pas. Son cœur battait à un rythme inhabituel. Était-ce la frénésie du chasseur ou une forme d'angoisse ? Les couloirs lui paraissaient étrangers, longs, complexes et tortueux comme les entrailles d'un gigantesque animal marin que la tempête aurait rejeté sur la rive.

Le maréchal avait insisté pour l'accompagner, mais elle avait refusé. L'assassin avait commis quatre meurtres épouvantables en l'espace de vingt-quatre heures, elle doutait qu'il frappât de nouveau si vite. De plus, moins Helen connaîtrait de détails sur son équipe, mieux cela vaudrait – d'autant plus que le maréchal avait mis son gilet à l'envers et que ce genre de confusion n'était pas fait pour inspirer confiance à la directrice.

Elle se demanda soudain si elle n'avait pas eu tort.

L'*Éden* donnait l'impression d'être étonnamment désert ce soir-là – désert et silencieux. On n'entendait que l'écho lointain d'une chanson joyeuse provenant sans doute du bar.

Agnes avait le sentiment de ne pas avancer, d'être lourde et vulnérable. Pareille à un escargot sans coquille, mais les bras remplis de classeurs superflus.

Elle s'arrêta et tendit l'oreille. N'avait-elle pas perçu un bruit ? Des pas ? Une sorte d'instinct la poussa à se coller contre le mur derrière une plante d'intérieur et à scruter le couloir avec prudence.

Il y avait quelqu'un !

Un homme !

Son cœur se mit à battre encore plus fort.

Un instant plus tard, elle se rendit compte qu'elle se détendait. Qu'elle se détendait profondément. Elle se sentait à nouveau molle, chaude, sans os, étalée comme une pâte à tarte.

C'était Howard !

Pour finir, la rencontre romantique qu'elle s'était imaginée sous le jour le plus beau quelques heures auparavant allait donc se produire. Certes, dans un couloir peu confortable, mais quand même !

Pourtant, au lieu de l'appeler, de lui adresser un signe ou de se manifester de quelque manière, Agnes demeura interdite derrière le feuillage d'une plante verte. Quelque chose la troublait.

Howard aussi s'était immobilisé. Il fixait une porte, les mains dans les poches, sans bouger. Il n'y avait vraiment aucune raison de rester à l'arrêt devant une porte – sauf quand on avait frappé et qu'on attendait qu'elle s'ouvre. Or Agnes était à peu près sûre qu'Howard n'avait pas frappé.

Se pouvait-il… ? Howard serait-il en train d'épier ?

Ce soupçon lui parut ridicule. Howard n'était pas du genre à épier, n'est-ce pas ? C'était un intellectuel, distrait, *innocent*. Décidément, elle se concentrait trop sur la série de meurtres et pas assez sur les bons côtés de l'*Éden*.

Howard jeta un coup d'œil furtif sur sa gauche, puis sur sa droite, mais ne remarqua pas la présence d'Agnes qui s'était plaquée encore un peu plus contre le mur. L'instant d'après, il s'agenouilla et se releva presque aussitôt, glissa les mains dans les poches de son pantalon et reprit son chemin, par chance dans la direction opposée.

Agnes demeura immobile encore un petit moment, le cœur battant.

Que s'était-il passé ?

Elle venait de voir quelque chose qu'elle n'aurait pas dû voir.

Cela ne faisait aucun doute.

Mais quoi ?

On aurait dit qu'Howard avait glissé quelque chose sous la porte. Un petit objet, plat. Une feuille de papier peut-être ?

Ce geste lui déplaisait. Non seulement elle n'appréciait pas ce qu'il avait fait, mais elle n'aimait pas non plus la manière dont il s'y était pris. En passant. Avec dextérité. Comme s'il avait déjà fait ce geste un millier de fois.

Il y avait probablement une foule de raisons susceptibles d'expliquer la scène à laquelle elle venait d'assister, mais pour l'instant, elle n'en voyait qu'une.

Elle ressentit une lourdeur dans l'estomac qui la paralysait, comme si elle avait avalé une pierre. Certes, les tortues avalaient parfois des pierres, c'était bon pour leur digestion. Sauf qu'Agnes n'était pas une tortue.

Mince alors !

Elle était déçue. Pas tant déçue par Howard que déçue d'elle-même. Tout ce qu'elle avait espéré, c'était un peu de rêve, une once d'admiration et une ou deux conversations plaisantes. Or, même cela, il n'avait pas été capable de le lui donner. Elle se sentait trahie. Elle était tombée dans un piège dont elle ignorait encore la nature. Peu importe, c'était terminé.

La seule chose qui l'intéressait chez lui désormais, c'était de savoir ce qu'il avait glissé sous la porte. Elle songea à jeter un œil, mais elle avait conscience qu'une fois à genoux, elle n'arriverait plus à se remettre sur ses jambes. En outre, elle tenait des classeurs dans les bras et devait arrêter un criminel. Ses intérêts personnels passaient après ses obligations professionnelles.

Elle nota le numéro de la chambre – on ne sait jamais –, serra les classeurs contre sa poitrine et se remit en marche avec la lenteur d'un escargot, ayant perdu toute illusion et le ventre toujours alourdi par la pierre.

« Je ne peux pas faire mieux », soupira Mojo.

Edwina hocha la tête d'un air navré.

Ils n'avaient pas ménagé leurs efforts pour remettre dans la boîte autant de Lillith que possible. De cette manière, ils en avaient sauvé une partie considérable, mais hélas pas tout. Edwina se demandait ce qui manquait. Un œil ? Une oreille ? Un pied ? Elle espérait que ce n'était pas une main. Lillith s'était toujours montrée si fière d'avoir la main verte !

Pour la centième fois, elle se pencha au-dessus de la boîte et murmura des excuses. Son amie se taisait, comme d'habitude, néanmoins Edwina craignait que cette fois, elle ne soit vexée et se sente offensée.

Mojo était toujours occupé à ramasser les derniers restes de cendres à l'aide d'une serviette humide.

« Tout cela à cause de ce fichu matériel », marmonna Edwina.

Elle avait fini par comprendre que son contact ne voulait pas parler d'outils, mais, oui, disons-le, de drogue. En tant qu'agent secret, il avait perdu toute crédibilité à ses yeux, mais il n'en résidait pas moins toujours dans son armoire et elle se sentait pour cette raison un peu responsable.

« Je suis désolé, geignit Mojo. J'essaie de décrocher, je te jure, mais ça ne me cause que des problèmes. C'est pour cela que je suis dans ton armoire, d'ailleurs. Parfois, j'ai besoin de… Je pensais que ta boîte en contenait ! J'ai cru que tu mentais ! Je voulais simplement… »

Edwina esquissa un geste de la main. Elle n'avait rien à faire des problèmes personnels de son contact. Comment allait-elle bien pouvoir expliquer à Agnes la tache sur la moquette ?

Le mieux était de ne rien expliquer du tout !

Elle attrapa sa descente de lit et la tira jusqu'à l'endroit où les derniers restes de Lillith étaient à jamais unis à de la laine de mouton. Voilà, on ne voyait plus rien !

« Parfait ! s'exclama-t-elle. Bon, maintenant, je dois y aller. Agnes enquête.

— Cool ! dit Mojo. Sur quoi ?

— Des meurtres », répondit-elle avec un haussement d'épaules.

De fait, c'était à peu près le seul loisir d'Agnes. Les seules choses qui l'intéressaient vraiment dans la vie, c'était la chaudière et les crimes. Qu'est-ce qu'elle devait s'ennuyer !

« Cool ! répéta Mojo, quoique avec un peu moins d'enthousiasme. Et… euh… quel genre de meurtre ?

— D'abord un homme, expliqua Edwina. Puis une femme. Et peut-être encore une femme. Et aussi un anorak.

— Cool ! »

Au mot « anorak », toute trace d'enthousiasme avait néanmoins disparu de son visage. Le jeune homme était à nouveau d'une pâleur cadavérique.

Edwina lui tendit un gressin à la farine complète qu'elle avait rapporté en douce du restaurant, mais même la baguette miniature ne parvint pas à le dérider.

« Tu n'as pas faim ? » lui demanda-t-elle avec compassion.

Il secoua la tête.

« Il est à mes trousses, murmura-t-il. Il ne va pas renoncer si facilement… Je crois que je ferais mieux de retourner dans l'armoire… Et j'aimerais bien que… tu la fermes.

— L'armoire ? »

Il acquiesça en silence.

« Avec toi à l'intérieur ? insista-t-elle pour être sûre. Ce n'est pas pratique. »

Il haussa les épaules.

« Ce serait plus prudent, je crois. Au cas où j'aurais à nouveau envie de chercher du matos ou… que des idées me traversent la tête… Ce serait mieux. Ce serait moins dangereux. Parfois, ce n'est pas mal d'être enfermé, tu sais ? »

Elle ne comprenait rien. Pour sa part, elle adorait que des idées lui passent par la tête et elle détestait être enfermée. Hettie aussi détestait, d'ailleurs, sans parler d'Oberon. Dans son goût de la liberté, il s'était même déjà échappé de la salle de bains. Pouvait-on imaginer quelque chose de pire en fin de compte que d'être enfermé dans une armoire ?

« Tu es vraiment sûr ?

— Sûr et certain ! »

Mojo regagna sa place. Il avait gonflé Hettie II et s'en servait comme coussin. Sa cachette n'avait pas l'air si inconfortable, au fond.

Edwina soupira. Si cela lui faisait plaisir, elle pouvait bien l'enfermer. Elle rabattit la porte et tendit l'oreille.

« Et maintenant ? demanda-t-elle.

— Vite ! » la supplia-t-il.

Alors, elle tourna la clé, la posa sur la commode et sortit avec Oberon afin d'aller prêter main-forte à Agnes.

- 14 -
PAPERASSE

« Cela manque de lisibilité », dit tout bas Winston sans quitter des yeux la multitude de listes, de plannings, de décomptes imprimés en tout petits caractères sur du papier recyclé particulièrement écologique, qui s'étalait en long et en large sur le lit du maréchal.

Pourtant, au départ, il avait paru optimiste. Dès qu'Agnes avait débarqué avec ses classeurs, il avait entrepris de poser les feuilles sur le lit, une à une, et s'arrêtait de temps à autre pour jeter un coup d'œil à travers ses lunettes en poussant des « ah ah ! » et des « oh ! oh ! ».

À présent, tout enthousiasme semblait l'avoir abandonné. Il avait l'air épuisé tandis que le maréchal examinait avec tristesse la surface de son lit qu'il ne reconnaissait pas.

Assise dans un coin, Charlie boudait parce qu'elle n'avait pas eu le droit d'aller au bar. Bernadette était sur son petit cumulonimbus mental ou Dieu sait quel nuage où les amoureux ont coutume de se poser. Agnes avait égaré ses lunettes. La seule qui se rendait vraiment utile, de façon surprenante, c'était Edwina. Chaque fois qu'un papier tombait par terre, elle s'empressait de le ramasser consciencieusement.

Agnes était assez déçue. Elle s'était attendue à une avancée décisive ou au moins une inspiration. Or on était très loin du compte. Elle ne l'aurait jamais reconnu, mais toutes ces données la fatiguaient. Si Helen avait vu son équipe d'enquêteurs expérimentés dans cet état, découragés et submergés par l'océan de papier, il lui aurait fallu à coup sûr toute une provision de mouchoirs.

Par chance, ils étaient entre eux !

Agnes aperçut ses lunettes sur le sofa et se hâta de les ramasser avant que l'un d'entre eux s'assît dessus. Bernadette, par exemple, était une véritable championne en matière d'écrasage de lunettes et même Edwina en avait détruit un certain nombre.

Elle posa ses lunettes sur son nez. Peut-être qu'ainsi elle finirait quand même par y voir clair ! Elle s'approcha du lit et saisit une feuille au hasard. Il s'agissait de la liste des employés actuellement présents, une liste étonnamment brève. La raison en était que la plupart des employés ne logeaient pas sur place, mais habitaient dans le village voisin. Pour se rendre au travail, il leur fallait donc une route.

En d'autres termes, l'hôtel fonctionnait pour le moment avec le personnel en service la nuit où la route s'était jetée dans la mer à la façon d'un lemming, à savoir Helen (la directrice), un chef, deux cuisiniers et trois aides de cuisine, cinq serveurs, quatre femmes de ménage, trois barmans (dont Max), une prof de yoga, une thérapeute manuelle (Lila), deux coachs sportifs (Jenny et Pablo) et le jardinier (Frank).

Agnes fronça les sourcils. En l'absence de maître d'hôtel, le jardinier était bien entendu un suspect classique. Il aurait tout à fait pu couper la ligne téléphonique avec son sécateur et ensuite…

Son imagination achoppa. La veille, Agnes avait aperçu le jardinier par une des fenêtres panoramiques. Ses longs cheveux flottaient dans le vent, ses bottes en caoutchouc étaient pleines de boue et sa chemise n'avait sans doute jamais vu une machine à laver de l'intérieur. Il était exclu qu'une personne aussi sale s'introduise à l'insu de tous dans un établissement aussi raffiné que l'*Éden* pour y commettre des crimes. D'une part, ses bottes auraient laissé des traces partout ; d'autre part, les clients n'auraient pas manqué de se plaindre de l'odeur. Elle pouvait le rayer de sa liste.

« Tu peux tous les rayer de la liste, dit Winston comme s'il venait de lire dans ses pensées.

— Tous ? »

Une mesure aussi radicale lui paraissait un peu précipitée. À ce rythme-là, ils n'auraient bientôt plus un seul suspect.

« Certes, reprit-il, il faut bien entendu les interroger, mais si tu examines les emplois du temps, tu te rendras compte qu'aucun d'entre eux n'a pu commettre l'ensemble des crimes. Je pense en particulier à Mme Meyer-Brinks, assassinée dans la matinée, sans doute peu après que nous sommes nous-mêmes sortis de la bibliothèque. À ce moment-là, tous les employés étaient occupés, visibles et en compagnie soit de collègues, soit de clients.

— Sauf la femme de ménage qui l'a trouvée, objecta le maréchal. Elle aurait très bien pu étrangler la victime et prétendre ensuite l'avoir découverte.

— En théorie, oui, répondit Winston qui semblait plus frais et plus vif, comme s'il avait à présent digéré toute cette masse d'informations. Mais si tu lis le rapport, tu verras qu'elle faisait équipe avec une autre femme de ménage. Elle était chargée d'aspirer le couloir, ce qui veut dire qu'elle n'aurait disposé que de deux ou trois minutes à peine pour se rendre dans la bibliothèque et étrangler Mme Meyer-Brinks. Le timing ne me semble pas réaliste. »

Du temps où il travaillait pour les services secrets, Winston avait inventé un système d'encodage reposant entièrement sur des barres chocolatées. Autant dire que quand quelque chose ne lui semblait pas réaliste, on pouvait l'oublier.

« Peut-être ne travaillaient-elles pas en équipc quc pour le ménage ? suggéra Agnes.

— Peut-être, répondit Winston sans grande conviction. Mais alors, quel serait leur motif ? Les salaires sont bons à l'*Éden*. Et nous sommes dans une région sans grand potentiel économique en dehors du tourisme. Si les employés se mettent à tuer les clients, ils se retrouveront vite sur la paille.

— N'y a-t-il vraiment aucune logique derrière ces crimes ? demanda le maréchal.

— Et toutes les victimes sont-elles des clients ? » ajouta Edwina.

Elle faisait preuve ici d'un surprenant bon sens. Oberon semblait exercer sur elle une bonne influence.

Pourtant, même si les deux questions étaient justifiées, songea Agnès en reposant la liste du personnel sur le lit, le raisonnement de Winston se tenait. L'idée qu'un petit nombre d'employés se soit ligué pour éliminer des clients semblait tirée par les cheveux.

C'était parmi les clients qu'il fallait chercher les principaux suspects. Mais où était cette fichue liste ?

Charlie bâilla ostensiblement et, de la pointe du pied, lança une de ses pantoufles en soie à travers la pièce.

Bernadette sirotait un verre d'eau, l'air absent. Elle rêvait sans doute d'être ailleurs, en compagnie d'un homme probablement. Cette indifférence blessa quelque peu Agnes qui, jusqu'à présent, avait toujours rendu hommage à son flair de limier.

Oberon, lui, avait réussi à se faufiler hors du sac de sport par une petite ouverture. Il s'avançait vers le fauteuil roulant de Winston. Par bonheur, Charlie ne l'avait pas encore remarqué.

Agnes observa le pâle serpent avec une certaine jalousie. Les boas grandissaient toute leur vie. Elle, en revanche… Elle devait reconnaître que sa croissance s'était arrêtée depuis très longtemps. Plus rien en elle ne bougeait, et quand il se produisait quelque chose, c'était dans le mauvais sens. Son monde rétrécissait. Elle-même rétrécissait, aussi bien son corps que son esprit rétrécissaient. Plus jeune, elle n'aurait jamais négligé un crime comme celui du sacristain. Elle s'en serait aussitôt occupée. Au lieu de cela, elle avait fait ses valises et levé le camp. À présent, elle avait non pas un crime, mais au moins quatre crimes sur le dos ! Bien fait pour elle !

D'un geste rageur, elle attrapa une feuille au hasard et plissa les yeux. Il s'agissait de la liste des derniers clients ayant participé à la visite « Dans les coulisses ». Elle aussi était courte. Cette activité ne remportait guère de succès. Agnes lut à voix haute : Austin Greg. Maggie Bishop, hum… Howard Hope… »

Là, sa voix tressaillit et cette stupide pierre se fit de nouveau sentir dans son estomac. Elle éprouvait un mélange de déception et de regret.

« M. et Mme Frencher. Jack Smith et… »

Elle marqua une pause théâtrale.

« La veuve blanche ! »

Agnes regarda ses colocataires d'un air triomphant. Bien entendu, il n'était pas écrit « la veuve blanche », mais « Marie de Gurney » ! Elle avait traduit pour eux.

À cet instant, un bruit sourd retentit. Bernadette avait lâché son verre. De l'eau imbibait la moquette.

« Oh, pardon ! » dit Bernadette d'une voix criarde.

Agnes signifia d'un geste de la main que ce n'était pas un drame. Ils avaient quand même d'autres soucis !

« Vous avez entendu ? insista-t-elle en pointant ensuite un nom sur la liste. La veuve blanche ! Son mari est mort ici il y a trois ans, dans des circonstances mystérieuses. »

Peut-être en rajoutait-elle un peu, mais c'était plus ou moins ce que Trudy avait laissé entendre.

« Et depuis, poursuivit-elle, elle revient tous les ans pour traînailler dans des fauteuils avec son chien sur les genoux. Vous trouvez cela normal ?

— Qu'est-ce que cela veut dire, normal, au fond ? » s'interrogea Winston.

Charlie haussa les épaules, les autres le regardèrent, perplexes. Il fallait avouer qu'ils n'en avaient aucune idée, surtout par les temps qui couraient.

« Je me moque de savoir ce que veut dire normal, s'emporta Agnes. Ce qui m'intéresse, c'est de savoir qui a commis ces crimes ! Et la veuve blanche figure tout en haut de ma liste ! Elle était ici il y a trois ans, quand son mari est décédé. Et au moment où quatre personnes se font tuer, elle est de nouveau ici. Un hasard ? Permettez-moi d'en douter ! D'ailleurs, pourquoi a-t-elle pris part à cette visite il y a deux jours ? Elle vient tous les ans – alors, pourquoi précisément maintenant ?

— Peut-être qu'elle s'intéresse aux pompes à chaleur, suggéra le maréchal.

— Ou peut-être qu'elle cherchait un lieu approprié pour commettre un crime ! » riposta-t-elle.

Plus elle y pensait, plus elle se rendait compte qu'elle *voulait* que ce soit la veuve blanche. Cette femme qui, par une étrange habitude, passait des heures dans des fauteuils, à l'affût telle à une araignée, ne lui disait rien de bon. D'ailleurs, ne l'avait-elle pas menacée avant le buffet de glaces ?

« Nous allons l'inscrire sur la liste des suspects », promit Winston.

Désormais, ils avaient donc deux listes : celle des victimes, sur une serviette en papier, et celle des suspects, sur du papier recyclé.

Cette deuxième liste était encore brève. Mais peu importe, Agnes n'était pas mécontente.

C'était un début.

Il ne s'était pas toujours appelé Oberon, loin de là. Ce nouveau nom marquait un tournant tout à fait imprévu dans son existence. Pourtant, cela ne le dérangeait pas. Des choses arrivent, d'autres repartent, c'est la vie, comme on dit. Les noms, à son image, n'avaient ni mains ni pieds. Ils n'en avaient pas besoin. Son ancien nom et son ancienne vie étaient tombés comme une peau flasque, et sans mains ni pieds, il avait pris possession de son nouveau nom comme d'un corps fort et mince.

Toutefois, comme après une mue, il était encore assez sensible, tout juste éclos, vulnérable. Il fallait se montrer vigilant. Elle n'était plus là pour le protéger. Elle aussi avait mué, même si elle avait omis de prévoir une peau de rechange. Voilà qu'elle était partie, elle s'était noyée à cause d'un simple murmure.

Oberon éprouvait un doux regret.

L'origine du murmure, en revanche, continuait de sévir sur deux pieds grossiers, tel un être de la nuit d'une pitoyable maladresse.

Cela ne faisait aucun doute : il fallait s'en méfier. Elle était peut-être tombée dans le piège, mais lui, Oberon, avait d'emblée senti la part d'obscurité de ce bipède, la sombre semence qui n'attendait qu'un sol propice pour germer.

Si cet être humain perdait lui aussi son ancienne peau, il en sortirait une créature froide et dure. En réalité, Oberon soupçonnait que la mue avait déjà eu lieu.

Il sentait que depuis longtemps, il n'était plus le seul serpent de l'*Éden*.

Agnes avait éteint la lumière depuis un petit moment déjà, mais Edwina ne trouvait pas le sommeil. Une pensée, en lien avec l'enquête, l'empêchait de dormir et pourtant, chaque fois qu'elle s'en approchait, cette pensée s'enroulait sur elle-même à la manière d'un cloporte. Edwina avait l'impression qu'elle allait devenir folle.

D'un autre côté, si elle n'avait été occupée à traquer cette pensée rebelle, elle n'aurait sans doute pas entendu les pas dans le couloir.

Là, elle entendit tout. Tout d'abord le bruit agréable et caressant d'une porte qu'on ferme avec douceur, puis des pas, un peu furtifs.

Comme ils étaient sur un bateau, il paraissait tout à fait légitime que des gens, sans doute ivres, déambulent dans le couloir en pleine nuit. Toutefois, ces pas évoquaient un rendez-vous secret et avaient éveillé sa curiosité.

Elle se glissa hors du lit, sans bruit, comme Oberon l'aurait fait, et entrouvrit la porte de la chambre.

Un couinement effrayé se fit entendre.

« Ha ! » s'écria Edwina.

Devant elle se tenait Charlie, pétrifiée, comme prise sur le fait. Elle portait un pantalon moulant, des chaussures à talons aiguilles et une fabuleuse veste à paillettes qu'Edwina lui envia tout de suite.

« Que fais-tu ? » demanda-t-elle sur un ton méfiant.

Charlie jeta un coup d'œil inquiet dans la chambre obscure.

Edwina la rassura d'un geste. Les nouvelles aides auditives étaient sur la table de chevet, Agnes dormait sur sa bonne oreille, donc elle n'entendait rien pour ainsi dire. Edwina avait fait le test un peu plus tôt, d'abord en lui posant des questions stupides, puis en tapant dans ses mains et même, pour finir, en frappant avec une petite cuillère sur une tasse à thé. Rien. Quand Agnes dormait, elle dormait.

Charlie, de toute évidence rongée par sa mauvaise conscience, gardait le silence. Edwina plissa le front et prit le temps d'analyser la situation.

« Tu vas au bar, ou je me trompe ? » demanda-t-elle soudain en ricanant.

Quelle joie de ne pas être la seule, pour une fois, à contrevenir aux stupides décrets d'Agnes.

Charlie soupira et prit appui contre le mur.

« Je t'en prie, essaie de me comprendre, Edwina ! Cela ne peut pas continuer ainsi. Je ne tiens plus. Je n'arrive pas à fermer l'œil ! J'ai besoin de sommeil, moi aussi ! »

De fait, Charlie avait des cernes et, malgré ses soins de beauté, elle n'avait pas l'air détendue du tout.

« Elle ronfle ! gémit-elle. Elle ronfle comme un bûcheron ! Ça ne peut pas continuer ainsi ! »

Edwina hocha la tête. Elle savait depuis longtemps que Bernadette ronflait plus fort qu'eux tous réunis. Personne ne lui confiait jamais rien, pourtant, elle savait à peu près tout sur ses colocataires. Elle faillit rappeler à Charlie qu'elle avait dédaigné une chambre hébergeant un serpent d'une extrême discrétion pour emménager de son plein gré à côté des tuyaux d'orgue de Bernadette. Elle n'avait à s'en prendre qu'à elle-même. Cependant, Charlie semblait réellement épuisée, et Edwina s'abstint de tout commentaire.

« Et maintenant, tu veux dormir dans le couloir ? l'interrogea-t-elle avec curiosité.

— Euh, c'est-à-dire… répondit Charlie de façon évasive. Pas à proprement parler. »

Edwina plissa les yeux.

« Où, alors ? »

Son interlocutrice haussa gracieusement les épaules.

« Il s'agit d'un hôtel, n'est-ce pas ? Il y a des chambres partout.

— Tu veux une chambre pour toi toute seule ! »

Edwina était ravie. Bernadette prendrait très mal le déménagement de Charlie, ce qui voulait dire qu'elles allaient se disputer. Et plus ses colocataires seraient occupés par des affaires internes, moins ils auraient le loisir de pester contre Oberon ou de découvrir le jeune homme dans son armoire.

« Non, pas vraiment une chambre, précisa Charlie en baissant les yeux. Juste un lit. Ou même… quelqu'un avec un lit.

— Ah… ! dit Edwina le temps de réfléchir. Et où ?

— Au bar, évidemment ! »

Charlie se décolla du mur avec difficulté et s'éloigna sur ses talons aiguilles dans un scintillement de boule à facettes.

Edwina se demanda un moment si elle devait se faire du souci. Agnes avait quand même parlé d'un meurtrier et Charlie, sur ses frêles talons aiguilles, semblait une proie facile. D'un autre côté, il y avait beaucoup de passagers à bord, de sorte qu'il lui paraissait invraisemblable que l'assassin s'en prenne précisément à Charlie. De toute façon, Agnes s'était peut-être imaginé toute cette histoire. Edwina appréciait les enquêtes autant que ses colocataires, néanmoins elle savait d'expérience que les traques d'Agnes ne menaient pas toujours à un criminel, mais assez souvent dans une impasse.

En outre, les insomnies de Charlie n'étaient pas son problème. Alors que ses colocataires naviguaient dans des mondes imaginaires, Edwina devait garder les pieds sur terre, ou plutôt bien ancrés dans la réalité, et se concentrer sur sa mission. Veiller sur un important serpent en exil n'était pas une mince affaire au bout du compte !

Charlie était assise dans le Salon de la mer, en compagnie de son deuxième martini. Elle était arrivée trop tard. Les clients encore debout étaient soit complètement gris, soit déjà pris – le plus souvent les deux à la fois.

Dans un coin, le groupe de détox riait et criaillait comme une bande de sorcières – ce qui n'avait rien d'étonnant après plusieurs jours de crudités. Ils semblaient les seuls à vraiment s'amuser ; Charlie se serait volontiers jointe à eux. La plupart des couples, au contraire, semblaient sur le point de se chamailler sous l'effet de l'alcool.

Elle observa le spectacle pendant un moment et se félicita en silence d'avoir à temps donné son congé au mari numéro quatre. Ensuite, elle remarqua dans un coin un homme qui faisait penser à un pingouin et la dévisageait avec des yeux intelligents. Il était un peu corpulent à son goût. Cela dit, il ne semblait pas soûl et ne manquait pas de charme. Au contraire ! Dans un sens, il lui donnait l'agréable impression d'être éveillé. En alerte. Rien ne paraissait lui échapper. Elle pencha un peu la tête afin de mettre en valeur sa pommette toujours avantageuse.

« Seule ? demanda soudain une voix sur sa droite. Pour ma part, je ne comprends pas comment on peut laisser seule une femme aussi séduisante pendant ses vacances. »

Elle se retourna d'un geste vif. Un homme à la chevelure touffue, aux yeux étincelants et aux lunettes rouges et rondes était assis à côté d'elle, étonnamment près d'elle. Le genre intellectuel. Elle n'avait pas beaucoup d'expérience en la matière, mais elle s'était toujours demandé comment cela se passait avec des intellectuels.

Elle redressa sa pommette et sourit.

« Bonsoir… susurra-t-elle.

— Vous permettez ? » demanda l'homme, pourtant déjà assis.

Aussitôt, il passa à l'action. Que pensait-elle de l'*Éden* ? Lui-même venait ici tous les ans. Ce lieu coupé du monde était merveilleux, à la fois isolé et d'un confort extrême. Sans parler de l'aspect écologique. Il était si important de penser à l'environnement, surtout de nos jours.

Charlie s'efforça d'étouffer un bâillement. Elle n'avait rien contre l'environnement, en principe, mais pour le moment, elle avait d'autres préoccupations.

L'homme à côté d'elle cligna des yeux et sembla troublé pendant un court instant.

« Excusez-moi d'être aussi direct, mais… vous a-t-on déjà dit que vous avez des yeux magnifiques ? »

Elle sourit. C'était déjà mieux !

« Regardez-moi cela, reprit son soupirant – car, de toute évidence, il s'agissait bien d'un soupirant – en désignant le salon d'un large mouvement de la main. Ces couples pourraient passer une soirée merveilleuse, et nulle part on ne voit d'harmonie. N'est-ce pas malheureux ? »

Il secoua la tête avec un air de regret. Charlie l'imita sans cesser de sourire.

Il pencha la tête pour se rapprocher d'elle encore un peu. Il sentait bon.

« J'ai le sentiment que de nombreux couples viennent ici parce que – comment dire ? – ils traversent une crise, murmura-t-il. C'est dommage, n'est-ce pas, dans un lieu aussi romantique. Pour ma part… »

Avant qu'il s'égarât à nouveau, elle lui tendit la main.

« Charlie !

— *Enchanté* ! » s'écria-t-il en attrapant le bout de ses doigts pour y déposer un baiser, un baiser pas trop humide, un baiser parfait. « Moi, c'est Howard. Howard Hope. »

- 15 -
LA CHAUVE-SOURIS

Un son strident et perçant arracha Agnes à son sommeil. Au feu ! Horreur ! Quelle catastrophe !

Elle ouvrit grand les yeux et découvrit une pièce inconnue. Une moquette étrangère, un fauteuil étranger, des meubles étrangers. Que s'était-il passé ? On n'avait quand même pas osé la placer à son insu dans un foyer pour personnes âgées ? Quel culot !

En fait, la pièce se révélait bien trop luxueuse pour un Ehpad. Elle reprit espoir.

Le miroir du moins reflétait une image familière. Elle s'y voyait dans une chemise de nuit connue, perdue dans une immensité d'oreillers. L'Agnes dans le miroir cligna ses petits yeux endormis. Il était clair que ni l'une ni l'autre se savait où elles se trouvaient.

Après quelques expirations, la vraie Agnes prit ses marques. La pièce ne lui était pas tout à fait étrangère. Elle l'avait déjà vue quelque temps plus tôt, tout comme la mer qui roulait ses vagues sous sa fenêtre.

La mer.

Les vagues.

Le super hôtel de luxe romantique et écologique !

Ah oui ! C'est vrai, elle était en vacances.

Hélas, cette nouvelle ne contribua guère à la soulager, elle éprouvait au contraire une sensation d'étrange hébétement. Quelque chose lui pesait. Le cadre pouvait bien évoquer le paradis, par certains côtés on aurait dit l'enfer. Elle essaya de se remémorer les problèmes, mais n'arrivait pas à se concentrer à cause du vacarme.

Avant de poursuivre ses réflexions, elle devait commencer par faire taire ce bruit.

Il ne lui fallut pas longtemps pour identifier la source du boucan. C'était une petite boîte sur sa table de chevet.

Un réveil ! Inouï !

Agnes n'avait plus utilisé de réveil depuis des années. Son sommeil était trop précieux, et de toute façon, ses colocataires la tiraient en général du lit par toutes sortes de bruits. Pourtant ce matin-là, un de ces instruments de l'enfer hurlait à côté d'elle et refusait de se taire. Elle frappa au hasard du plat de la main. La petite boîte sautilla sans cesser de brailler. Agnes frappa de nouveau, d'abord du plat de la main, ensuite avec un de ses nombreux oreillers. Et à court d'idées, elle finit par jeter l'engin par terre.

Un dernier couinement, déformé, se fit entendre, puis le silence reprit ses droits. Après un moment, Agnes se dit que le réveil qui venait à l'instant de rendre l'âme n'était pas n'importe quel réveil, mais celui de Charlie. Sa colocataire le lui avait prêté la veille pour éviter qu'elle ne soit en retard. En retard à quoi ?

Agnes décida de commencer par un brin de toilette. Elle mettrait ensuite ses appareils auditifs et son dentier. Cela pouvait paraître bizarre, mais elle pensait mieux avec ses fausses dents.

En sortant du lit, elle faillit trébucher sur Edwina, allongée au milieu de la chambre, dans la posture du cadavre. Qu'est-ce qu'Edwina faisait dans sa chambre ? Du yoga, bon d'accord, mais encore ? Un vague souvenir se fraya un chemin dans son cerveau embrumé. Une dispute avait eu lieu – pour quelle raison une fois de plus ? – et maintenant, elle devait s'arranger de la présence d'Edwina.

La posture du cadavre aussi lui donna matière à réflexion. Elle avait le sentiment d'avoir été confrontée à des cadavres plus souvent qu'à son tour ces derniers temps. Elle revit en pensée l'homme sans visage et Mme Meyer-Brinks dans la chambre froide. Ces deux cadavres ne respiraient pas de façon aussi régulière qu'Edwina !

Agnes n'était pas simplement en vacances, mais aussi au beau milieu d'une enquête !

Elle contourna Edwina pour gagner la salle de bains à tâtons dans l'espoir qu'un morceau de savon et un peu d'eau froide sur le visage l'aideraient à mettre de l'ordre dans ses idées. À peine eut-elle fermé la porte derrière elle qu'un autre détail acheva de la réveiller. Dans le lavabo, un serpent blanc, enroulé sur lui-même mais pas si petit que ça, agitait la langue dans sa direction d'un air hargneux. Alors, tout lui revint d'un coup. Elle aurait volontiers tiré la langue elle aussi, mais prudente, elle préféra esquisser un pas en arrière.

Elle vérifia que la douche au moins était libre, ôta sa chemise de nuit, se débattit quelques instants avec la robinetterie hypermoderne et fit ensuite couler de l'eau tiède sur son dos. Voilà ! La douche, en tout cas, fonctionnait à la perfection. Pas trop chaude, pas trop froide, des gouttes fines et homogènes, comme une pluie dans la forêt tropicale – non qu'elle eût la moindre expérience de pluie tropicale, mais c'est ainsi qu'elle imaginait ce genre de pluie.

Elle ferma les paupières et s'efforça de ne plus penser au boa dans le lavabo.

Quand elle les rouvrit, elle distingua, la gorge sèche, une silhouette noire qui pendait à la porte de façon menaçante.

Elle connaissait cette chose flasque, attachée à un crochet, qui évoquait une chauve-souris lavée à trop forte température. C'était son maillot de bain antédiluvien ! Alors, un souvenir lui revint soudain, non pas doux comme une pluie tropicale, mais brutal comme un tsunami.

Elle avait promis à Charlie de l'accompagner à sa séance de gym aquatique ! Voilà pourquoi elle avait mis un réveil, voilà pourquoi elle devait quitter son lit douillet à l'aube. Qu'est-ce qui lui avait pris d'accepter ?

Maintenant, il était trop tard pour infléchir le destin. Agnes prit congé de la douche tropicale, se sécha dans la plus moelleuse des serviettes de toilette et entreprit d'enfiler son maillot de bain. Il fallait passer ses jambes dans deux ouvertures prévues à cet effet, veiller à mettre le soutien-gorge par-devant et se battre avec les bretelles croisées dans le dos. On aurait dit qu'elle dansait avec un énorme calamar rétif et terriblement souple.

Quand le maillot de bain recouvrit enfin les parties décisives de son corps, elle avait l'impression d'avoir déjà couru un marathon. Elle s'assit sur le couvercle des toilettes, le temps de reprendre son souffle.

« Tu as de la chance de ne pas devoir porter de maillot de bain », dit-elle au serpent. Oberon, comme il s'appelait.

Le boa la regarda d'un air compatissant et en même temps un peu moqueur, semblait-il.

Un petit quart d'heure plus tard, Agnes était sinon la tête sous l'eau, du moins dans l'eau jusqu'à la taille, ce qui distendait son maillot de bain de manière préoccupante. Autour d'elle, des naïades gesticulaient avec de grands ballons multicolores. Elle se demandait si elle pouvait se permettre de les imiter ou si ces mouvements inusités ne risquaient pas d'abîmer sa tenue de piscine une fois pour toutes.

Elle se faisait l'effet d'un hippocampe au milieu d'un troupeau d'otaries dressées – bancale, incompétente et fragile. Pendant que les autres poussaient, appuyaient, pliaient, bougeaient au gré des instructions, elle retenait la partie stratégique de son maillot d'un geste crispé dans l'espoir d'un miracle.

Le plus agaçant dans cette histoire était que le maillot rouge et chic de Charlie n'était toujours pas apparu.

Sa colocataire avait un sacré toupet de lui imposer ce stupide réveil pour finir par la laisser tomber.

Agnes songea à simuler une crampe ou même une syncope avant que son maillot rende l'âme. Néanmoins, elle n'était pas sûre que les autres s'en rendent compte, avec toute cette musique, et pour peu que l'affaire tourne mal, elle risquait fort de se faire piétiner par une de ses voisines hypermotivées.

Non, elle était coincée.

Prête à tout, elle lâcha donc ses bretelles de maillot de bain et se mit à remuer un peu son ballon pour ne pas paraître pimbêche. Du coin de l'œil, elle cherchait néanmoins une issue.

Tout devant, au premier rang, le groupe de détox s'agitait, éclaboussait, se donnait à fond. Derrière eux, les mouvements étaient plus ronds, plus maladroits. Elle se demanda combien d'eau ils chassaient hors du bassin, tous ensemble. Ça devait faire une sacrée quantité !

Le plus intéressant dans l'aquagym, à bien y regarder, c'était l'entraîneur, Pablo. Il était jeune, brun, musclé, raison pour laquelle sans doute tant de dames d'un âge avancé se forçaient à sortir de leur lit de si bonne heure. Agnes, elle non plus, n'avait pas vu un jeune homme en maillot de bain depuis une éternité. Tant qu'à faire, autant profiter de la situation. Elle tendait le ballon à gauche, à droite, au-dessus de la tête en suivant à la lettre les explications de Pablo et surveillait quand même du coin de l'œil son maillot de bain qui, lentement mais sûrement, se pliait aux lois de la gravité.

Tout à coup, elle remarqua quelque chose dans l'eau. Un reflet. Un éclat intermittent et discret. Là, à ses pieds, au fond de la piscine, quelque chose brillait. Une image émergea dans son esprit : celle de la femme trempée, dégoulinant dans sa robe rouge. Bien sûr, Agnes ne l'avait pas vue, mais Trudy la lui avait décrite de manière très convaincante.

D'où pouvait-on sortir dégoulinante à proximité de la salle de fitness ?

La réponse clapotait en cadence sous ses yeux.

Au bout d'un instant, Agnes comprit que l'objet au fond de l'eau pouvait être un indice. Si elle avait été aussi souple qu'Edwina, elle aurait sans doute essayé de l'attraper avec les orteils pour le remonter à la surface. Mais vu sa condition physique, elle ne pouvait pas tenter une manœuvre aussi périlleuse.

Il ne restait donc qu'une solution. Autrefois, il lui était arrivé de plonger, et même, dans la mer ! Cela ne pouvait pas être si difficile…

Agnes ferma les yeux, retint son souffle et se laissa couler comme une pierre.

La musique s'était tue.

Agnes cligna des yeux pour en chasser de l'eau de piscine.

Puis elle garda les paupières ouvertes.

Alors, elle vit une bouche entourée de poils de barbe qui s'approchait de la sienne.

Elle détourna la tête par réflexe et fut prise d'une quinte de toux.

Ensuite, elle se sentit mieux.

Elle était allongée à même le sol, dégoulinante. Autour d'elle se tenaient des femmes en maillot de bain. Plusieurs d'entre elles tenaient encore leur ballon multicolore. Toutes semblaient soulagées de constater qu'Agnès toussait, clignait des yeux et bougeait la tête.

Mais personne n'avait l'air plus soulagé que Pablo, qui venait d'échapper de justesse à un bouche-à-bouche.

« On peut dire que vous m'avez fait peur ! » dit-il, blême sous son bronzage.

Il aida Agnes à se redresser. Sa voix était chaude, avec un léger accent méditerranéen. Agnes, qui s'était défendue d'instinct, lui permit cette fois de lui soutenir le dos.

« Je suis désolée… s'excusa-t-elle d'une voix nasillarde avant d'être prise d'une nouvelle quinte de toux. Je voulais juste… »

Tiens, au fait, c'est vrai, qu'est-ce qu'elle avait voulu ?

Elle avait aperçu un objet brillant au fond de l'eau et s'était jetée dessus comme une pie voleuse. La plongée s'était révélée d'une facilité déconcertante. Hélas, au moment où elle s'apprêtait à tendre le bras vers l'éclat métallique, un talon sorti elle ne savait d'où l'avait frappée dans les côtes. Ensuite, elle avait perdu l'équilibre, incapable de dire où était le haut et où était le bas. Tout autour, des jambes sans corps remuaient dans un ballet de bulles. Elle avait essayé de crier au secours, mais cela n'avait bien entendu pas marché. Ensuite, elle n'avait plus vu que du noir, comme si une seiche avait craché un nuage d'encre.

À présent, elle était assise par terre et respirait de nouveau. Mais, comme s'il ne suffisait pas d'être trempée, des larmes coulaient sur ses joues. Son corps, à bout de forces, se mit à trembler violemment.

C'est alors qu'Agnes aperçut dans la foule de maillots de bain ordinaires un spécimen rouge et chic.

« Agnes, au nom du Ciel, qu'est-ce que tu fais là ? »

Avec sa coiffure en désordre, Charlie n'avait pas un look aussi fantastique que d'habitude, même si elle avait sans doute plus d'allure qu'Agnes, assise sur le carrelage dans sa tenue de chauve-souris mouillée, et tremblante comme de la gelée anglaise.

Agnes aurait aimé lui dire ce qu'elle pensait des réveils, de l'aquagym et des gens qui vous posaient un lapin, mais sa voix s'était perdue quelque part au fond de la piscine et n'était pas encore tout à fait revenue.

Elle se contenta donc de tendre vers elle un doigt tremblant. Ce geste lourd de reproche passa cependant totalement inaperçu parce que Charlie venait de découvrir Pablo et avait déjà pris la pose dans son maillot de bain rouge et chic.

Agnes détourna d'elle son attention. À l'arrière de son esprit, il restait une petite frayeur qu'elle n'avait pas encore réussi à identifier. Celle-ci n'avait en tout cas rien à voir avec la malheureuse tentative de plongée. C'était plutôt en lien avec la situation présente.

La cause de son effroi se trouvait pour ainsi dire sous ses yeux.

Agnes posa le regard sur Trudy, accroupie devant elle au milieu des maillots de bain ordinaires. Ses grands yeux noisette exprimaient une extrême inquiétude et, bien entendu aussi, quelque chose comme de la faim. Ce n'étaient pourtant pas ses yeux qui captivaient Agnes, c'était, un peu plus bas, son décolleté.

Là, à peu près au niveau de l'omoplate, on distinguait une ligne nette, comme tracée au pinceau. Au-dessus de cette ligne, la peau était bronzée. En dessous, elle était pâle et laiteuse, comme on pouvait s'y attendre chez un Anglais en plein hiver.

Le cœur d'Agnes, à peine remis de ses émotions, recommença à battre plus fort.

La ligne venait de lui rappeler que le corps d'un être humain ne se limite pas au visage. Elle sut tout à coup qui était – qui devait être ! – l'homme « dans les coulisses ».

Et si elle ne se trompait pas, l'assassin ne frappait nullement au hasard.

Si elle ne se trompait pas, Agnes figurait maintenant tout en haut de sa liste !

Appuyée sur la rambarde de la terrasse, Bernadette poussa un profond soupir. Le vent la caressait, l'air marin sentait le sel, le varech et le romarin, les mouettes criaient avec entrain et les chauds rayons du soleil embrassaient son visage. Elle ferma ses yeux aveugles et s'étira comme une plante dans la lumière qu'elle ne voyait pas.

Elle avait donné rendez-vous à Jack à cet endroit pour profiter des premières heures du jour et mettre des mots sur le lever de soleil. Lui décrirait les couleurs et les jeux de lumière à la surface de l'eau, elle, les bouffées de parfum et le chant du matin.

Elle se sentait aussi nerveuse qu'une adolescente. Toutefois, elle n'éprouvait pas seulement une joie impatiente. Elle s'était en effet résolue à lui parler non seulement du lever de soleil, mais aussi de son métier, des raisons de son séjour à l'*Éden* et d'une certaine Mme Meyer-Brinks qui passerait désormais le reste de ses vacances dans la chambre froide.

Elle était sûre qu'il lui dirait la vérité. En revanche, elle ne savait pas trop ce qu'elle ferait de cette vérité.

Elle éprouva une sensation désagréable à l'estomac. Autrefois, elle aurait pensé qu'elle avait faim et aurait ouvert un paquet de pralinés. Ce jour-là, même la simple pensée d'un petit déjeuner normal lui donnait la nausée.

Était-elle toujours la même personne que cette Bernadette qui, quelques jours plus tôt encore, n'aurait pour rien au monde raté un repas ?

Et dans le cas contraire : qui était-elle alors ?

Samantha, cette femme au caractère trempé, aux idées arrêtées et aux convictions inébranlables ? Cette femme que cela n'avait jamais dérangée d'avoir pour amant un homme au métier plus que douteux ?

Amant.

Ah oui.

Bernadette sentit le rouge lui monter aux joues. Néanmoins, il était trop tard pour revenir sur cette pensée.

Absurde.

Elle se pencha encore plus en avant et sentit l'abîme à ses pieds. Bien qu'elle ne pût le voir, elle savait qu'il était là. Elle sentait la fraîcheur et l'étendue d'un espace immense. Elle sentit l'absence de Sunset Hall.

L'absence.

La liberté.

Tout à coup, elle perçut des pas derrière elle, une démarche aussi familière que le rythme de son propre cœur.

Une main se posa sur son dos avec douceur, avec un geste d'évidence, comme si ça avait toujours été sa place.

Agnes aussi fixait la mer, au-dehors. Toutefois, à l'inverse de Bernadette, elle pouvait en admirer toute la splendeur, le mouvement joyeux des vagues et les couleurs crème glacée du lever de soleil. C'était vraiment très beau. La mer, sauvage, libre et solitaire, ne souciait pas de réveils, de crimes et de maillots de bain. Elle avait bien raison !

Agnes soupira. Au bord de la piscine, on l'avait enveloppée dans des draps de bain moelleux et emmenée dans la salle de repos. Charlie avait passé un moment auprès d'elle, à virevolter comme une guêpe mal à l'aise et très chic, mais Agnes l'avait ignorée et avait détourné la tête. Elle en voulait à son amie, elle lui en voulait plus qu'elle n'aurait pu le lui dire, mais en outre, elle avait un peu honte. Pourquoi tous les autres se débrouillaient-ils à l'aquagym alors qu'elle avait failli se noyer au bout de quelques minutes à peine ?

La vérité était qu'une opération de sauvetage se révélait très gênante. Contrairement à ce qui se passait dans les livres et dans les films où l'on sauvait sans cesse des gens qui continuaient de faire bonne figure, dans la vraie vie, il était plutôt humiliant de se faire sauver la vie. Toutes sortes de personnes vous traitaient comme un nouveau-né, vous frottaient le dos alors que vous n'aviez rien demandé et, quand elles croyaient qu'on ne les voyait pas, secouaient la tête avec un air de pitié. C'était tout sauf glorieux ! Et par-dessus le marché, vous deviez encore vous montrer reconnaissante envers votre sauveteur alors qu'en réalité, vous brûliez de l'envoyer paître avec ses poils de barbe et son charmant accent.

Au bout d'un moment, même Charlie avait capitulé. Elle avait grommelé quelque chose comme « sommeil à rattraper » et l'avait laissée seule face à la mer.

À présent, Agnes se sentait d'une humeur inhabituellement paisible. Ses membres se réchauffaient lentement mais sûrement pendant que l'astre du jour émergeait des flots comme un gigantesque ballon de gymnastique incandescent. Elle commençait presque à éprouver un soupçon d'appétit et à penser timidement au petit déjeuner.

Alors seulement, comme elle cessait peu à peu de grelotter et que sa tête s'éclaircissait – d'ailleurs presque trop, car elle avait la sensation que les couleurs autour d'elle devenaient sans cesse plus claires, les contours plus nets et les objets presque translucides –, ses yeux tombèrent sur sa main droite.

Sa main droite ne reposait pas tranquillement comme la gauche sur ses cuisses enveloppées de tissu-éponge, elle serrait si fort le poing que ses ongles s'enfonçaient dans sa paume.

Agnes inspira à fond.

Ici se cachait la source de ses récents ennuis.

Elle ouvrit la main avec une extrême lenteur jusqu'à ce qu'une bague dorée apparaisse et reflète les rayons matinaux.

Dans la lumière du soleil naissant, on aurait presque dit qu'elle brûlait.

- 16 -
LA SALLE DE REPOS

« Quelle vue splendide, n'est-ce pas ? »

Agnes tressaillit et referma les doigts. Quelqu'un se tenait derrière elle. Howard ! pensa-t-elle dans un élan de joie avant de se souvenir qu'Howard n'était plus pour elle une rencontre romantique, mais un guetteur-aux-portes suspect.

Par ailleurs, la voix derrière elle était différente, grave certes, mais aussi douce, claire et un brin ironique. Elle avait déjà entendu cette voix quelque part, cela ne faisait aucun doute.

Cependant, elle était enveloppée de manière trop consciencieuse dans ses draps de bain pour pouvoir se retourner sans façons. Elle attendit donc en louchant vers l'arrière. Une jambe apparut dans son champ de vision, puis la veuve blanche installa son imposante stature dans la chaise longue à côté d'elle. Elle avait vraiment le don de surgir de nulle part.

« Il y a beaucoup de vues splendides à l'*Éden*, dit-elle. Néanmoins, je crois que celle-ci est ma préférée. »

Agnes garda le silence. Son cœur battait de nouveau à un rythme fou. Elle pensait à la liste des suspects sur laquelle ne figurait jusqu'à présent qu'un seul nom. La veuve blanche avait-elle aperçu la bague dans le creux de sa main ? En avait-elle tiré des conclusions ? Et dans cette hypothèse, ses conclusions étaient-elles les bonnes ?

Elle serra le poing à l'intérieur duquel elle sentit l'anneau. Il semblait continuer de brûler. Avec un détachement excessif, elle glissa alors sa main droite sous les draps de bain qui lui couvraient les cuisses.

La veuve blanche l'examina avec curiosité et, semblait-il, une joie maligne. Son regard passa des cheveux d'Agnes, toujours plaqués sur son crâne, aux couches de tissu-éponge qui enveloppaient son corps à la manière d'un cocon.

« Gymnastique aquatique, lâcha-t-elle avec mépris. Cela ne m'inspire guère.

— Moi non plus, concéda Agnes. Je ne suis pas près de recommencer. »

Qu'est-ce que cette femme attendait d'elle ? Elle n'était sûrement pas venue pour discuter d'aquagym. Était-elle venue pour lui régler son compte dans la salle de repos ?

Agnes baissa les yeux et scruta avec appréhension ses mains d'une taille inhabituelle. Elle n'avait aucun mal à imaginer des mains aussi puissantes brandir un haltère avec une vigueur fatale ou envoyer Mme Meyer-Brinks dans l'autre monde à l'aide de sa hideuse chaîne de papillons.

Du bourbier qui régnait à l'intérieur de sa tête, une question remonta à la surface. *Son tour était-il venu ?*

La veuve blanche allongée à côté d'elle croisa les jambes d'un air détendu. Elle ne ressemblait pas du tout à une femme s'apprêtant à commettre un crime.

« On pourrait penser que je déteste ce paysage, reprit-elle avec douceur. Mais je ne le hais pas. Au contraire ! »

De nouveau, Agnes s'enfonça dans ses pensées. Détester ? Pourquoi cela ? C'était réellement un paysage splendide. Puis elle se rappela ce qu'elles avaient sous les yeux, à savoir les falaises où, selon certaines rumeurs, l'époux de Marie de Gurney avait rendu l'âme et où, selon toute vraisemblance, un anorak orange avait poussé un anorak jaune dans la mer deux jours plus tôt.

Agnès aurait volontiers trouvé une réplique à la fois subtile et bien sentie pour lui signaler à demi-mot qu'elle pouvait lui épargner ses allusions. Hélas, dans ce genre de situation, rien ne lui traversait jamais l'esprit. Quand elle se mettrait au lit ce soir en revanche…

Soudain, elle se demanda si elle vivrait assez longtemps pour se mettre au lit. De toute évidence, le meurtrier avait jusqu'à présent toujours agi très vite. Or il restait encore pas mal de temps d'ici au coucher. Elle n'avait même pas encore pris son petit déjeuner.

Elle ressentit alors un spasme à l'estomac sans pouvoir dire s'il résultait de la nervosité ou de la faim. La vie était courte, même une vie aussi longue que la sienne. Assise à côté de la veuve blanche, elle entrevit une foule de choses dont elle avait encore envie.

Prendre le petit déjeuner par exemple.

« Le petit déjeuner est bientôt servi », dit-elle pour se donner du cœur à l'ouvrage.

La veuve blanche la regarda d'un air déçu, sans doute parce qu'elle n'avait pas réagi à ses allusions subtiles.

« Oui, dans dix minutes, confirma-t-elle sur un ton sec.

— Dans ce cas, je dois vraiment… »

Agnes essaya de se dégager de ses draps de bain. Elle avait encore tant à faire ! Elle devait retourner dans sa chambre, se libérer d'une manière ou d'une autre de son maillot de bain chauve-souris, s'habiller, mettre du rouge à lèvres, puis sermonner Edwina, non seulement à cause du serpent dans le lavabo, mais aussi par précaution en perspective du petit déjeuner.

Elle n'y arriverait jamais.

Ensuite, elle devait capturer un meurtrier, un meurtrier qui était peut-être en ce moment même assis à côté d'elle, à moins d'un mètre, et admirait le paysage. Sur ce point aussi, il ne fallait pas perdre de temps si elle ne voulait pas terminer ses vacances à côté de Mme Meyer-Brinks. Elle entreprit de se rapprocher du bord de la chaise longue par petits glissements successifs.

La veuve blanche la laissa faire pendant quelques instants, puis elle tendit le bras dans sa direction. Agnes crut un instant qu'elle voulait l'aider à se lever, mais elle était loin du compte. Alors qu'elle avait presque atteint le bord de son siège, la veuve blanche la repoussa avec douceur dans sa chaise longue.

« Cela ne peut quand même pas être aussi urgent, dit-elle sans agressivité. Je voudrais vous parler de cette affaire. »

Du menton, elle désigna le paysage avec une expression lourde de sens.

« Le petit déjeuner peut bien attendre. Je pensais que vous étiez curieuse… »

Elle se pencha vers elle et murmura en la fixant d'un regard froid et pénétrant :

« J'ai entendu dire que vous étiez détective. »

Agnes fit semblant de ne rien remarquer et reprit en silence sa progression vers le bord de la chaise longue. Pour le moment, elle n'était pas détective. Elle n'espérait pas un aveu confus de la bouche d'une meurtrière multirécidiviste. Non, elle voulait prendre son petit déjeuner parce qu'elle savait comment les choses se déroulaient en général. D'abord l'aveu et ensuite le crime ! Fini, terminé ! Comme de nombreux criminels, la veuve blanche éprouvait la tentation de mettre ses victimes dans la confidence et de leur servir des explications encorc à moitié crues parce qu'elle était certaine de pouvoir les éliminer aussitôt après. À d'autres !

Si Agnes parvenait d'une manière ou d'une autre à s'extirper de sa chaise longue, elle avait une chance de s'en tirer.

« C'est vraiment très impoli de votre part », se plaignit la veuve blanche.

Agnes continua de l'ignorer. Pour le moment, l'étiquette était vraiment le cadet de ses soucis. Elle avait presque réussi !

« Vous ne savez pas à qui vous avez affaire ! poursuivit Marie de Gurney sur un ton menaçant. Montrez-vous raisonnable ! Écoutez-moi ! »

Agnes interrompit sa reptation et aperçut dans les yeux de la veuve blanche une lueur de rage. Elle retint son souffle, s'attendant au pire.

Pourtant, il ne se produisit rien de grave.

La veuve fixa un point derrière elle et lui lâcha aussitôt le bras. Agnes remarqua un changement brutal sur son visage. Toute colère avait disparu, comme si elle avait tiré un rideau sur ses émotions. Elle eut l'air brièvement surprise, puis afficha une mine impassible, détachée, presque ennuyée.

« Vous avez raison, conclut-elle en ramenant les yeux vers Agnes avec un regard indifférent. Demain est un autre jour. »

Sur ces paroles, elle se leva avec grâce et Agnes découvrit alors qui se tenait derrière elle. C'était Trudy, non plus en maillot de bain, mais vêtue d'un sweat-shirt et de leggins, les cheveux encore mouillés après sa stupide séance d'aquagym. Elle se sentit aussitôt rassurée. Tant que Trudy était là, il ne pouvait rien lui arriver !

La veuve blanche semblait en avoir conscience. Elle adressa à Trudy un salut poli quoique tiède et disparut sur-le-champ.

Agnes inspira tandis que Trudy se laissait tomber sur la chaise longue occupée un instant plus tôt par la veuve blanche.

« Je voulais voir comment tu te sentais après les émotions de tout à l'heure », dit-elle sans se douter qu'elle venait sans doute d'empêcher un meurtre.

De quelles émotions parlait-elle ? se demanda Agnes, un peu perdue. Ah oui, c'est vrai ! Moins d'une demi-heure auparavant, elle avait failli se noyer ! La mésaventure dans la piscine lui semblait à présent très loin. C'était de l'histoire ancienne. Elle venait une fois de plus d'échapper de justesse à la mort et avait, en tout cas, mérité un bon petit déjeuner.

« Elle est assez effrayante, non ? » murmura Trudy après s'être assuré que la veuve blanche avait bien quitté la salle de repos.

Agnes hocha la tête. La pauvre ne savait pas à quel point !

C'est alors seulement qu'elle se rendit compte qu'elle avait eu peur. Son cœur battait encore très vite et ses muscles donnaient l'impression d'être flasques, inertes, non pas relâchés comme après le massage, mais vides comme Hettie II quand on l'avait dégonflée.

Pourtant, la colère prenait à présent le dessus. La peur, c'était pour les imbéciles. Elle ne menait nulle part, surtout lors d'une enquête. Personne n'aurait dû lui inspirer une telle peur. Personne, et surtout pas la veuve blanche ! Agnes allait lui passer les menottes, cela ne faisait aucun doute !

« De quoi parliez-vous ? voulut savoir Trudy, curieuse.

— Du petit déjeuner », répondit-elle conformément à la vérité.

Le plus important, en fait, était ce dont elles n'avaient *pas* parlé. Néanmoins, comment expliquer cela, surtout à un esprit aussi simple que Trudy ?

« Du petit déjeuner ? Hum… », maugréa la détoxiqueuse, la mine sombre, en se passant la main dans les cheveux d'un air absent.

De toute évidence, ce sujet la déprimait.

Agnes entreprit de se dégager de ses draps de bain. Elle n'avait plus froid, au contraire ! Elle était même plutôt brûlante, sans doute à cause de toutes ces émotions. Peu à peu apparut un peignoir moelleux qui avait la bonté de cacher l'indicible maillot de bain.

« Je n'aime pas sa façon de mettre son nez partout », lâcha Trudy qui devait encore songer à la veuve blanche.

Agnes, impatiente de retirer enfin la chauve-souris mouillée pour pouvoir prendre son petit déjeuner et jouir de la vie pendant qu'il était encore temps, se ressaisit. À la réflexion, c'était l'occasion ou jamais de cuisiner un peu Trudy au sujet de Marie de Gurney.

« Qu'est-il arrivé à son mari, exactement ? » demanda-t-elle sur un ton anodin en essayant de se relever et en retombant sur la chaise longue pour la troisième fois de la matinée.

Une lueur brilla dans les yeux de Trudy.

« Il est tombé du haut des falaises, s'exclama-t-elle avec verve, comme si cette chute la concernait le moins du monde. En plein jour, par un temps merveilleux ! Boum, la tête en avant ! Il s'est jeté à l'eau… ou plutôt on l'a jeté ! »

Elle adressa à Agnes un regard lourd de sous-entendus.

« Et vous croyez qu'elle… ? »

Agnes repensa à l'anorak orange. Si la technique avait marché une première fois, il paraissait logique que le meurtrier – ou la meurtrière pour être tout à fait exact – se serve à nouveau de cette méthode simple et efficace.

Trudy haussa les épaules.

« On n'a aucune preuve bien entendu, mais si tu me demandes… Ils formaient un drôle de couple. Il était plus jeune qu'elle et d'une certaine manière… »

Elle s'interrompit et contempla les falaises d'un air rêveur.

« Quoi qu'il en soit, je trouve bizarre qu'elle séjourne encore ici, pas toi ? On s'attendrait à ce qu'après un tel coup du sort, une innocente… Ne dit-on pas que l'assassin revient toujours sur le lieu de son crime ? Pour ma part… »

Agnes hocha la tête, réussit à s'asseoir sur le bord de la chaise longue et à poser enfin les pieds sur le sol. C'était bizarre, certes, mais ce n'était pas non plus une preuve flagrante. Elle se releva, assez désabusée. Trudy ne savait pas grand-chose en fait. C'était juste une commère qui avait de l'imagination et le sens du drame. Agnes s'était attendue à mieux.

Trudy parut remarquer sa déception.

« Depuis, elle ne porte plus que du blanc, insista-t-elle. Avant, elle n'en mettait jamais, et maintenant, elle ne met plus que ça. Il doit y avoir une raison, non ? »

Agnès approuva, l'esprit ailleurs. D'un point de vue pratique, le blanc n'était pas la couleur idéale pour un assassin. Elle songea au mort dans le local technique. Si le meurtrier avait été vêtu de blanc, comment aurait-il pu éviter les taches de sang ?

Peut-être la veuve blanche s'était-elle changée au préalable ? L'astuce aurait d'autant mieux fonctionné que même en blanc, elle possédait déjà le don mystérieux de se fondre dans son environnement. Avec un jean, un pull-over et une casquette – sans parler d'un anorak à capuche ! –, elle aurait été proprement invisible. Peut-être était-ce d'ailleurs la raison pour laquelle elle portait des vêtements blancs ! Qui sait si elle ne voulait pas les mettre tous sur une fausse piste ?

Elle essaya de se rappeler son visage. Des yeux perçants, des cheveux courts, un teint hâlé. Mais en dehors de cela ? Elle n'était même pas sûre qu'elle l'aurait reconnue dans des vêtements d'une autre couleur.

Trudy aussi s'était levée. Elle s'approcha d'elle avec l'air de vouloir quelque chose. Son approbation sans doute, ou une barre chocolatée, voire les deux !

Pile à cet instant, le maréchal déboula dans la salle de repos, en uniforme, la dame de l'accueil sur les talons.

« Agnes ! Agnes ! s'écria-t-il d'une voix excitée. Qu'est-ce que tu as encore fait ? »

Elle se demanda un instant de quoi il voulait parler, puis comprit que quelqu'un avait dû vendre la mèche. Il était au courant de son petit accident à la piscine et se faisait à présent du souci pour rien. Comme c'était gênant, surtout devant Trudy ! Elle s'efforça malgré tout de garder un air digne.

« J'ai fait de la gymnastique aquatique, expliqua-t-elle sur un ton un peu effronté. Et ensuite, je suis venue me détendre ici. Bien sûr, si on vous dérange tout le temps… »

La femme de l'accueil, arrivée à sa hauteur, tapa sur l'épaule du maréchal.

« Vous ne pouvez pas entrer dans le spa avec vos chaussures ! Je vous l'ai déjà dit hier ! Et cessez de crier. C'est une salle de repos ! »

Le maréchal ne lui prêta aucune attention et regarda Agnes avec une mine si soulagée qu'elle en eut presque mauvaise conscience.

« Je vais bien, maréchal, lui assura-t-elle en tendant les deux bras en guise de preuve. Tu vois, intacte ! »

Il s'en était fallu de peu. Mais cela, elle préférait le garder pour elle.

Le petit déjeuner qui s'ensuivit fut magnifique. Que tout paraissait bon quand on était encore en vie ! Agnes s'accorda un croissant, une abricotine, une grosse coupelle de yaourt aux fruits frais, des œufs brouillés aux herbes et même du porridge. Tout était absolument délicieux.

De plus, ils étaient pour une fois tous à table, si bien qu'elle n'avait à craindre pour la vie d'aucun d'eux. Cela faisait du bien ! Elle s'entretint de codes secrets avec Winston et de boas avec Edwina, elle fit même preuve de clémence à l'égard de Charlie bien qu'elle ne l'eût vraiment pas méritée après le coup de l'aquagym.

Bernadette, quant à elle, gardait un silence inhabituel. L'amour ne semblait pas lui réussir. Sans ses remarques mordantes, la conversation se révélait aussi mielleuse et compacte que la production des apiculteurs locaux, c'est-à-dire assez indigeste.

Du moins pendant un certain temps.

« Alors, comment s'est passée cette nuit ? » demanda soudain Edwina à Charlie.

La question était pour le moins surprenante vu qu'Edwina ne s'intéressait presque jamais au sort de ses colocataires à deux pattes. Les quadrupèdes, oui. Les reptiles aussi, du moins depuis peu. Mais les bipèdes, bof. Or là, elle fixait Charlie avec curiosité.

« Une dame ne parle pas de ces choses-là », répondit Charlie sans se démonter.

Agnes tendit l'oreille. Tout ce dont les dames ne parlaient pas méritait d'être creusé.

« Que s'est-il passé la nuit dernière ? » demanda-t-elle à son tour.

Après l'épisode de l'aquagym, elle lui devait bien une explication.

« Rien du tout », prétendit Charlie.

Edwina fit entendre un cri d'indignation.

« Bon, dit alors Charlie, c'est sa faute. Elle ronfle trop ! »

Elle faisait de grands gestes en direction de Bernadette qui semblait se tasser encore plus sur son siège.

« C'est pourquoi elle a cherché un autre lit, expliqua Edwina, pleine de bonne volonté.

— Un autre lit ? s'étonna Agnes qui ne saisissait toujours pas.

— Ou plutôt quelqu'un avec un lit ! » reprit Edwina en clignant de l'œil comme elle avait vu Charlie le faire.

Agnes comprit enfin de quoi il retournait et regarda Charlie d'un air interloqué.

« Tu as… »

Elle tourna ensuite les yeux vers les autres avec une mine incrédule.

Winston était déjà bouche bée depuis quelques secondes. Le maréchal, lui, n'avait pas encore fini de rougir.

Charlie haussa les épaules.

« Eh bien, quoi ? Je suis en vacances, non ? Qu'est-ce qu'il y a de mal ? Au moins, j'ai réussi à dormir. »

La vérité était que la nuit avec Howard l'avait assez déçue. Et qu'en outre, il s'était ensuite montré désireux de se débarrasser d'elle au plus vite. *Tu devrais y aller, darling, ton mari va s'inquiéter*. Il n'avait pas prévu Charlie n'avait plus de mari et qu'elle n'avait aucune intention de regagner sa chambre. D'ailleurs, elle avait bien fait car si Howard n'était pas très doué au lit, du moins il ne ronflait pas, il fallait lui accorder ce mérite. Charlie avait sombré avec reconnaissance dans le sommeil profond auquel elle avait tant aspiré, loin de tout serpent et de tout ronflement, et ne s'était réveillée qu'au petit matin, juste à temps pour passer se changer et voir à son arrivée à la piscine une Agnes sans vie dans un maillot de bain effroyable.

Bien entendu, elle était désolée d'avoir fait faux bond à son amie, mais pour le reste… disons que ce fut une expérience ! Pourquoi la fixaient-ils tous avec cet air hébété ?

« Tu as… passé… la nuit… avec quelqu'un ? » balbutia Agnes pour s'assurer qu'elle avait bien compris.

Au fond, elle ne savait pas si elle devait être scandalisée, jalouse ou simplement soulagée que Charlie soit assise avec eux à leur table et ait toujours aussi fière allure malgré une coiffure un peu négligée.

« Qu'est-ce qui t'a pris ? Tu imagines ce qui aurait pu se passer ?

— J'aurais bien aimé qu'il s'en passe un peu plus ! répliqua Charlie sur un ton sec. Tu peux me croire. »

Elle soupira et mordit dans un croissant pour montrer que pour elle, la discussion était close. Mais Agnes n'avait pas l'intention d'arrêter.

« Tu te promènes dans les couloirs en pleine nuit juste pour faire des rencontres alors qu'un assassin rôde dans l'hôtel ? Tu n'as donc aucun bon sens ? Tu te souviens du cadavre dans le local technique, de la femme trempée et de Mme Meyer-Brinks ? »

Charlie prit le temps de terminer sa bouchée.

« Autant que je sache, aucun d'eux n'est mort parce qu'il se promenait dans les couloirs en pleine nuit.

— Là n'est pas la question ! » s'écria Agnes si fort que les clients de la table voisine tournèrent la tête, l'air intéressé.

Elle savait que cette réaction pouvait paraître excessive, mais après l'aquagym, la veuve blanche et maintenant l'idée que Charlie aurait pu finir dans une chambre froide uniquement parce qu'elle avait découché, elle ne se contrôlait plus. Elle se pencha vers Charlie pour la prendre dans ses bras et l'étreindre, mais par bonheur, sa hanche la stoppa dans son élan. Elle se contenta d'une petite tape maladroite et quelque peu réprobatrice sur l'épaule de son amie.

Quoi qu'il en soit, ce nouvel épisode lui avait coupé l'appétit.

« Cela ne peut pas continuer ainsi, décréta-t-elle dès qu'elle se fut détournée de l'épaule de Charlie. Nous devons trouver le meurtrier au plus vite ! »

Il était en effet grand temps. Dès que l'assassin aurait été mis hors d'état de nuire, Charlie pourrait reprendre ses promenades nocturnes en toute sécurité, Agnes pourrait elle-même jouir de la salle de repos sans crainte, et plus personne ne devrait s'inquiéter quand Bernadette ou Edwina disparaîtrait des radars.

Tout à coup, Agnes prit conscience que la séance d'aquagym – quoiqu'une catastrophe sur le plan personnel – était un succès du point de vue de l'enquête.

Elle leva la main droite et, sous les yeux de ses colocataires, tendit le majeur dans un geste assez indécent pour leur expliquer comment elle avait repêché la bague au péril de sa vie.

Le maréchal se prit la tête entre les mains.

Winston sortit ses lunettes.

Edwina la félicita pour ses fiançailles.

« Il s'agit clairement d'une alliance, décréta Charlie, qui avait une certaine expérience en la matière. Il y a sans doute une gravure. »

Seulement, pour pouvoir lire la gravure, il fallait ôter la bague. Or si Agnes n'avait eu aucun mal à l'enfiler lorsque la veuve blanche l'avait surprise, avec la chaleur, le bon petit déjeuner et la conversation animée, ce n'était plus pareil.

Elle essaya d'abord toute seule, puis Charlie se proposa de l'aider, suivie par le maréchal qui n'eut guère plus de succès. Bernadette faillit lui arracher le doigt avant que Winston y parvienne en douceur grâce à un peu de beurre.

Edwina examina l'intérieur de la bague en plissant les yeux.

« Il y a une inscription ! annonça-t-elle. Adam. »

Ce n'était pas beaucoup, mais ils pourraient au moins vérifier si ce nom figurait sur les listes de l'hôtel.

« Et peut-être en saurons-nous ainsi un peu plus sur la première victime, la femme trempée », ajouta Agnes.

Bernadette esquissa une grimace sceptique.

« Elle pourrait appartenir à n'importe laquelle de tes copines d'aquagym », dit-elle en montrant enfin un semblant d'intérêt pour cette affaire.

« N'importe qui pourrait l'avoir perdue, concéda Agnes. Cependant, quand on a perdu une bague, en général… J'ai déjà demandé à la réception, voyez-vous. Personne n'a déclaré avoir perdu son alliance. Étrange, n'est-ce pas ? Je suppose que la personne qui l'a perdue ne peut pas la réclamer… parce qu'elle n'est plus en vie !

— Écoutez, écoutez ! » murmura Winston en posant ses lunettes après avoir fini l'examen de la bague.

Agnes poursuivit sa marche triomphale.

« De plus, je crois que maintenant, je sais qui pourrait être le mort du local technique ! Et si j'ai raison, cela nous donnera des indices sur la façon dont le meurtrier choisit ses victimes ! »

Les autres la fixaient, ébahis. Elle s'autorisa un ricanement satisfait. En fin de compte, elle ne regrettait pas du tout sa séance d'aquagym. C'était fou ce qu'on arrivait à faire pour peu qu'on se réveille assez tôt.

Elle se leva de table, d'un mouvement énergique, plein de force et sans doute aussi de caféine.

Contrairement au petit déjeuner, la journée n'était pas finie et Agnes avait une foule de choses à régler !

- 17 -
COBRA

Bernadette savait qu'Agnes et les autres « enquêtaient ». Pourtant, elle avait regagné sa chambre aussi vite que possible. Ses propres investigations avaient fini par la rattraper et elle devait d'urgence faire le point. Pour cela, il lui fallait de l'espace, du silence et surtout un lieu où il ne la trouverait pas, du moins pendant quelque temps.

À présent, elle était assise dans un fauteuil, le visage tourné vers le soleil, seule et calme. C'est du moins ce qu'on aurait pu croire de l'extérieur. À l'intérieur, la situation était moins claire. Au moins quatre personnes étaient là, à l'intérieur d'elle, et elles se disputaient avec hargne et véhémence.

Il y avait d'abord l'ancienne Bernadette, celle qui voyait dans un meurtre un acte mauvais et répréhensible.

Il y avait ensuite la Bernadette qui continuait d'espérer, contre toute évidence, que Jack n'avait rien à voir avec la série de meurtres à l'*Éden*.

Il y avait une Bernadette un peu désabusée, qui entrevoyait l'invraisemblance de cette hypothèse.

Il y avait encore une quatrième Bernadette, une Bernadette particulièrement sévère, qui disait sans qu'on lui eût demandé son avis : « S'il n'est pour rien dans cette affaire, il y en a d'autres. Tu sais bien de quoi il est capable ! »

Et puis, il y avait Samantha, qui – à vrai dire – se moquait de cette question, qui n'attendait que le moment où elle pourrait entendre le son de sa voix et parler avec lui d'innombrables levers ou couchers de soleil.

Le fauteuil de Bernadette n'était pas bien large. Elle avait beau chercher une position confortable, cela faisait beaucoup de monde d'un coup.

La cause de ses doutes était qu'elle s'était fait violence et que, pendant qu'il susurrait des paroles à son oreille, la main posée sur son dos, elle l'avait interrogé. Cela lui avait demandé un grand effort, mais pour finir, elle avait réussi à poser la question. Bien sûr, elle n'avait pas abordé le sujet de front, c'eût été trop risqué ; l'ancienne Samantha n'avait pas parlé de Mme Meyer-Brinks, de Bernadette, de ses colocataires ni de leur enquête. Non, elle lui avait simplement demandé s'il travaillait encore.

Un silence avait d'abord plané dans l'air marin.

La main dans son dos s'était faite plus légère, comme un oiseau sur le point de s'envoler.

Sous le coup d'une abominable angoisse dénuée de tout objet précis, Bernadette s'était agrippée à la balustrade.

Au bout d'un moment, il lui avait néanmoins fourni une sorte de réponse, d'une voix si basse que même elle, malgré ses oreilles de chauve-souris, avait eu du mal à la comprendre.

« Tu ne t'intéressais pas à mon travail autrefois.

— Autrefois, c'est autrefois, avait-elle répliqué sur un ton d'une fermeté surprenante. Et maintenant, c'est maintenant. Certaines choses changent dans la vie.

— Et d'autres pas ! »

Là, elle avait perçu une certaine chaleur dans sa voix. Une certaine chaleur et une sorte de nostalgie. Elle eut du mal à ne pas fondre sur place comme de la glace à la vanille.

Elle s'était tue, immobile, solide, jusqu'à ce qu'il répondît à sa question pour de bon.

« Naturellement que je travaille encore ! »

Elle cessa soudain de fondre et eut au contraire l'impression de geler sur place.

« Comment ? avait-elle balbutié. Quand ? Qui ? »

Elle avait du mal à croire à quel point sa réponse la terrifiait. Au fond, elle ne s'était pas attendue à autre chose, et pourtant, l'entendre de sa bouche… Elle avait eu envie de crier, de pleurer, de lui sauter à la gorge.

« Pas de détails, avait-il dit en lui caressant les cheveux. Ça vaut mieux, pour moi comme pour toi. »

Elle pensait que le sujet était clos, mais il avait dû percevoir son effroi.

« Cependant, poursuivit-il d'une voix aussi proche que s'ils ne formaient plus qu'un seul corps avec deux âmes, je songe à me retirer. Je ne suis plus tout jeune, tu sais ? Je dois encore régler une affaire et ensuite… »

Il s'était tu, elle avait continué de tendre l'oreille. Un souffle avait traversé l'air, une promesse d'avenir.

Alors, elle avait quitté la terrasse d'un pas presque allègre, mais au cours du petit déjeuner, elle avait peu à peu pris conscience de la réalité. Jack était toujours un tueur à gages. Et il avait une mission. Or des personnes étaient mortes dans cet hôtel. L'une des victimes avait été abattue dans les coulisses. Et Jack avait participé à la visite « Dans les coulisses » quelques jours plus tôt.

Cela faisait trop de coïncidences. Beaucoup trop de coïncidences. C'était mal parti. La seule chose qui redonnait quelque espoir à Bernadette était le dilettantisme des crimes. Jack était tout sauf un amateur. En même temps, on ne pouvait pas exclure que le dilettantisme fît partie de la mission, que les crimes eussent à dessein un caractère amateur.

À présent, dans son fauteuil, elle prit une décision.

Elle pourrait s'accommoder du fait que Jack gagnait sa vie en mettant fin à des vies avec douceur et professionnalisme. Ce ne serait pas facile, mais elle devait pouvoir y arriver.

En revanche, s'il avait vraiment l'homme sans visage sur la conscience, ça, elle ne pourrait pas s'en accommoder. Ce crime traduisait une brutalité insensée. Une rage proche de la démence.

Si Jack avait sur la conscience la mort de l'homme dans les coulisses, il n'était plus celui dont elle se souvenait. S'il avait cet homme sur la conscience, elle lui réglerait son compte.

Cette décision l'attristait, mais lui procurait aussi une sorte de soulagement. Maintenant, elle savait où elle en était, et quand elle le savait, elle le savait.

Personne n'avait autant de suite dans les idées qu'elle.

Elle s'apprêtait à se relever pour aider les autres dans leur enquête – il fallait éviter toute erreur – quand elle perçut dans le couloir des pas qui s'approchaient de la porte.

Elle supposa qu'il s'agissait de Charlie qui avait dû oublier quelque chose. Ce n'aurait pas été la première fois.

Ou bien Edwina avec son stupide serpent.

Ou peut-être – son cœur cessa de battre un instant – Jack !

Mais personne ne frappa à sa porte, personne ne l'ouvrit non plus.

Il régnait un profond silence.

S'était-elle trompée ?

Alors, elle entendit un bruit infime, un frottement, comme si on glissait un objet sous la porte.

De retour dans le quartier général de la lutte contre le crime, Agnes, Charlie, Winston, Edwina, Oberon et le maréchal s'étaient de nouveau attaqués à l'océan de papier.

Winston étudiait les listes des clients et du personnel à la recherche d'un éventuel Adam pendant qu'Agnes exposait ses nouvelles théories, les yeux brillants.

« Je n'y ai pas pensé tout de suite parce que le corps était très pâle. Mais nous sommes en plein hiver, donc c'est parfaitement normal. Le visage, à l'inverse… Les gens prennent soin de leur visage, le mettent au soleil, se servent au besoin de crèmes et de couleur…

— De l'autobronzant, précisa Charlie d'un air désespéré.

— C'est cela, de l'autobronzant, acquiesça-t-elle. Surtout s'ils sont un peu m'as-tu-vu. »

Agnes jeta un regard éloquent à sa colocataire, mais celle-ci resta de marbre.

« Donc, j'ai cherché une explication logique, poursuivit-elle. Et je me suis demandé qui manquait. Bref, je suis quasi sûre que le mort dans les coulisses est Max, le barman. Il avait accès au local technique, oui, il est même possible que ce soit lui qui ait ouvert à son assassin – qu'il s'agisse d'un homme ou d'une femme. J'ai demandé à la réception. Personne ne l'a vu depuis hier matin. Son absence est passée inaperçue jusqu'à présent parce que Helen l'a envoyé au village pour chercher des renforts. Mais vous avez vu des renforts, vous ? Non ! Donc, je suppose qu'il n'a jamais quitté l'hôtel. »

Pendant qu'elle était à la réception, elle avait lâché une remarque sibylline au sujet du local technique de sorte qu'elle espérait que quelques employés horrifiés s'occupaient en ce moment même de mettre de l'ordre dans les coulisses et de transporter le cadavre dans la chambre froide. Avec un peu de chance, l'un d'eux identifierait la victime et sa propre théorie se verrait ainsi confirmée.

« L'assassin ne pouvait pas savoir qu'Helen l'avait envoyé au village, objecta Winston en levant brièvement les yeux de ses listes. Sauf s'il s'agit d'Helen, bien sûr. Mais dans ce cas, pourquoi l'aurait-elle envoyé en douce au village ?

— Peut-être que le meurtrier n'en savait rien du tout ! répliqua Agnes qui avait envisagé cette hypothèse depuis longtemps. Il peut très bien s'agir d'un coup de chance.

— Tu parles d'une chance ! marmonna Charlie.

— Cet assassin a vraiment beaucoup de chance », remarqua Edwina en hochant la tête.

Ils se regardèrent les uns les autres. Ou bien il avait beaucoup de chance, ou bien il était très roué.

« Cela ne nous dit pas pourquoi il ou elle l'a tué », conclut le maréchal.

Agnes croisa ses minces doigts. Le moment crucial était arrivé.

« Eh bien, nous avons désormais un certain nombre de crimes. J'ai pensé qu'il était donc temps de chercher un motif. C'est une affaire délicate car nous ne savons presque rien sur l'anorak jaune et sur la femme trempée. Toutefois, si nous admettons que l'homme du local technique est bien le barman, les deux autres victimes présentent un point commun.

— Lequel ? demanda Edwina.

— Lequel ? soupira Agnes. Mme Meyer-Brinks et Max se trouvaient tous les deux dans le Salon de la mer au moment du meurtre sur les falaises.

— Mais toi aussi ! s'écria Edwina.

— Moi aussi », confirma Agnes en hochant la tête d'un air grave.

Edwina avait des doutes. Cela n'arrivait pas souvent et elle trouvait cette situation assez désagréable. En temps normal, elle était presque toujours sûre d'elle. Tandis que ses colocataires construisaient des châteaux en Espagne, *elle* savait comment allait le monde. Sinon, elle n'aurait d'ailleurs jamais pu être agent secret.

Cette fois pourtant, elle devait reconnaître que la mission était plus complexe qu'elle ne l'avait imaginé. Il s'agissait de protéger Oberon, sans doute, mais cette tâche ne constituait peut-être que la partie visible de l'iceberg. Elle tressaillit. La pensée d'un iceberg inquiétait forcément à bord d'un bateau. N'avait-elle pas vu un jour un film où un paquebot fonçait droit sur un bloc de glace ?

Quoi qu'il en soit, sa mission semblait comporter plusieurs couches, comme un gâteau – sauf que ce n'étaient pas du biscuit, de la crème et des fruits. C'étaient des couches de morts.

Par bonheur, il y avait une réponse à toutes les situations compliquées : le yoga.

Edwina souleva Oberon qui s'était enroulé sur ses cuisses et le posa sur le lit du maréchal où il commença aussitôt à ramper dans la paperasse.

Charlie soupira et écarta son fauteuil.

Edwina n'y prêta aucune attention car elle s'était déjà assise sur la moquette et s'étirait la colonne vertébrale.

Le chat. La vache.

Une chose était sûre : elle avait trouvé Oberon, souffrant d'une affreuse hypothermie, dans la piscine où, en dehors de lui, une femme aux vêtements chics flottait également à la surface de l'eau. Il était évident qu'un lien les unissait.

Edwina passa sur le ventre. Le cobra.

S'il n'y avait pas eu Oberon, elle se serait sans doute un peu plus occupée du cadavre, mais là… Elle se souvenait que la femme était jeune et blonde. Sa chevelure, déployée dans l'eau, évoquait du corail exotique blanchi. La mort des coraux, encore un problème écologique !

Edwina avait donc emporté le serpent dans la salle de repos pour le réchauffer. Après cela, quand elle avait de nouveau jeté un coup d'œil dans la piscine, il n'y avait plus personne. Ni mort ni vivant.

Le sphinx.

Elle avait l'impression qu'il aurait fallu mettre Agnes au courant, mais elle savait qu'ensuite, Agnes poserait des questions désagréables. Pourquoi avait-elle agi de son propre chef ? Pourquoi n'avait-elle pas montré plus d'intérêt pour le cadavre ? Et surtout, pourquoi avait-elle autant tardé à lui raconter tout cela ? C'était facile de critiquer après coup. Et, pour ce qui était de critiquer Edwina, Agnes était de toute façon très forte.

Le chien tête en haut.

Non, elle allait garder cette histoire pour elle et se servir de sa propre matière grise pour résoudre l'énigme, ce qui était d'ailleurs, *stricto sensu*, son métier.

Quelqu'un avait tiré la femme de l'eau, avait jeté le corps du haut des falaises, puis avait étranglé Mme Meyer-Brinks et défoncé le crâne d'un homme, le barman selon toute vraisemblance. Un tel programme devait être fatigant. Quelle que ce soit la personne qui se cachait derrière cette série de meurtres, elle devait être joliment stressée. En même temps, tout le monde était stressé à présent : non seulement Internet était en panne, mais en plus on devait passer ses vacances avec un assassin. Peu importe, le criminel devait être encore plus stressé.

Le chien tête en bas.

Soudain, Edwina se rendit compte qu'elle connaissait quelqu'un d'encore plus stressé que n'importe qui et au comportement louche.

Il se cachait dans son armoire, l'avait agressée et avait répandu une part non négligeable de Lillith sur la moquette blanche en laine.

Agnes se demanda une fois de plus ce qui pouvait bien se passer dans la tête de ses colocataires. Pas grand-chose, de toute évidence. Elle venait de leur faire une stupéfiante démonstration de ses talents de détective, et aucun d'eux n'applaudissait.

Le maréchal était sorti de la pièce en trombe aussitôt après la dramatique révélation, et voilà qu'Edwina s'éclipsait à son tour.

Charlie s'était endormie dans son fauteuil. Même Oberon somnolait. Inouï !

C'était donner de la confiture criminalistique à des cochons.

Le seul qui manifestait encore quelque intérêt pour leur enquête était Winston. Il posa ses listes et la regarda d'un air malicieux.

« Il n'y a pas d'Adam à l'*Éden*. Ni parmi les clients ni dans le personnel. »

Puis il ajouta d'un ton hésitant :

« Mais il y a une Eve. »

Agnes fronça les sourcils.

« Cela me paraît hasardeux. »

Il hocha la tête.

« En principe, je serais de ton avis, mais… »

Il tendit le menton en direction du lit sur lequel Oberon avait pris ses aises et se fondait dans son environnement de façon magistrale. Blanc sur blanc sur blanc.

Agnes réfléchit. Adam, Eve et le serpent… Pourquoi pas ? Les couples se donnent souvent des petits noms.

« De qui s'agit-il ? », demanda-t-elle.

Winston reprit sa liste.

« Eve et Frank Ashwood, chambre 12.

— Excellent ! Allons leur rendre visite ! »

Agnes se tenait à présent dans un local de service qui lui était désormais assez familier et examinait les photographies des clients au dos de la porte.

Dehors, le maréchal montait la garde, armé jusqu'aux dents. Il s'était en effet avéré qu'il avait quitté sa chambre à fond de train pour aller s'équiper dans les cuisines de l'hôtel. Muni de deux couteaux à steak et d'un petit hachoir cachés dans sa veste militaire, il ne quittait plus sa colocataire d'une semelle.

Son inquiétude était touchante et en même temps assez fâcheuse. Agnes ne pourrait jamais interroger les gens en toute discrétion et poursuivre ses investigations si le maréchal n'arrêtait pas de monter la garde derrière elle avec cette mine menaçante. Cela étant, il n'était en général pas difficile de le distraire et elle n'aurait aucun mal à se débarrasser de lui au besoin.

Elle se concentra sur les photos des Ashwood. Elle, avec ses cheveux blond platine et ses traits fins, était d'une beauté stupéfiante. C'était le genre de femme qu'on pouvait voir dans les prospectus de l'*Éden* : prenant la pose, seule et élégante, sur un siège luxueux, ou bien allongée, les yeux fermés, dans la salle de repos, ou encore – oui, par exemple – dans la piscine... En réalité, l'hôtel était plutôt peuplé de clients bien en chair ayant passé la cinquantaine, et à bien y réfléchir, Eve Ashwood n'avait rien à faire là. Elle était trop jeune, trop belle, trop mince.

Frank Ashwood, au contraire, correspondait à la perfection à la clientèle de l'hôtel. Rondouillard, luisant, avec une face qui faisait un peu penser à un cochon. On avait du mal à croire qu'ils formaient un couple. Il aurait déjà été difficile de les imaginer père et fille ! Pourtant, on distinguait nettement une alliance à la main qu'Eve Ashwood avait posée sur sa poitrine dans un geste élégant.

Agnes rumina un moment jusqu'à ce qu'elle se rappelle que la face de cochon ne pouvait pas être Frank Ashwood puisqu'elle avait interverti les photographies. Elle réfléchit encore un court instant, puis remit les portraits dans le bon ordre.

C'était déjà mieux. Eve se tenait à présent à côté d'un bel homme aux yeux d'un vert éblouissant et aux cheveux poivre et sel, un requin argenté et distingué.

Elle prit le temps de les examiner. Une chose était sûre : elle ne les avait encore jamais vus, ni pendant les repas, ni dans les couloirs, ni au spa. Ce constat l'étonnait d'autant plus que l'*Éden* était un établissement de taille modeste. Une femme comme Eve Ashwood ne pouvait pas y passer inaperçue !

Tout à coup, elle songea à Oberon et se dit qu'ils allaient vraiment bien ensemble. En un sens, ils se ressemblaient, même. Ce n'était bien entendu pas un indice et cependant, elle avait le sentiment que les pièces du puzzle commençaient à s'emboîter.

Un bruit lui parvint soudain du couloir. Agnes craignit aussitôt de se retrouver à nouveau nez à nez avec Max et, par précaution, attrapa un bonbon au chocolat en guise d'alibi. Puis elle se souvint que, selon toute vraisemblance, le barman gisait dans la chambre froide. De plus, le maréchal montait la garde. Elle était par conséquent en sécurité. Elle mit donc le bonbon dans sa bouche et poursuivit ses réflexions.

Pourquoi avait-elle rencontré le barman dans les pièces de stockage, au fait ? Qu'était-il venu chercher ? Un barman n'avait, au sens strict, rien à voir avec la literie et le linge de toilette ! Ce type de local était destiné au personnel de chambre, pour qu'il puisse à tout moment apporter aux clients des serviettes, du savon ou un supplément de bonbons au chocolat.

Elle inspecta les lieux d'un œil nouveau. Quelle raison pouvait avoir amené ici le barman ? Elle se rappela comme il avait blêmi la première fois qu'il l'avait surprise – ou qu'*elle* l'avait surpris ? Intéressant ! La deuxième fois, il avait pâli encore un peu plus sous son teint hâlé. Il avait paru stressé. Et il l'avait chassée de la pièce avec des manières un peu trop cavalières vis-à-vis d'une cliente. Qu'avait-elle commis de si grave après tout ? Grignoter quelques bonbons n'était pas un crime quand même !

Ha ! Tout à coup, Agnes eut la conviction que Max avait quelque chose à cacher, et pas simplement au sens métaphorique ! Il devait cacher quelque chose dans les pièces de stockage.

Elle avait sans doute crié « ha ! » à voix haute car la porte s'ouvrit et le maréchal passa la tête d'un air soucieux.

« Tout va bien, Agnes ?

— Oui, oui… »

Elle hocha la tête avec impatience et le tira par le collet.

« Je crois que le barman a caché quelque chose dans ce local, expliqua-t-elle. Mais j'ignore quoi. Et où ! »

Ils entreprirent tous les deux de fouiller l'endroit, soulevèrent les savons, jetèrent un coup d'œil dans les boîtes et glissèrent leurs mains dans le linge de toilette. Rien.

De temps à autre, Agnes recevait un coup de coude dans les côtes ou un coup de genou dans les jambes. La pièce était vraiment trop petite pour deux personnes !

Finalement, le maréchal s'agenouilla pour regarder sous les étagères. Il perdit alors le fil et leva les yeux vers elle.

« Agnes, je... »

Agnes se sentit mal. Que se passait-il ? On aurait dit qu'il s'apprêtait à lui faire sa déclaration.

« Je me demande depuis quelque temps... »

Il s'interrompit et la fixa d'un regard implorant pendant que, paniquée, elle réfléchissait au moyen de sortir de cette situation. Peut-être suffirait-il de retirer ses aides auditives ? Ça serait bien la première fois que ces fichus appareils lui rendraient un réel service !

« Qu'est-ce que c'est que ça ? » s'exclama soudain le maréchal.

Elle fut surprise. Ce n'était pas vraiment la question à laquelle elle s'était attendue.

« De quoi parles-tu ? » le rabroua-t-elle.

Mais le maréchal avait déjà tourné la tête pour regarder entre deux piles de draps.

Puis il y glissa la main et en sortit une sorte de tabatière.

« Elle est fixée au-dessous de l'étagère à l'aide d'un aimant ! Je suppose que c'est ce que tu cherches.

— Eh bien, bravo ! » s'écria-t-elle d'un ton aigre.

Elle était mécontente, même si elle ignorait pourquoi.

Agnes et le maréchal regagnèrent leur quartier général telle une armée victorieuse.

Dans l'intervalle, Charlie s'était réveillée et Bernadette avait eu la bonté de se joindre à eux. Elle était pâle, mais semblait toutefois plus vaillante que pendant le repas.

Agnes montra la tabatière, l'ouvrit avec élan et renifla ce qui se trouvait à l'intérieur. Une odeur caractéristique envahit la chambre, Charlie bondit de son fauteuil avec un petit cri de joie.

« De la drogue ! dit Agnes d'un air sombre.

— Je ne qualifierais pas cela de drogue à proprement parler, la corrigea Charlie en s'emparant de la boîte. Bien joué, Agnes ! Où l'as-tu trouvée ?

— Dans un local de service.

— Quel service, en effet ! poursuivit Charlie, radieuse. Voilà exactement ce qu'il me faut !

— Ce n'est pas le moment, la rabroua Agnes. Nous croyons que le barman revend du haschisch dans l'hôtel.

— Il y a aussi de la cocaïne ! précisa Charlie, décidément d'humeur joyeuse.

— C'est pourquoi nous nous demandons si... poursuivit Agnes sans plus lui prêter attention.

— Nous nous demandons, l'interrompit le maréchal qui avait découvert la tabatière, en fin de compte, et n'avait jusqu'à présent pas obtenu la reconnaissance méritée, si quelqu'un est capable de tuer pour se procurer des substances illégales. »

- 18 -
SURPRISE

Edwina s'assura que la pancarte NE PAS DÉRANGER était toujours en place, puis elle ferma la porte de la chambre et se dirigea vers l'armoire sur la pointe des pieds.

Elle tendit l'oreille : rien. Pas de respiration et encore moins de ronflement trahissant une personne endormie. Elle glissa la clé dans la serrure et ouvrit la porte de l'armoire. Ce geste eut à peu près le même effet que lorsqu'on soulève une pierre et qu'en dessous, tout se met soudain à grouiller.

Mojo agita les membres à la manière d'un cloporte, Edwina fronça le nez : ça ne l'empêchait pas de sentir le fauve ! Le jeune homme était tombé sur la descente de lit, là où, la veille, ils avaient répandu Lillith, et la regardait en clignant des yeux, l'air réprobateur.

« Qu'est-ce qui te prend ? bougonna-t-il.

— Surprise ! » s'exclama-t-elle avec quelque retard.

Ce n'était pas tout à fait l'amorce qu'elle avait prévue pour son interrogatoire, mais il fallait prendre les choses comme elles venaient. Même en retard.

Elle s'assit en tailleur à côté de son contact et entra dans le vif du sujet.

« Nous devons discuter des raisons de ta présence dans l'armoire. Ce n'est pas normal, personne ne vit dans une armoire de son plein gré. À part les mites peut-être. Tu n'es pas une mite, n'est-ce pas ? »

Elle considéra le cloporte d'un œil nouveau. À bien y regarder, il avait en effet quelque chose d'une mite. Il était lunatique, ébouriffé et poussiéreux. Tout à coup, il n'eut plus du tout l'air endormi, mais au contraire incroyablement méfiant.

« Je suis en cure », dit-il d'un ton grincheux.

Elle secoua la tête. Cette fois, il n'allait pas lui raconter des salades.

« Je t'ai surpris sur le balcon en pleine nuit. Pourquoi ? Comment es-tu arrivé là ? Qui te terrorise ? Qui t'inspire une si grande peur que tu es prêt à passer tes vacances dans une armoire ? »

Elle aurait sans doute dû poser ces questions plus tôt, mais elle avait eu trop à faire avec Oberon, Agnes, l'assassin et tous ces repas à l'hôtel. Mieux valait tard que jamais !

Elle remarqua que son regard parcourait la pièce, comme s'il cherchait quelque chose. Une issue peut-être ? Il n'y avait pas d'issue car elle avait fermé à double tour.

« Je ne me souviens plus, marmonna-t-il, rétif. C'est à cause du matos. J'ai le cerveau comme une passoire. »

Elle l'observa d'un œil critique. Son cerveau ne semblait pas contenir grand-chose, en effet, mais quand même…

« Si tu es encore ici, dans cette armoire, c'est que tu n'as pas tout oublié ! »

Là, elle venait de marquer un point. Pendant un instant, on aurait dit qu'il s'apprêtait à bondir. La main d'Edwina glissa vers le tire-bouchon dans sa poche.

Mojo se tourna sur le côté et se roula en boule. La position fœtale.

« Il faisait très noir, dit-il tout bas. Je ne lui voulais vraiment aucun mal ! »

Agnes posa sur la table les photographies qu'elle avait récupérées dans les différentes pièces de stockage, les unes à côté des autres, comme un jeu de cartes.

Il y avait trois tas : les non-suspects, les suspects et les très suspects.

Ce dernier ne comprenait pour l'instant que la veuve blanche.

Les deux Ashwood se partageaient le deuxième.

Agnes dut en créer un quatrième pour Mme Meyer-Brinks : non-suspect et mort. Elle pressentait qu'Eve Ashwood ne tarderait pas à rejoindre cette catégorie. Personne ne l'avait encore vue. Il fallait d'urgence inspecter sa chambre.

En attendant, tous les autres clients se trouvaient dans le tas imposant des non-suspects. Howard. Trudy. Le reste du groupe de détox. Le couple de hyènes. Un couple de gros. Un couple encore plus gros.

Le soupirant de Bernadette, alias le pingouin. L'homme au teint rosé et aux couleurs pastel avec sa cravate à fleurs bizarre…

Agnes fit glisser le tas sur la table et se leva d'un bond. Ou plutôt, elle essaya. Hélas, les meubles de l'*Éden* étaient bas et mous, ils manquaient de fermeté, si bien qu'elle perdit son élan à mi-parcours. Elle retomba dans le fauteuil, amorça une nouvelle tentative, puis une troisième. Elle se faisait l'effet d'un cafard sur le dos. Ce n'étaient pas des sièges, c'étaient des pièges !

« Que se passe-t-il ? voulut savoir Winston.

— Je… répondit-elle avec un soupir de frustration. Nous… Il… ! »

Elle tapa du doigt sur la photo de l'individu à cravate.

Pendant que le maréchal l'extrayait du fauteuil, elle s'efforça d'expliquer à ses colocataires pourquoi l'homme en pastel lui paraissait important.

« Lui aussi était dans le Salon de la mer, dit-elle à bout de souffle. Il n'y avait pas grand monde : seulement Mme Meyer-Brinks, moi, le barman bien entendu, et cet homme avec une cravate à fleurs. Je ne me suis pas encore occupée de lui parce qu'il ne peut pas être l'assassin. Mais l'anorak orange a dû l'apercevoir de l'extérieur ! Et s'il s'agit bien d'éliminer tous ceux qui étaient dans le Salon de la mer au moment du crime…

— Alors, il est en danger, s'exclama Winston. Nous devons le prévenir.

— Non, mieux ! » suggéra Agnes enfin debout, nez à nez avec le maréchal qui la regardait les yeux remplis d'admiration. « Nous pouvons le prendre en filature et, avec un peu d'adresse, tendre un piège à l'assassin ! »

« Reprends tout depuis le début ! » ordonna Edwina.

Le jeune homme avait abandonné sa position fœtale. Ils étaient maintenant tous les deux assis, le dos contre le mur, les jambes pliées, avec entre eux un paquet de cacahouètes qu'Edwina avait découvert dans le petit réfrigérateur et avait ouvert dans l'espoir que Mojo passe à table. Le stratagème avait fonctionné ; il lui racontait une foule de choses. Cependant, elle trouvait son récit assez confus.

« Donc, tu étais dans ta chambre, tard le soir, quand…

— On a frappé à la porte. »

Elle hocha la tête et prit une cacahouète.

« Et tu attendais quelqu'un ?

— Oui, le barman, expliqua le jeune homme avec une expression rêveuse. Il avait dit que… Enfin, il m'avait promis…

— Du matos », lâcha Edwina d'une voix lasse.

Elle connaissait déjà cette partie de l'histoire.

« Et c'était bien Max ? demanda-t-elle en mâchant sa cacahouète.

— Oui, je crois, répondit-il tout bas. Quoique au fond… J'étais un peu ailleurs et je n'en suis plus si sûr… En tout cas, il portait un anorak. Orange. Comme les employés quand ils sortent. Sauf que la capuche était relevée et que je n'ai pas vu son visage. Je me souviens d'avoir pensé : c'est étrange de se promener dans les couloirs avec une capuche. Mais je ne suis pas allé plus loin…

— Le principal, c'était d'obtenir du matos, déduisit Edwina qui commençait à le connaître. En tout cas, tu pensais que c'était Max et tu l'as laissé entrer dans ta chambre. Ensuite ?

— Ensuite, il a fermé la porte. Pour ne pas se faire prendre avec le matos, me suis-je dit. Mais tout à coup, j'ai compris qu'il ne m'en donnerait pas. Alors, je… je me suis mis en colère.

— Comme hier ? demanda-t-elle en mastiquant une nouvelle cacahouète.

— Je l'ai poussé, convint le jeune homme, penaud. Il ne s'y attendait pas du tout. Il est tombé à la renverse et s'est cogné contre la table. J'ai tout de suite été désolé.

— Et alors ? insista-t-elle en lui tendant le paquet de cacahouètes.

— Alors, il s'est relevé et, je ne sais pas comment dire, il était différent. Soudain, c'est moi qui ai pris peur. Et puis j'ai vu le couteau.

— Il avait un couteau ? s'enquit-elle avec un intérêt professionnel. Quelle sorte de couteau ?

— Un couteau, quoi ! s'écria-t-il. Qu'est-ce que j'en sais ? J'avais éteint la lumière, mais j'ai vu la lame briller dans les rayons de la lune. On aurait dit un éclair, comme dans un film… »

Mojo émit un rire hystérique. Elle décida de ne pas creuser la question.

« Et alors ? demanda-t-elle de nouveau.

— Je ne pensais plus qu'à m'enfuir. J'ai couru vers la porte, mais je n'ai pas réussi à l'ouvrir. J'étais coincé. C'est alors que le couteau… »

Il porta la main à sa hanche.

« Tu n'es pas blessé pourtant, remarqua-t-elle.

— J'avais ce grand pull décontracté. Un Gucci, comme tu peux constater. Du coup, la lame est passée à travers, mais sans m'atteindre. Sauf que j'étais piégé. J'ignore comment j'ai fait pour m'échapper. Quoi qu'il en soit, je me suis retrouvé devant la porte-fenêtre qui mettait une éternité à s'ouvrir. Tu as vu comme elles sont lentes, ces portes-fenêtres ? »

Edwina avait vu.

« Mais comment se fait-il que tu aies eu autant de temps ? Que faisait l'anorak ?

— Il était à quatre pattes et cherchait son couteau. Il… il avait dû tomber quand je me suis dégagé.

— Et tu n'as pas songé à te défendre ?

— Contre un type armé d'un couteau ? s'exclama Mojo hors de lui. Avec quoi ? Un stylo à bille ?

— Oui, par exemple.

— Je n'avais qu'une idée en tête : m'enfuir. Et la porte-fenêtre était enfin ouverte. Mais je ne pouvais aller nulle part parce que le terrain est trop en pente. Il ne restait que le balcon d'à côté, séparé du mien par une simple cloison. Puis le suivant. Sauf que là, j'étais arrivé au dernier balcon. Alors, je me suis dit que je devais changer d'étage. C'est comme ça que j'ai débarqué ici.

— Et c'est pour ça tu ne veux plus sortir de mon armoire ! conclut Edwina.

— Exactement. Je n'aurais jamais dû essayer de me procurer du matos. Tout ça, c'est la faute de ce fichu matos ! »

Elle fronça les sourcils.

« Tu es sûr que tu étais bien dans ta chambre ? Et tu es sûr aussi que Max s'est bien relevé ? Parce que, tu vois, Max est un peu mort à l'heure qu'il est. »

Mojo la fixa d'un air ébahi.

« Je… Quoi ? Bien entendu que j'étais dans ma chambre. Sinon, comment je serais arrivé sur ton balcon ? Mais quand tu dis mort ? Tu veux dire mort ? »

Edwina haussa les épaules.

« Oui, mort, quoi. »

Ils avaient terminé les cacahouètes. Elle soupira. Elle ne croyait pas que Mojo ait la mort du barman sur la conscience parce qu'elle l'imaginait déjà mal soulever un haltère, alors frapper avec… Elle se demandait vraiment comment elle avait pu se figurer qu'il avait la carrure d'un agent secret.

Elle ne croyait pas non plus que son assaillant fût Max. Pourquoi le barman aurait-il voulu tuer ses clients ? Non, l'intrus était quelqu'un qui était venu avec un couteau et de mauvaises intentions et qui avait fermé la porte derrière lui. Était-ce un hasard si Mojo attendait justement une livraison de matos, ou l'anorak était-il au courant ?

Edwina essaya de se représenter la scène : la chambre obscure, la douce lueur de la lune, la silhouette muette sous sa capuche. Elle était quasi certaine qu'il s'agissait de l'assassin qu'Agnes cherchait. Il ne pouvait pas y avoir une foule de sinistres anoraks à capuche dans l'hôtel. Toutefois, si Mojo n'avait pas menti, le meurtrier n'avait pas réagi avec un grand professionnalisme. Avec sang-froid, oui. Avec professionnalisme, non. Attaquer un incapable comme Mojo et le rater alors qu'il était tout près, puis se mettre à quatre pattes pour chercher son couteau, c'était d'un amateurisme sans nom. Le criminel avait de la chance que Mojo fût d'une nature aussi nerveuse. S'il avait eu affaire à elle, les choses se seraient passées autrement !

Restait néanmoins la question de savoir pourquoi l'assassin s'en était pris au jeune homme. En fin de compte, il ne s'agissait pas d'une rencontre fortuite, mais – si mal préparée fût-elle – d'une attaque ciblée. De nouveau, Edwina eut la vague impression qu'elle aurait dû raconter cette histoire à Agnes. Seulement, comment faire sans avouer par la même occasion que leur chambre abritait aussi le gringalet ? En général, Agnes n'appréciait guère les gamins dans son genre. Il était probable qu'une fois de plus, elle s'emporterait.

Soudain, Mojo poussa un cri de douleur aigu. Elle bondit – était-il blessé malgré les apparences ?

Le jeune homme avait l'air sinon en bonne santé, du moins normal. Il fixait son téléphone avec une mine incrédule.

« Que se passe-t-il ? demanda-t-elle en serrant par précaution le tire-bouchon dans sa poche.

— Punaise ! s'écria Mojo. Ça y est ! C'est fini ! Je suis fichu ! Je n'ai plus de batterie. »

« Regardez ! Dix-sept ! »

Charlie tendait le doigt vers une porte.

« Nous cherchons la dix-sept A », rappela Agnes sans s'énerver. Elle regarda autour d'elle. On ne voyait nulle part de dix-sept A.

Charlie, Agnes, Winston et le maréchal étaient partis sans traîner pour chercher, sauver, voire recruter le porteur de cravates à fleurs. Or pour le moment, ils n'avaient même pas trouvé la porte de sa chambre.

Soudain, Winston poussa un cri triomphal au bout du couloir. La chambre dix-sept A ! Elle était là !

Agnes courut pour rattraper les autres. Elle suait à grosses gouttes. Sa hanche lui faisait de nouveau mal. Leur séjour à l'*Éden* n'avait rien de vacances. Quand elle les eut rejoints, elle frappa à la porte, entourée de ses colocataires pleins d'espoir.

« Un instant ! » dit une voix de l'autre côté.

Agnes remarqua qu'elle dansait avec impatience d'un pied douloureux sur l'autre.

Enfin, la porte s'ouvrit et une femme bien en chair, vêtue d'une robe de chambre et coiffée de bigoudis, leur fit face, d'abord avec un sourire, puis avec une mine abasourdie. Agnes essaya d'imaginer le tableau : Charlie dans un kimono rouge, Winston avec un bonnet en laine, le maréchal en uniforme et elle-même…

Sur le coup, elle ne se rappelait même plus ce qu'elle avait enfilé après l'épisode de l'aquagym. Le principal, c'était que ce ne fût pas son maillot de bain !

« Je n'avais pas commandé un sandwich ? demanda la femme aux bigoudis, prise d'un doute.

— Hélas, nous n'avons pas de sandwich, expliqua Agnes. Nous cherchons Walter. Walter Ross. »

Tel était le nom de l'homme aux cravates à fleurs, d'après l'étiquette sous la photographie.

« Oh, Walter ? »

La femme semblait soulagée que la bande de Sunset Hall ne soit pas venue exprès pour elle.

« Mon mari est parti se faire masser. Il devrait être de retour dans une heure. Environ.

— Se faire masser… » répéta Agnes en hochant la tête.

Aussitôt, elle se mit en route pour le spa, suivie du maréchal, de Charlie et enfin de Winston qui dut d'abord opérer un demi-tour avec son fauteuil roulant. Il n'y avait pas de temps à perdre !

Quand ils poussèrent la porte en verre, le cœur battant, ils eurent pourtant le pressentiment qu'ils arrivaient trop tard. Il n'y avait personne à l'accueil, personne pour vous dire d'enlever vos chaussures. En revanche, des cris hystériques provenaient de quelque part.

« La salle de repos ! » s'exclama le maréchal qui commençait à bien connaître les lieux.

Agnes acquiesça et se prépara mentalement au spectacle qui les attendait dans l'ambiance feutrée de ce temple du bien-être.

« Tu n'as qu'à le recharger », suggéra Edwina en tapotant la tête d'Oberon.

Elle était allée récupérer le serpent au quartier général et tous les deux s'efforçaient à présent de distraire Mojo, voire de s'en débarrasser. Elle avait décidé qu'il devait quitter son armoire. Elle pouvait s'estimer heureuse qu'Agnes eût été trop occupée jusqu'à présent, une telle chance ne durerait pas éternellement.

« Comment, sans chargeur ? gémit le jeune homme d'une voix désespérée.

— Mais tu dois bien avoir un chargeur, insista Edwina.

— Pas ici !

— Dans ta chambre ! Tu vas dans ta chambre et tu récupères ton chargeur. Ce n'est pas compliqué ! »

Elle sourit de toutes ses dents. Dès qu'il serait sorti, elle fermerait la porte et l'empêcherait de revenir prendre possession de son armoire.

Hélas, elle devait avoir eu l'air un peu trop satisfait car Mojo la regarda avec méfiance.

« Je n'ose pas, avoua-t-il pour finir. Tu imagines, s'il est encore là ?

— Personne ne fait le poireau pendant des jours dans la chambre d'un autre, surtout avec une capuche », objecta-t-elle avec pragmatisme.

L'argument semblait convaincant.

« Oui, dit-il, mais il pourrait revenir !

— En théorie !

— Et en pratique aussi ! »

Edwina soupira et changea de tactique.

« Pourquoi te faut-il à tout prix un portable ? Il n'y a pas de Wi-Fi et, de toute façon, il n'y a pas de réseau dans cet hôtel. »

C'était un peu comme avec la télécommande. Depuis que leur téléviseur avait atterri à la cave, la télécommande ne procurait plus autant de plaisir.

« Ce n'est pas de cela qu'il s'agit ! lui expliqua Mojo. Je blogue tous les jours. Je prends des photos, je fais des petits films, je rédige un journal. Et dès qu'il y aura du réseau, ça partira en ligne. Je deviens fou sans mon blog. Surtout enfermé dans une armoire !

— Tu n'es pas obligé de rester dans l'armoire », rappela Edwina.

Le voilà qui recommençait avec son histoire ahurissante de gens qui le suivaient partout et qui attendaient avec impatience des nouvelles de son séjour dans l'armoire. Elle soupira. Elle ne comprendrait jamais comment on pouvait à ce point perdre le sens des réalités.

Si la salle de repos n'avait pas baigné dans une lumière aussi claire et joyeuse, Agnes aurait sans doute mieux supporté le spectacle qui s'offrait à sa vue. Mais là, elle éprouva un véritable choc. À côté d'elle, Charlie fit entendre un vomissement.

« Quelle horreur ! » murmura Winston.

Le maréchal, lui, gardait un silence préoccupant.

Walter Ross, l'ami des tons pastel et des cravates à fleurs, avait perdu la vie dans une mare du rouge le plus profond.

Comme Charlie et Agnes la veille, il devait profiter du calme de la salle de repos après son massage quand l'assassin s'était approché – probablement par-derrière – et lui avait tranché la gorge – sans doute avec un couteau, mais pas de manière particulièrement professionnelle puisque au lieu de se vider sur place, Walter avait pu encore ramper sur plusieurs mètres.

Quelqu'un juste à côté d'Agnes poussait des cris stridents. Il régnait dans la salle de repos un terrible tohubohu. Contrairement à la mort de Mme Meyer-Brinks et de Max le barman, celle du porteur de cravates à fleurs n'avait aucune chance de passer inaperçue. Elle retira ses appareils auditifs pour pouvoir se concentrer pendant que Charlie s'affaissait sur une chaise longue dans un mouvement presque gracieux.

Un couple horrifié, tout juste sorti de la piscine, se tenait près de la dame de l'accueil. Quelques instants plus tard, le groupe de détox débarqua, en sueur après ses activités dans la salle de fitness. Agnes chercha Trudy du regard, mais ne la vit pas.

En tout cas, fini les cachotteries. Helen la directrice était mise au pied du mur, elle ne pourrait jamais dissimuler ce meurtre. Agnes se demanda si c'était pour cette raison que l'assassin avait commis son crime dans la salle de repos ou simplement parce que la victime s'y trouvait seule. Par la même occasion, elle constata avec effroi que Walter Ross avait occupé la même chaise longue qu'elle à l'issue de la séance d'aquagym.

La femme juste à côté d'elle continuait de hurler. C'est alors seulement qu'elle reconnut la masseuse,

Lila, verte d'épouvante et à des milliers de kilomètres de toute détente. C'était elle qui, selon toute vraisemblance, avait découvert le cadavre car, à ses pieds, des débris de verre et des tranches de concombre laissaient à penser qu'elle apportait de l'eau à Walter Ross quand…

Tout à coup, Agnes se rendit compte que l'assassin leur avait vraiment échappé de peu. Il s'en était fallu de quelques minutes. Pauvre Walter !

Elle sortit un mouchoir des profondeurs de son gilet et le tendit à la thérapeute manuelle. Tout compte fait, le mouchoir se révélait l'un des instruments les plus importants de l'enquêteur moderne.

Ensuite, elle ralluma à contrecœur ses appareils auditifs. Elle devait interroger Lila et les autres personnes présentes pour se faire au plus vite une idée précise du crime.

« Nous devons nous débarrasser des curieux, dit-elle à ses coéquipiers qui commençaient à se remettre de leurs émotions. Ensuite, je veux parler avec tous les témoins, et avant tout Lila. »

Quelques minutes plus tard, elle était assise dans une des salles de soin en compagnie de la thérapeute, sauf que cette fois, c'était elle qui prodiguait des soins. Elle avait prié Lila de s'allonger sur la table de massage et expérimentait sur elle des huiles parfumées, sans résultat pour l'instant. Lila sanglotait au point de ne pouvoir parler, sans compter qu'elle avait le hoquet.

« *Rêve des Caraïbes*, annonça Agnes en lui tenant un flacon sous les narines.

— C'est un aphrodisiaque », geignit la thérapeute entre deux sanglots tout en repoussant sa main.

Cette réaction redonna courage à Agnes.

« *Orchidée de la nuit* ! »

Plus Lila penserait à des parfums, moins elle songerait au spectacle dans la salle de repos.

Le parfum suivant, *Silence de la forêt*, eut enfin l'effet escompté. La thérapeute cessa de pleurer. Peut-être n'avait-elle tout simplement plus de larmes, ou alors son corps avait besoin d'une pause avant de reprendre son concert de pleurs.

En tout cas, Agnes saisit sa chance.

« Quand avez-vous vu Walter Ross en vie pour la dernière fois ? demanda-t-elle.

— À onze heures quatorze, répondit Lila sans l'ombre d'une hésitation.

— C'est précis », commenta Agnes.

La masseuse acquiesça. Maintenant que ses larmes s'étaient asséchées, elle paraissait avoir retrouvé tous ses moyens. Qui sait ? Le mérite en revenait peut-être au *Silence de la forêt*.

« Les massages commencent toujours au quart. Donc, j'envoie le client précédent dans la salle de repos juste avant et je lui apporte de l'eau au concombre pendant que l'autre se met à l'aise.

— Ce qui ferait autour de…

— Onze heures vingt. C'est là que j'ai découvert… »

Lila réprima un sanglot. Le hoquet reprit.

Agnes hocha la tête d'un air songeur. L'assassin disposait donc de six minutes. C'était risqué, mais faisable.

« Cela signifie-t-il que le meurtrier était déjà dans le spa ? » voulut-elle savoir.

La thérapeute manuelle réfléchit un instant.

« Pas nécessairement. Il existe un monte-charge pour le sauna et la piscine. Il sert surtout au personnel, mais il est accessible à tous afin que nos clients en situation de handicap moteur… En principe, n'importe qui pourrait venir très vite du hall… »

Agnes prit note de cette information. Il faudrait essayer de savoir si quelqu'un avait été vu dans le hall autour de onze heures dix.

« Il était si détendu, soupira Lila. Qui peut donc commettre un tel crime ? Qui est capable d'une chose pareille ? »

Agnes soupira.

« J'aimerais bien le savoir moi aussi. »

Agnes et son équipe interrogèrent ensuite l'ensemble des personnes présentes dans le spa, mais sans aucune avancée. Personne n'avoua s'être rendu dans la salle de repos, mais personne non plus ne pouvait le prouver – tous nageaient entre deux eaux, y compris le couple de la piscine.

Pour conclure, Agnes pria la femme à l'accueil de monter la garde. En théorie, elle aurait eu besoin d'une équipe de choc. Au lieu de cela, elle devait se contenter du maréchal qui inspectait la salle, équipé d'une loupe et de ses lunettes, et prenait des photographies.

Winston avait commencé une nouvelle liste, Charlie vomit une seconde fois en découvrant derrière une plante un peignoir imbibé de sang. Allongée sur une chaise longue, Agnes méditait.

Voilà donc comment les choses s'étaient passées. L'assassin avait emprunté un peignoir et s'était introduit incognito dans la salle de repos. Le déguisement était parfait, d'autant que les peignoirs ont des capuches. De plus, il protégeait contre les taches de sang. Ce n'était pas bête. Culotté, mais pas bête. Agnes ne put s'empêcher de repenser à la veuve blanche. Était-ce elle, l'assassin ? La vue du salon de repos lui plairait-elle toujours autant ?

Un nombre toujours plus grand de clients s'agglutinait à présent devant la porte vitrée qui condamnait l'accès au spa. Ils parlaient tous en même temps, avec excitation, et jetaient des regards sombres à l'intérieur. L'ambiance semblait explosive. Les habitants de Sunset Hall décidèrent donc, une fois qu'ils eurent terminé, de se retirer en empruntant le fameux monte-charge.

Au moment où ils pénétraient subrepticement dans le hall, ils aperçurent Trudy qui avait profité de l'agitation générale pour se jeter sur les pommes mises à disposition à côté de la réception.

Dès qu'elle les eut repérés, elle leur adressa un signe. Agnes aurait volontiers fait semblant de ne pas la voir. Trudy n'était pas entrée dans la salle de repos avec les autres membres de son groupe et n'avait sans doute rien de constructif à leur apprendre. Cependant, sa bonne éducation finit par l'emporter.

« Comment vas-tu, Trudy ? demanda-t-elle d'un air las.

— Alors, vous l'avez trouvé ? demanda Trudy en retour.

— Non », répondit Agnes qui prit soudain conscience de l'ampleur de sa déception.

Ils avaient été si près du but, et pourtant, le mystère était maintenant plus épais que jamais !

« Le meurtrier ne peut pas être loin, dit Trudy avec un clin d'œil. Une foule de gens prétendent l'avoir vu. À en croire les rumeurs, tout le monde sait de toute façon qui c'est !

— Vraiment ? s'étonna Agnes pourtant sûre du contraire. Et qui est-ce ?

— Eh bien, vous ! » s'exclama Trudy dans un ricanement avant de poser un trognon sur le comptoir où elle en avait déjà abandonné deux autres.

- 19 -
« JE SAIS CE QUE TU AS FAIT »

Perplexe, Bernadette tenait le billet entre ses mains, le dépliait, le repliait, en tâtait les bords abîmés et la surface lisse. C'était une énigme que ses doigts seuls ne pouvaient résoudre et cette impuissance la mettait hors d'elle. Bien sûr, il pouvait s'agir d'un bout de papier sans importance, une facture par exemple, une carte des vins ou un menu. Mais au fond de son cœur, elle savait que c'était un message. Un message secret. Elle se rappelait les pas furtifs devant la porte, l'hésitation, puis la rapidité avec laquelle les pas s'étaient éloignés. On aurait dit une fuite. Y avait-il un rapport avec Jack ? Cela paraissait peu probable. Même si Samantha ne voulait pas l'entendre : tout ne se rapportait à lui en ce monde !

Et surtout : quel idiot écrirait un message à une aveugle ?

Bernadette se sentait impuissante, comme rarement dans sa vie. Pour finir, elle prit une décision. Elle se leva de son fauteuil, attrapa sa canne et se dirigea vers la porte. À vrai dire, elle était censée monter la garde dans sa chambre pendant que les autres s'amusaient à pourchasser un assassin, mais elle n'avait aucune envie de monter la garde.

Au lieu de cela, elle sortit dans le couloir et frappa à la porte d'à côté.

Edwina mit un certain temps à lui ouvrir. Bernadette entendit des murmures, puis des pas rapides – le serpent était sans doute une fois de plus sorti de la baignoire.

La porte s'ouvrit enfin.

« Oui ? » demanda Edwina sur un ton méfiant.

Bernadette ne fit ni une ni deux, elle tendit sa canne et entra dans la chambre.

Edwina poussa un cri scandalisé – qu'est-ce qui lui prenait ?

De fait, une odeur assez forte planait dans la pièce. Mais Bernadette n'appartenait pas à la police des serpents, en fin de compte. Elle tendit le billet à Edwina sans un mot.

« *Je sais ce que tu as fait*, lut Edwina qui s'écria aussitôt : Mais je n'ai rien fait ! »

Cette protestation de bonne foi semblait un peu trop rapide et sentait la mauvaise conscience.

« Ce billet ne t'est pas adressé, expliqua Bernadette. Il est peut-être pour moi.

— Et qu'est-ce que tu as fait ? demanda Edwina avec un soulagement perceptible.

— Rien ! Je n'ai absolument rien fait ! »

Tout à coup, Bernadette regretta de ne pas en avoir fait plus dans sa vie. Prendre des amants. Partir en voyage. Apprendre à danser. Fonder une chorale. Casser des assiettes. Se réconcilier avec Jack plus tôt.

Qu'avait-elle fait de sa vie au juste ? Elle avait fait tomber un baron de la drogue et, ensuite, elle avait dévoré des tonnes de pralinés, c'était à peu près tout.

Soudain, les larmes lui montèrent aux yeux. Ce billet était d'une terrible cruauté !

« Dans ce cas, ce message ne t'est pas adressé », conclut Edwina sans autre forme de procès.

Bernadette se ressaisit. Son amie avait sans doute raison. Il pouvait tout aussi bien être destiné à Charlie, voire à Agnes qui n'avait changé de chambre que la veille.

La question était dès lors de savoir laquelle des deux avait fait quelque chose et pourquoi cette chose était si importante qu'elle méritait d'être rappelée par écrit.

« Nous ? répéta Agnes pour la troisième fois. Pourquoi cela ? C'est absurde ! »

Mal à l'aise, Helen se tortillait sur sa chaise. Elle avait prié tous les habitants de Sunset Hall disponibles de venir dans son bureau et avait fermé la porte.

« Pour ma part, je n'y crois pas vraiment, expliqua-t-elle. Mais on ne peut ignorer certains faits inquiétants.

— Quels faits ? », demanda Agnes sur un ton belliqueux.

Helen soupira.

« Eh bien, pour commencer, vous avez frappé à la porte de Mme Ross et demandé à voir Walter. Vous l'avez menacée et quelques instants plus tard, on le retrouve assassiné. C'est quand même étrange.

— Nous n'avons menacé personne ! intervint Charlie. Le fait est que nous n'avions pas de sandwich. »

Helen pointa alors le doigt vers le maréchal.

« Et on vous a aperçu dans les cuisines en train de voler des couteaux ! »

Le maréchal parut d'abord déconcerté avant d'afficher un air coupable. Ensuite, il se mit au garde-à-vous et salua. Un cliquettement métallique se fit entendre dans sa poche.

« En outre, il paraît que vous cachez un serpent venimeux dans une de vos chambres, poursuivit la directrice de l'établissement.

— Il s'agit d'un serpent constricteur », s'insurgea de nouveau Charlie.

Helen fit semblant de ne pas l'avoir entendue.

« Et on a vu votre amie Edwina Sigh qui traînait un cadavre sur le sol. »

Edwina ? Un cadavre ?

« C'est absurde ! s'écria de nouveau Agnes, pourtant consciente que ce n'était, hélas, pas aussi absurde qu'elle l'aurait souhaité.

Qu'est-ce qu'Edwina fichait avec un cadavre ?

« Enfin, nous avons ceci. »

Helen ramassa du bout des doigts un sachet en plastique transparent posé sur son bureau. Dans ce sachet, on apercevait un haltère souillé d'une substance qui ressemblait à présent à de la vieille rouille.

« Le service de chambre a découvert cela chez vous. »

Une fois de plus, elle se tourna vers le maréchal, désormais tombé dans une sorte de torpeur.

« C'est une preuve ! s'exclama Agnes sur un ton furieux.

— Une preuve, oui… oui… murmura Helen. Une preuve de quoi ? »

Les habitants de Sunset Hall se turent obstinément. De toute évidence, la directrice n'était pas sensible aux arguments raisonnables. Ils avaient fait leur possible pour débarrasser l'*Éden* de son problème de meurtriers et voilà comment on les remerciait !

Helen soupira de nouveau.

« Comme je vous ai déjà dit, je ne vous imagine pas… Mais vous devez convenir que tout cela est quand même bizarre. Et en fin de compte, il ne s'agit pas de ce que j'imagine ou pas. Je ne fais que mon travail. Je ne peux pas continuer d'ignorer les rumeurs. Les autres clients ont peur et ils se sentiraient à coup sûr plus en sécurité s'ils ne vous croisaient pas en ce moment. Je crois que le mieux serait que vous ne quittiez plus vos chambres. Je ferai monter vos repas, bien entendu. Appelez la réception quand vous aurez faim.

— Et pour les boissons ? » demanda Charlie avec mauvaise grâce.

La directrice fit à nouveau semblant de ne pas l'entendre.

« Si vous sortez de vos chambres, je ne peux pas garantir votre sécurité. Vous comprenez ce que je veux dire ? L'atmosphère est vraiment électrique !

— Personne ne peut garantir la sécurité de personne, objecta Agnes de plus en plus furieuse. C'est bien là le problème ! »

Elle avait le sentiment que l'inquiétude d'Helen au sujet de l'atmosphère dans l'hôtel lui faisait oublier le problème réel.

« Qu'en est-il de notre enquête ? poursuivit-elle. Un meurtrier sanguinaire rôde dans l'*Éden* et vous nous aviez priés de le trouver !

— De mener de discrètes investigations, rectifia froidement Helen. Or ceci, ajouta-t-elle en soulevant à nouveau le sachet, est tout sauf discret. »

Ensuite, elle appuya sur un bouton pour signifier que l'entretien était terminé. Presque aussitôt, un serveur particulièrement grand et costaud apparut et leur demanda de le suivre d'un geste assez peu courtois. Helen ne plaisantait pas !

Soudain, Agnes comprit pourquoi elle occupait ce poste. Sous l'apparente douceur, la bonne humeur et la laine écologique se cachait une volonté d'acier. Le visage de la directrice était tendu, mais calme. Sans maquillage, mais aussi sans éruptions cutanées. C'était le visage d'une personne qui savait ce qu'elle voulait.

Agnes comprit qu'il ne servirait à rien de contester sa décision et suivit le serveur aux larges épaules qui les raccompagna à leurs chambres.

« Privés de sortie ? s'exclama Edwina d'une voix outrée. Sur un bateau ? Comment est-ce possible ?

— C'est pire que cela, soupira Charlie en se laissant tomber dans un fauteuil. Condamnés à garder la chambre ! Il paraît qu'on va nous apporter à manger, mais je ne me fie pas trop à cette promesse. »

Ils s'étaient tous retirés dans le quartier général de la lutte contre le crime – qui, à bien y regarder, était désormais quasiment une prison d'enquêteurs – et tentaient de s'arranger de la situation. Ce n'était pas facile.

« Vous croyez qu'il est encore là ? » demanda Agnes.

Après les avoir tous parqués dans la chambre des hommes, le vigile improvisé s'était posté dans le couloir de façon peu discrète. Il s'y trouvait toujours quand Agnes avait accroché le panonceau NE PAS DÉRANGER et il s'y trouvait encore quand elle l'avait enlevé, une dizaine de minutes plus tard.

« Bien sûr qu'il est encore là ! s'exclama Charlie. Où veux-tu qu'il soit ? »

Pourtant, Agnes ouvrit de nouveau la porte pour remettre le panonceau en place.

De fait, il était toujours là.

Elle lui jeta un regard haineux et claqua la porte derrière elle.

« Il nous faut un plan ! décréta-t-elle.

— Nous pourrions nous soûler, suggéra Charlie. Dans la situation actuelle, c'est la seule solution raisonnable.

— Nous pourrions essayer un jeu de société, proposa Winston.

— Jouer à un jeu de société tout en buvant ! l'approuva Charlie.

— Que diriez-vous d'une charade ? demanda Bernadette avec cynisme.

— Devine-ce-que-je-vois ! piailla Edwina. C'est blanc !

— Oberon ! » s'écrièrent Charlie et Winston en chœur.

Agnes secoua la tête.

« Je ne veux pas parler d'un plan pour se distraire. Je veux dire un plan pour s'échapper.

— Il n'est pas si grand que ça, remarqua Edwina. Je pourrais le mettre KO.

— Un excellent moyen de convaincre les autres de notre innocence ! ironisa Bernadette.

— Il suffit d'attendre le prochain crime, dit Charlie. Ainsi, ils verront que nous n'y sommes pour rien et ils nous présenteront des excuses.

— Le principe de base d'une enquête consiste à empêcher de nouveaux crimes, objecta Agnes. Pas à attendre qu'ils se produisent. De plus, je te rappelle que c'est probablement moi la prochaine victime. Tant que je suis enfermée ici, le meurtrier ne fera rien. Et tu conviendras que, vu de l'extérieur, cela aussi prêtera à confusion.

— Ici, au moins, il ne peut rien t'arriver », se réjouit le maréchal.

Il avait dû rendre les couteaux de cuisine et, en échange, avait emprunté à Edwina son tire-bouchon.

« Il ne s'agit pas de ça ! » s'emporta Agnes.

Elle était toujours furieuse. En l'espace de quelques heures, ils étaient passés du statut d'enquêteurs semi-officiels à celui de suspects principaux. Quelle déchéance ! Le pire demeurait pourtant que le meurtrier continuait de se promener dans l'hôtel en toute liberté. Il n'avait pas de vigile devant sa porte, lui ! Personne ne lui dictait sa conduite. Ce n'était pas juste.

« Peut-être pouvons-nous l'attraper malgré tout, dit Winston comme s'il avait lu dans ses pensées. Nous disposons en fin de compte de ceci ! »

Il montra la paperasse étalée sur le lit du maréchal.

« Nous avons des données. Le meurtrier se cache nécessairement quelque part dans ses listes. Nous pouvons peut-être le démasquer sans bouger d'ici. »

Une traque dans une jungle de papiers – ce n'était pas le scénario idéal, mais cela valait sans doute mieux que jouer à devine-ce-que-je-vois avec Edwina pendant des heures. Agnes soupira et sortit ses lunettes de son sac.

Au même instant, on frappa à la porte.

Pendant un bref moment de folie, Agnes pensa que cela pouvait être l'assassin. Elle ouvrit, prête à se ruer sur la personne de l'autre côté. Elle était dans la bonne disposition d'esprit.

Cependant, il ne s'agissait que de Lila, la thérapeute manuelle. Elle ne portait plus sa blouse de masseuse, mais les mêmes vêtements de couleur sombre et de bon goût que les autres employés de l'hôtel. Pour un peu, Agnes ne l'aurait pas reconnue.

« Excusez-moi, murmura-t-elle en jetant un coup d'œil dans la pièce par-dessus l'épaule d'Agnes. La direction m'a prié de récupérer les documents.

— Les documents ? »

Agnes songea un instant à nier la détention de tout document, mais la mer de paperasse sur le lit du maréchal était vraiment trop manifeste.

« Ce n'était pas nous ! expliqua Edwina.

— Je ne suis venue que pour les dossiers », précisa Lila qui n'avait pas l'intention d'entamer une discussion.

Il n'y avait rien à faire. Ils ramassèrent les documents sur le lit, confièrent la pile informe à la masseuse et, rassemblés sur le seuil, regardèrent leur dernière chance de démasquer l'assassin s'éloigner dans les mains expertes de Lila.

« Voilà, c'est fini, conclut Charlie. Je vais commander le déjeuner. »

Contrairement à ce qu'elle craignait, le lunch fut livré à l'heure, chaud, fumant, odorant. Cela ne suffit pourtant pas à améliorer l'humeur des habitants de Sunset Hall, d'autant plus qu'ils durent prendre leur repas chacun dans leur chambre parce qu'il n'y avait pas de table assez grande pour eux six.

Winston mâchait avec sa coutumière lenteur tandis que le maréchal avait dévoré le repas à une vitesse record. Il était contrarié de ne pas pouvoir protéger Agnes et regrettait finalement d'avoir pris le tire-bouchon d'Edwina. Comment feraient-elles pour se défendre à présent ? Même si Edwina était inventive et qu'elle trouverait sans doute un moyen, il lui déplaisait de devoir se reposer sur d'autres.

Il repoussa son assiette à dessert vide – il n'aurait pas su dire ce qu'il venait de manger – et observa, la mine chagrinée, son vis-à-vis encore occupé à déguster le plat principal, petit pois par petit pois.

Assise en face d'une Edwina inhabituellement nerveuse et d'un Oberon ayant l'air de s'ennuyer, Agnes regardait la soupe fumante posée devant elle. L'enquête était fichue, les vacances aussi. Elle était maintenant condamnée à manger sa petite soupe dans sa chambre. On serait presque cru à la maison !

« Tu crois qu'il veut t'empoisonner ? demanda Edwina qui avait mal interprété son hésitation.

— M'empoisonner ? dit-elle en rebaissant sa cuillère. Qui ?

— Eh bien, l'assassin ! »

Edwina fixait son assiette vide d'un air songeur.

Agnes fit non de la tête.

« Ce n'est pas son genre. Il – ou elle – attend que ses victimes soient seules. Au besoin, il les attire dans un guet-apens. Et alors, il passe à l'action. Je pense que les voir mourir lui procure de la jouissance. Du poison ne serait pas assez… sensuel. Du moins, je l'espère.

— Seulement, en ce moment, il ne peut pas t'attirer dans un piège. Du poison, c'est peut-être mieux que rien. »

Agnes repoussa son assiette, non parce qu'elle craignait d'être empoisonnée, mais parce qu'une idée lui avait soudain traversé l'esprit.

« Si la montagne ne vient pas à toi, va à la montagne ! murmura-t-elle. Tu es brillante, Edwina ! »

Sa camarade de chambre sourit, heureuse même si elle ne savait pas du tout pourquoi elle était brillante.

« Si nous ne pouvons pas poursuivre le meurtrier, il faut le forcer à nous rendre visite, expliqua Agnes. Pourquoi devrions-nous faire des pieds et des mains pour sortir d'ici ? Il n'a qu'à se casser la tête lui-même ! Nous devons lui tendre un piège. Nous n'avons qu'à l'inviter. En imaginant que je reste seule ici, sans défense, en guise d'appât, il serait incapable de résister. Ce serait trop tentant pour lui.

— Ton plan ne va pas plaire au maréchal », la prévint Edwina tout bas.

Agnes lui fit un clin d'œil.

« Le maréchal n'est pas obligé de tout savoir, Edwina ! »

Bernadette mangeait sa soupe uniquement pour s'occuper. Elle n'avait pas faim. Pire, elle ne se souvenait même plus quand elle avait éprouvé une sensation de faim pour la dernière fois. La seule pensée de pralinés suffisait à lui donner une vague envie de vomir.

Elle écoutait les couverts de Charlie qui cliquetaient gaiement. *Clic, clic, clac*, du métal contre de la porcelaine, de temps à autre le baiser d'un verre et d'une table chaque fois que sa camarade de chambre buvait une gorgée.

Peut-être cette nausée provenait-elle plutôt du fait qu'elle était enfermée. Bernadette se sentait impuissante. Comment pourrait-elle retrouver Jack dans ces conditions et savoir s'il était impliqué ou non dans la série de meurtres ? Ou même simplement s'il avait encore envie de la fréquenter ? Plus elle y repensait, plus leur dernière discussion lui paraissait froide et distante. Sans doute n'avait-il aucune envie de se laisser dicter sa conduite sur ses vieux jours. Dès que la route serait réparée, il s'en irait sans même un au revoir.

La perspective d'une nouvelle séparation sans un adieu ni une explication lui semblait affreuse, plus affreuse que tout le reste.

Il y avait en outre ce billet qu'elle conservait dans sa poche, si lourd qu'elle avait du mal à croire qu'il était en papier. Plus elle le gardait, plus elle se sentait mal. Ce billet ne lui disait rien de bon. Ce n'était pas une mauvaise plaisanterie ou un malentendu, non, c'était une menace, elle en était sûre. Mais quelle menace ?

Qu'est-ce qu'Edwina avait dit ? Qu'il ne pouvait pas lui être destiné.

À cause du dernier meurtre et de l'interdiction de sortie qui s'ensuivit, Bernadette n'avait pas eu le temps de creuser la question. Mais à présent, elle pouvait sortir le billet de sa poche, le déplier et le faire glisser sur la table.

« Quelqu'un a glissé cela sous notre porte ce matin, dit-elle. C'est pour toi ? Tu as fait quelque chose, Charlie ? »

De l'autre côté de la table, il y eut d'abord un long silence. Puis sa colocataire finit par dire à voix basse :

« Je crois que nous devrions le montrer à Agnes. »

Bien qu'elles eussent frappé à la porte d'Agnes, sous le regard méfiant du serveur costaud, ce fut Edwina qui leur ouvrit. Agnes était au lit, seule sa tête émergeait de la couverture.

« Elle est malade, annonça Edwina d'une voix joyeuse. Nous devons appeler un médecin. »

Charlie soupira. Il ne manquait plus que ça !

« Je fais semblant, expliqua Agnes dès que la porte fut refermée. J'essaie de tendre un piège au meurtrier.

— Dans ton lit ? s'étonna Charlie, sceptique. Tu n'aurais pas un lieu un peu plus orthodoxe ?

— Et où ? riposta Agnes avec agacement. Dans la baignoire ? Dans l'armoire ? Je n'ai pas franchement le choix en ce moment.

— Surtout pas dans l'armoire ! » s'écria Edwina d'une voix stridente.

Charlie ne lui prêta aucune attention et tendit un billet à la malade imaginaire.

« On a glissé ça sous notre porte ce matin, dit-elle. Mais nous ignorons ce que cela veut dire. »

Malgré les instructions que lui donnait Agnes, Edwina mit un certain temps à localiser ses lunettes.

Quand elle les eut trouvées, Agnes s'assit dans son lit et lut à voix haute : « *Je sais ce que tu as fait !* » Ensuite, elle se tut pendant un bon moment, le temps de réfléchir.

« Euh… ton flirt de cette nuit… il s'appelait bien Howard ?

— Tu crois que c'est de cela qu'il s'agit ? s'écria Charlie. Mais c'est ridicule ! C'était juste…

— Ce n'est pas du tout ridicule, répliqua Agnes, blême et grave. C'est même d'une extrême importance. C'était Howard, je me trompe ? »

Charlie hocha la tête.

« Personne n'est au courant…

— Personne sauf Howard », la contredit Agnes tout bas.

Immobile dans son lit, elle était de plus en plus pâle. Les autres aussi se taisaient, même Edwina. Elles n'avaient encore jamais vu leur amie aussi effrayée.

« Voulez-vous savoir qui est responsable de la mort de Mme Meyer-Brinks, de Max et de Walter Ross ? finit-elle par leur demander.

— Howard ? s'exclama Charlie. Impossible. Il n'arrive même pas à…

— Non, pas Howard, l'interrompit Agnes d'une voix qui n'était guère plus qu'un murmure. Moi. »

- 20 -
LIAISONS

Agnes tendit le combiné à Charlie. La ligne avec l'extérieur était interrompue, mais les liaisons téléphoniques au sein de l'hôtel fonctionnaient toujours.

« Tiens, tu sais ce que tu dois dire ? » demanda-t-elle avec une mine sévère.

Charlie leva les yeux au ciel.

« Parler à Howard du billet. »

Agnes approuva.

« Et ensuite ?

— Ensuite, j'écoute ce qu'il me raconte. Je le laisse parler, répondit Charlie avec mauvaise humeur. Quoiqu'il ne le mérite pas.

— Et les autres ? poursuivit Agnes.

— On la ferme ! » s'exclama Edwina.

Agnes expira longuement. Si tout allait bien, elle saurait d'ici quelques minutes si elle avait raison ou non. Bien entendu qu'elle avait raison ! Elle le sentait dans ses os usés, mais l'affaire était trop importante pour qu'elle se fie uniquement à ses os. En supposant que sa théorie soit juste, elle n'avait pas simplement résolu l'énigme du billet et trois des cinq meurtres, mais elle avait aussi trouvé l'assassin !

Elle adressa un signe à Charlie qui composa le numéro de chambre figurant au dos de la photographie d'Howard.

Première sonnerie.

Deuxième sonnerie.

« Il est peut-être encore au restaurant », suggéra Charlie.

Au même moment, quelqu'un décrocha à l'autre bout du fil.

Elles tendirent l'oreille.

« Howard ? demanda Charlie qui n'eut même pas à faire semblant d'être excitée puisqu'elle l'était. C'est toi ?

— *Darling* ! s'écria Howard d'une voix sirupeuse. Je me faisais du souci ! »

Agnes remarqua qu'elle retenait son souffle. La déclaration d'Howard sonnait si juste. Il était si cordial. Il semblait si inquiet. Comme c'était répugnant !

« Je voulais que tu saches que je ne prête aucun crédit à ces stupides allégations, poursuivit-il. Tu ne peux pas t'imaginer ce que les gens disent sur vous, *darling*, mais naturellement, je sais que tu n'as rien à voir avec ces crimes. »

Charlie leva de nouveau les yeux au ciel.

« Ce n'est pas pour cela que je t'appelle, Howard. Écoute : on m'a… j'ai ici… Enfin, quelqu'un a glissé un billet sous ma porte. *Je sais ce que tu as fait.* »

Il était évident que Charlie aurait volontiers continué de parler, mais Agnes posa l'index de la main gauche sur ses lèvres et, par précaution, passa les doigts de la droite devant sa gorge. Charlie esquissa une grimace et s'arrêta.

Un silence s'installa à l'autre bout de la ligne. Puis Howard murmura pour finir :

« Toi aussi ? Oh, *darling* ! »

Charlie resta bouche bée. Agnes, elle, lui jeta un regard venimeux.

« Et que te réclame-t-il ? demanda le séducteur. Quelles sont ses conditions ? Quelle canaille ! Quoi qu'il arrive, Charlie, tu dois savoir que je ne te trahirai pas. Nous allons nous cotiser, mon trésor, je vais me procurer de l'argent. Je vais régler cette affaire, je te le promets. Tu n'as aucun souci à te faire. Ton mari n'en saura rien.

— Super, dit Charlie d'un ton sec en jetant un coup d'œil à Agnes qui hochait la tête pour l'encourager. Et, euh ? De quel argent parles-tu ? Il n'est pas question d'argent sur mon billet.

— Moi aussi, j'en ai reçu un, expliqua Howard. Quelqu'un nous a vus, *darling*. Et maintenant, il réclame de l'argent ou alors, il va tout raconter à ton mari. C'est choquant, je sais. Quel goujat ! Un vrai gentleman ne ferait jamais… Mais je… J'aimerais pouvoir tout payer seul, hélas il n'y a pas de guichet automatique dans l'hôtel, et par malheur, il ne me reste que cinq cents livres.

— Cinq cents ? s'exclama Charlie, outrée.

— Oui, c'est pourquoi, si tu pouvais m'en avancer, susurra le séducteur. Je vais lui parler, mais je crains qu'il ne se contente pas de cinq cents livres…

— Non, évidemment », dit Charlie avec une voix d'outre-tombe.

Agnes lui fit signe de raccrocher.

Pendant un petit moment, un profond silence régna dans la chambre.

« Il veut de l'argent ? s'étonna finalement Edwina. Pour quoi faire ?

— Quelle ordure ! dit Bernadette.

— Mais pourquoi ? s'écria Charlie. Et comment savais-tu que… ? »

Agnes, silencieuse, n'avait pas encore digéré tout ce qu'elle venait d'entendre. Nourrir un soupçon est une chose, en avoir la preuve irréfutable au téléphone en est une autre. Comment Howard pouvait-il se montrer si chaleureux et si convaincant, comment pouvait-il paraître si soucieux et en même temps…

Le téléphone sonna.

Charlie décrocha, écouta un instant, puis interrompit la communication et posa le combiné sur la table de chevet.

« Bien, nous voilà fixées, expliqua Agnes. Howard est un escroc. Il enjôle des femmes mariées – ou qu'il croit mariées –, les séduit et invente ensuite cette histoire de maître chanteur pour soutirer de l'argent à ses proies. Il a aussi essayé avec moi… »

Le simple souvenir de cet épisode suffit à la faire rougir de honte. Comment avait-elle pu penser ne serait-ce qu'un instant qu'Howard était une connaissance charmante ?

« Avec moi, il n'a pas essayé ! gémit Edwina, vexée.

— Crois-moi, il vaut mieux, la consola Charlie. Tu n'as rien raté de toute façon. Il veut de l'argent ? Ha ! Il peut toujours courir !

— Bon, d'accord, intervint Bernadette. Néanmoins, son petit manège n'a rien à voir avec les meurtres. »

Agnes soupira.

« Hélas, si.

— Pourtant, Howard… s'écria Charlie. Il n'ose même pas réclamer une rançon franchement. Il lui faut inventer une tierce personne. Un tel lâche ne…

— Je n'ai pas dit que c'était l'assassin, l'interrompit Agnes le cœur lourd. Il n'est que l'élément déclencheur. Avec moi ! »

Les autres, y compris Edwina, gardèrent de nouveau le silence. Même Oberon semblait suivre la conversation avec un intérêt peu coutumier. Peut-être l'allusion à des proies avait-elle éveillé son appétit.

« Howard est un escroc rusé, poursuivit-elle. Il s'est rendu compte que l'*Éden* n'était pas un hôtel romantique, mais un atelier de réparation du romantisme. Les clients sont pour l'essentiel des couples d'un certain âge qui viennent s'isoler dans l'espoir de résoudre leurs problèmes. Il me l'a expliqué lui-même ! Il aborde autant de femmes mariées que possible, et dès qu'elles se sont compromises, il leur glisse un *Je sais ce que tu as fait* sous la porte de leur chambre. Une fois, je l'ai même surpris, mais à l'époque, je ne connaissais pas la nature du billet, bien entendu. Quand c'est l'épouse qui trouve le message, tant mieux ! Quand c'est le mari, pas de problème non plus parce que la phrase reste assez vague.

— Mais comment sait-il quelle est la bonne porte ? » demanda Charlie.

Agnes considéra la mine captivée de ses trois colocataires. Pour une fois, elle ne pouvait pas se plaindre de leur manque d'attention.

« C'est très simple, reprit-elle. Il y a des pièces de stockage au bout de chaque couloir, et dans chacun de ces locaux se trouve une photo de tous les clients ainsi que le numéro de chambre correspondant. Howard a dû s'en servir. Et la technique a fonctionné à merveille jusqu'au jour où… »

Elle ravala sa salive.

« Pour faire court, je me suis énervée sur ces photos. Donc, j'en ai échangé quelques-unes. »

Bernadette émit un son qui n'était pas sans rappeler le bruit que faisait Hettie II quand on la gonflait. Elle avait compris où la malade imaginaire voulait en venir. Les deux autres regardaient Agnes avec une lueur d'impatience.

« Comme j'avais interverti les portraits, il a dû glisser un billet sous la mauvaise porte, reprit-elle, sous la porte du meurtrier ! »

À présent, même Charlie et Edwina avaient saisi.

« Imaginez, vous venez de pousser quelqu'un du haut d'une falaise et voilà que vous découvrez sous votre porte un billet où il est écrit : *Je sais ce que tu as fait*. Naturellement, vous ne pensez pas à des affaires extraconjugales, vous pensez aussitôt que quelqu'un a vu le meurtre et entend vous faire chanter. Or qui voulez-vous que ce soit ? Il ne peut s'agir que des gens qui étaient dans le Salon de la mer au moment du crime. Donc, l'assassin les a liquidés les uns après les autres.

— Sauf toi ! » dit Edwina.

Agnes acquiesça en silence. Elle se sentait mal. Elle avait seulement voulu jouer un vilain tour, embêter un peu le monde parce que les rouages parfaitement huilés de l'*Éden* l'avaient agacée. Et voilà que cette petite plaisanterie avait coûté la vie à trois personnes.

« Le point positif, reprit-elle d'une voix hésitante, le seul point positif dans cette affaire, c'est que je n'ai pas interverti beaucoup de noms. Ce qui signifie que nous tenons notre nouveau suspect principal ! »

Agnes sortit la photo de Frank Ashwood de son sac à main et la posa sur sa couverture.

C'était donc lui qu'ils recherchaient depuis la veille, cet homme aux cheveux argentés, aux yeux étincelants et au sourire aussi travaillé qu'engageant.

« Qui est-ce ? s'emporta Bernadette, furieuse.

— Il s'appelle Frank Ashwood, dit Agnes. Et je ne l'ai encore jamais vu, ce qui est en soi déjà suspect. »

D'un coup, Bernadette se détendit, là encore un peu à la façon d'une tortue en plastique.

« Bien ! se réjouit-elle.

— Qu'est-ce qu'il y a de bien là-dedans ? grommela Agnes. J'aurais mille fois préféré pouvoir me faire une idée plus précise du criminel. Quelle guigne ! Il semble s'être évaporé juste après le premier meurtre… Cependant, nous disposons d'une information supplémentaire à son sujet : il n'était pas seul ici. Il avait choisi la formule romantique, en compagnie de cette personne. »

Agnes posa une deuxième photo sur sa couverture.

« Eve Ashwood. Je suppose que…

— C'est la femme de la piscine ! » s'exclama Edwina qui plaqua aussitôt la main sur sa bouche – trop tard.

Agnes plissa les yeux.

« La morte de la piscine ? Tu la reconnais ? Tu l'as donc déjà vue ?

— C'est-à-dire que… répondit Edwina. Pas vraiment. En fait, à peine. Peut-être juste un tout petit peu.

— Pourquoi n'as-tu rien dit ?

— Je devais m'occuper d'Oberon, se défendit Edwina sur un ton de défi. Il était en hypothermie. Il avait besoin d'aide !

— C'est *là* que tu as trouvé le serpent ? insista Agnes. Dans la piscine ? Près de la femme morte ?

— Elle est morte, n'est-ce pas ? se réjouit Edwina. Je peux le garder, alors ?

— Cela commence à prendre forme ! dit Agnes de son côté, les yeux brillants, trop excitée pour s'offusquer des priorités de sa colocataire. Voici comment tout a probablement commencé. Il… »

Elle posa l'index sur le front distingué de Frank Ashwood.

« … tue sa femme dans la piscine. Ensuite, soit il s'est caché à l'arrivée d'Edwina, soit il est revenu après pour évacuer le cadavre. Puis il s'est passé quelque chose en haut de la falaise. »

Agnes fronça les sourcils. Ce point demeurait mystérieux. Frank Ashwood avait-il jeté le cadavre ? Ce n'était pas exclu, même si Agnes continuait de penser qu'elle avait vu deux personnes vivantes.

« Quoi qu'il en soit, la scène sur le sentier panoramique a entraîné la mort de trois autres personnes, poursuivit-elle.

— Pourquoi l'a-t-il noyée ? demanda Charlie en examinant la photo d'Eve Ashwood. C'était pourtant une femme sublime.

— Ce n'est pas parce qu'on est belle qu'on ne peut pas être assassinée, souligna Agnes sur un ton acerbe. Il avait sans doute une raison classique de la tuer, la jalousie, l'infidélité, que sais-je ? »

L'expérience lui avait appris que la plupart des motifs étaient au fond d'une grande banalité. La convoitise, la peur, la haine, la jalousie, parfois aussi le désespoir. À tout bien considérer, rien de vraiment grave ou d'impératif. Souvent, la raison profonde ne tenait pas aux circonstances extérieures, mais au meurtrier lui-même, à une disposition, à une froideur, à une noirceur de son âme.

Elle regarda la photographie de Frank Ashwood avec plus d'attention. Rien ne trahissait une telle noirceur d'âme. Que se passait-il derrière un pareil visage ? Quel genre d'homme était-il ? Comment fonctionnait-il ? Une chose en tout cas était claire : désormais, il avait pris goût aux meurtres.

« Peut-être pourrions-nous le lui demander, suggéra Edwina.

— Hors de question, s'écria Charlie. Si Agnes a raison, il a tué cinq personnes. Nous allons nous tenir aussi éloignées de lui que possible ! On ne va rien lui demander du tout. »

Agnes ouvrit la bouche pour protester, mais au même moment, quelqu'un frappa à la porte.

Toutes les quatre tressaillirent.

Or ce n'était que la femme de chambre qui venait débarrasser. Quand elle aperçut les photographies sur la couverture, elle ne put s'empêcher de sourire.

« Un beau couple, n'est-ce pas ?

— Vous les connaissez ? demanda aussitôt Agnes.

— Oh, connaître est un bien grand mot, répondit-elle, mais je les ai remarqués, bien sûr. On ne voit pas tous les jours un aussi beau couple. »

L'employée regarda Agnes et ses amies avec une mine compatissante. Elles se firent plus que jamais l'effet d'une bande d'excentriques.

« Et quand les avez-vous aperçus pour la dernière fois ? » demanda encore Agnes, comme en passant.

La femme de chambre, qui empilait les assiettes, eut l'air de se concentrer.

« C'est bizarre, je ne me souviens plus… Cela fait un moment en tout cas ! Ils ont accroché la pancarte à leur porte. On sait ce que ça veut dire ! »

Elle cligna de l'œil.

Il l'a tuée, songea Agnes, et depuis il multiplie les bains de sang.

« La pancarte NE PAS DÉRANGER ? s'assura-t-elle.

— Oui. Dommage en vérité. Ses pourboires sont généreux… »

L'employée avait terminé et restait là, perdue dans ses pensées. Frank Ashwood a fait forte impression sur elle, se dit Agnes.

« À la réflexion, je les ai vus il y a deux jours. Ils partaient en promenade. On aurait dit des tourtereaux. Rien d'étonnant, après tout. C'est leur lune de miel. Nous avons porté une corbeille de fruits dans leur chambre.

— En anoraks ?

— Pardon ?

— Euh, je veux dire : ils avaient mis des anoraks pour leur promenade ?

— Naturellement ! Par le temps qu'il fait ! Il paraît que ça va encore refroidir. Si cela se trouve, il va bientôt neiger !

— Comment pouvez-vous être aussi sûre qu'il s'agissait bien de Frank Ashwood ? demanda Agnes pour recentrer le débat.

— Je ne sais pas, mais j'en suis sûre, répondit la femme de chambre d'une voix hésitante. À cause de sa façon de se tenir… »

Elle s'interrompit comme si elle venait de se rappeler qu'elle n'avait pas affaire à de simples clientes, mais à des potentielles meurtrières qui avaient interdiction de quitter leurs chambres.

« Vous voulez parler des blousons ? »

Agnes ne la lâchait pas l'affaire. Si quelqu'un avait aperçu Frank Ashwood vêtu d'un anorak jaune, il était pour ainsi dire confondu !

« Un orange et un jaune ? »

La femme de chambre la fixait avec méfiance derrière son plateau.

« Je ne vois vraiment pas en quoi cela vous regarde. Frank Ashwood est un habitué et je ne voudrais en aucun cas…

— Orange et jaune ? » insista Agnes.

L'employée baissa les yeux et fit mine de sortir. Mais la porte s'était refermée. Comme elle avait les deux mains occupées, elle dut s'arrêter.

Agnes se leva, s'approcha de la porte de son pas boitillant et posa la main sur la poignée.

« Orange et jaune ?

— Orange et jaune », confirma la femme de chambre à contrecœur.

Agnes lui ouvrit avec un sourire satisfait. Mais pile à ce moment-là, l'employée aperçut Oberon confortablement installé dans un fauteuil. Dans leur excitation, elles avaient oublié de l'enfermer !

La femme ne cria pas. Elle lâcha le plateau et s'enfuit à toutes jambes par la porte ouverte.

Assis en face de Winston, le maréchal fixait son assiette vide, son verre vide et un tire-bouchon qui avait l'air un peu perdu à côté d'une bouteille d'eau à moitié vide. Il n'apercevait nulle part de vin et la présence de ce tire-bouchon l'inquiétait parce qu'il éprouvait le sentiment qu'il aurait dû lui évoquer quelque chose, mais il ne savait plus quoi. Dans ces moments, hélas de plus en plus fréquents, le maréchal avait pris l'habitude de ne rien faire jusqu'à ce qu'il se rappelât de quoi il retournait. Cette fois pourtant, il avait du mal rester inactif. Son inaction n'était pas du tout agréable.

« Excellent ! » se réjouit Winston en s'essuyant la bouche avec sa serviette après avoir fini son repas. « On dira ce qu'on voudra, en tout cas, ils savent cuisiner ! »

Le maréchal, qui ne se souvenait plus de ce qu'il avait mangé, hocha la tête sans se prononcer.

Winston bâilla.

« Puisque de toute façon nous sommes coincés ici, je crois que je vais faire une petite sieste ! »

Il posa sa serviette sur la table et se dirigea vers son lit.

Coincés ici ? Comment cela ? Le maréchal n'osa pas lui poser la question.

Tout ce qu'il savait, c'était qu'il n'avait aucune envie de faire une sieste. Pendant que son camarade de chambre se glissait sous la couverture, il ramassa le tire-bouchon et le glissa dans la poche de sa veste militaire. Mieux valait être paré à toute éventualité.

Elles venaient de ramasser les derniers débris de vaisselle et les restes de nourriture éparpillés sur la moquette quand on frappa de nouveau à la porte.

« C'est maintenant qu'ils arrivent ! s'emporta Charlie en allant ouvrir. Une fois que nous avons tout nettoyé. Tu parles d'un service ! »

Ce n'était pas une femme de chambre, mais Trudy. Le serveur costaud jeta un regard malveillant dans la pièce, mais n'osa pas intervenir.

« Je peux ? » demanda Trudy.

Charlie hocha la tête.

« Il nous est arrivé un petit malheur, murmura-t-elle.

— Pas un seul, à ce que j'ai entendu dire ! »

La détoxiqueuse entra et jeta un regard curieux dans la chambre. Par bonheur, après leur récente mésaventure, Edwina avait pris la précaution d'enfermer Oberon dans la salle de bains de sorte que tout paraissait absolument normal.

« Vous n'avez pas le droit de sortir, c'est cela ? »

Trudy claqua la porte au nez du serveur vigile.

« C'est cela, confirma Agnes.

— Vous ne savez pas ce que vous ratez, poursuivit Trudy sur un ton joyeux. Il s'en passe, des choses, dans cet hôtel ! Les rumeurs vont bon train. Ils disent que le meurtre dans la salle de repos n'est pas le seul. À ce qu'il paraît, il y en aurait toute une série. Et devinez qui a fait ça ?

— Nous, dit Bernadette sans émotion.

— Exact ! s'exclama Trudy en s'affalant sur le divan. Ils prétendent que vous travaillez en équipe. Que vous êtes des tueurs à gages. Quel romantisme ! »

Elle se mit à rire.

« Ils disent aussi que vous cachez un serpent venimeux dans votre chambre.

— Il n'est pas venimeux », riposta Agnes, agacée par ces rumeurs.

Les gens n'avaient-ils donc rien de mieux à faire ? Non, sans doute que quand on est enfermé dans un hôtel avec un assassin, on n'a effectivement rien de mieux à faire que de se monter le bourrichon.

« Et ils disent aussi, reprit Trudy en se tournant vers Edwina, que tu as un cadavre dans le placard.

— Mensonge ! s'exclama Edwina.

— Le plus drôle reste que, bien qu'ils vous suspectent tous, ils se méfient tous les uns des autres ! »

Elle secoua la tête d'un air incrédule.

« Beaucoup s'enferment dans leur chambre de plein gré. Il y a aussi un petit groupe qui s'est retranché dans le Salon de la mer. Leur mot de passe est *manga*.

— Pardon ? demanda Edwina.

— Mangue A », répéta Bernadette.

Trudy fit semblant de pas avoir entendu.

« Ce midi, il n'y avait plus assez de couteaux au restaurant parce que tout le monde veut s'armer. Avec des couteaux à beurre ! Vous imaginez ? »

Elle éclata de rire et sortit un couteau de la poche de son jogging.

« Je m'en suis procuré un vrai, bien entendu. Deux précautions valent mieux qu'une, n'est-ce pas ? Néanmoins, le plus génial, c'est qu'ils ont annulé nos entraînements et que plus personne ne contrôle notre régime alimentaire ! N'est-ce pas merveilleux ? »

Elle s'adossa au divan et regarda Agnes, puis Edwina, puis Charlie et enfin Bernadette.

« Ne vous inquiétez pas, je sais que ce n'est pas vous. Cette histoire est complètement idiote ! Ils feraient mieux de vous laisser sortir et de poursuivre le vrai meurtrier.

— C'est bien mon avis, soupira Agnes. Mais ils ont posté un vigile dans le couloir. »

Trudy hocha la tête d'un air grave.

« C'est pour ça que je suis venue. »

Quelques minutes plus tard, Agnes jeta un œil à l'extérieur. Rien. Trudy avait promis de distraire le serveur et, de fait, il était parti ! Il ne fallait cependant pas traîner.

Agnes avait décrété que si elles ne voulaient pas être reconnues, elles devaient se séparer. Ensemble, elles n'avaient aucune chance de passer inaperçues. Seules, elles étaient de vieilles dames au milieu d'une foule de vieilles dames. Qui ferait la différence ?

Elle prit son courage à deux mains, sortit dans le couloir, adressa un dernier salut à ses amies et leva les pouces. Puis elle se mit en route pour le hall de l'hôtel. Ce n'était pas sans danger, certes, mais à son âge, tout ou presque tout était dangereux : se lever, se pencher, se doucher…

Si les habitants de Sunset Hall parvenaient à trouver une preuve tangible de la culpabilité de Frank Ashwood, ils pourraient mobiliser le personnel et mettre l'assassin hors d'état de nuire. En attendant, Agnes ne pouvait compter que sur ses propres forces.

Les couloirs étaient déserts. Ils n'avaient plus rien de chaleureux ni d'intime. La lumière n'était plus tamisée, sans doute pour rassurer les clients. En fait, cela produisait l'effet inverse. L'odeur agréable avait également disparu. Au lieu de cela, Agnes distinguait une odeur qu'elle ne connaissait que trop bien : la peur.

Son cœur battait à tout rompre pendant que, tenaillée par d'affreuses prémonitions, elle cherchait son chemin dans un labyrinthe à l'éclairage éblouissant, pareille à un rat indécis.

- 21 -
BARRICADES

Agnes connaissait à présent suffisamment bien le corps de pieuvre de l'*Éden* et avait donc une idée assez précise de l'endroit où se trouvait la chambre douze. Néanmoins, les couloirs de l'hôtel lui paraissaient différents. On avait coupé le doux ruissellement de gouttes de pluie. Dans ce silence de sépulcre, ses pas résonnaient. Son cœur battait bruyamment. Les sculptures en pierre aux formes organiques et les compositions d'orchidées jetaient des ombres effrayantes sur les murs. L'espace d'un instant, elle perdit complètement le sens de l'orientation.

Puis elle se ressaisit.

La chambre des Ashwood se trouvait dans le quatrième couloir. On pouvait y accéder soit depuis le hall, en passant devant le Salon de la mer, soit en faisant un petit détour par le spa au sous-sol.

Après un court instant de réflexion, elle opta pour la seconde solution. Ainsi, elle n'aurait pas à traverser le hall et limiterait le risque de se retrouver nez à nez avec Helen ou son sbire. Sa hanche ne lui permettait pas d'envisager une folle course-poursuite dans les couloirs de l'établissement !

Elle pénétra dans l'ascenseur et appuya sur le bouton Spa. Pendant que l'appareil se mettait en branle, elle jeta un œil critique dans le miroir sur la paroi du fond. Elle était petite – plus petite que dans son souvenir –, sèche et perturbée. Elle ressemblait non pas à une détective sur les traces d'un assassin, mais à une vieille dame qui se serait égarée. Sans lui laisser le temps de dire si elle était dépassée par les événements ou camouflée à la perfection, les portes de l'ascenseur s'ouvrirent avec une sonnerie guillerette.

Agnes tressaillit. Puis elle jeta un coup d'œil méfiant dans le spa : en tout cas, c'était tranquille, pour ne pas dire mort. Elle s'enhardit et sortit de la cabine juste avant que les portes se referment et que l'appareil reparte dans les hauteurs avec une telle hâte qu'elle eut l'impression qu'il voulait quitter ce lieu funeste aussi vite que possible. Elle ne pouvait pas lui en vouloir. Le spa déserté avait quelque chose de macabre.

Elle serra sa cannc dans la main et, dépassant l'accueil, pénétra dans la moiteur étouffante de l'ancien temple du bien-être. Il n'y avait finalement que quelques dizaines de mètres jusqu'au monte-charge et de là…

Elle sentit un frôlement sur son épaule et faillit crier.

Ce n'était qu'une plante.

Allez, courage !

Agnes avait l'impression d'être un explorateur s'aventurant dans les profondeurs de la jungle, snack protéiné à deux pattes sous les regards avides de monstres invisibles. Tout à coup, elle se prit à souhaiter qu'il ne régnât pas dans le sous-sol un tel… silence de mort.

Ses pas sur le grès résonnaient de façon étrange.

Elle reconnut la porte derrière laquelle elle s'était offert le premier – et vraisemblablement dernier – massage de son existence et essaya en vain de se remémorer la sensation de délicieuse détente. Son cœur battait trop fort. Peu importe, elle y était presque… Il n'y avait plus que…

Pour quelque mystérieuse raison, elle ne s'était pas attendue à tomber sur les portes vitrées de la salle de repos. Elle jeta un bref coup d'œil et, ensuite, ne put en détacher les yeux.

Bien sûr, le pauvre Walter Ross n'était plus là – ils avaient dû le transporter dans la chambre froide, où la place devait commencer à manquer à l'heure qu'il était. Néanmoins, la salle de repos restait un lieu sordide. Derrière les fenêtres, on apercevait vaguement la mer, bleue et insouciante, à des années-lumière de la triste réalité.

Agnes tenta de se concentrer sur ce spectacle, mais n'y parvint pas.

À l'époque où elle n'avait que soixante-dix ans et qu'elle était encore pétulante, elle s'était lancée dans l'élevage de poules. Pourquoi pas ? Elle disposait d'un grand terrain, les œufs de son propre poulailler étaient meilleurs que ceux qu'on achetait en magasin et les volailles s'étaient révélées des animaux de compagnie agréables et étonnamment ouverts. Jusqu'au jour où le renard avait débarqué. Après son passage, le poulailler ressemblait à peu près à la salle de repos qu'elle avait sous les yeux.

Agnes frissonna.

Qu'était-elle venue faire ici ? N'aurait-il pas mieux valu se barricader dans sa chambre comme les clients armés de leur couteau à beurre ? Prétendait-elle vraiment harceler le monstre qui avait ravagé la salle de repos ?

Oui, il fallait bien que quelqu'un s'y colle. Elle avait fermé les yeux sur le meurtre du sacristain et manqué de discipline. Elle avait donc une dette envers le monde. L'important était de ne jamais cesser de grandir, voilà ce qu'elle avait retenu d'Oberon.

Soudain, une nouvelle certitude s'imposa à elle : à l'origine, la série de meurtres à l'*Éden* s'expliquait peut-être par des raisons pratiques, mais très vite, l'assassin n'avait plus seulement cherché à éliminer des témoins. Il avait voulu profiter de la vie.

Alors, elle entendit un petit bruit. Rien qu'un léger glissement, comme si quelqu'un avait buté contre un seau ou une chaise. En tout cas, elle aurait pu jurer que cet infime frottement provenait du sous-sol.

Il y avait quelqu'un !

Elle n'était pas seule !

À peine quelques instants plus tard, elle avait déjà atteint le monte-charge et appuyait de toutes ses forces sur le bouton de fermeture sans quitter le couloir des yeux. Elle n'avait aucune idée de la manière dont elle s'y était prise pour marcher si vite. L'essentiel était qu'elle fût là et que les portes du monte-charge se ferment avant que quoi que ce soit surgisse dans le couloir et l'empêche de fuir.

Fuir.

Elle ne pensait plus qu'à fuir.

Enfin, les portes se refermèrent. Le monte-charge poussa un profond soupir, puis s'ébroua et emporta Agnes avec lui. Bien qu'il n'y eût qu'un étage, elle avait l'impression d'avoir échappé aux enfers. Elle entra dans le hall, se cacha derrière une grande fougère et reprit son souffle.

La réception était vide. Pourtant, Agnes entendait des voix surexcitées. Il était grand temps de reprendre son chemin. L'avantage d'un pic d'adrénaline était qu'on ne sentait plus la douleur, plus aucune douleur. Elle attendit un instant d'avoir un peu moins les jambes en coton, puis la peur lui donnant des ailes, elle se précipita dans le couloir qui menait à la chambre douze.

Edwina avait considérablement progressé. Elle portait en effet la perruque à boucles blondes qui faisait partie de son équipement d'agent secret et avait emprunté à Charlie une veste à paillettes. Ainsi, personne ne pourrait la reconnaître. Personne !

Bon, jusqu'à présent, elle n'avait à vrai dire pas encore eu beaucoup d'occasions d'être reconnue. Mais arrivée devant le Salon de la mer, alors qu'elle s'apprêtait à tourner vers le hall, elle se retrouva soudain devant une barricade faite de tabourets empilés.

Là, deux hommes d'âge moyen attendaient, un maigrichon chauve et un rondouillard aux cheveux gris et plats qui frisottaient dans la nuque. Ils ne l'avaient pas encore remarquée parce qu'ils surveillaient le hall pardessus la barricade.

Edwina se joignit à eux et entreprit de surveiller le hall à son tour. Qu'est-ce qu'ils attendaient ? Le hall était vide. Derrière les portes vitrées du Salon de la mer, elle distingua quelques personnes qui semblaient se dévisager avec méfiance.

Rapidement, elle en eut assez de monter la garde.

« Il ne se passe rien », dit-elle tout bas.

Les deux hommes se retournèrent. Elle les avait déjà vus, sûrement au restaurant ou au petit déjeuner. Elle les lorgna sous ses mèches de cheveux synthétiques et leur adressa un sourire aimable.

« Belle journée, n'est-ce pas ? »

Bien qu'elle ne fît pas grand cas des banalités, elle avait appris que quelques remarques insignifiantes sur le jour qu'on était ou le temps qu'il faisait détendaient l'atmosphère. Cette fois pourtant, sa formule n'eut pas l'effet escompté.

« Comment pouvez-vous dire une chose pareille ? s'emporta l'homme aux cheveux frisottés. Nous sommes en pleine crise ! Nous sommes pris au piège ! C'est une question de vie ou de mort ! »

Il tremblait.

« Cela peut quand même être une belle journée, maintint Edwina en redressant sa perruque.

— Qui êtes-vous d'abord ? demanda le chauve sur un ton sévère.

— Je suis… »

Edwina se rappela d'extrême justesse qu'elle se promenait incognito.

« Je m'appelle Hettie ! »

Elle jubilait. Tant qu'à être quelque d'autre, autant être Hettie !

« Je ne vous ai encore jamais vue ici », insista le chauve.

Elle haussa les épaules. Qu'est-ce qu'elle en avait à faire, qu'il ne l'ait jamais vue ? Elle conclut qu'elle avait suffisamment fait preuve de politesse et entreprit de gravir la montagne de tabourets.

« Nous ne pouvons pas vous laisser vous en aller comme ça ! s'écria le chauve en la retenant par le bras. Vous ne savez pas qu'un assassin sévit à l'*Éden* ? Un assassin, que dis-je ? Une bande d'assassins plutôt ! »

Elle voulait se dégager, mais il ne la lâchait pas.

« Freddy, soupira le grassouillet aux cheveux frisottés. Est-ce vraiment… ?

— Bien sûr que c'est nécessaire ! le rabroua le chauve. Personne ne passe ! C'est la consigne ! Il en va de notre sécurité !

— Mais c'est juste une… »

Le grassouillet esquissa un mouvement dédaigneux. Ses frisettes grasses frémirent.

« En plus, elle n'est pas arrivée par l'autre côté.

— Les consignes sont les consignes, s'écria le chauve. Je me moque de savoir par quel côté elle est arrivée ! »

Il s'était échauffé, son visage prenait une teinte rouge disgracieuse.

Edwina réfléchit. En temps normal, elle aurait pu calmer le fanatique des consignes au moyen d'un coup de pied bien placé. Seulement, elle aurait alors pu dire adieu à son camouflage et Agnes n'aurait pas manqué ensuite de lui reprocher son manque de discrétion. Au bout du compte, cela ne lui servirait pas à grand-chose d'arriver devant la porte de la chambre douze avec une meute d'insurgés à ses trousses. Elle se laissa donc faire et les suivit dans le Salon de la mer.

« Je dois vraiment y aller, dit-elle avec politesse.

— Pas sans le mot de passe ! » insista le chauve.

Elle cogita très vite. Trudy n'avait-elle pas évoqué un mot de passe ? Un fruit exotique ou quelque chose dans le genre. Avec une lettre de l'alphabet.

Kiwi A ?

Litchi B ?

Mangue C ?

Agnes faisait à présent le pied de grue devant la chambre douze. La porte en elle-même paraissait inoffensive. Elle était en bois sombre, comme toutes les autres. Elle portait un numéro en métal brossé. La pancarte NE PAS DÉRANGER était accrochée à la poignée.

Derrière régnait un silence absolu.

Agnes n'entendait que son cœur battre dans sa poitrine.

Que faisait Edwina ?

Elles s'étaient pourtant bien mises d'accord. Chacune se rendrait devant la porte douze par un chemin différent et la première arrivée attendrait l'autre. Ensuite, elles entreraient dans la chambre ensemble (Agnes ne savait pas encore trop comment, mais Edwina trouverait sûrement un moyen) et elles interrogeraient Frank Ashwood ou (mieux encore) elles profiteraient de son absence pour chercher des preuves. Après cela… on verrait bien.

Charlie et Bernadette, elles, devaient monter la garde dans la chambre de leurs amies et, au cas où celles-ci ne seraient pas rentrées au bout d'une demi-heure, aller prévenir les hommes. Alors, le maréchal viendrait sans doute la sauver, même si elle devait s'attendre à se faire sonner les cloches.

La stratégie n'était pas sans risque, mais pour tout avouer, Agnes n'avait pas la patience d'attendre que l'assassin découvre un moyen de lui rendre visite dans sa chambre.

Elle dansait d'un pied sur l'autre et tendait l'oreille avec l'aide de ses nouveaux appareils auditifs. Elle ne voyait ni n'entendait rien, mais avait néanmoins le sentiment désagréable qu'on l'observait.

Où diable se cachait Edwina ?

Edwina s'était confortablement installée dans un fauteuil du Salon de la mer et répondait aux questions qu'on lui posait. Cela se passait plutôt mal. De toute évidence, ni le chauve, ni le frisotté, ni aucun des autres clients ici présents n'avait la moindre idée du déroulement d'un interrogatoire.

Par exemple, ils ne savaient pas qu'on ne propose pas au suspect un fauteuil confortable, avec en outre un mélange de cacahouètes et de noix et une vue splendide sur la côte. Non, on l'asseoit sur un tabouret dans une petite pièce sombre et on l'éblouit à l'aide d'une lumière crue.

Edwina avait du mal à se concentrer. Oberon lui manquait, et son existence incognito l'ennuyait.

Le chauve approcha du sien son visage écarlate. Il dit quelque chose, beaucoup trop fort à son goût. Il était sourd en plus ?

« Pourquoi êtes-vous sortie de votre chambre ? demanda-t-il pour la énième fois. Où voulez-vous aller ? »

Elle l'observa avec un regard empreint de pitié. Dans un interrogatoire, on ne demande jamais ce qu'on veut vraiment savoir ! On demande tout, sauf ça !

« Je voulais aller faire du yoga, dit-elle sans se démonter.

— Là, maintenant ? s'exclama le frisotté avec effroi. Dans une situation pareille, vous pensez au yoga ? »

Edwina lui expliqua que c'était précisément dans ces moments-là qu'il fallait penser au yoga. Respirer profondément, se débarrasser de ses peurs, prendre conscience de la beauté de l'instant permettait de garder son calme et sa sérénité, même quand l'ambiance générale était plutôt morose.

Le yoga est un voyage intérieur, une alternative au monde extérieur, une adhésion à la vie.

À présent, un petit groupe d'auditeurs intéressés s'était formé autour du fauteuil d'Edwina.

Agnes, de son côté, ne parvenait pas pour le moment à jouir de la beauté de l'instant. Elle poireautait toujours comme une imbécile devant la chambre douze et la douleur à sa hanche refaisait surface malgré la montée d'adrénaline. Dommage.

Il n'y avait toujours aucune Edwina en vue, et chaque minute d'attente augmentait les chances que quelqu'un – l'assassin par exemple – la découvre.

Cela étant, la question se posait toujours de savoir comment pénétrer dans la chambre douze. Edwina était sûrement la championne des épingles à cheveux et des cartes de crédit – à supposer qu'on soit assez fou pour lui prêter sa carte de crédit –, mais en fin de compte, elle avait pris sa retraite depuis un bon moment et, à l'*Éden*, les serrures étaient hypermodernes. Il n'y avait ni clé ni serrure. On ouvrait les portes avec des cartes magnétiques, mais pas avec n'importe quelle carte magnétique – en l'occurrence, il fallait celle des Ashwood.

À moins que… ?

Agnes fouilla dans la poche de sa veste. Plutôt que d'interrompre sa mission et de repartir s'enfermer dans sa chambre où elle passerait le reste de la journée à ruminer contre Edwina, elle pouvait au moins tenter sa chance.

Ah, la voilà !

Elle écarta la pancarte NE PAS DÉRANGER et approcha sa carte magnétique du capteur. Ce n'était pas facile de garder l'équilibre, mais…

Quoi ?

Avant même que la serrure eût émis un clic, la porte s'entrouvrit. Une fois de plus, Agnes eut l'impression d'être une idiote finie. Vouloir entrer quelque part sans la clé, c'était déjà assez stupide, mais poireauter devant une porte mal fermée, c'était le summum de la stupidité.

Bon, et maintenant ?

Devait-elle attendre Edwina plus longtemps ? Elle avait promis à ses amies de ne rien entreprendre seule, mais il fallait se rendre à l'évidence. Elle était sur place et elle était seule. À qui la faute ? Ce n'était pas la sienne en tout cas !

Elle pouvait peut-être jeter un petit coup d'œil dans la chambre, histoire de ne pas avoir couru autant de risques pour rien. Un petit coup d'œil ou peut-être même deux… Cela ne pouvait pas faire de mal, d'autant que Frank Ashwood était sans doute parti à sa recherche dans l'hôtel. Il n'avait sûrement pas imaginé qu'elle déboulerait dans sa chambre ! En certaines circonstances, la gueule du loup pouvait s'avérer être le lieu le plus sûr, comme elle avait lu elle ne savait plus trop où…

Elle entrebâilla la porte un peu plus et tendit l'oreille. Rien. Alors, elle entra d'un pas résolu, puis ferma derrière elle.

La chambre des Ashwood était beaucoup plus grande que celle qu'Agnes partageait avec Edwina. Elle comprenait un ensemble de larges fauteuils aux formes arrondies, disposés autour d'une table en bois flotté sur laquelle était posée une composition d'orchidées, une baignoire encastrée dans le sol – attention, ça sentait le piège ! – et un lit si monumental qu'il fallait sans doute prendre rendez-vous pour se livrer à ses activités conjugales – en haut à droite, chérie, derrière le troisième oreiller !

La jalousie d'Agnes ne dura toutefois qu'une infime seconde.

Contrairement aux autres pièces de l'*Éden*, il faisait froid dans cette chambre. C'était un froid anormal, un froid si glacial que même la morte allongée sur le lit avait tiré sa couverture jusqu'au menton. C'était du moins l'impression que cela donnait.

Agnes s'approcha prudemment et baissa le regard vers le petit visage pâle qui reposait entre les draps. Il s'agissait de la femme trempée, cela ne faisait aucun doute. Depuis le temps qu'elle rêvait de la rencontrer !

Bien entendu, la femme trempée n'était plus trempée, mais vu comme ses cheveux étaient plaqués contre son crâne, on devinait qu'elle avait dû l'être. En outre, la peau claire et les traits fins d'Eve Ashwood écartaient le moindre doute. Même dans la mort, elle restait belle. Une main blême reposait avec élégance sur le drap, les doigts serrés autour d'une orchidée blanche. La fleur semblait un peu flétrie à cause du froid et de la tige cassée.

Frank Ashwood n'avait donc pas jeté le corps de sa femme du haut de la falaise.

Il l'avait exposé, il l'avait même traité avec précaution et tendresse.

Agnes était un peu perdue. Pouvait-il vraiment s'agir de la même personne que celle qui avait tranché la gorge du pauvre Walter Ross de manière si brutale dans la salle de repos ? Oui, bien sûr, tuer, c'était tuer, et le fait qu'Ashwood ait repêché le corps de sa femme et l'ait conservé dans sa chambre en disait long sur son état d'esprit.

Soudain, elle comprit pourquoi il faisait aussi froid dans la chambre. Ashwood avait laissé la porte-fenêtre grande ouverte, sans doute pour éviter que le cadavre ne répande trop vite une odeur suspecte.

Par bonheur, il avait quitté les lieux. Il devait se cacher quelque part dans les coulisses ou dans une autre chambre, à moins qu'il n'eût quitté l'hôtel pour se mettre au frais. Un homme aussi sportif que lui avait peut-être une chance d'atteindre le village.

Elle remarqua toutefois qu'elle espérait le contraire. Elle voulait l'arrêter, lui demander des comptes, lui faire payer – ses crimes bien entendu, mais aussi le fait qu'il avait complètement gâché leurs vacances romantiques.

Très vite, elle se rappela que l'assassin avait une bonne raison ne pas chercher à prendre le large. Cette raison, c'était elle, Agnes Sharp, la dernière témoin du Salon de la mer.

Son cœur battait. Que faisait-elle ici, seule et sans arme, dans la chambre d'un meurtrier ?

« Où te caches-tu ? » murmura-t-elle dans le froid.

Qui es-tu ?

Son haleine flottait dans l'air comme un point d'interrogation.

- 22 -
CHAMBRE DOUZE

« Quelle heure est-il maintenant ?

— Quatre heures cinq.

— Encore ?

— Oui, encore ! »

Charlie, nerveuse, se tortillait dans son fauteuil. Bernadette, elle, avait commencé à tourner comme un lion dans sa cage. Un lion obèse avec une canne blanche. Cela faisait un bruit infernal. En même temps, elle semblait réfléchir, ce qui était extrêmement inquiétant.

« Assieds-toi ! se fâcha Charlie. Le temps ne passe pas plus vite parce que tu fais les cent pas ! »

Agnes et Edwina étaient déjà sorties depuis un bon moment. Encore dix minutes et il faudrait prévenir Winston et le maréchal. Charlie en tremblait d'avance. Elle imaginait déjà les regards choqués, puis la panique dans les yeux du maréchal et le silence lourd de reproches. Ensuite, les deux hommes seraient pris d'une fébrilité aveugle et se jetteraient à corps perdu dans un plan improvisé. Sans Agnes, responsable de la planification en temps normal, leur activisme était pour ainsi dire condamné à l'échec.

Charlie soupira.

« Et maintenant, il est quelle heure ? » voulut savoir Bernadette qui continuait inlassablement de tourner dans sa cage.

Sa colocataire baissa les yeux vers sa montre avec résignation. C'était un cadeau de son premier mari, qui était très mignon dans le fond, surtout comparé au deuxième.

« Quatre heures six.

— Quoi ? Déjà quatre heures six ? »

Bernadette s'arrêta et fronça les sourcils.

« Je crois qu'Agnes et Edwina sont en difficulté !

— Nous sommes toutes en difficulté, répliqua Charlie, surtout si nous devons avouer la vérité au maréchal. »

Bernadette frappa la moquette de sa canne d'un air songeur.

« Peut-être ferions-nous mieux de ne rien lui avouer, suggéra-t-elle. Je veux dire : que veux-tu qu'il fasse, sans arme, mis à part un infarctus peut-être ? Cela ne rendrait service à personne. Et surtout pas à Agnes ! »

Charlie dressa l'oreille.

« Toi, tu as une meilleure idée !

— Je crois. »

Bernadette afficha une mine soucieuse, si bien que Charlie devina aussitôt que cette idée avait un rapport avec son mystérieux soupirant. Pourquoi pas, après tout ? Cet inconnu pouvait se rendre aussitôt utile, et en tout état de cause, elle n'imaginait rien de pire que devoir avouer au maréchal qu'elles avaient laissé Agnes et Edwina se jeter dans la gueule du loup sans rien faire.

Bernadette avait déjà passé la porte et guettait les bruits dans l'hôtel. Charlie la rejoignit et jeta un coup d'œil à droite et à gauche. Personne ! Quel qu'eût été le stratagème inventé par Trudy, il avait joliment bien marché !

« La voie est libre », murmura-t-elle.

Bernadette hocha la tête et s'engagea dans le couloir.

« Attends-moi ici, lui ordonna-t-elle tout bas. Je reviens aussi vite que possible. »

Charlie ouvrit la bouche dans l'intention de protester, mais Bernadette avait déjà disparu, sans un bruit, derrière une des douces courbes du couloir. Charlie la chercha des yeux et fut tentée de crier : « Attends ! » Cependant, elle avait conscience qu'un tel cri aurait été déplacé et même risqué. Il régnait dans le couloir un grand silence menaçant. Elle fut prise d'un frisson, rentra dans la chambre et verrouilla la porte de l'intérieur.

« Les rats quittent le navire », murmura-t-elle, surtout pour mettre fin au silence.

Elle ne put s'empêcher de penser à Oberon qui devait lui aussi avoir des rats en tête, quoique pour d'autres raisons. Avant de partir, Edwina avait enfermé le serpent dans la salle de bains et les avait exhortées à prendre grand soin de lui. Le moment était donc venu. Charlie seule avec le serpent. Elle avait toujours redouté que cette situation ne se produise.

Cependant, Oberon n'était pas sa principale préoccupation pour le moment. Le pire était qu'elle se retrouvait seule dans la chambre où l'assassin imaginait pouvoir mettre la main sur Agnes et qu'elle ne possédait même pas un couteau à beurre ! Comment avait-elle pu ne pas y songer plus tôt ? C'était sûrement à cause du boucan de Bernadette !

Charlie tira une chaise vers la porte et la cala au-dessous de la poignée. Parfait ! Personne ne pourrait entrer à présent ! Personne ! Ah mince, il restait la fenêtre ! Charlie traversa la chambre en courant et ferma les rideaux. L'espace d'un bref instant, elle envisagea de choisir celui des deux dangers qu'elle connaissait le mieux et de se réfugier avec Oberon dans la salle de bains quand elle entendit un coup sourd non loin d'elle.

Un frisson glacial lui parcourut le corps.

Et si le meurtrier n'essayait pas du tout de pénétrer dans la pièce ?

S'il était déjà là depuis longtemps ?

Bernadette parcourut à toute vitesse les couloirs de l'hôtel, la canne devant elle, et la détermination qu'elle avait ressentie au départ se mua rapidement en un sentiment de bien-être. L'idée qu'elle croyait excellente se révélait n'être en fait qu'un prétexte spécieux. Elle voulait retrouver Jack, c'était tout !

Naturellement, Jack l'aiderait à sauver Agnes – en supposant qu'il ne fût pas le meurtrier. Mais Agnes avait semblé assez convaincue qu'il s'agissait de Frank Ashwood, et Bernadette avait résolu de la croire. C'était la partie rusée de son plan.

La partie plus délicate était qu'elle devait commencer par trouver Jack, ce qui, pour une aveugle, dans un hôtel où tous se soupçonnaient mutuellement et soupçonnaient plus encore les habitants de Sunset Hall, risquait d'être assez compliqué. Elle ne connaissait même pas le numéro de sa chambre !

Elle s'arrêta pour écouter. Pourquoi régnait-il un si terrible silence ? Elle distinguait à peine le mugissement de la mer au pied des falaises et un léger vrombissement qui devait provenir du chauffage ou de l'air conditionné.

Sinon, rien.

À moins que… une respiration ?

Elle serra la canne entre ses doigts et mit ses oreilles à l'épreuve. Maintenant, elle en était sûre : quelqu'un respirait, pas très loin, tout bas, et pourtant de façon indubitable.

Bernadette réfléchit à toute vitesse. Le fait que l'individu à l'origine de ce souffle ne lui parlait pas et ne donnait pas non plus l'alerte ne promettait rien de bon. Elle devait se trouver près du Salon de la mer, là où le couloir s'élargissait et débouchait dans le hall. Peut-être parviendrait-elle à gagner la réception où, avec un peu de chance, on la reconnaîtrait et lui proposerait de la ramener dans sa chambre. Ce ne serait pas un retour très glorieux, mais dans les circonstances actuelles, ce n'était pas la pire des solutions.

Elle accéléra, la canne toujours en avant.

Au bout de quelques pas, elle buta à sa grande surprise contre quelque chose de dur.

Elle tendit la main et reconnut du métal et du bois. Dans tous les sens. Comme si l'on avait superposé des tabourets.

Elle essaya de les repousser. En vain.

Charlie avait regardé sous les lits, derrière le divan et même, au péril de sa vie, dans la salle de bains où Oberon dormait paisiblement, enroulé au fond de la baignoire.

Rien.

Il ne restait donc plus qu'une possibilité. Elle en était maintenant quasi sûre : quelqu'un se cachait dans l'armoire. De temps à autre, elle percevait un doux frottement et elle avait même cru entendre une sorte de quinte de toux étouffée. Au départ, elle avait pensé qu'il s'agissait à nouveau d'une de ces bestioles qu'Edwina affectionnait et, connaissant sa colocataire, elle était allée jusqu'à subodorer un scorpion ou une mygale. Mais ensuite elle s'était rappelé que les animaux ne toussaient pas, surtout de manière étouffée.

Pendant un bon moment, elle s'était contentée de fixer la porte de l'armoire avec méfiance, mais elle finit par craquer. Meurtrier ou pas, elle devait savoir qui se cachait là-dedans. Elle chercha une arme appropriée et se décida en faveur d'une bouteille de champagne trouvée dans le minibar. Le goulot tenait bien dans la main.

Brandissant la bouteille au-dessus de sa tête, elle s'approcha de l'armoire. Il fallait ouvrir la porte très vite et frapper l'occupant sur le crâne avant qu'il eût le temps de réagir. Cela lui semblait un plan simple et efficace. Sa main droite s'approcha de la poignée centimètre par centimètre. Elle se posa dessus et tira…

« Aaaah ! »

Tandis qu'elle poussait ce cri de guerre, Charlie prit conscience d'un certain nombre d'imprévus. En premier lieu, la porte de l'armoire refusa de s'ouvrir. Plus la peine de compter sur l'effet de surprise. Deuxièmement, l'assaut exigeait une telle force de la main droite que les doigts de la gauche se relâchèrent et que son arme tomba par terre dans un bruit lourd. Par chance, la moquette était épaisse et la précieuse bouteille de champagne survécut à la chute. Charlie cessa de secouer la poignée pour s'accorder un répit.

« C'est fermé à clé ! cria une voix dans l'armoire.

— J'ai vu ! » s'emporta-t-elle, à présent franchement de mauvaise humeur.

Tout ça pour ça ? La voix ne paraissait guère dangereuse, elle semblait plutôt jeune et assez endormie.

« Edwina a posé la clé sur la commode », dit la voix pleine de bonne volonté.

Charlie releva les yeux. En effet : là, sur la commode, se trouvait une clé qui ressemblait assez à une clé d'armoire.

« Pourquoi devrais-je ouvrir ? demanda-t-elle avec indignation. Si Edwina t'a enfermé, elle a sans doute de bonnes raisons.

— Je n'ai pas dit que tu *devais* m'ouvrir, répliqua la voix avec beaucoup de bon sens. Je voulais juste dire que tu *pouvais* m'ouvrir. J'ai comme l'impression que tu as envie de te cacher dans l'armoire, mais c'est à toi de voir… »

Il n'y avait pas grand-chose à objecter à cette observation.

Charlie, dépassée par les événements, se tut. Elle se sentait flouée. S'agissait-il d'une astuce ? Elle pouvait très bien ne pas ouvrir et éviter le danger. L'armoire lui paraissait robuste. Toutefois, la curiosité la taraudait. Elle s'avança vers la commode et prit la clé. Devait-elle ouvrir ? Ne devait-elle pas ?

Ah zut ! il fallait qu'elle sache qui se cachait dans cette armoire.

« Je vais maintenant ouvrir, annonça-t-elle. Mais attention, je suis armée.

— Cool ! » s'exclama la voix provenant de l'armoire.

Charlie posa la bouteille de champagne à côté d'elle, à portée de main, et glissa la clé dans la serrure.

« J'ouvre ! répéta-t-elle pour se donner du courage.

— Vas-y ! » l'exhorta la voix.

Bernadette trébucha, mais se rattrapa juste à temps à une main. Une main grande, chaude et sèche.

« Des tabourets de bar, murmura une voix à son oreille. Un tas de tabourets. Je ne sais pas quelle bande d'imbéciles les a empilés ! Construire une barricade est assez idiot, si tu veux mon avis, surtout quand on ne sait pas d'où vient le danger ! »

Avant même d'avoir pu traiter l'information, Bernadette remarqua que son corps se détendait.

« Et sinon ? demanda-t-elle à voix basse pour dissimuler son soulagement.

— Dans le Salon de la mer, il y a tout un paquet de gens en train de faire du yoga. Ils sont tellement occupés qu'aucun d'eux ne songe à surveiller la barricade. Si certaine gente dame éprouvait le désir de passer de l'autre côté, cela serait par conséquent tout à fait possible.

— Je souhaite en effet passer de l'autre côté », concéda Bernadette.

Au fond, elle désirait uniquement rester seule avec lui et fondre comme glace au soleil. Mais ce n'était pas le moment, elle le savait.

Elle entendit un bruit de métal, puis la main chaude la guida avec une parfaite maîtrise dans un étroit passage en zigzag. Aussitôt après, Bernadette sentit que l'espace s'ouvrait, qu'il s'élargissait.

« Il y a quelqu'un ? demanda-t-elle.

— Rien qu'un chien, murmura Jack. Et il dort. »

Elle se laissa conduire, probablement derrière une grande fougère, pareille à celles qu'ils avaient beaucoup fréquentées autrefois sans vraiment le vouloir. Elle décida de s'accorder un moment de glace au soleil.

La vie était trop courte, surtout à partir d'un certain âge, et il y avait des choses qu'on devait avoir vécues avant de prendre le chemin de l'au-delà.

Edwina avait commencé en douceur par des exercices respiratoires et la posture en tailleur, puis avait poursuivi avec une simple posture de l'arbre qui dépassait cependant déjà les aptitudes de la plupart des gens dans le Salon de la mer. Une femme soupirait en se massant les chevilles, le frisotté tomba carrément à la renverse – un peu comme un tronc, il fallait le reconnaître – et le reste de l'assemblée vacillait et flageolait de manière inquiétante.

« C'est plus facile, expliqua-t-elle un pied en l'air, quand on fixe un point précis. »

Elle se tenait droite comme un jeune bouleau, sans effort et avec grâce.

« En revanche, si on ferme les yeux, c'est nettement plus difficile… »

Elle ferma néanmoins les yeux pour s'épargner le spectacle des silhouettes chancelantes. En principe, elle n'était pas opposée à l'idée d'enseigner le yoga, surtout à des gens qui en avaient autant besoin que les clients de l'*Éden*, mais pour le moment, elle avait d'autres soucis. Elle devait retrouver Agnes, fouiller la chambre douze, confondre l'assassin et retourner aussi vite que possible auprès d'Oberon à qui elle manquait sans doute beaucoup.

Elle perçut un vacarme autour d'elle et ouvrit les paupières malgré elle. Ses élèves avaient bien entendu voulu essayer de fermer les yeux. Ils tombaient les uns après les autres, trébuchaient et s'agrippaient à leurs voisins.

Dans le chaos général, elle eut une illumination.

« Mangue A ! » s'écria-t-elle.

Alors, elle arracha sa perruque, sauta au-dessus d'un débutant tombé par terre, traversa le Salon de la mer, ouvrit la porte, gravit la barricade et courut en direction de la chambre douze.

Un homme dans l'armoire d'Edwina ! Charlie n'en revenait pas. Elle la croyait capable de s'intéresser à toutes sortes d'animaux – des bébés éléphants, des mygales, oui –, mais aux hommes, non ! Pourtant, le fait était là.

Chapeau !

L'homme en question était certes un gamin maigre comme un clou, mal habillé, qui sentait mauvais, mais il est vrai qu'à leur âge, elles ne pouvaient plus se montrer difficiles.

Le jeune homme et elle avaient d'ailleurs commencé à sympathiser. Ils avaient d'abord ouvert la bouteille de champagne, puis elle lui avait prêté son câble pour qu'il puisse recharger son téléphone.

Il lui avait appris qu'il était *blogueur*, c'est-à-dire qu'il vivait de petites vidéos diffusées sur Internet. Il ne s'agissait même pas de films olé olé, mais de simples reportages sur sa vie quotidienne, sa musique, ses vêtements (incroyable !) et ses cosmétiques. Pourtant, elle aurait juré que son visage n'avait pas vu le moindre produit de toilette depuis un bon moment. Ça alors !

Il avait d'ailleurs fait des vidéos de l'hôtel, y compris dans sa cachette. Bien entendu, Charlie n'osa pas lui demander comment il était arrivé dans l'armoire d'Edwina. Elle savait se tenir, quand même !

« En fait, j'ai commencé une cure de désintoxication », avoua-t-il sans qu'elle lui eût rien demandé.

Il s'était présenté sous le nom de Mojo, mais elle n'avait pas cru une seconde que ce fût son vrai prénom.

« De désintoxication ! maugréa-t-elle avec condescendance.

— Ce n'était pas si terrible que ça, précisa-t-il. Sauf qu'ensuite, ma grand-mère m'a envoyé dans cet hôtel, et là pour le coup, il ne se passe vraiment rien. C'est à mourir d'ennui ! »

Il ne se passe rien ? Charlie avala d'un trait le reste de sa flûte de champagne. Mojo avait raté quelques épisodes, au fond de son armoire !

Agnes avait examiné la chambre des Ashwood à la loupe sans faire aucune découverte significative. Une boîte contenant une lampe à infrarouge confirmait qu'Oberon avait appartenu à Eve Ashwood, mais cette information n'était pas d'un grand intérêt pour l'enquête. Dans la salle de bains, elle n'avait pas simplement trouvé deux brosses à dents amoureusement appuyées l'une contre l'autre, mais aussi un paquet de somnifères vide. Pour le reste, les affaires du couple constituaient l'exemple même du chic impersonnel. Rien n'expliquait pourquoi Ashwood avait soudain décidé, en pleine lune de miel, de mettre fin de manière aussi brutale à leur récente union ainsi qu'à la vie de son épouse, et à se lancer ensuite dans une série de meurtres.

Peut-être ce vide, ce manque total de personnalité était-il précisément ce qui le trahissait ? Si seulement le maréchal avait été là, ou bien Winston, ou même Edwina ! L'un d'eux aurait à coup sûr eu une idée.

Même une idée stupide suffisait parfois à faire avancer une enquête. Où diable Edwina se cachait-elle ?

Pendant un court moment, Agnes ressentit un tel épuisement qu'elle fut tentée de s'allonger à côté d'Eve Ashwood, la couverture tirée jusqu'au nez. Voilà, terminé. En tout cas, elle ne s'était pas trompée au sujet de la femme trempée. Frank Ashwood ne venait pas par hasard en tête de la liste des suspects.

Cela étant, elle avait le sentiment de n'avoir pas avancé d'un pouce. Qu'est-ce qui lui avait échappé ? Où en était-elle ? Que faire désormais ?

Pour commencer, elle pourrait s'asseoir.

Agnes posa prudemment les fesses sur le bord du lit – malgré la présence d'Eve, il restait beaucoup de place – afin de profiter de la mollesse du matelas. Parfait ! Quel plaisir de se reposer un instant, et surtout de ne penser à rien. Elle remarqua à quel point elle était fatiguée. Partager un lit avec une morte dans une chambre glaciale à l'autre bout du monde, c'était ça qu'elle appelait des vacances ? Le froid lui rappelait Sunset Hall, elle se sentit gagnée par la nostalgie. Si c'était pour traquer un assassin par des températures dignes de l'Arctique, autant rester entre ses quatre murs ! Chez elle, elle aurait au moins connu les victimes et le criminel. Elle aurait pu voir par elle-même et n'aurait pas dû se contenter de stupides photographies…

À ce moment-là, un détail sur le sol attira son attention. C'était le squelette d'une grappe de raisin dénudée. Il faisait penser à un doigt osseux et semblait pointer dans une direction. Sans le vouloir, Agnes suivit celle-ci du regard et découvrit un carré de papier. On aurait dit le dos d'une photographie. Elle ne savait pas pourquoi les photos tombaient toujours du mauvais côté, comme les tartines. Ce devait être une sorte de loi de la nature.

Agnes quitta le matelas en gémissant et entreprit de se baisser, un processus aussi compliqué que douloureux. Quoique avec beaucoup de mal – sans doute à cause du froid –, elle réussit quand même à attraper le morceau de papier, plissa alors les yeux parce qu'elle n'avait pas ses lunettes et regarda.

La photographie représentait Eve Ashwood, tout juste vêtue d'un boa et d'une sorte de ceinture en lamé. Agnes ne put s'empêcher d'admirer son corps parfait des pieds à la tête, puis elle s'aperçut qu'Eve Ashwood était assise sur les genoux d'un homme – qui n'était manifestement pas son mari !

Elle souffla avec force et vit un petit nuage blanc s'éloigner furtivement de sa bouche. Elle tenait enfin un motif ! Il ne devait pas être facile de découvrir une telle photographie pendant sa lune de miel. Rien d'étonnant qu'on perde alors le contrôle de soi-même et qu'on noie sa tendre et chère dans une piscine.

Pourtant, Agnes éprouva aussitôt un doute. Eve Ashwood n'avait pas été tuée dans un mouvement irréfléchi. Elle portait une robe du soir rouge et il paraissait peu probable qu'elle se soit rendue à la piscine dans cette tenue. Quelqu'un l'avait donc nécessairement attirée dans un guet-apens pour lui mettre la tête sous l'eau. Or le mari n'avait pas besoin de courir de tels risques puisqu'ils disposaient d'une immense baignoire dans leur chambre.

En outre, une autre question se posait. D'où sortait cette photo ? Qui l'avait remise à Frank Ashwood ? Un maître chanteur ? Howard ne s'arrêtait peut-être pas aux femmes mariées…

Elle frissonna. Il était grand temps de rentrer. Elle allait finir par prendre froid et avait de toute façon fait le tour.

Peut-être devrait-elle fermer la porte-fenêtre avant de partir ? Laisser entrer le froid dans le bâtiment chauffé n'était pas franchement bon pour l'environnement, et son séjour à l'*Éden* avait considérablement accru sa conscience écologique ! Il ne fallait pas penser qu'à soi, il fallait aussi penser aux pingouins ! De toute façon, Eve n'allait pas tarder à rejoindre les autres dans la chambre froide et dans son cas, contrairement à Hettie la tortue, il importait peu que la chaîne du froid fût interrompue.

Agnes s'approcha de la porte-fenêtre et jeta un coup d'œil à la spacieuse terrasse. Bien entendu, elle ne servait pas à grand-chose par un temps pareil. La lumière du jour avait déjà commencé à décliner à l'horizon et le ciel évoquait une chape de plomb. Néanmoins, une tache de couleur attira son regard. Quelque chose s'était pris dans une des chaises longues et ondulait dans le vent tel un être vivant.

Quelque chose de jaune.

Un souvenir s'éleva alors dans son esprit, d'abord de façon hésitante, comme un papillon, un citron de

Provence tout juste émergé de sa chrysalide, puis avec davantage de netteté. Elle sortit sur la terrasse sans plus tarder et attrapa la chose jaune. Il s'agissait d'un petit sac en tissu qui ne pesait presque rien. Une enveloppe vide. Elle était sûre de n'avoir encore jamais vu cette pochette, mais le souvenir volait de plus belle. Il déploya ses ailes et, tout à coup, Agnes comprit. C'était une de ces pochettes de rangement dans lesquelles on bourrait un anorak. Edwina avait un équipement de ce genre et le perdait sans arrêt. Rechercher la pochette était une activité courante à Sunset Hall, surtout en hiver, une activité presque aussi courante que critiquer la nourriture ou se plaindre du mauvais temps.

Agnes perçut un mouvement dans son dos. Quelle sottise d'avoir négligé la chambre ! Elle se retourna, mais ne vit personne. Pourtant, quelque chose clochait.

Il lui fallut un moment pour se rendre compte que la porte-fenêtre était en mouvement et qu'elle se fermait sous ses yeux avec une impitoyable lenteur.

Sous le coup de la frayeur, elle lâcha sa canne et s'avança vers la porte-fenêtre en boitillant, mais elle arriva trop tard et, dans sa hâte, buta contre la vitre comme une grosse mouche. Elle crut distinguer une silhouette à l'intérieur, mais après avoir mis sa main sur son front en guise de visière, elle ne vit que la porte de la chambre en train de se rabattre.

Zut !

La pochette lui échappa des doigts et s'envola vers la mer, petite tache de couleur devant l'immensité de l'océan. Elle la suivit du regard. C'était un jaune très particulier, un jaune citron agressif qu'elle avait déjà vu quelque part – dehors également, dans le froid, à la nuit tombante...

Soudain, elle prit conscience de ce que cela signifiait.

Elle fut comme aveuglée. Ses pieds gelèrent sur place. Assommée par le choc, elle s'écroula sur une des chaises longues.

Oui, Frank Ashwood était bien allé se promener sur le sentier panoramique l'autre soir, mais pas dans un anorak orange !

Il portait un anorak *jaune* !

Cela changeait tout.

Agnes s'était trompée... une fois de plus.

Et maintenant, elle allait payer cette erreur de sa vie.

Portée par les bienfaits du yoga et le sentiment de supériorité qui s'emparait d'elle chaque fois qu'elle constatait la maladresse des autres pendant ces exercices, Edwina traversa le hall en trombe. Jusqu'à présent, elle était satisfaite de sa petite excursion. Il ne restait plus qu'à aider Agnes à résoudre la série de meurtres et elle aurait ensuite bien mérité de pouvoir rentrer s'occuper d'Oberon.

Quelqu'un criait au loin, mais elle fit semblant de ne rien entendre. Elle était déjà dans le couloir où devait se trouver, d'après la description d'Agnes, la chambre douze. Il suffisait de...

Edwina s'arrêta. Agnes n'était pas là. Pourtant, elle avait promis de l'attendre !

Et plus étrange encore : il n'y avait pas de numéro douze, du moins d'après ce qu'elle voyait.

Quelqu'un avait enlevé tous les numéros. On ne distinguait plus que les minuscules trous des vis. Les portes nues se succédaient sous ses yeux dans une stupide similitude.

- 23 -
LA MOUETTE

Une affreuse douleur au niveau du sourcil la fit sursauter. Agnes ouvrit grand les yeux. Des ailes grises lui caressaient le visage dans une odeur de mer et de putréfaction. Ensuite, elle distingua des flocons, des tourbillons de neige d'une douceur infinie, d'un silence infini. La femme de chambre avait eu raison !

Toutefois, ce n'était pas la neige qui l'avait tirée du sommeil, c'était l'oiseau.

La mouette était posée sur la table de la terrasse déjà couverte d'une couche blanche, à deux coudées d'elle, et l'observait avec un regard calculateur. Vu de près, ce n'était pas un oiseau sympathique. Son bec puissant et courbé se tendait dans sa direction, ses yeux perçants de charognard l'évaluaient sans bouger.

Une charogne… Elle n'en était pas encore là, par chance !

Surprise par la quantité de neige qui recouvrait ses genoux, ses cuisses et sa poitrine ainsi que par le silence de la mer, Agnes scruta les alentours.

Elle était couchée sur une chaise longue par une nuit glaciale. La pièce derrière la porte-fenêtre était plongée dans l'obscurité. En revanche, une lampe allumée à l'étage supérieur projetait un doux rayon de lumière sur la mouette et la neige. Des flocons jaillissaient de l'obscurité, miroitaient dans un éclat doré et se posaient sur elle. Un spectacle hypnotique. De nouveau, ses paupières se firent lourdes.

À l'extrémité du faisceau de lumière, la mouette attendait son heure.

Si Agnes s'endormait maintenant, elle ne se réveillerait sans doute plus jamais. Tel était le calcul de l'oiseau, dont l'empressement lui sauva la vie. Agnes sortit de sa torpeur.

Elle essaya de se relever. Hélas, même en temps normal, elle avait du mal à se dégager d'une chaise longue. Épuisée et transie comme elle l'était, elle devrait se surpasser.

Elle prit appui sur l'accoudoir, mais ses mains glissaient. Ses doigts gelés ne serraient sans doute pas assez fort. Pourtant, par quelque obscur miracle, elle n'avait pas froid. En fait, son corps semblait ne pas être vraiment là, elle avait l'impression de se trouver dans une sorte de rêve. Cela lui donna une idée.

Elle se pencha en avant pour descendre de la chaise longue et ramper. En principe, elle aurait dû avoir affreusement mal en posant ses genoux sensibles sur le sol dur et glacial. Pourtant, son corps rêvé lui obéit sans rechigner et elle se retrouva à quatre pattes. Ses mains laissaient des empreintes dans la neige fraîche.

Victoire ! Même si sa nouvelle position n'était pas idéale, elle avait du moins réussi à s'extraire de la chaise longue. Elle rampa jusqu'à la rambarde afin de se relever en tirant sur ses bras.

La mouette l'observait d'un air désabusé.

Ses doigts n'étaient pas encore bons à grand-chose, mais elle parvint à coincer un avant-bras sur la rambarde et à passer en position verticale en s'aidant de son coude.

Cette fois, elle était sur ses pieds ! Vacillante et éreintée, mais en tout cas debout. Elle s'appuya sur la rambarde et suivit du regard les nuages de vapeur lumineux qui s'échappaient de sa bouche à intervalles rapides. Une déperdition de chaleur irrécupérable.

Même la mer qui devait pourtant se trouver en bas se taisait.

En voyant Agnes debout, la mouette émit une plainte rageuse et pour ainsi dire rebutée, puis elle prit son envol. Un instant plus tard, elle avait disparu.

C'était assurément un bon moyen de quitter la terrasse. Y en avait-il un toutefois plus adapté à un être sans ailes comme Agnes ? Elle ne pouvait quand même pas rester ici ! Il ne fallait pas oublier qu'elle pourchassait un assassin – et que l'enquête avait pris un très mauvais tour. Agnes s'était laissé berner, attirer et enfermer sur la terrasse, et cela sans même réussir à identifier le coupable.

Voilà ce qui la fâchait peut-être le plus. Quoiqu'un autre constat s'avérât lui aussi décevant : elle s'était trompée ! Une fois de plus !

Frank Ashwood avait mis un anorak jaune. Par conséquent, ce n'était pas lui qui portait l'anorak orange. Il n'était pas l'assassin, il faisait au contraire partie des victimes.

Naturellement, cela expliquait pourquoi on l'avait si peu vu depuis deux jours. Pour le reste, cela n'expliquait pas grand-chose. Pourquoi l'assassin avait-il consacré tant d'énergie à éliminer les Ashwood ? Les jeunes mariés avaient-ils été choisis au hasard ? Le meurtrier ne tuait-il des gens que pour son édification personnelle ? Était-ce un fou sanguinaire qui agissait sans objectif précis ?

Non, les choses ne pouvaient pas être aussi simples. Tout avait commencé par Eve et Frank Ashwood, puis le meurtrier avait entrepris d'éliminer les témoins un à un, de façon systématique. C'était un fou sanguinaire *avec* un objectif précis.

Comment avait-il – ou avait-elle – réussi à attirer Frank Ashwood sur le sentier panoramique juste après que celui-ci eut repêché sa femme dans la piscine ? Il devait exister un lien, mais Agnes ne voyait pas lequel.

Ce qui était sûr, c'est qu'elle ne résoudrait pas ces questions ici, sur la terrasse, d'autant que son cerveau était en train de se transformer en bloc de glace.

Elle devait rentrer se mettre au chaud à toute vitesse et par le chemin le plus court si elle ne voulait pas que ses activités de détective cessent à jamais. Agnes n'aurait pas su dire ce qui l'effrayait le plus entre la perspective de sa fin prochaine et la honte de laisser cette affaire irrésolue.

Pourquoi personne ne venait-il la sauver ? Où Edwina était-elle à la fin ? Ses amies savaient toutes où elle était partie. Elle avait planifié la perquisition de la chambre douze de manière si consciencieuse !

Où était passée la bande de Sunset Hall ?

Agnes se mit à trembler de tous ses membres.

« C'est fou ! »

Charlie grignotait un paquet de cacahouètes trouvé dans le minibar tout en regardant de petites vidéos sur le portable de Mojo revenu à la vie.

Le principe était toujours le même : le jeune homme allait quelque part (dans un magasin ou un restaurant), goûtait des plats ou essayait des articles et se montrait goujat envers tout le monde. D'un point de vue objectif, cela n'avait rien d'original, mais Charlie devait admettre que ces films étaient à mourir de rire.

Mojo se baladait dans les boutiques les plus chics avec ses jeans déchirés et ses chemises à volants, reniflait des échantillons de parfum exclusif, léchait des tubes de rouge à lèvres, plongeait le doigt dans des gâteaux ou créait des compositions florales aux formes indécentes. C'était très drôle.

« Et ils te laissent entrer sans difficulté ? demanda-t-elle.

— Ils ne laissent pas entrer, ils m'invitent ! lui expliqua-t-il sur un ton blasé. Ils me paient même ! C'est mon travail. »

Ce n'était pas la première fois que Charlie regrettait de ne plus être jeune. Certes, il fallait supporter des amants et des maris, mais en échange, on pouvait se faire rémunérer pour se payer la tête des gens en public ! Quelle époque merveilleuse !

À la réflexion, il n'était peut-être pas trop tard pour se mettre à Internet.

Du bout de l'index, elle tapota l'écran pour passer au film suivant.

Au bout d'un moment, elle tomba sur une vidéo moins reluisante que les autres. Mojo, vêtu d'un simple tee-shirt, se plaignait du repas d'un air las et semblait encore plus pâle que d'ordinaire. On découvrait une petite pièce à la tapisserie moutarde qui donnait sur un beau parc.

« Là, j'étais en cure de désintoxication, précisa-t-il.

— Tu as testé ça aussi ?

— Je teste tout. »

Charlie hocha la tête. La vie n'était au fond qu'une succession de tests ; tant qu'on la voyait sous ce jour, on ne pouvait pas complètement se fourvoyer.

« Et alors ? C'était comment ? »

Il haussa les épaules.

« Du moment que je peux le poster, ça me convient. »

Charlie trouva cette disposition d'esprit intéressante. Elle continua de faire défiler les vidéos d'un air songeur. Dans l'une des suivantes, elle aperçut Mojo dans un cadre qu'elle connaissait bien. Il passait devant la réception de l'*Éden* et traversait les couloirs menant au spa.

« Je n'ai pas encore fait le montage ! » l'avertit le jeune homme.

Fascinée de retrouver son propre lieu de vacances dans un film, Charlie fit signe que cela n'avait aucune importance. Dans la suite de la vidéo, on voyait la salle de repos et les salles de soin. Mojo tripotait des draps de bain soigneusement pliés et des pierres de massage, puis la femme de l'accueil le mettait à la porte sans ménagement.

Le film suivant commençait dans le couloir menant au Salon de la mer. Un serveur ouvrait la porte à Mojo en souriant. Ensuite, la caméra se dirigeait vers le comptoir. Mojo demanda à voir des alcools forts, huma l'odeur de plusieurs bouchons et soudain, sans prévenir, but une copieuse rasade au goulot d'une bouteille (à en juger par la forme, il devait s'agir de whisky).

Le barman au comptoir lui arracha la bouteille des mains d'un air outré et chercha de l'aide du regard. Un deuxième barman arriva. Charlie reconnut Max, qui partageait à présent la chambre froide avec les autres victimes. Elle soupira avec nostalgie. La caméra passait de l'un à l'autre, puis elle exécuta un virage à cent quatre-vingts degrés et zooma sur des visages ahuris.

Il y avait le porteur de costumes pastel – à présent lui aussi dans la chambre froide –, un couple aux visages émaciés qui s'apprêtait à sortir – pas dans la chambre froide – et Mme Meyer-Brinks qui ne leva pas même pas les yeux – chambre froide. Agnes n'était pas encore arrivée.

Ensuite, la caméra continua son exploration. Elle effleura la porte vitrée et revint vers Max qui s'efforçait de garder le contrôle de la situation en fixant le jeune homme d'un regard autoritaire. Fin.

« C'est la dernière vidéo, dit Mojo. Après cela, il n'y a plus que des prises dans l'armoire. »

Charlie s'apprêtait à lui rendre son téléphone quand elle fut comme frappée par la foudre à retardement.

Un éclair orange et jaune.

Depuis la veille, Agnes n'avait cessé de leur rebattre les oreilles d'un anorak orange et d'un anorak jaune.

Charlie lança de nouveau le dernier film.

La porte s'ouvrait. Mojo humait des bouchons et prenait une rasade. Tout le monde s'en offusquait.

Puis la caméra effleurait la porte vitrée.

Là, Charlie arrêta la vidéo. De l'autre côté, on distinguait clairement deux silhouettes vêtues d'anoraks à capuche.

Un orange et un jaune.

Ils se tenaient par la main ou, plus précisément, par la manche. L'anorak orange entraînait l'anorak jaune vers le hall de l'hôtel. À leurs mouvements, on devinait qu'il y avait urgence. Ils ne marchaient pas, on aurait plutôt dit qu'ils luttaient contre un courant invisible.

Charlie reprit la lecture. Quand les deux silhouettes passèrent devant la porte vitrée, la capuche orange tourna la tête et jeta un coup d'œil dans le Salon de la mer.

Là, Charlie appuya de nouveau sur pause et zooma sur le visage.

Puis elle dézooma. Rezooma.

Non, pas possible !

Elle n'en croyait pas ses yeux.

Agnes était coincée sur la terrasse. Personne ne venait et personne n'entendait ses appels au secours à cause de l'isolation du super hôtel écologique. Du moins avait-elle trouvé une solution provisoire à son problème le plus pressant, à savoir le froid.

Bien sûr, comme souvent dans la vie, cette solution engendrait elle-même de nouveaux problèmes. Mais si elle ne voulait pas geler sur place, elle n'avait pas le choix.

Sur la partie droite de la terrasse, elle avait découvert une sorte de gros tonneau en bois dont elle ne s'expliqua pas tout de suite pas la fonction. S'agissait-il d'une estrade ? D'une œuvre d'art ratée ? C'est alors que l'objet avait émis un son, une sorte de bourdonnement accompagné d'un gargouillement occasionnel, si bien qu'Agnes avait fini par supposer qu'il s'agissait d'un de ces fameux bains nordiques. Elle avait admiré ces étranges barriques dans le prospectus de l'*Éden* avec un mélange de fascination et d'amusement. D'après les explications, ces grosses baignoires extérieures étaient conçues pour qu'on puisse trinquer avec un mousseux biologique en se regardant dans le blanc des yeux. Elle n'avait pas compris pour quelle raison on avait besoin d'une cuve d'eau pour cela.

Là n'était pourtant pas l'essentiel. Le point décisif était qu'un bain nordique était chaud ! Si elle réussissait à monter dans cette barrique, elle cesserait de geler sur place.

Agnes fit le tour de l'espèce de tonneau avec la méfiance d'un loup affamé. Contrairement aux photographies sur le prospectus, ce bain nordique était équipé d'un couvercle retenu par des sangles. Il fallait donc commencer par l'ouvrir.

Avec ses doigts engourdis, elle mit une éternité à défaire les sangles, mais au bout du compte, elle y parvint. Le couvercle lui-même était d'une légèreté surprenante, du moins quand on le soulevait avec la force du désespoir.

Un nuage de vapeur brûlante lui frappa le visage.

Elle trempa un doigt dans l'eau chaude et le retira aussitôt. À quelle température était ce bain ?

Agnes fut tentée de rester debout à côté de la barrique comme auprès d'un feu. Néanmoins, elle remarqua vite que cela ne suffirait pas. Une inquiétante fatigue la gagnait. Elle avait cessé de trembler. À vrai dire, elle se sentait paisible et d'excellente humeur. Le monde lui semblait très loin et n'avait plus vraiment d'importance.

On ne pouvait pas se surmener tout le temps.

Il fallait parfois savoir… s'arrêter.

Si elle n'avait pas éprouvé cette curiosité, ce désir sournois de résoudre l'affaire ou du moins de regarder l'assassin droit dans les yeux, Agnes ne serait probablement jamais entrée dans le bain bouillant. Mais pour cette raison, elle se reprit.

Elle enleva ses souliers, son gilet, sa jupe, puis simplement vêtue de sa combinaison et de son chemisier, elle monta sur la petite planche permettant de se laisser glisser dans l'eau. Les flocons qui dansaient autour d'elle expiraient dans la vapeur.

Agnes baissa le regard vers l'eau bouillonnante.

Une fois qu'elle serait dans la barrique, il serait trop tard pour faire machine arrière. Mais avait-elle le choix ? Valait-il mieux se transformer en bloc de glace sur la terrasse ? Elle n'avait pas l'intention d'accorder ce plaisir à l'assassin. Et elle avait renoncé à l'espoir qu'on vienne la sauver. Si tout s'était déroulé comme prévu, ses amis auraient débarqué depuis longtemps. De toute évidence, ils avaient une fois de plus lamentablement échoué. Elle soupira. Si on ne faisait pas tout soi-même…

Mais fini de tergiverser !

L'alternative était très simple : le bain nordique ou la mort.

Par précaution, elle retint son souffle et se laissa glisser dans l'eau, les orteils en avant.

Presque aussitôt, elle sut néanmoins qu'elle avait commis une terrible erreur. Ce n'était pas simplement de l'eau, c'était du feu. Agnes était dans une marmite d'eau brûlante qui lui rongeait la chair jusqu'aux os.

Était-elle déjà en enfer ? Pourquoi ? Elle essaya de se rappeler ce qu'elle avait commis de si effroyable dans sa vie pour mériter de finir en enfer.

Puis le feu consuma jusqu'à cette pensée.

On frappa à la porte.

Le maréchal, déjà agité depuis un bon moment, alla ouvrir en hâte. Il s'agissait à coup sûr d'Agnes qui avait un plan. Agnes avait toujours un plan. C'était une des nombreuses qualités qu'il appréciait chez elle.

Pourtant, une fois qu'il eut ouvert, il découvrit Charlie, un peu vacillante, qui lui mit un téléphone portable sous le nez.

« Tiens ! Voilà l'assassin ! »

Le maréchal sortit ses lunettes de sa poche pendant que Charlie entrait dans leur chambre en tirant quelqu'un derrière elle. Le maréchal lui prêta peu d'attention car il fixait son regard sur l'anorak orange d'un air ébahi.

« C'est elle ? Tu es certaine ?

— Sûre et certaine, répondit Charlie. Le problème, c'est qu'Agnes ne se doute de rien. Elle soupçonne Ashwood… »

Le maréchal plissa le front. En quoi était-ce un problème ?

« On devrait lui dire », suggéra-t-il.

Charlie émit un rire nerveux.

Derrière le maréchal, Winston était déjà en train de se préparer à sortir, il avait mis son bonnet et s'enroulait dans sa couverture.

Alors, Charlie se fit violence et raconta toute l'histoire. Agnes avait quitté sa chambre depuis un bon moment. Elle était partie pour confondre le meurtrier. Seulement, elle se trompait de personne. Bernadette et Edwina, aussi, avaient pris le large depuis un certain temps.

Le seul qui restait gentiment enfermé dans sa chambre était donc le maréchal !

Il fut sur le point de céder à un accès de fureur, mais se retint. Il manquait de temps, il manquait d'énergie.

Ils devaient d'urgence entreprendre quelque chose !

Le maréchal enfila sa veste d'un geste impétueux. Ses médailles cliquetèrent.

À ce moment, quelqu'un lui tapa sur l'épaule. C'était le jeune homme vêtu de noir que Charlie avait prétendument trouvé dans une armoire – là, le maréchal avait sans doute mal compris.

« Oui ? grommela-t-il.

— J'aimerais bien récupérer mon portable, papy, dit le gars de l'armoire. Et je vous accompagne, si c'est permis. »

Agnes, plongée dans le bain nordique, avait du mal à distinguer le présent, le passé et le futur. À l'instant, sa mère venait de lui interdire de manger trop de biscuits (et alors ? elle pouvait manger autant de biscuits qu'elle voulait, elle était adulte, après tout). Maintenant, c'était son chef qui la titillait à cause d'une faute de frappe. Et pour couronner le tout, la capuche sans visage de l'anorak orange planait au-dessus d'elle.

Même la mouette était de retour. Agnes cligna des yeux dans les nuages de vapeur.

Qu'est-ce qui était réel dans tout cela ?

Tout, conclut-elle. Sauf que tout n'était pas actuel.

Sa mère et son chef appartenaient sans le moindre doute au passé. La mouette, elle, relevait selon toute vraisemblance du présent, parce que l'inconscient d'Agnes ne se serait jamais donné la peine de l'imaginer. Quant au meurtrier à l'anorak orange… Il devait avoir trait au futur, songea-t-elle, et même à un futur très proche.

Agnes avait échappé à la mort par hypothermie, mais elle était maintenant coincée comme une crevette dans un bain bouillant. Il ne faudrait pas longtemps pour que l'assassin se rende compte que son plan A n'avait pas fonctionné et qu'il engage le plan B – à savoir noyer Agnes dans le bain nordique. Au moins pourrait-elle voir enfin son visage. Cette perspective ne la consolait pas vraiment.

En tout cas, la sensation que des flammes la consumaient avait disparu. Son corps s'était habitué à la température – un miracle qu'elle n'eût pas fait un arrêt cardiaque ! – et elle devait reconnaître qu'un bain nordique n'avait pas que de mauvais côtés. Avec la neige qui continuait de tomber en doux flocons, le paysage pittoresque revêtait même une beauté proprement irréelle.

Agnes regarda les flocons qui fondaient dans la paume de sa main et s'efforça de jouir de l'instant. Au bout du compte, il s'agissait probablement de ses derniers moments sur terre. Il ne fallait pas les gâcher. Elle se concentra sur ses émotions et constata qu'elle n'éprouvait pas la moindre peur de la mort. D'autres choses lui inspiraient de la peur, oui. La souffrance, la maladie, la menace d'un Ehpad – tout sauf ça ! La mort, en comparaison, lui paraissait une affaire assez bénigne.

La vérité était qu'Agnes ne croyait pas vraiment en elle.

Plus on vieillissait, plus la perspective de sa propre mort semblait lointaine et invraisemblable. D'un point de vue statistique, on s'en approchait à une vitesse impressionnante, mais d'un point de vue pratique, on avait déjà un paquet d'expériences derrière soi et on n'était toujours pas mort. La vie avait continué, jour après jour, malgré de constantes menaces. Si Agnes avait appris quelque chose au cours de sa longue existence, c'était bien que la mort aimait les détours.

Néanmoins, quand elle quitta des yeux les flocons en train de fondre, elle sut que cette fois, c'était fini. Une silhouette se tenait sur la terrasse, blanche sur fond blanc, presque invisible, et elle la fixait du regard.

- 24 -
SNOWDOWN

Bernadette était de retour au septième ciel. Comme c'était beau là-haut !

Il fallait le reconnaître : on pouvait se raconter autant d'histoires qu'on voulait et tourner autour du pot pendant des lustres, un simple baiser suffisait parfois à clarifier la situation. À l'éclaircir.

Heureuse, elle appuyait sa tête sur l'épaule de Jack. Cette épaule avait changé avec les années, elle était devenue plus ronde et plus molle, mais c'était toujours la bonne épaule. Et c'était l'essentiel !

Un souffle lui chatouilla l'oreille.

« Pourquoi as-tu fait cela ? murmura Jack. Pourquoi as-tu trahi le chef ? »

Bernadette releva la tête. Il fallait s'y attendre, la question devait finir par tomber. Peut-être valait-il mieux que ce soit tout de suite.

« À cause de mon frère, répondit-elle. C'est lui qui a tué mon frère. »

Elle sentit soudain une vieille douleur pointer de nouveau en elle, toujours vivante après tant d'années.

Elle revit son petit frère aux cheveux souples, à la belle voix et aux grands projets, qu'on avait laissé crever comme un rat dans des toilettes publiques. Bernadette n'avait jamais cru à la thèse de l'overdose.

« Ton frère n'était pas un ange, fit remarquer Jack avec douceur.

— Non, répliqua-t-elle avec rage, mais c'était mon frère. Le chef pensait qu'il pouvait disposer de nous comme il voulait ! Qu'avait-il à craindre d'une pauvre aveugle ? Eh bien, il se trompait.

— Ça, c'est bien vrai ! Pourtant, je crois que c'était un accident. »

Elle secoua la tête avec véhémence.

« C'est là que tu te trompes. Moi, sa mort m'a fait comprendre qu'il ne s'agissait pas d'un accident. Absolument pas. Tous ces meurtres, ces luttes de pouvoir, cette violence n'étaient pas des accidents. Le chef jouait toujours au gars gentil qui déplorait de regrettables hasards, mais la vérité est que ces regrettables hasards étaient dans la logique des choses. Celui qui se livre au trafic de drogue trafique avec la mort. Je n'avais plus envie de ces compromis. C'est pour cette raison que je suis allée voir la police.

— J'aurais arrêté, dit Jack. À n'importe quel moment.

— Ils ne t'auraient pas laissé arrêter.

— Nous aurions passé notre vie ensemble.

— Ça n'aurait pas été une bonne vie. »

Bernadette se sentait maintenant légère. Les paroles qu'elle avait portées en elle pendant tant d'années sortaient toutes seules de sa bouche. Elle devait les prononcer, et c'était maintenant chose faite. Elle n'éprouvait plus de regrets, plus de faux remords, plus de mauvaise conscience. Il fallait voir les choses en face.

« Tu travailles toujours pour eux, n'est-ce pas ? »

Elle avait encore le goût du baiser sur ses lèvres, chaud et pourtant amer. Elle ne souhaitait rien tant que se taire et jouir de sa nouvelle légèreté, mais sa bouche continuait de parler de manière effrénée.

« Pour qui es-tu venu ? »

Une main lui caressa les cheveux.

« Pour toi bien sûr ! »

Edwina ne savait que faire. Où était Agnes ? Était-elle déjà entrée dans la chambre douze ou s'était-elle perdue en chemin ? En d'autres termes, devait-elle monter la garde dans le couloir, chercher son amie ou continuer seule ?

Monter la garde était ennuyeux. C'est pourquoi elle décida de commencer par jeter un coup d'œil dans la chambre douze. Seulement, où se trouvait cette fichue chambre douze ? Edwina passa les portes en revue d'un air haineux. Laquelle était la bonne ? Par précaution, elle essaya de baisser quelques poignées au hasard. Elles résistaient. Il n'y avait pas non plus de trou de serrure. Elle avait déjà vu plusieurs fois comment on défonçait une porte, mais n'avait encore jamais essayé elle-même. Les solides portes en bois de l'*Éden* n'étaient sans doute pas faites pour des débutants.

Edwina aurait aimé demander conseil à Lillith, à Oberon ou, à la limite, à Hettie II, mais par malchance, aucun d'eux ne l'accompagnait.

Finalement, elle résolut de donner un petit coup de pied contre la porte devant laquelle elle se trouvait, juste pour voir, par jeu. C'est en forgeant qu'on devient forgeron. Elle visa, se mit en position, leva un pied et…

« À votre place, je m'abstiendrais », dit une voix dans le couloir.

Elle se retourna et aperçut un homme grassouillet et bien habillé qui rappelait un peu un pingouin. Elle reposa le pied et fit semblant de s'entraîner, donna plusieurs coups de pied en l'air et esquissa quelques timides extensions. Néanmoins, le pingouin n'était pas dupe. Il avait beau paraître aimable et même un peu blasé, Edwina se rendit très vite compte qu'il y avait anguille sous roche. Sa manière de se tenir, de parler, de la regarder trahissait la confiance en soi, l'intelligence et même une sorte de grâce. Il savait parfaitement ce qu'elle avait eu en tête. C'était un pro ! Elle cessa de s'étirer et le dévisagea avec curiosité.

« Et pourquoi ? demanda-t-elle.

— Eh bien, parce que c'est ma porte ! Je vous serais très reconnaissant de ne pas la casser. D'autant plus qu'un tueur rôde dans les parages. »

Il esquissa un sourire ironique. Elle continua son examen.

« Qu'est-ce qui est à la fois profond et plat ? » demanda-t-elle.

C'était un test.

« La mer ! » répondit le pingouin sans hésiter.

Elle hocha la tête d'un air approbateur et s'apprêtait à choisir une autre porte quand elle perçut un bruit au fond du couloir.

Elle distingua des pas, un cliquetis métallique, un crissement de pneus, puis la voix excitée de Charlie et les instructions calmes de Winston. Avant de comprendre ce qui lui arrivait, elle vit surgir à un tournant la moitié de ses colocataires. Le maréchal fonçait en tête. Winston tenait un prospectus sur ses genoux comme une carte routière. Charlie poussait le fauteuil roulant.

À sa grande surprise, elle découvrit que Mojo faisait partie du voyage. Il suivait les autres, son téléphone à bout de bras. Charlie devait l'avoir convaincu de sortir de l'armoire. Chapeau !

Le maréchal hors d'haleine s'arrêta devant elle.

« Où est-elle ? » cria-t-il.

Il devait parler d'Agnes. Le maréchal voulait toujours parler d'Agnes.

« Dans la chambre douze », répondit-elle bien qu'elle n'en fût pas sûre du tout.

Quand il avait le visage aussi rouge, il valait mieux lui répondre avant qu'il rougisse encore plus.

« Et où se trouve-t-elle, cette fichue chambre douze ?

— C'est bien là toute la question, dit Edwina en croisant les bras.

— Ah ! Hum… Ah bon. »

Le maréchal, pris de court, se tourna vers Winston avec un regard implorant.

Son camarade leva les yeux de son prospectus avec un large sourire. C'était là une énigme à son goût !

« Bien, en admettant que la numérotation suive le même principe dans tous les couloirs et que nous nous rappelions le principe appliqué dans le nôtre, en admettant de plus que nous ayons ici affaire aux chambres onze à quinze – il s'arrêta et tendit le doigt vers une pancarte où il était écrit 11–15 –, nous pouvons en déduire que… »

Il tendit alors le doigt vers la première porte, puis vers la suivante.

« La douze est ici ! »

C'était la porte derrière Edwina.

Un jeu d'enfant ! Edwina s'en voulut de n'y avoir pas pensé toute seule. Elle se retourna, jeta un regard méprisant à la porte et adopta la posture du guerrier. Maintenant qu'elle savait laquelle était la bonne, elle aurait moins de mal à la défoncer.

Pourtant, avant qu'elle ait pu prendre son élan, le pingouin s'avança. Personne ne lui avait accordé d'attention jusqu'à présent. C'était le genre de personne qu'on ne remarque pas – jusqu'à ce qu'il soit trop tard.

« Je pense qu'il y a une solution plus élégante, dit-il en sortant une carte magnétique de sa poche.

— Tu as la clé de la chambre douze ? » lui demanda Edwina avec méfiance.

Il ne s'agissait pas de Frank Ashwood quand même ? Si oui, il avait sacrément grossi en quelques jours !

« C'est un passe-partout, comme ceux du personnel, expliqua-t-il. Très utile et facile à obtenir quand on sait s'y prendre. L'assassin en a sans doute un, lui aussi. »

Edwina l'observait toujours d'un air sceptique, mais ensuite, le pingouin prit l'initiative de se présenter, leur serra la main à tous avec une exquise courtoisie et passa la carte magnétique devant le capteur. La serrure émit un clic, Jack appuya sur la poignée et ouvrit la porte. Un air glacial envahit aussitôt le couloir.

« Agnes ! Agnes ! »

Le maréchal se précipita dans la chambre. Comme il n'arrêtait pas de crier « Agnes ! Agnes ! », on pouvait supposer qu'il ne l'avait pas trouvée.

Edwina entra à son tour, puis Charlie, puis Winston.

Mojo, qui tenait toujours son téléphone à bout de bras, resta sur le seuil.

Charlie aperçut un interrupteur et alluma.

« Oh mon Dieu ! » s'exclama-t-elle comme si Dieu avait quoi que ce soit à voir avec tout ça.

La femme qu'Edwina avait vue morte à la piscine était allongée dans le lit, très belle, mais toujours aussi morte. Plus loin, il y avait une drôle de baignoire encastrée dans le sol et – cela intéressa tout de suite Edwina – une grande caisse contenant une lampe à infrarouge et quelques pierres disposées autour d'une coupelle. Elle s'empara sans attendre de la coupelle et des pierres et les mit dans sa poche. C'est Oberon qui serait content !

Le maréchal avait commencé à ouvrir les armoires.

« Elle n'est pas ici ! Elle n'est pas ici ! répétait-il à présent.

— Mais elle y a été », observa Jack qui s'était à son tour introduit dans la chambre (Edwina ne l'avait pas vu entrer).

Il désigna la porte-fenêtre et la terrasse de l'autre côté.

Là, dans le halo de lumière provenant de la chambre, on distinguait une chaussure à moitié recouverte de neige. C'était un soulier typique d'Agnes, avec un large bout arrondi et un petit talon bottier, trop confortable pour être élégant et en même temps trop élégant pour être vraiment confortable.

« Oh ! mon Dieu », reprit Charlie en courant vers les boutons à droite de la porte-fenêtre.

Avant qu'elle eût le temps de trouver le bon, la lumière s'alluma à l'extérieur.

Edwina aperçut alors des flocons qui tourbillonnaient, une sorte de chaudron fumant et des traces de pas, des grandes et des petites, déjà presque effacées par la neige fraîche.

Une mouette à l'air furieux se tenait sur la rambarde et déployait ses ailes.

Une fois de plus, Edwina regretta de ne pas comprendre le langage des animaux. Cette mouette folle de rage savait à coup sûr où Agnes se trouvait.

Agnes s'était figuré ses dernières minutes sur terre sous un jour différent. Elle les avait imaginées plus calmes, plus dignes.

La veuve blanche ne l'avait pas tout de suite noyée dans le bain bouillant auquel Agnes s'était d'ailleurs accoutumée. Non, elle avait collé le doigt sur sa bouche d'un air menaçant.

« Je m'en doutais ! » s'était exclamée Agnes qui, compte tenu de la situation, refusait de se voir donner des ordres.

Sa voix criarde se perdit dans la nuit.

La veuve s'approcha en surveillant les alentours d'un air sournois.

Agnes s'apprêta à lui résister, ne serait-ce que pour la forme, et cala ses orteils contre la paroi en bois de la barrique.

C'est alors que la veuve blanche la surprit.

Au lieu de lui enfoncer la tête sous l'eau, elle l'attrapa par les épaules et la tira vers le haut. Agnes, qui s'était attendue à une pression vers le bas, jaillit de l'eau avec l'aisance d'un poisson surmotivé. La veuve la sortait du bain. Pourquoi ? Elle gigota tant qu'elle put, mais était trop stupéfaite pour pouvoir se défendre de manière efficace.

La veuve blanche l'entraîna vers la rambarde. Elle voulait la précipiter dans la mer ! C'était sa spécialité !

Agnes regimba, mais la veuve ne se laissa pas démonter. Elle lui dit quelque chose qu'Agnes ne comprit pas. Il faisait de nouveau froid, elle ne pouvait plus se concentrer que sur sa respiration. Inspirer. Expirer. Inspirer. Expirer. C'est bien, continue !

Elles atteignirent la rambarde où la veuve blanche lui tendit un ballot couvert de neige. Agnes comprit non sans peine qu'il s'agissait de son gilet. Elle le prit avec un soudain sentiment de gratitude. Un gilet en laine ne suffirait pas dans son état actuel, mais du moins ne mourrait-elle pas à moitié nue. Tandis qu'elle se battait avec les manches, la veuve écarta une partie de la rambarde. Agnes découvrit ainsi une échelle de secours fixée au mur, qui ne menait pas à l'abîme, mais dans le jardin de l'hôtel, dénudé par l'hiver.

La veuve blanche était-elle venue par ce chemin ?

La meurtrière fit signe à Agnes de la suivre sur l'échelle. Elle plaisantait ? N'avait-elle pas vu à quel point Agnes avait du mal à se déplacer ? Comment voulait-elle qu'elle descende à l'échelle ?

Cela étant…

Elle se réjouissait que la veuve blanche ne l'eût pas poussée dans la mer. Elle voulait de toute évidence la tuer ailleurs. Or chaque seconde de gagnée accroissait ses chances. Peut-être Agnes trouverait-elle même un moyen de fuir ?

Donc, pourquoi ne pas s'aventurer sur les barreaux ? Malgré la poussée d'adrénaline que déclencha la périlleuse entreprise, elle n'aurait sans doute pas réussi à descendre si la veuve blanche ne l'avait pas littéralement portée à bout de bras.

Après un bref moment d'épouvante, elle sentit de nouveau le sol sous ses pieds et jeta des regards perdus autour d'elle. D'un côté, elle apercevait une rangée de fenêtres éteintes, de l'autre un faux plat trompeur. Entre les deux, un sentier enneigé longeait l'hôtel. La veuve la prit par le bras et l'entraîna d'un mouvement résolu. Dans l'obscurité, ses vêtements blancs faisaient penser à un fantôme.

Agnes ne sentait plus ses pieds. Ni ses doigts. Son nez aussi semblait sur le point de geler.

Elles atteignirent une porte qui n'était pas complètement fermée. La veuve l'ouvrit en grand et s'efforça de pousser sa victime devant elle.

Agnes, qui avait désormais compris qu'elles se trouvaient au niveau de l'espace de bien-être, résistait de toutes ces forces malgré la chaleur tentante à l'intérieur du bâtiment.

Tout à coup, elle éprouva un dégoût à la pensée du spa. Elle ne se rappelait que trop bien la chaleur moite, le silence angoissant et, bien entendu, la salle de repos où Lila avait découvert le cadavre de Walter Ross. Non ! Elle ne finirait pas ainsi ! Il faut dire qu'elle était assez difficile en matière d'agonie. Cela étant, comment le faire comprendre à la veuve ?

Bien qu'elle se défendît, celle-ci eut tôt fait de l'obliger à franchir le seuil. Dans la moiteur étouffante, Agnes avait du mal à respirer. La veuve sans pitié la poussa cependant dans un couloir.

Elles passèrent devant la salle de soin où Lila l'avait massée, longèrent ensuite la piscine où, le matin même, elle avait tenté une périlleuse plongée, puis devant la salle de repos où…

Agnes ferma les yeux.

Ce n'est pas toute sa vie qu'elle vit défiler d'un seul coup, mais au moins la moitié de son séjour à l'*Éden*. Qu'est-ce qui aurait pu la sauver ? Quel détail lui avait échappé ? Il y avait forcément un lien entre la veuve et les Ashwood, un lien dans le passé.

Agnes se rendit compte qu'elle aurait dû se préoccuper du passé beaucoup plus tôt. L'hôtel affichait complet, ce qui était d'autant plus étonnant qu'on était hors saison. Elle aurait pu se concentrer sur la liste des clients, sur les habitués, en particulier sur ceux qui étaient déjà venus à la même période trois ans plus tôt. Ashwood avait-il vu la veuve blanche en train de tuer son mari ? L'avait-il menacée de tout révéler ? Pourquoi aurait-il alors attendu trois ans ? Y avait-il un rapport avec son mariage ?

Elles s'étaient de nouveau arrêtées. Agnes devina que la veuve l'adossait à un mur.

Elle rouvrit les yeux et constata que la meurtrière l'avait lâchée pour pouvoir ouvrir une issue de secours donnant dans la cage d'escalier. Elle avait du mal car la porte était lourde. De plus, elle semblait elle aussi assez éprouvée par l'escalade, la neige et le froid. Son visage était écarlate, ses cheveux trempés, ses vêtements… disons qu'ils n'étaient plus tout à fait aussi blancs que d'habitude.

Pendant qu'elle l'observait, Agnes sentit un point dans son dos. En se retournant, elle découvrit un bouton d'ascenseur. Or, là où il y avait un bouton d'ascenseur, il y avait en général un ascenseur !

Elle le chercha des yeux. Bingo ! Il était là, juste à côté d'elle. Il semblait l'attendre et s'ouvrit dès qu'elle l'eut appelé.

Tandis que la veuve blanche bloquait le battant de l'issue de secours, Agnes pénétra dans la cabine et appuya sur le bouton en retenant son souffle. Vite ! Démarre !

L'ascenseur se montra coopératif. Elle perçut une sonnerie qui lui sembla un tintement de cloches célestes, puis les portes se fermèrent au moment où la veuve se retournait avec une expression de stupeur sans bornes.

Ensuite, Agnes s'envola.

Arrivée au rez-de-chaussée, elle avait bondi hors de la cabine. Elle ignorait d'où elle tirait toute cette énergie, mais la pensée de la veuve blanche gravissant les marches quatre à quatre y était sans doute pour quelque chose. Elle avait jeté un coup d'œil sur l'issue de secours. La meurtrière risquait d'en sortir à tout instant. Il ne fallait pas perdre de temps ! Elle avait…

Soudain, elle avait aperçu un balai à franges abandonné contre le mur. Depuis que l'état d'urgence avait été déclaré, plus personne ne faisait le ménage dans l'hôtel. Agnes avait coincé le manche au-dessous de la poignée. Cela ne tiendrait pas longtemps, mais retarderait la veuve quelques instants.

Puis elle était partie en boitillant aussi vite que possible.

Elle ignorait elle-même comment elle avait retrouvé le chemin de sa chambre, mais manifestement, son inconscient connaissait mieux l'hôtel qu'elle ne l'avait soupçonné. Elle sortit la carte magnétique de la poche de son gilet, ouvrit la porte et entra avec un sentiment d'indescriptible soulagement. Aussi improbable que cela paraisse, elle avait réussi ! Il ne restait plus qu'à espérer que quelqu'un s'occuperait maintenant d'elle, et avec un peu de chance, ce ne serait pas Edwina.

« Vous ne croirez jamais ce qui vient de… », s'exclama-t-elle d'une voix criarde avant de s'interrompre.

Que s'était-il passé ? Il n'y avait personne ! N'étaient-elles pas convenues de… ?

Une bouteille de champagne vide gisait par terre entre deux flûtes. Ah, cette Charlie ! Agnes était cependant trop fatiguée pour s'énerver. Elle était en vie, c'était la seule chose qui comptait. En outre, elle se tenait à quelques pas de son lit. Raison de plus pour se réjouir, n'est-ce pas ?

Elle ferma la porte derrière elle. Elle n'avait plus rien à craindre de la veuve. En tout cas pour l'instant ! Il était urgent de dormir.

Le chemin jusqu'au lit lui sembla étonnamment long et pénible. Elle finit quand même par atteindre ce rêve de blancheur et d'oubli. Elle savait qu'elle aurait dû en principe ôter ses vêtements encore humides, mais elle n'en avait pas la force.

Elle s'allongea tout habillée et tira la couverture jusqu'à son nez.

Les tremblements diminuèrent.

Épuisée, Agnes ferma les yeux.

Quand elle les rouvrit un moment ou peut-être un long moment plus tard, quelqu'un était assis au bord de son lit et mangeait une pomme.

- 25 -
LA VÉRITÉ

Agnes cligna des yeux. Ce n'était pas Edwina, ce n'était pas Charlie et encore moins Bernadette.

Un détail l'inquiéta, il lui fallut un moment pour comprendre lequel.

C'était la couleur.

Orange.

La personne assise de dos au bord de son lit portait un anorak orange. Cela étant, la capuche était enlevée et laissait voir des cheveux blonds et ébouriffés.

Agnes essaya de s'asseoir. Tout lui faisait mal.

La personne avait dû percevoir un mouvement car elle se retourna et sourit.

C'était Trudy ! Rien que Trudy !

Agnes fut soulagée. Cependant, elle éprouva presque aussitôt une étrange inquiétude.

Qu'est-ce que Trudy faisait dans sa chambre ? C'était bizarre. Si seulement elle n'avait pas eu la tête aussi froide et engourdie ! Même ses pensées donnaient l'impression d'être humides et collantes.

Elle essaya à nouveau de se relever. En vain.

« La plupart des gens meurent dans leur lit, annonça Trudy sur un ton cordial. Tu le savais ? D'un point de vue statistique, les lits sont les endroits les plus dangereux du monde. »

La façon dont elle souriait ne plaisait pas du tout à Agnes.

« À vrai dire, j'aurais souhaité un lieu différent pour toi, poursuivit-elle. Un peu de grand air, un peu de drame. Mais bon, il faut s'y résigner. »

Elle posa son trognon de pomme sur la table de chevet. Agnes en avait le souffle coupé. Son cerveau ankylosé se remettait lentement en marche. Alors, elle revit…

La grappe de raisin dénudée dans la chambre des Ashwood.

Les trois trognons de pomme sur le comptoir de la réception. Agnes aurait dû comprendre à ce moment-là que Trudy avait passé un certain temps à côté du monte-charge permettant d'accéder en quelques secondes à la salle de repos.

L'assassin fructivore avait laissé partout des traces de son passage et Agnes avait été trop butée, trop obsédée par la veuve blanche, puis par Ashwood pour voir l'évidence. Tout bien considéré, c'était Trudy qui l'avait orientée dans cette direction. C'est elle qui, par ses potins faussement distraits, avait éveillé son intérêt pour la veuve.

« Ce que personne ne vous dit à l'avance, c'est à quel point la vie de meurtrier est stressante, soupira la détoxiqueuse. On ne peut pas se poser. On n'a pas le temps de profiter de la chose de manière… consciente. Il faut toujours se presser, toujours aller vite. Pourtant… »

Elle tapota le lit du plat de la main.

« C'est vraiment plaisant, ce petit moment de discussion. Ça te plaît aussi, non ? »

Agnes hocha la tête. Ce n'était pas mal de discuter. En tout cas, cela valait toujours mieux que de mourir.

Sans le vouloir, elle avait dû tourner les yeux vers la porte.

« Ne crains rien ! la rassura Trudy. Ils te cherchent dans la chambre douze, bien entendu. J'ai enlevé tous les numéros sur les portes. C'est très facile en fin de compte. Ta chambre est assurément le dernier endroit auquel ils vont penser. Nous sommes ici en sécurité pendant un petit moment. »

En sécurité, c'était relatif. Agnes réfléchit fébrilement.

C'était donc Trudy, l'assassin ! Quelque inoffensive qu'elle parût, elle avait liquidé les Ashwood, Mme Meyer-Brinks, Max et Walter Ross – et elle s'apprêtait à la tuer elle aussi ! C'était à peine croyable et pourtant…

Agnes se rendit compte qu'elle n'avait pas simplement interverti quelques photos dans un local de service, mais qu'elle s'était aussi fait une mauvaise image de Trudy. Quand une personne paraît ne penser qu'aux calories, on ne se figure pas qu'elle ne pense qu'à tuer.

« Mais comment… ? bafouilla-t-elle. Pourquoi… ? »

Trudy sortit un bonbon au chocolat d'une poche de son anorak orange et le posa sur un oreiller.

« Le service avant tout ! » dit-elle avec un sourire.

Agnes se serait volontiers écartée, mais elle ne pouvait pas bouger.

« J'ai travaillé ici par le passé. Ce n'est pas un job facile. Tu dois tout faire pour rendre les clients heureux, sauf que la plupart des gens sont incapables d'être heureux. Quand ils s'aperçoivent que malgré la cuisine, les soins et le paysage, ils ne le sont toujours pas, ils s'en prennent à toi. Pourtant, il y en a un que j'ai rendu heureux !

— Ashwood ? » supposa Agnes.

Trudy fit non de la main.

« Frank est venu plus tard. Je parle de Harry... »

Elle tourna les yeux vers la fenêtre d'un air rêveur. Agnes réfléchit.

« Le mari de la veuve blanche ? supposa-t-elle.

— Harry... répéta Trudy en souriant. Nous avons passé de belles heures ensemble. Et puis, la mauvaise conscience l'a gagné et l'a empêché d'être heureux. Je trouve qu'on n'a pas le droit de laisser échapper le bonheur. C'est... un crime !

— Voilà pourquoi vous l'avez tué. »

Trudy passa la main dans sa chevelure blonde.

« Non, bien entendu ! Je ne l'ai pas tué. Je l'ai juste... poussé. Je ne voulais pas le tuer, vraiment pas, mais bon... »

Elle haussa les épaules.

« Il est quand même tombé. Et pour ne rien te cacher, je me suis tout de suite sentie mieux. Naturellement, j'avais peur, j'étais terrorisée à l'idée qu'on pouvait m'avoir vue, mais en dépit de cette angoisse, je me sentais bien. C'était si simple…

— Hélas, la veuve blanche nourrissait des soupçons. »

Le cerveau d'Agnes semblait de nouveau fonctionner. Il tournait à plein régime et ne cherchait pas seulement à éclaircir les meurtres passés, mais également à empêcher le meurtre à venir, c'est-à-dire sa propre mort.

Trudy fit une grimace.

« Elle a tout de suite su qu'il ne s'agissait pas d'un suicide. Harry n'aurait jamais fait cela. Peut-être s'étaient-ils même réconciliés. Quelle sottise ! Elle n'a jamais cru non plus à la thèse de l'accident. Elle n'est pas née de la dernière pluie, la veuve !

— Donc, elle savait que quelqu'un avait poussé son mari, mais pas qui », en déduisit Agnes avec un hochement de la tête.

À présent que ses cellules grises étaient reparties, elle reprenait confiance. Sa curiosité s'était réveillée. Il semblait qu'il lui restait un peu de temps pour résoudre la série de meurtres à l'*Éden*. Trudy n'avait pas l'air pressé de commettre son prochain crime.

« Elle se doutait sûrement qu'il avait eu une liaison, reprit-elle. Et depuis, elle revient tous les ans à la même période dans l'espoir que l'assassin soit lui aussi routinier. À juste titre !

— Je ne suis pas routinière !

— Et Ashwood ? »

Un éclair de rage traversa les yeux de Trudy. Agnes décida de ne plus la provoquer. En fin de compte, elle voulait lui soutirer encore quelques informations avant de passer l'arme à gauche.

« C'était complètement autre chose ! Complètement ! »

Et pourtant, le malheureux gît lui aussi au fond de la mer, pensa Agnes, qui garda cependant cette réflexion pour elle et fixa son interlocutrice d'un air interrogateur.

« Harry était gentil. Frank, lui, était merveilleux ! Avec lui, c'était moi qui étais heureuse ! La première fois qu'il est venu ici – il y a deux ans –, il n'était pas accompagné. Il passait le plus clair de son temps seul avec son téléphone. Au début, j'éprouvais seulement de la pitié. Mais nous avions des conversations prodigieuses. Pour la première fois, j'ai pensé que… Il est revenu à plusieurs reprises, et puis tout à coup… plus rien ! Ils m'ont même renvoyée à cause de lui ! »

Agnes s'efforça d'afficher une mine compatissante. Évidemment, une ancienne employée n'avait pas besoin d'une visite « dans les coulisses ». Une ancienne employée connaissait par cœur tous les couloirs et toutes les habitudes de l'hôtel. C'est ainsi que Trudy avait pu commettre une série de meurtres sans se faire prendre. Ce qu'Agnes ne comprenait toujours pas, c'était le motif. Ashwood l'avait laissée tomber, d'accord, mais ce n'était pas la fin du monde après tout.

« Je suis même allée à Londres pour le convaincre, poursuivit Trudy. Mais il était trop tard. Il avait déjà fait la connaissance de cette charmeuse.

— Eve ?

— Cette charmeuse ! répéta-t-elle, le visage impassible. Tout est la faute de cette charmeuse ! »

Agnes hocha la tête d'un air songeur. Ashwood voyait en Trudy un amour de vacances, elle voyait en lui l'amour de sa vie. Ce genre de malentendu se produit en permanence, mais dans ce cas précis, l'amante délaissée souffrait d'un trouble obsessionnel et avait déjà commis un crime. Cela ne pouvait pas bien se terminer.

« Vous ne pouviez pas accepter cette situation, je me trompe ?

— Comment veux-tu ? hurla Trudy sur un ton de sincère surprise. Il en allait du bonheur ! Du sien et du mien ! Cette charmeuse ne l'aurait jamais rendu heureux. Jamais *vraiment* heureux. Jamais de la vie. Alors, je me suis mise à fouiner. Et crois-moi, j'ai découvert un paquet de choses ! »

Elle partit d'un rire désagréable.

« J'ai commencé par lui écrire de petites lettres pour lui montrer tout ce que je savais à son sujet. Mais elle ne voulait tout simplement pas le lâcher ! »

Elle déchira des feuilles de papier imaginaires.

En l'observant bien, on voyait par instants l'abîme scintiller derrière l'apparente normalité, on devinait l'absence de réels sentiments. Le manque d'empathie, caché par des émotions puériles qui tourbillonnaient comme des flocons de neige. Le diagnostic était bien entendu inquiétant pour Agnes. Elle aurait voulu négocier, faire comprendre à Trudy l'absurdité de son comportement. Mais comment négocier avec du vide ?

Trudy fit de nouveau entendre son rire grêle et cassant.

« Un jour, une collègue m'a appelée. Enfin, une ancienne collègue. Elle a prétendu vouloir prendre de mes nouvelles, mais en réalité, elle voulait juste retourner le couteau dans la plaie, la bécasse. Frank avait de nouveau réservé ! La formule romantique ! Pour sa lune de miel ! »

La meurtrière serra les poings.

« C'était vraiment trop. Comment osait-il ? Comment osait-il me faire cela ?

— Cela manque un peu de tact, en effet », approuva Agnes.

En réalité, elle s'était remise à chercher un moyen de fuir ou, du moins, de se défendre. Elle était assez convaincue qu'elle n'arriverait jamais à sortir du lit, et surtout à en sortir assez vite pour échapper à Trudy. Mais peut-être pourrait-elle la frapper – ou lui jeter quelque chose à la figure ?

« Voilà pourquoi il était hors de question que je lui pardonne ! s'emporta Trudy. Hors de question ! J'étais bien décidée à leur mettre des bâtons dans les roues ! Donc, j'ai rassemblé toutes mes économies et j'ai réservé une chambre dans cet hôtel. Par malheur, il ne restait plus que la formule détox. »

Trudy n'avait pas donc pas jeûné de son plein gré. Pas étonnant qu'elle ait eu tout le temps faim !

« Et personne ne vous a reconnue ? voulut savoir Agnes.

— Personne ! répondit-elle avec fierté. Nouvelle coiffure, nouvelle teinture, quelques vêtements de sport chic, et le nom légèrement modifié. Dès qu'on paie, on est une autre personne !

— Vous avez donc fait vos valises avec l'intention de leur régler leur compte ?

— Bien sûr que non ! s'écria la meurtrière. Je ne suis pas un monstre ! Ne va pas croire cela ! Je voulais juste m'arranger pour qu'ils ne puissent pas flirter ici indûment. Je voulais les… enquiquiner. C'est tout.

— Comme le serpent au paradis », suggéra Agnes.

Trudy fronça les sourcils. La comparaison ne semblait pas lui plaire. Pourtant, elle finit par hocher la tête et plongea son regard dans les yeux de sa victime.

« Et qu'a-t-il fait, le serpent, au paradis ?

— Il… il a dit la vérité ! »

Soudain, elle comprit.

« C'est vous qui avez montré à Ashwood la photo d'Eve… avec son serpent et…

— Un homme ! Quelle débauchée ! Autrefois, elle vendait son corps, tu sais ? Charmeuse de serpent, mon œil, on sait ce que ça veut dire ! Naturellement, elle ne lui a pas raconté, tu imagines bien. Donc, pendant que Frank était parti se faire masser, j'ai frappé à la porte de leur chambre et je lui ai montré la photo. Il fallait qu'elle sache que je l'avais percée à jour. Puis je lui ai suggéré de partir.

— Ce qu'elle a fait, soupira, Agnes. Dans la piscine, avec des somnifères, elle est partie pour toujours. »

Trudy haussa les épaules.

« Une réaction excessive, si tu veux mon avis. Elle aurait pu se contenter de plier bagage au lieu de se noyer ! Mais non, bien entendu, il lui fallait du spectacle ! Elle était complètement dépressive. Elle aurait de toute façon jeté l'éponge un jour ou l'autre, selon moi. Ce n'était qu'une question de temps. Le problème, c'est que Frank n'a pas bien pris la nouvelle. Il l'a repêchée et portée dans leur chambre. Après ça, il a pleuré comme une Madeleine. Il n'arrêtait pas de chialer et ne comprenait rien. *Habille-toi !* lui ai-je dit. *Nous allons faire un petit tour. Du haut des falaises, on porte un autre regard sur le monde.*

— Hélas, son regard n'a pas changé, supposa Agnes.

— Il n'y avait rien à faire, confirma Trudy. Il ne voulait rien entendre. *Je suis encore là !* lui disais-je. *Je t'ai attendu !* Mais il s'est contenté de rire, de ce rire bizarre et dédaigneux… Personne ne rit de moi de cette manière ! Personne ! »

Elle émit elle-même un rire bizarre et dédaigneux. Ensuite, elle baissa les yeux vers la moquette en laine, mais en pensée, elle se tenait sans doute en haut des falaises et revivait la chute de Frank Ashwood.

« Bien entendu, ce n'était pas du tout ce que j'avais imaginé ! Après coup cependant… je me suis sentie si libre ! Libre comme une mouette ! Voire plus ! Je n'avais plus besoin de lui. Je n'avais plus besoin de personne ! J'avais réglé mes problèmes par moi-même. Bien sûr, je m'attendais à éprouver de la mauvaise conscience, mais la mauvaise conscience n'est jamais venue. »

Elle regarda Agnes avec un regard triomphant.

« Jamais !

— À la place, c'est un billet qui est venu… », murmura Agnes.

Trudy hocha la tête avec un certain respect.

« Tu n'es peut-être pas une si mauvaise détective que ça, finalement.

— Après avoir reçu ce billet, tu as cru que quelqu'un t'avait vue pousser Frank Ashwood. Et les seuls qui entraient en ligne de compte étaient les personnes qui se trouvaient dans le Salon de la mer à ce moment-là. Donc, tu as entrepris de les éliminer les unes après les autres. »

La meurtrière haussa les épaules.

« Pour ne rien te cacher, ce fut un sacré choc. Je rentre du sentier panoramique, tranquille, pour ne pas dire euphorique, et… je découvre ce billet ! Je suis tombée des nues. La mort de Harry en plein jour : rien. Et là, de nuit, malgré la capuche, je me fais prendre ! J'ai tout d'abord pensé que c'était ce drôle d'oiseau avec son portable. Je lui ai rendu une petite visite, mais je l'avoue, j'étais nerveuse. Certains actes exigent de la confiance en soi, tu vois ce que je veux dire ? Il faut se forcer, tu comprends ? »

Sa mine changea du tout au tout. Brusquement, un grand sourire barra son visage.

« Je peux t'avouer un secret, Agnes ? Sans le groupe de détox, je n'y serais jamais arrivée.

— Ah ? »

Agnes ne savait pas trop quoi répondre. Mieux valait se taire et avoir l'air intéressé. Elle avait déjà gagné au moins un quart d'heure de vie en faisant semblant d'être intéressée.

« Dans le programme de détox, il ne s'agit pas seulement de jeûne et de sport, lui expliqua Trudy. Il s'agit avant tout de la disposition intérieure. *Révèle-toi ! L'univers te conduit exactement là où tu dois être. Permets-toi d'être toi-même. Tu es capable de tout ! Tu mérites ce qu'il y a de mieux. Prends ce qui te fait envie ! Tu as la force de résoudre tes problèmes par toi-même !* Et ainsi de suite. Que dire ? Ils ont raison ! L'univers m'a conduit au bon endroit au bon moment. Je me suis révélée. Je suis capable de tout ! Et je résous mes problèmes moi-même. »

Un frisson courut dans le dos d'Agnes. Trudy était une psychopathe de la pire espèce. Comment pouvait-on aimer à la fois les pommes, le raisin et la glace ?

La glace… ?

Agnes avança la main à tâtons sous la couverture. Elle n'avait pas rêvé ! Ses doigts sentirent une boule dure et froide comme de la glace dans la poche de son gilet. C'était la pomme qui lui avait servi de prétexte l'autre fois à la réception, quand elle avait interrogé Helen à l'issue du premier crime. Après son séjour dans la neige, la pomme – qui n'avait pas bénéficié d'un bain nordique – était encore gelée.

Une grosse pomme dure.

Agnes ne put retenir un minuscule sourire. Elle tenait un projectile !

La meurtrière était trop accaparée par son voyage intérieur vers la libération de l'être, la réalisation de soi et le crime pour remarquer le changement d'humeur qui s'opérait dans l'esprit de sa victime.

« Et puis il y a cette faim constante ! poursuivit-elle. Il m'a fallu jeûner pour me rendre compte que j'avais été affamée toute ma vie, qu'il était temps d'assouvir cette faim ! Ces histoires de péché, de repentance et de mauvaise conscience qu'on nous raconte ne sont que des mensonges ! Rien de tout cela n'est réel !

— Pour vous… murmura Agnes.

— Oui, pour moi ! »

Trudy attrapa un des oreillers et le tapota d'un geste professionnel. On voyait qu'elle avait été femme de chambre. Son visage changea une nouvelle fois d'expression, de manière subtile mais indéniable. Son silence confirmait qu'elle était passée à autre chose.

Il était temps qu'elle se réalise.

Il était temps de tuer Agnes.

Oberon n'était pas de très bonne humeur. Après avoir été reniflé par un impertinent quadrupède qui grondait de manière humiliante, il s'était retrouvé à nouveau délaissé dans cette baignoire ! Il en avait assez de somnoler sous une lampe à infrarouge dans une pièce où il ne se passait rien, il avait besoin de distraction. Peut-être pourrait-il chercher un poste d'observation en hauteur ou une proie ? Un rat ? Pourquoi pas un lapin ? Il allait montrer au renifleur à quatre pattes qui était le roi des chasseurs ! Ce n'était sûrement pas un chien !

Il sortit de la baignoire et rampa sur le sol en suivant le courant d'air. La fente qu'il avait déjà empruntée une première fois s'était rouverte. Il s'avança sur la douce moquette blanche et se réfugia de nouveau à l'ombre d'un lit pour guetter.

Il ne dut pas attendre longtemps. De l'autre côté, quelque chose bougeait. À sa grande déception, il ne s'agissait que de pieds. Décidément, les pieds étaient un vrai fléau dans cette région !

Cela étant, ce n'étaient pas n'importe quels pieds.

Oberon reconnut aussitôt leur odeur, ce mélange de vanille, de peau et de sueur – avec à l'arrière-plan, étouffée tant bien que mal par le savon, l'exhalaison féroce de la faim.

C'étaient les pieds de la murmureuse. Les pieds qui l'avaient privé d'elle de si horrible façon. Comment osaient-ils se promener sous son nez avec une telle impertinence ?

Oberon était un boa constricteur conscient de ses atouts. L'étranglement relevait de sa nature profonde, c'était sa raison d'être, sa passion. Et pourtant, cet instinct ne jouait alors aucun rôle. C'était la fureur qui dominait.

Il fit entendre un sifflement d'assaut, ouvrit tout grand sa gueule de serpent et planta ses crocs dans la cheville la plus proche.

Au-dessus de lui, quelqu'un hurla.

La cheville gigota dans tous les sens.

Oberon parvint à rester accroché un petit moment, puis il vola dans un coin de la pièce. Peu importe, il sentait le goût du sang. Victoire !

Les pieds de la murmureuse exécutèrent encore une petite danse enragée, puis ils se tournèrent de nouveau vers le lit.

Par une espèce de miracle, Agnes avait réussi à repousser l'oreiller, mais Trudy l'avait ensuite attrapée par le collet. Elle s'efforçait de lui fracasser la tête contre le montant du lit quand elle hurla brusquement. La prise se relâcha et la meurtrière sautilla sur une jambe.

Sa victime cligna des yeux. Elle avait l'esprit confus et du mal à voir, mais elle comprit qu'il lui restait une chance. Trudy était enfin assez éloignée pour qu'elle pût lui jeter quelque chose en pleine figure.

Elle sortit la pomme gelée de sa poche, plissa les yeux et essaya de viser. Hélas, Trudy se déplaçait très vite. Au bout d'un moment pourtant, elle s'arrêta et se pencha pour tâter sa cheville.

C'était maintenant ou jamais !

Agnes tendit le bras par-dessus son épaule, inspira profondément et jeta le projectile de toutes ses forces. Par chance, grâce à Brexit, elle avait l'habitude de lancer des balles. La meurtrière releva la tête, eut l'air un instant surpris et tomba sur le côté.

« Je résous mes problèmes moi-même », murmura Agnes avant de s'enfoncer dans les oreillers, morte de fatigue.

La bande de Sunset Hall avait fouillé partout. Tout d'abord, ils étaient allés repêcher Bernadette qui, pour quelque étrange raison, attendait dans le hall derrière une fougère. Ensuite, ils étaient descendus dans le spa vers lequel semblaient mener les empreintes dans la neige. Sous la conduite compétente de Jack, ils étaient parvenus à contourner la barricade, à déjouer les clients ainsi que le personnel et à passer le sous-sol au peigne fin.

Ils avaient inspecté la piscine et les salles de soin.

Ils s'étaient même risqués à entrer dans la salle de repos.

Le maréchal appelait.

Bernadette écoutait.

Winston pensait.

En vain.

Agnes demeurait introuvable.

Pour la peine, ils rencontrèrent la veuve blanche, au visage inhabituellement écarlate, qui cherchait elle aussi leur amie. Elle leur raconta qu'ayant pris Trudy en filature, elle avait découvert qu'Agnes était enfermée sur la terrasse et avait décidé de la sauver. Hélas, Agnes ne s'était pas laissé faire et avait pris la tangente à la première occasion.

« Je ne l'en aurais jamais crue capable ! s'écria la veuve blanche. Elle était trempée et visiblement fourbue.

— Et où est-elle maintenant ? l'interrogea le maréchal sur un ton impatient.

— Certainement pas en sûreté ! répondit la veuve d'une voix lugubre. Cette malade est capable de tout !

— Et toi, où irais-tu ? » demanda Charlie à Mojo qui les suivait toujours en les filmant et en criant de temps à autre des « cool » et des « trop bien ! ».

Le jeune homme quitta un instant son écran des yeux et haussa les épaules.

« Dans une armoire, je suppose.

— Mais pas dans n'importe quelle armoire ! intervint Bernadette. Elle a dû aller quelque part où elle se sent en sécurité.

— Et ce serait où ? voulut savoir Jack.

— Avec nous, bien entendu ! s'exclama Bernadette. Mais où pense-t-elle que nous sommes ?

— Dans sa chambre, murmura Charlie. Nous lui avions promis de ne pas bouger. »

Le maréchal s'élança aussitôt vers l'issue de secours, suivis par les autres, sauf Winston qui devait prendre l'ascenseur.

Une fois devant la chambre d'Agnes et d'Edwina, il s'avéra que Charlie n'avait pas la bonne carte magnétique, qu'Edwina avait oublié la sienne à l'intérieur et que, pour une raison mystérieuse, le passe-partout de Jack ne fonctionnait pas.

Edwina défonça ainsi une porte pour la première fois de sa vie, mais, grâce aux conseils avisés de Jack, elle y arriva du premier coup.

Ils se précipitèrent dans la chambre où Agnes était allongée dans son lit, le front saignant, blême et trempée, les yeux fiévreux, mais saine et sauve.

Trudy, quant à elle, gisait par terre, un serpent constricteur autour du cou.

Edwina savait qu'Oberon était encore jeune, mais on pouvait dire qu'il étranglait déjà comme un grand.

- 26 -
RÉSISTANTE

« Elle est résistante, il faut le reconnaître. »

Agnes ouvrit les yeux et aperçut autour d'elle une assemblée de créatures cauchemardesques. La veuve blanche aux yeux bleus, le malotru de l'aéroport, le serpent blanc et même l'anorak orange. Puis le corgi, le pingouin, Bernadette, Winston et Edwina vêtue d'une veste à paillettes.

Une infirmière se penchait au-dessus d'elle.

Agnes sentit monter la panique. Était-elle dans un Ehpad ?

Elle soupira et tenta de se cacher sous la couverture, mais sans succès.

Quelqu'un lui tenait fermement la main. C'était le maréchal.

Si le maréchal lui tenait la main, la situation ne pouvait pas être si catastrophique.

Elle cligna des yeux et examina les créatures de façon plus précise.

La veuve blanche ne donnait plus l'impression d'être menaçante, mais seulement mouillée, épuisée et soulagée. Elle avait posé le corgi sur ses cuisses et lui grattait la tête d'un air absent.

Oberon le serpent tirait la langue sans inimitié. Apparemment, les deux animaux avaient conclu la paix.

Le malotru n'avait plus de d'eye-liner et lui souriait.

L'anorak orange n'était pas un meurtrier multirécidiviste, mais un barbu qu'elle ne connaissait pas, un ouvrier de travaux publics équipé d'un gilet de sécurité – ce qui devait signifier que la route était réparée ! Ils n'étaient plus coupés du monde, la panique à l'hôtel était enfin terminée !

Elle poussa un soupir, de soulagement cette fois.

Seule l'infirmière continuait de l'inquiéter. Si elle s'imaginait qu'elle allait pouvoir lui prodiguer des soins sans lui demander son avis, elle se trompait !

Sous le coup de l'énervement, Agnes sentit des battements aux tempes. Elle porta la main gauche à son front et reconnut un bandage. Trop tard ! Elle avait donc déjà reçu des soins.

Par la même occasion, elle se rendit compte qu'elle était sèche et qu'elle n'avait pas froid, ce qui n'allait pas de soi par les temps qui couraient.

« Vous devez vous reposer », ordonna l'infirmière sur un ton sévère.

Agnes souffla avec mépris. Si le super hôtel écologique de luxe lui avait appris quelque chose, c'était tout sauf à se reposer. Elle essaya de se redresser.

L'infirmière la repoussa dans les oreillers avec douceur.

L'ouvrier des travaux publics prit congé d'elle avec un sourire et s'éloigna en traînant des pieds, les mains dans les poches de son pantalon. Agnes l'aurait volontiers imité, mais n'en avait pas la force.

« Il y a des nouvelles, Agnes, annonça Charlie, debout au pied du lit et jusque-là cachée par l'ouvrier.

— Trudy a été arrêtée, dit la veuve blanche.

— Elle vit encore, s'excusa Edwina. Oberon est encore un peu jeune pour étrangler des assassins. Néanmoins, elle a une grosse bosse sur le crâne !

— Elle a avoué avoir tué mon mari, poursuivit la veuve blanche. Et aussi un paquet d'autres choses.

— Elle s'est débarassée du serveur en lui plantant son couteau dans l'œil, dit Bernadette. Par chance, il a survécu.

— À partir d'aujourd'hui, toutes nos boissons sont prises en charge par la maison ! se réjouit Charlie. Mais je crois que nous allons quand même rentrer.

— Parce que notre bateau a accosté, précisa Edwina.

— Howard aussi est en état d'arrestation, reprit Charlie. Il a essayé de s'enfuir, mais les gens dans le Salon de la mer l'ont rattrapé. On a trouvé des petits billets dans sa chambre et des photos de la femme du chauve – seins nus. Du coup, en plus, il a un œil au beurre noir !

— Je te présente Jack, dit Bernadette. Il était venu pour me tuer, mais en fin de compte, nous allons nous marier.

— Moi, je vais me mettre à Internet sur mes vieux jours », annonça Charlie comme s'il s'agissait d'une alternative au mariage.

Le jeune malotru lui sourit d'un air encourageant.

Agnes ravala sa salive. Cela faisait vraiment un sacré paquet de nouvelles d'un seul coup. On fermait les yeux cinq minutes et quand on les rouvrait, tout était sens dessus dessous. Bernadette allait se marier ? Et Charlie se mettre à Internet ? Ses colocataires étaient-elles devenues folles ?

« Une dernière chose, intervint Winston sur un ton de léger regret. La police est là. Dès que tu te sentiras mieux, ils aimeraient te parler. »

« On reprend tout depuis le début », dit le policier.

Il s'était écoulé un certain laps de temps avant que l'infirmière, qui se révélait être un véritable dragon en blouse blanche, eût autorisé les forces de l'ordre à interroger Agnes. La priorité était qu'elle se remette sur pied et qu'elle boive autant de tisane biologique que possible, ce qui faisait qu'Agnes courait sans cesse aux toilettes pour maintenir son équilibre hydrique. C'était de toute façon peine perdue. Agnes avait plus de quatre-vingts ans. Elle pouvait boire autant de tisane qu'elle voulait, elle ne se remettrait jamais complètement sur pied.

En outre, les crimes continuaient de lui trotter dans la tête. Trudy, la dévoreuse de tartelettes, une multirécidiviste ? Vraiment ? Comment se faisait-il qu'Agnes n'eût rien vu venir ? Pourquoi son intuition, sur laquelle elle pouvait autrefois toujours compter dans ce genre de situation, n'avait-elle pas tiré la sonnette d'alarme plus tôt ?

Peut-être cela venait-il du fait que Trudy ne se voyait pas elle-même comme un assassin, mais uniquement comme une malheureuse qui essayait de résoudre ses problèmes elle-même. Il n'était pas exclu qu'elle ait tué le mari de la veuve blanche à moitié par mégarde, mais le fait qu'elle n'ait ensuite éprouvé aucun remords l'avait conduite à considérer le crime comme une solution de plus en plus séduisante. Au fond, Trudy était persuadée d'être une gentille fille. Une femme pragmatique. Assez pragmatique pour attirer Max dans le local technique sous un prétexte quelconque et lui briser le crâne avec un haltère. Assez pragmatique pour trancher grossièrement la gorge de Walter Ross entre une séance de massage et un verre d'eau aux concombres. Assez pragmatique pour enfermer Agnes – qui l'avait pourtant laissée dévorer toute une tartelette – sur la terrasse de la chambre douze afin qu'elle y meure d'hypothermie. Heureusement que le bain nordique et la veuve blanche avaient déjoué son plan !

« Comment se doutait-elle qu'elle vous trouverait dans la chambre douze, madame Sharp ? demanda le policier qui n'avait pas inventé la poudre.

— Parce qu'elle m'y avait pratiquement envoyée, expliqua Agnes avec agacement. Elle est venue dans notre chambre, sans doute pour voir s'il y avait là un moyen de me liquider. J'étais tout en haut sur sa liste, vous comprenez ? Comme Howard continuait de glisser ses stupides billets sous sa porte, elle pensait qu'ils venaient de moi. Il a vraiment eu une chance phénoménale qu'elle ne le surprenne pas en train de distribuer ses petits bouts de papier. Sinon, il ne s'en serait pas sorti qu'avec un œil au beurre noir ! »

Elle s'accorda le temps d'imaginer la rencontre des deux criminels, de ces prédateurs qui exploitaient les faiblesses humaines. La seule différence entre eux, c'était que Trudy était un requin et Howard du menu fretin.

Le policier, de son côté, la regardait d'un air de plus en plus perplexe.

« Une fois dans notre chambre, expliqua-t-elle, elle s'est bien rendu compte qu'elle n'arriverait jamais à ses fins. Nous étions tous ensemble, vous comprenez ?

— *Presque* tous ensemble, la corrigea le représentant des forces de l'ordre sur un ton accusateur.

— Presque tous, convint Agnes. Quoi qu'il en soit, elle a décidé de faire en sorte que je quitte la pièce. Elle n'a pas eu grand mal. Personne n'aime rester enfermé, n'est-ce pas ? En voyant les photographies de Frank et Eve Ashwood sur ma table de chevet, elle a dû songer que je touchais au but, mais que je ne l'avais pas encore atteint. Il n'était pas difficile de deviner quelle serait la prochaine étape. Elle nous a donc débarrassés du serveur qui montait la garde dans le couloir et est allée m'attendre dans la chambre douze. Elle avait veillé à ce que la porte ne soit pas bien fermée et je suis tombée dans le panneau. Dès qu'elle m'a vue sur la terrasse, elle a saisi sa chance. Au fond, c'est le genre de crime qu'elle préfère. Sans violence. Propre. Elle n'est pas trop bonne pour les morts violentes. »

Le policier secouait toujours la tête sans comprendre.

« Je ne saisis pas encore bien. Elle a commis toute une série de meurtres effroyables juste parce que… Elle donne pourtant l'impression d'être tellement… normale. Quand on lui parle, elle semble trouver qu'on exagère. Cela étant… »

Il s'interrompit. Tout à coup, il eut l'air d'un jeune homme désemparé. Agnes ressentit un élan de sympathie pour ce gamin sans expérience, perdu dans le labyrinthe du monde.

Elle se pencha en avant et lui tapota le genou.

« Certaines personnes n'éprouvent aucune compassion, n'ont aucune conscience morale, expliqua-t-elle avec douceur. Difficile de dire s'ils sont nés ainsi ou si la vie les a transformés. En tout cas, la plupart d'entre eux mènent une existence on ne peut plus normale. Ils se montrent peut-être un peu froids, un peu durs, mais ils respectent les lois. Sauf quelques-uns qui enfreignent la règle, commettent des actes effroyables et se rendent compte qu'ils s'en moquent. C'est comme cela qu'ils deviennent des monstres, je suppose. Le pire, vous savez, c'est peut-être qu'ils ignorent qu'ils sont des monstres. »

Le policier hocha la tête, sembla sur le point d'écrire quelque chose, puis renonça. Il tourna les pages de son carnet.

« D'après mes notes, la prévenue a été neutralisée par un serpent, c'est bien cela ? »

Il jeta un regard à la ronde.

« Il n'y a pas de serpent ici ! s'écria Edwina en se hâtant de poser la main sur son sac de sport dans un geste protecteur.

— Non, pas par un serpent, confirma Charlie. Qui vous a raconté cela ? La meurtrière a été mise KO par Agnes. Au moyen d'une pomme gelée. »

Agnes vit l'agent barrer le mot « serpent » avec une mine soulagée.

Les habitants de Sunset Hall échangèrent des regards complices. Tous étaient solidaires d'Oberon, le serpent héroïque qui, selon toute vraisemblance, avait sauvé la vie d'Agnes grâce ses crocs et ses tentatives de strangulation juvéniles.

Après cela, l'interrogatoire avait dû devenir assez ennuyeux car Agnes semblait avoir somnolé. Lorsqu'elle rouvrit les yeux, elle était seule dans la chambre. Ou presque. Par-dessus le bord du lit, elle découvrit les deux oreilles pointues d'un corgi et, dans le fauteuil juste à côté d'elle, la veuve blanche, presque invisible à son habitude.

Cette fois pourtant, elle n'était pas vêtue de blanc. Elle portait un jean et un pull gris. Ses yeux bleus la scrutaient d'un regard perçant.

Agnes éprouva une légère appréhension.

Lors de leur dernière rencontre, elle avait dû défendre sa vie – non pas *contre* la veuve, comme elle l'avait cru à ce moment-là, mais *avec* son aide, comme elle l'avait appris entre-temps. C'est pourquoi elle était mal à l'aise. Comment parlait-on à une personne avec qui on s'était battu dans un bain nordique ? Bonne question !

Pour finir, ce fut la veuve qui prit la parole.

« Je voulais vous dire au revoir. Je m'en vais et je ne reviendrai plus, même si la vue est splendide. »

Agnes approuva d'un mouvement de la tête. Elle pouvait comprendre que la veuve en eût assez de l'*Éden*.

« Je tiens à vous remercier, dit-elle alors. De m'avoir sauvée et ainsi… Jamais je ne me serais doutée que… »

La veuve soupira.

« Personne ne se doutait ! Maintenant, en tout cas, nous savons. C'est mieux que rien ! »

Agnes esquissa un faible sourire. La glace était rompue.

« Comment saviez-vous que j'étais enfermée sur la terrasse ? Je me le demande depuis le début. »

La veuve secoua la tête.

« Je ne le savais pas. En revanche, je l'avais reconnue. Après tout ce temps ! Vous vous souvenez, quand nous étions toutes les deux dans la salle de repos et qu'elle est arrivée ? À contrejour, je ne distinguais que sa silhouette, et à sa façon de passer sa main dans ses cheveux, j'ai brusquement su que c'était elle, la femme de chambre qui avait été mise à la porte. Ne me demandez pas pourquoi ! Quoi qu'il en soit, je n'ai eu aucun mal à imaginer ensuite ce qui s'était passé. C'était tout à fait le genre de Harry ! Je venais depuis trois ans dans l'espoir de découvrir un détail, un indice qui m'aurait échappé jusque-là. Tout à coup, tout prenait sens ! Bien entendu, je n'avais aucune preuve. Donc, je me suis mise à la suivre. Je devais me montrer très prudente car elle se méfiait, évidemment. Hélas, elle m'a échappé à plusieurs reprises. Mais je l'ai vue entrer dans la chambre douze, et peu après, je vous ai vue arriver. Je voulais vous mettre en garde, mais je me doutais que vous ne me croiriez pas… Et puis vous êtes entrée dans la chambre à votre tour. Donc, j'ai cherché à gagner la terrasse pour voir ce qui se passait. C'est là que je vous ai trouvée, endormie dans le bain nordique. Aussitôt, j'ai voulu vous emmener avant qu'elle ne revienne. *Pour sauver au moins une personne*, me suis-je dit, *même si ce n'est pas Harry. Une vieille dame sous le choc, ça ne doit pas être bien difficile*, pensais-je. »

Elle partit d'un rire sec. Agnes détourna les yeux d'un air gêné.

« Je suis désolée, je ne savais pas… »

La veuve la rassura d'un geste de la main.

« N'en parlons plus. Le principal, c'est qu'elle soit sous les verrous. Et cela, c'est grâce à vous ! Et à la pomme ! »

Cette fois, elle rit. Elle avait un rire incroyablement sympathique.

« Oui enfin… dit Agnes en baissant les yeux. Peut-être… En tout cas, merci.

— Je vous en prie », répondit la veuve.

Elles se serrèrent la main. Agnes se risqua même à gratter le corgi entre les deux oreilles. Puis Marie de Gurney se leva, non plus vraiment blanche, mais toujours veuve, et s'en alla vers son avenir d'un pas libre et léger.

Le chien la suivit sur ses courtes pattes, mais avant de sortir, il se retourna une dernière fois et remua gentiment la queue.

Agnes lui fit signe de la main en souriant. Tout bien considéré, ces vacances n'avaient vraiment pas été banales.

- 27 -
LE MONDE MERVEILLEUX DE CHARLIE

« *Hello* ! *Hello* ! Suivez-moi, je vous prie. Bienvenue dans le monde merveilleux de Charlie ! »

Charlie fit semblant de ne pas entendre un gémissement dans son dos et fit un grand bonjour de la main devant l'écran de son téléphone portable.

« Voilà donc où nous vivons ! Sunset Hall. N'est-ce pas fabuleux ? Quelle vie, n'est-ce pas, chers lecteurs ? Euh, auditeurs ! spectateurs ! »

Charlie n'était pas encore tout à fait au point. Cela ne l'empêcha pas de filmer le salon dans lequel ses colocataires étaient regroupés autour de la cheminée, enveloppés de couvertures, vêtus de gilets et coiffés de chapeaux comme avant leur départ. Quelques lampes à infrarouge, achetées sur Internet, étaient placées à des endroits stratégiques.

Le matin même, ils avaient reçu de la part de l'*Éden* un grand « kit relaxant » dont ils testaient à présent les bougies parfumées, les chaussettes de lit et les biscuits. Agnes avait eu droit en outre à un peignoir super moelleux sur lequel son prénom était brodé en lettres rouges. Pour des raisons de température, elle l'avait aussitôt enfilé et était donc assise au milieu des autres, toute blanche et toute moelleuse, avec un air béat.

« Euh, oui, donc, c'est ici que nous vivons ! » répéta Charlie avec embarras.

Elle tourna la caméra vers Winston, qui était hélas en train de se moucher, et continua par conséquent de balayer la pièce à la recherche d'un motif plaisant. Le maréchal portait du moins un uniforme et la lampe à infrarouge derrière lui donnait l'impression qu'une auréole entourait sa tête.

« Tout va bien, maréchal ? »

Il fit un salut militaire.

« Nous revenons tout juste de vacances, raconta Charlie. Nous étions dans un super hôtel de luxe écologique. Le top du top ! »

Elle tourna la caméra vers Agnes et zooma.

« Tu t'es bien reposée, Agnes ?

— Follement ! » répondit la maîtresse de maison du fond de son peignoir en tendant les pouces non pas à la verticale comme elles en étaient convenues, hélas, mais à l'horizontale, vers la gauche.

Sur son front, on distinguait encore l'ombre d'un méchant hématome. Charlie passa à autre chose.

« Là, je vous présente Edwina.

— Et Oberon ! » précisa Edwina.

Oberon, le serpent héroïque, séjournait dans un carton de déménagement chauffé par des lampes à infrarouge en attendant l'arrivée de son terrarium, lui aussi commandé sur Internet. Les autres habitants de Sunset Hall ne pouvaient s'empêcher de jalouser cette chaleur constante.

« Il est déjà assez grand ! » précisa Edwina en tenant Oberon devant la caméra.

Par précaution, Charlie fit un pas en arrière.

« Et voici Lillith ! »

Edwina attrapa une boîte en métal et entreprit d'en ouvrir le couvercle.

« Nous en avons perdu un peu pendant le voyage, mais elle ne nous en veut plus. »

Charlie fit entendre un sifflement aigu. Aussitôt, Oberon la regarda avec une soudaine sympathie.

La caméra quitta Edwina avant qu'elle eût enlevé le couvercle et repartit à la recherche d'images susceptibles d'intéresser Internet.

« Nous vivons à la lisière d'un village idyllique et profitons *à fond* du troisième âge », poursuivit Charlie sans se décourager.

La caméra s'arrêta sur Bernadette et Jack qui se faisaient un câlin sur le divan et se donnaient des baisers brûlants.

Charlie gémit, appuya sur le bouton rouge et mit fin à l'enregistrement.

« Vous n'êtes quand même pas obligés d'en profiter à fond à ce point ! se plaignit-elle. Du moins devant la caméra ! Nous reprenons dans cinq minutes ! Et, pour changer, comme cela a été convenu. Des câlins, oui. Des baisers, non !

— Prends un biscuit ! » suggéra Winston.

Furieuse, Charlie se détourna et regarda par la fenêtre derrière laquelle on apercevait le jardin en train d'hiberner.

Quelqu'un se tenait à la grille.

Une silhouette emmitouflée dans un anorak à capuche.

Évidemment, en cette saison, ça pouvait être à peu près n'importe qui.

Charlie posa son téléphone et vérifia sa coiffure dans le miroir. Parfaite, comme toujours !

Ensuite, elle sortit dans le couloir pour accueillir le visiteur.

S'ils avaient beaucoup de chance, ce serait le plombier.

S'ils avaient moins de chance, ce serait peut-être l'assassin qui avait réglé son compte au sacristain et continuait de sévir à Duck End.

À la limite, ça pourrait être les deux en même temps.

Grâce aux bougies parfumées de l'*Éden*, une fantastique odeur de foin flottait dans l'air. La blogueuse sourit. Ils vivaient dans le monde merveilleux de Charlie et tout semblait possible.

Ce livre existe grâce au travail de toute une équipe.

Communication : Caroline Babulle, Sandrine Perrier-Replein, Typhaine Maison, Inès Paulin, Adélaïde Yvert.

Coordination administrative : Martine Rivierre.

Studio : Pascaline Bressan, Barbara Cassouto-Lhenry, Joël Renaudat.

Fabrication : Muriel Le Ménez, Céline Ducournau, Bernadette Cristini, Sophia Paroussoglou, Isabelle Goulhot.

Commercial, relation libraires et marketing : Laetitia Beauvillain, Perrine Therond, Ombeline Ermeneux, Élise Iwasinta, Morgane Rissel, Arthur Rossi, Aurélie Scart.

Cessions de droits : Isabelle Votier, Benita Edzard, Lucile Besse, Sonia Guerreiro, Costanza Corri.

Gestion : Sophie Veisseyre, Chloé Hocquet, Isabelle Déxès, Camille Douin.

Services auteurs : Viviane Ouadenni, Jean-François Rechtman, Catherine Reimbold.

Ressources humaines : Mylène Bourreau.

Juridique : Laëtitia Doré, Anaïs Rebouh, Valérie Robe, Lucie Bergeras, Julia Crosnier.

Avec le soutien des équipes d'Interforum et d'Editis qui participent à la création, la diffusion et la distribution de ce livre.

NiL

pcacmb
édition pré-presse
livres numériques

44400 Rezé

MIXTE
Papier issu de
sources responsables
FSC® C003309

L'éditeur de cet ouvrage s'engage dans une démarche
de certification FSC® qui contribue à la préservation
des forêts pour les générations futures.

Pour en savoir plus :
www.editis.com/engagement-rse/

Cet ouvrage a été achevé d'imprimer en octobre 2022
dans les ateliers de Normandie Roto Impression s.a.s.
61250 Lonrai (Orne)
N° d'édition : 64436/01 – N° d'impression : 2204897

Imprimé en France